Die Autorin

Bianca Iosivoni studierte Sozialwissenschaften und arbeitete jahrelang in einer Online-Redaktion. Seit frühester Kindheit ist sie von Geschichten fasziniert und begann bereits als Teenager aktiv mit dem Schreiben, was heute nicht mehr aus ihrem Leben wegzudenken ist. Ob unterwegs oder zu Hause – ihr Notizblock, Schokolade und jede Menge Kaffee sind ihre ständigen Begleiter.

2012 gehörte sie zu den Gewinnern des LYX-Schreibwettbewerbs und veröffentlichte ihre erste Kurzgeschichte in der Anthologie »5 Jahre – 5 Geschichten«, 2014 erscheint der erste Teil ihrer neuen Romantic Suspense Serie bei Romance Edition. Neben dem Schreiben eigener Projekte betreibt sie zusammen mit befreundeten Autoren das Online-Magazin »Schreibwahnsinn«, wo fleißig über verschiedene Schreibthemen gebloggt wird. Die Autorin lebt und arbeitet in Hannover.

Mehr Informationen unter www.bianca-iosivoni.de.

BIANCA IOSIVONI

HUNTERS

SPECIAL UNIT VERGESSEN

ROMANTIC SUSPENSE

ROMANCE EDITION

VERGESSEN

BIANCA IOSIVONI

1. Auflage

8712 Niklasdorf, Austria

Covergestaltung: © jdesign.at
Titelabbildung: © GooDAura, © Russ Allen
Korrektorat: Melanie Reichert, www.lekorrektorat.de
Printed in Germany

ISBN-Taschenbuch: 978-3-902972-17-0

www.romance-edition.com

1. KAPITEL

Sie rannte. Nicht nur um ihr Leben, sondern auch um ihre Seele. Oder das, was davon übriggeblieben war.

Äste schlugen ihr entgegen und verfingen sich in ihren Haaren. Ihre Lunge brannte, aber ihre Füße trugen sie weiter. Immer weiter, über unebenen Waldboden und Wurzelwerk, vorbei an Dornensträuchern, die wie geisterhafte Klauen nach ihr griffen und ihre nackten Oberarme zerkratzten. Sie hielt nicht an, denn wenn sie das tat, würde sie sterben. Also lief sie weiter, stolperte, fiel, zog sich auf die Beine.

Weiter. Immer weiter.

Hämmernde Schritte mischten sich mit dem Pochen in ihren Ohren. Ihr Atem ging rasselnd, ihre Seiten schmerzten. Hinter ihr erklangen Schreie. Stimmen von Männern, die Befehle brüllten. Sie kamen aus allen Richtungen, als wollten sie sie einkreisen.

Keuchend blieb sie stehen und versuchte, sich zu orientieren. Ein Ding der Unmöglichkeit in der Finsternis, die sie umgab. Verzweifelt presste sie sich die Hand auf den Mund, um ihre Panik zu unterdrücken. Sie würden sie finden – und dann würde sie die Nacht nicht überleben. Alles andere mochte aus ihrem Gedächtnis ausgelöscht sein, aber diese eine Sache hatte sich hineingebrannt: Wenn die Männer sie fanden, erwartete sie ein schlimmeres Schicksal als der Tod.

Ein Rascheln hinter ihr ließ sie zusammenfahren. Sie wirbelte herum. Ein Lichtkegel zuckte durch die Dunkelheit, tastete den Boden und die nähere Umgebung nach ihr ab. Schutzsuchend drückte sie sich gegen einen Baumstamm und versuchte, mit der rauen Rinde zu verschmelzen. Ein Blick nach oben verriet ihr, dass es unmöglich war, schnell genug hinaufzuklettern.

Die Mondsichel stand hoch am Himmel und blitzte zwischen den Baumkronen hindurch. Ein paar Sterne leuchteten in der Ferne, zu klein und einsam, um ihr eine Richtung zu weisen.

Die Schritte kamen näher.

Hektisch sah sie sich um. Inzwischen hatten sich ihre Augen an die Finsternis gewöhnt, doch sie entdeckte nichts, das ihr weiterhelfen konnte. Kein Stein, nicht einmal ein herumliegender Ast, der groß genug wäre, um sich zu verteidigen.

Sie hielt den Atem an, als der Mann stehen blieb. Sein schweres Schnaufen drang an ihr Ohr. Eine falsche Bewegung und er würde sie bemerken.

Ihr Herz raste. Das Haar klebte feucht an ihren Schläfen und in ihrem Nacken. Schmerz brannte in ihrer Brust, je länger sie die Luft in ihrer Lunge gefangen hielt. Sie schloss die Augen und zählte.

Eins.

Zwei.

Irgendetwas krabbelte über ihren Hals.

Drei.

Vier.

Ein Windhauch trug den beißenden Geruch von Schweiß und süßlichem Aftershave in ihre Nase.

Fünf.

Sechs.

Sieben.

Ein Rascheln ganz in der Nähe. Sie riss die Augen auf.

Eine große Gestalt trat hinter einem der Baumstämme nur zwei Meter neben ihr hervor, eine Pistole in der einen Hand, die Taschenlampe in der anderen. Der Lichtkegel streifte über Bäume und trockenes Gestrüpp einige Meter weiter.

Vielleicht würde er sie nicht bemerken, wenn sie sich weiterhin still verhielt. Vielleicht würde er einfach vorbeigehen. Oder aber er drehte den Kopf nur ein winziges Stück nach links und erkannte, dass sein Opfer direkt neben ihm stand.

Schweißtropfen rannen über ihren Rücken. Der Stoff des Tanktops klebte an ihrer Haut. Ihr blieb keine Wahl. Sie musste handeln.

Bevor sie es sich anders überlegen konnte, stieß sie sich von dem Baumstamm ab. Mit einem gezielten Tritt gegen die Kniekehlen brachte sie ihn zum Straucheln. Den Rest erledigten ihre Arme schneller, als ihr Verstand folgen konnte. Drei Sekunden später stand sie breitbeinig über dem am Boden liegenden Mann, die Pistole in den Händen und atmete endlich die angehaltene Luft aus.

Schmerz explodierte in ihrer Lunge und breitete sich zusammen mit einem absurden Gefühl von Erleichterung in ihrem Körper aus. Erleichterung darüber, dass ihr Verfolger bewusstlos im trockenen Gras lag. Erleichterung darüber, wieder atmen zu können, obwohl die Panik ihr noch immer die Brust zuschnürte. Sie musste weiter. Es waren noch mehr von ihnen da draußen.

Zittrig setzte sie sich in Bewegung, die Pistole fest umklammert. Ihre Beine protestierten, aber sie ignorierte es. Ihre Schritte wurden schneller, immer schneller, bis sie jede Vorsicht außer Acht ließ und durch den Wald sprintete. Keuchend hastete sie einen Hügel hinauf, strauchelte und kämpfte sich weiter. Sie wusste nicht, wie lange sie gerannt war, geschweige denn, wo sie sich befand. Hier draußen schien es nur Bäume zu geben. Irgendwo mussten andere Menschen sein. Eine Stadt. Eine Straße. Ein Haus mit Bewohnern, die ihr Schutz bieten konnten.

Die Stimmen wurden lauter. Irgendjemand musste sie gehört haben. Am höchsten Punkt des Waldes lehnte sie sich erschöpft gegen einen der Baumstämme. Vor sich sah sie weitere Hügel und am Horizont eine dunkle Masse, die sich seltsam im Mondlicht zu bewegen schien. Das Meer?

Etwas Helles blitzte zwischen den Hügeln auf und aus der Ferne drangen Motorengeräusche zu ihr herüber. Zwei Scheinwerfer flammten in der Dunkelheit auf wie ein Licht am Ende eines langen Tunnels. Das Auto folgte einer gewundenen Landstraße. Wenn sie die Straße erreichen konnte, wäre sie in Sicherheit.

Sie klammerte sich an diesen Gedanken, klammerte sich an diese leise Hoffnung, weil es das Einzige war, das ihr blieb. Aufgeben kam nicht infrage.

Sie sammelte ihre letzten Kraftreserven und begann mit dem Abstieg. Inzwischen hatte sie kaum noch Gefühl in ihren Beinen, was kein gutes Zeichen sein konnte, doch die Stimmen und Schritte hinter ihr waren leiser geworden. War es ihr tatsächlich gelungen, ihre Verfolger abzuschütteln?

Als die Bäume sich lichteten und die schmale Landstraße dahinter sichtbar wurde, hätte sie vor Erleichterung beinahe geweint. Aber es waren Schweißtropfen und keine Tränen, die in ihren Augen brannten. Sie konnte sich nicht daran erinnern, wann sie das letzte Mal geweint hatte. Sie konnte sich an überhaupt nichts erinnern.

Auf einmal nahm sie eine Bewegung rechts von sich wahr. Hätte sie nur einen Moment innegehalten, hätte sie die Gestalt gesehen, die sich am Rande des Waldes postiert hatte, um sie abzufangen. Zu spät. Zu langsam. Ein massiger Körper riss sie zu Boden, wo sich Äste und Gestrüpp schmerzhaft in ihren Rücken bohrten. Sie wollte schreien und um sich treten, brachte aber nur ein Krächzen und schwache Schläge zustande.

Grob wurde sie hochgerissen. Bevor sie die Pistole heben konnte, landete eine Faust in ihrem Gesicht. Ihr Kopf flog zur Seite, und Schmerz bohrte sich so tief in sie hinein, dass sie einen unmenschlichen Laut von sich gab. Blut füllte ihren Mund und Übelkeit machte sich in ihr breit. Sie spuckte aus und tastete nach der Pistole, die ihren Händen entglitten war.

Der Angreifer packte sie im Haar, zog sie auf die Knie und zwang sie dazu, ihm ins Gesicht zu sehen, das über ihr schwebte. Hellblondes Haar, harte Züge und kalte graue Augen. Die Andeutung eines Lächelns in den Mundwinkeln.

Nackte Panik brach in ihr aus.

In einem letzten Aufbegehren warf sie sich nach vorn. Sie rollte mit dem Mann über den Waldboden. Eine Faust krachte in ihre Rippen, aber sie ließ nicht von ihm ab. Das Funkgerät lag irgendwo im Gestrüpp, genau wie ihre Pistole. Als er sie unter sich begrub, drohte ihr die Luft wegzubleiben. Schwarze Punkte tauchten vor ihren Augen auf. Sie konnte keinen klaren Gedanken mehr fassen. Suchend tasteten ihre Finger durch das

Laub und fanden etwas Hartes, Kantiges. Sie schloss ihre Hand darum und schlug zu, wieder und wieder, bis der Mann bewusstlos auf ihr zusammenbrach. Blut sickerte aus der Wunde an seiner Schläfe und tropfte auf ihr Oberteil.

Mit einer Kraft, von der sie nicht wusste, woher sie kam, schob sie den leblosen Körper von sich hinunter und stand auf. Ihr war kalt, obwohl ihr Körper vor Hitze glühte. Ihr Herz raste und der metallene Geschmack in ihrem Mund löste eine weitere Welle von Übelkeit in ihr aus. Angeekelt ließ sie den blutigen Stein fallen und rannte los.

Vorbei an Sträuchern und über unebenen Boden stolperte sie auf die Landstraße. Beinahe hätte sie das herannahende Auto nicht bemerkt, wenn das laute Hupen nicht gewesen wäre. Bremsen quietschten. Der rostrote Pick-up blieb schlitternd stehen und wirbelte Staub auf.

Das war ihre Rettung. Die einzige Chance, ihren Verfolgern lebend zu entkommen. Sie musste den Fahrer davon überzeugen, sie mitzunehmen. Sie *musste.*

Ohne zurückzusehen, rannte sie auf die Fahrerseite.

»Bitte«, keuchte sie, sobald sie hinter der Glasscheibe das Gesicht eines Mannes erkannte. Er musste um die dreißig sein, trug ein Flanellhemd und einen braunen Vollbart. Im Gegensatz zu den Augen ihres Verfolgers waren seine nicht kalt. Nachdem der Schock aus seinem Gesicht gewichen war, blickte er sie besorgt an.

»Bitte!«, wiederholte sie atemlos und hielt sich nur mit bloßer Willenskraft aufrecht.

Das Seitenfenster öffnete sich Stück für Stück und zwang sie dazu, ihre Hände zurückzuziehen, die sie darauf abgestützt hatte.

»Heilige Scheiße!«, fluchte der Mann und musterte sie von oben bis unten. »Alles in Ordnung? Bist du verletzt?«

Seine Fragen klangen so grotesk in ihren Ohren, dass sie beinahe schrill aufgelacht hätte, den Impuls jedoch gerade noch unterdrückte. Wenn er sie für verrückt hielt, würde er ihr mit Sicherheit nicht helfen.

»Ich bin ...«, begann sie, doch die Leere in ihrem Kopf ließ sie innehalten. »Jemand ist hinter mir her.« Als ob ihre Verfolger diese Worte gehört hätten, bemerkte sie eine Bewegung auf der anderen Straßenseite. Ohne den Blick von der dunkel gekleideten Gestalt abzuwenden, wurde ihr Ton drängender. »Bitte. Können Sie mich mitnehmen?«

Der Fremde zögerte nicht lang und entriegelte die Beifahrertür. Sie rannte um den Pick-up herum, riss die Tür auf und ließ sich auf den Sitz fallen. Ohne weitere Fragen zu stellen, trat er aufs Gaspedal und fuhr los. Im Seitenspiegel erkannte sie den bewaffneten Mann, der an den Straßenrand trat und ihnen nachsah. Sie war entwischt – doch die Erleichterung wollte sich nicht einstellen. Jemand, der so viel Mühe darauf verwendete, sie zu jagen, würde nicht so leicht aufgeben. Vor allem nicht, wenn demjenigen Waffen und ein ganzer Suchtrupp zur Verfügung standen. Sie war noch immer eine Flüchtige – aber der fremde Fahrer ermöglichte ihr immerhin einen Vorsprung.

Im Inneren des Wagens roch es nach Salz und Essig. Schnell hatte sie den Grund dafür gefunden: Zwischen ihnen lag eine geöffnete Tüte *Salt & Vinegar* Chips.

Ihr Retter schien ihren Blick zu bemerken. »Hungrig?«

Mit zusammengebissenen Zähnen schüttelte sie den Kopf. Der Geruch löste statt eines Hungergefühls vielmehr Übelkeit in ihr aus.

»Ich bin Travis Mendez«, sagte er mit einem lateinamerikanischen Akzent, der ihr vorher nicht aufgefallen war. »Wie heißt du?«

Sie starrte auf die Packung mit den bunten *Jelly Beans* neben den Chips und ein Name formte sich in ihrem Kopf. »Jennifer«, erwiderte sie langsam und sah auf. »Jennifer Bell.« Die Bereitschaft, mit der sie diesen Mann anlog und ihm dabei auch noch ins Gesicht sah, erschreckte sie. Allerdings nicht genug, um ihre Lüge zurückzunehmen.

»Freut mich, Jennifer.« Travis hielt ihr seine Hand hin, die sie zögernd ergriff und schüttelte. Im Gegensatz zu seinen Arbeiterhänden waren ihre schmal, mit langen Fingern und aufgerissenen Nagelbetten. Ihre Knöchel waren wund, die Haut zerkratzt – eine Folge ihrer Flucht durch den Wald und des erbitterten Kampfes.

Travis räusperte sich. So wie er auf dem Sitz herumrutschte, schien er sich in seiner Rolle als Fluchthelfer nicht besonders wohlzufühlen. »Bist du vor deinem Ex davongelaufen?«, fragte er auf einmal.

Überrascht hob sie den Kopf. Wie kam er denn auf diese Idee? Dennoch ertappte sie sich dabei, wie sie nickte, als hätte er mit seiner Vermutung ins Schwarze getroffen. Wenn er glaubte, ihr gewalttätiger Ex-Freund sei hinter ihr her, würde er hoffentlich keine weiteren Fragen stellen. Denn Fragen konnte sie nicht beantworten.

»Fuck.« Seine Finger umklammerten das Lenkrad fester, sein Blick war geradeaus auf die unbefestigte Straße gerichtet. »Soll ich dich zur Polizei bringen? Oder hast du Verwandte in der Stadt? Freunde? Jemand, bei dem du für 'ne Weile unterkommen kannst?«

Hatte sie das? Sie wusste es nicht. In ihrem Kopf herrschte eine Dunkelheit, die noch viel erschreckender war, als die, die sie hier draußen in den Wäldern umgab. Wie spät es wohl sein mochte? Welcher Tag war heute? Welches Jahr und welcher Monat? Sie biss sich auf die Unterlippe, um die beginnende Panik zu unterdrücken und schmeckte Blut. Angewidert verzog sie das Gesicht.

»Ich ...« Sie versuchte das schmerzhafte Pochen in ihren Rippen, die unliebsame Bekanntschaft mit der Faust ihres Verfolgers gemacht hatten, zu verdrängen. »Zur Polizei, bitte.« Sie musste ihnen sagen, dass sie verfolgt wurde, obwohl sie keinen der Männer kannte. Wer würde ihr glauben, solange sie sich an nichts erinnern konnte? Wo sollte sie hingehen, wenn sie nicht einmal mehr ihren eigenen Namen wusste?

So sehr diese Fragen auch an ihr nagten, so wusste sie doch mit Bestimmtheit, dass jeder Ort der Welt besser war, als der, von dem sie geflohen war. Sie hatte keine Bilder davon im Kopf, doch das dumpfe Gefühl in ihrem Inneren versprach ihr die Hölle auf Erden, sollte sie je wieder dorthin zurückkehren.

Die Hände fest im Schoß verkrampft, begann sie, in der kühlen Luft der Klimaanlage zu frieren, obwohl ihre Haut fiebrig brannte und die Kleidung noch immer an ihrem Körper klebte. Sie wagte es nicht, die Sonnenblende herunterzuklappen und in den Spiegel zu sehen, aus Angst vor dem, was sie dort möglicherweise entdecken würde. Also blieb sie still sitzen, die geschundene Unterlippe zwischen den Zähnen eingeklemmt und starrte in die Nacht hinaus.

Im Zickzack verlief die Strecke durch die Landschaft. Auf der rechten Seite ragten Hügel mit trockenen Bäumen und Sträuchern in den Nachthimmel auf, während das Meer auf der linken im Mondlicht funkelte. Nach einer weiteren Kurve erkannte sie die beleuchteten orangefarbenen Pfeiler einer Hängebrücke in der Ferne.

Die Golden Gate Bridge.

Sie war in San Francisco.

Aber bedeutete das auch, dass sie in Sicherheit war?

2. KAPITEL

Die Stadtlichter glitzerten auf der anderen Seite der Brücke. Ihr blieben nur noch wenige Minuten, sich zu überlegen, was sie tun sollte. Sie folgten der Route 101 entlang der Küste, bis Travis in Richtung Central North abbog. Mit jeder Meile, die sie hinter sich ließen, schlug ihr Herz schneller und ihre Fingernägel bohrten sich tiefer in ihre Handflächen.

Was sollte sie den Polizisten erzählen? Und warum sollten sie ihr glauben, statt sie für verrückt zu erklären? Im Grunde konnte sie ihnen überhaupt nichts sagen. Nicht, wer sie war oder was sie mit diesen Männern zu schaffen hatte noch, warum diese sie verfolgt hatten. Großer Gott, vielleicht hielten die Polizisten sie sogar für eine Kriminelle auf der Flucht? Oder für eine Irre, die aus der Anstalt geflohen war, statt brav ihre Happy-Pillen zu schlucken?

»Jennifer?«

Sie reagierte nicht auf den fremden Namen. Erst als der Pickup am Straßenrand hielt, kam wieder Leben in sie. Langsam hob sie den Kopf und betrachtete das einstöckige Gebäude. Die blauen und grauen Fliesen entlang der Außenwände halfen nicht dabei, den trübseligen Eindruck zu mildern. Genauso wenig der Name, der in großen Lettern neben dem Eingang prangte: Northern District Police Station.

Statt Sicherheit zu empfinden, stieg Panik in ihr auf. Sie grub die Fingernägel so fest in ihr Fleisch, dass sie zusammenzuckte.

»Alles in Ordnung ...?«, fragte Travis zögerlich, als wüsste er nicht mit der Situation umzugehen. Sein Blick wanderte zwischen dem Gebäude und ihr hin und her. »Soll ich vielleicht mitko...«

»Nein«, unterbrach sie ihn schnell und tastete nach dem Türöffner. »Danke fürs Mitnehmen.«

»Kein Problem«, murmelte er, aber ihm war anzusehen, dass er noch immer nicht sicher war, wie er sich verhalten sollte.

Sie zwang sich zu einem Lächeln, ohne zu wissen, ob es ihr gelang oder bei ihm nicht eher den Eindruck einer durchgeknallten Ausreißerin bestärkte. »Danke«, wiederholte sie mit fester Stimme und stieg aus.

Sie sah dem Wagen nach, wie er um die Ecke bog und in der Dunkelheit verschwand. Reglos stand sie neben dem schlichten Gebäude, während Leute an ihr vorbeigingen und ihr seltsame Blicke zuwarfen. Zögerlich drehte sie sich um. Selbst unter einer armseligen Straßenlampe stehend, spiegelte sie sich in den blank geputzten Fliesen wider. Darin war eine großgewachsene, schlanke Frau mit verschmutztem Gesicht und kastanienbraunen Haaren zu sehen, die ihr in wirren Wellen über die Schultern fielen. Ihre Statur wirkte sportlich, doch ihre Haut war so blass, als hätte sie in den vergangenen Monaten nicht viel Zeit unter freiem Himmel verbracht. Gehetzte graugrüne Augen starrten ihr entgegen und über ihrer linken Braue glänzte frisches Blut.

Sollte sie das sein? Jennifer oder wie auch immer sie heißen mochte? Sie schlang die Arme fester um sich, als könne sie so diesem Bild entfliehen und spürte, wie etwas Hartes zwischen ihren Brüsten in ihre Haut stach.

Beklommen sah sie an sich hinab und zog die Kugelkette unter ihrem Oberteil hervor, bis ein kleines Metallstück am Ende sichtbar wurde. Eine Hundemarke. Darauf standen ein Name, eine Zahlenabfolge und eine Blutgruppenbezeichnung. Sie las die Worte mehrmals, ohne dass sie etwas in ihr auslösten.

Jessica K. Neville.

Es könnte genauso gut der Name einer Fremden sein.

In diesem Moment ging die Tür zum Polizeigebäude auf und ein Mann kam heraus. Schnell schob sie die Hundemarke zurück unter ihr verschwitztes Top und trat in den Schatten. Leider nicht schnell genug, denn der Mann wandte sich ihr zu.

»Hey, keine Angst.« Er näherte sich ihr mit gehobenen Händen und bedächtigen Schritten. Obwohl er nur legere Straßenkleidung trug, blitzte die Polizeimarke an seinem Gürtel im Licht der Straßenlampe auf. »Wollten Sie reingehen? Eine Anzeige aufgeben?« Blaue Augen musterten sie von oben bis unten, als versuchte er einzuschätzen, was mit ihr passiert war. »Keine Angst«, wiederholte er mit ruhiger Stimme und deutete auf den Eingang. »Hier sind Sie sicher. Niemand wird Ihnen wehtun.«

Seine Worte erinnerten sie an das unangenehme Pochen in ihrer Rippengegend und die aufgeplatzte Lippe. Die wenigen Erinnerungen, die sie besaß, hatten sich so tief in ihr Bewusstsein gebohrt, dass allein das Denken daran schmerzte.

Zögerlich machte sie einen Schritt auf ihn zu. Er war Polizist, richtig? Die Polizeimarke bewies es. Wenn es irgendwo jemanden gab, der ihr helfen konnte, dann dieser Mann und seine Kollegen. Sie ging noch einen Schritt auf ihn zu.

Ein Lächeln erschien auf seinem Gesicht. Obwohl er die Hand nach ihr ausstreckte, berührte er sie nicht und hielt gebührenden Abstand, als er sie zum Eingang begleitete. »Wie ist Ihr Name?«, fragte er, während er ihr die Tür aufhielt.

»Jen... Jessica«, verbesserte sie sich schnell, obwohl sich auch dieser Name nicht richtig anfühlte. Irgendetwas daran war falsch, auch wenn sie nicht sagen konnte, woher dieses Gefühl rührte.

»Freut mich, Jessica. Ich bin Inspector Colby. Möchten Sie ein Glas Wasser?« Er deutete auf einen der freien Stühle neben dem Informationsschalter am Haupteingang. Offensichtlich war ihm ihr heruntergekommener Zustand nicht entgangen. Sie nickte dankbar und setzte sich auf den harten Plastikstuhl.

Die rege Betriebsamkeit hatte eine beruhigende Wirkung. Das Summen der unterschiedlichen Stimmen begann sie einzulullen. Ein paar der uniformierten Männer und Frauen warfen ihr im Vorbeigehen einen Blick zu, ließen sie jedoch in Ruhe. Seufzend lehnte sie den Kopf gegen die Wand in ihrem Rücken und begann, ihre Umgebung genauer in Augenschein zu nehmen. Ein geordnetes Chaos war der erste Eindruck, den sie gewann. Mehrere Türen führten vom Warteraum ab, links befanden sich die Anzeigenaufnahme und mehrere Büros.

Überall liefen Leute herum, hauptsächlich Polizisten, die meisten von ihnen in Uniform, bewaffnet mit Schlagstock und Pistole. Bereit für den Einsatz. Bereit zum Töten.

Woher kam dieser Gedanke auf einmal?

Mit Daumen und Zeigefinger rieb sie sich über die müden Augenlider. Eine schrille Frauenstimme aus dem Raum, in dem die Anzeigen aufgenommen wurden, ließ sie zusammenzucken. Die Frau schrie weiter, ohne den beruhigenden Worten einer jungen Polizistin Beachtung zu schenken. Ein Mann mittleren Alters wurde in Handschellen abgeführt. Zwei Polizisten eilten an ihr vorbei und riefen einem dritten etwas zu, das sie aufhorchen ließ. Offenbar hatte sich einige Blocks weiter ein Verkehrsunfall ereignet. Der Fahrer eines roten Pick-ups mit kalifornischem Kennzeichen war von der Fahrbahn abgekommen und in eine Baustelle gerast.

Die drei Männer verschwanden nach draußen. Ihre Stimmen verstummten.

Sie befeuchtete sich die trockenen Lippen. Ein roter Pick-up. Der Fahrer war tot. Travis Mendez. Oh Gott ... das konnte kein Zufall sein.

»Hier.«

Sie zuckte zusammen, als Inspector Colby ihr einen Plastikbecher unter die Nase hielt, dann griff sie danach. »Danke.« Gierig trank sie das Wasser aus, wobei sie sich mehrmals verschluckte.

»Immer mit der Ruhe.« Behutsam klopfte er ihr auf den Rücken. »Wo das herkommt, gibt es noch mehr.«

Ein weiterer Mann trat zu ihnen. Groß und imposant, dunkelhäutig, mit breiten Schultern. Sein harter Blick schien keine Gnade zu kennen, aber er wurde etwas weicher, als er auf ihr zum Ruhen kam. »Wen haben wir denn hier?«

»Das ist Jessica Neville, Sir«, erklärte Colby dem anderen Mann, der ohne Zweifel sein Vorgesetzter war. »Sie stand draußen ein wenig verloren vor der Station herum.«

In ihrem Inneren zog sich etwas zusammen. Von einer Sekunde auf die andere war ihr Körper in Alarmbereitschaft, ohne dass sie wusste, warum. Vielleicht war sie tatsächlich verrückt geworden.

Der andere Polizist ging vor ihr in die Hocke. Im Gegensatz zu Colby trug er eine Uniform mit Abzeichen auf den Schultern, die ihn als Captain auszeichneten. Sein Blick hatte ihr Gesicht nicht verlassen und schien Dinge zu sehen, die sie selbst nicht wahrnehmen konnte.

»Tatsächlich?« Seine Frage richtete sich an niemand Bestimmtes. »Können Sie uns sagen, was passiert ist, Miss?«

Sie öffnete den Mund, aber kein Ton kam über ihre trockenen Lippen. Auf einmal raste ihr Herz. Sie sah zu Colby, der sie noch immer musterte, wie ein verloren gegangenes Kind, das er am Straßenrand aufgesammelt hatte. In seinen Augen lag nichts als Freundlichkeit und leise Besorgnis. Dennoch wusste sie eine Sache mit absoluter Bestimmtheit: Er war ein verdammter Lügner.

Sie hatte Colby nie ihren Nachnamen genannt.

Woher wusste er ihn also?

Schnell schüttelte sie den Kopf und richtete ihr Augenmerk wieder auf den anderen Polizisten. »Nein ...« Ihre Hände wurden feucht. »Es ist alles in Ordnung. Tut mir leid, dass ich Sie bei der Arbeit gestört habe«, würgte sie hervor und erhob sich mit zittrigen Knien. Sie musste hier raus. Sofort.

»Sind Sie sicher?«

»Ja.« Sie schob sich an den Männern vorbei. »Tut mir leid.«

»Miss!«, rief der Polizist ihr nach, aber sie ignorierte ihn.

Mit drei großen Schritten war sie bei der Tür und stieß sie auf. Die kühle Nachtluft ließ sie schaudern, aber es war die Stimme hinter ihr, die ihr eine Gänsehaut verursachte.

»Jessica!« Colby war ihr bis nach draußen gefolgt.

Sie wirbelte zu ihm herum. »Neville? Wirklich?« Ihre Hände ballten sich zu Fäusten. Woher sie die Kraft nahm, diesem Mann die Stirn zu bieten, wusste sie nicht.

Erst jetzt schien er seinen Fehler zu bemerken, denn Freundlichkeit und Sorge verschwanden aus seinem Gesicht. Mit einem Fingerschnippen konnte er auf eine eisige Distanz umschalten, die sie ein weiteres Mal erschauern ließ. Wer war dieser Mann? Warum kannte er den Namen, der auf ihrer Hundemarke stand? Gehörte ihr die Marke überhaupt? Oder war auch das eine Lüge?

»Sie müssen mit mir kommen.« Colby setzte sich in Bewegung. »Glauben Sie mir, es ist zu Ihrer eigenen Sicherheit.« Diesmal hatte sein Näherkommen nichts Sanftes an sich. Seine Schritte waren zielgerichtet, sein Blick bedrohlich.

»Auf keinen Fall.« Instinktiv wich sie zurück. Noch immer wusste sie nicht, was geschehen war. Aber wenn jemand sie gegen ihren Willen mitnehmen wollte, konnte das nicht zu ihrem Besten sein. So viel Verstand besaß sie noch, auch wenn alles andere aus ihrem Bewusstsein ausgelöscht war.

Sie machte auf dem Absatz kehrt und rannte los, Colbys zornige Stimme in ihrem Nacken, seine hämmernden Schritte dicht hinter ihr. Sie rannte, weil es das Einzige war, das sie kannte.

Einen Block weiter hielt ein Bus an der Haltestelle. Das war ihre Chance. Sie sprintete darauf zu, wich entgegenkommenden Passanten aus – bis ein unerwarteter Schmerz sie zurückriss. Colby hatte ihr Haar gepackt und zog brutal daran.

»Nein!« Sie schlug um sich, wehrte sich, so gut sie konnte. Panik brach über sie herein wie eine Sturmflut und aktivierte Kraftreserven in ihr, die sie längst verbraucht geglaubt hatte.

Mit dem Ellbogen zielte sie auf Colbys Magen, der ein hörbares *Uff* von sich gab und sich vornüber beugte. Sie nutzte den Moment, um ihre Haarsträhnen aus seinem Griff zu befreien. Grob zerrte sie daran, aber der Polizist war schneller. Wieder riss er sie zurück und sie stöhnte vor Schmerz auf.

Niemand kam ihr zur Hilfe. Die Menschen sahen weg und stiegen in den Bus ein. Autos fuhren vorbei, ohne langsamer zu werden. Niemand schien sie zu beachten. Als wäre sie eine Kriminelle und Colby der brave Cop, der sie fasste. Aber er war keiner der Guten – er kämpfte nicht fair. Doch das konnte sie genauso.

Fest trat sie ihm mit der Ferse auf den Fuß. Für ein, zwei

Sekunden war er perplex genug, damit sie ausholen und ihre Faust seine Nase treffen konnte. Gleich danach die Niere. Colby krümmte sich vor Schmerzen und ließ ihr Haar los.

Sie sprang zurück, rannte auf den Bus zu, aber er fuhr bereits los. Hektisch sah sie sich um, sprintete um die nächste Ecke in eine Seitenstraße. Schlitternd kam sie neben einer älteren Dame zum Stehen, die gerade in ein Taxi steigen wollte. Ohne jede Rücksicht schob sie die Frau beiseite, glitt auf den Rücksitz und zog die Tür hinter sich zu.

»Painted Ladies, Alamo Square«, sagte sie dem Fahrer. Das aufgebrachte Gezeter der Frau ignorierte sie.

Warum ihr ausgerechnet dieser Ort in San Francisco einfiel, wusste sie nicht und es interessierte sie auch nicht. Mit hämmerndem Herzen machte sie sich so klein wie möglich, jeden Moment damit rechnend, dass Colby auftauchen und sie festnehmen würde. Aber nichts dergleichen geschah. Das Taxi fuhr los und fädelte sich in den nächtlichen Stadtverkehr ein.

Sie war zum zweiten Mal an diesem Tag entkommen, aber an ein Aufatmen war nicht zu denken.

Sie erinnerte sich nicht an ihre Vergangenheit. An ihr Leben. Und sie wusste noch immer nicht, wer hinter ihr her war – oder warum.

3. KAPITEL

Adam Blackbourne war ein Jäger. Immer gewesen. Als Siebenjähriger hatte er andere Kinder beim Spielen von Räuber und Gendarm gejagt, als Erwachsener jagte er die wahren Verbrecher dort draußen.

Blitzschnell schoss er vor, packte die Glock in Henriksons Hand und schlug seinen rechten Arm mit einer gezielten Bewegung beiseite. Einen Sekundenbruchteil später blickte sein jüngerer Kollege in den Lauf der Pistole. »Scheiße, Blackbourne. Ich hab dich nicht mal kommen sehen.«

Inzwischen kannte er Henrikson gut genug, um zu wissen, dass seine Worte nur eine Ablenkung darstellten. Mit erhobenen Händen näherte sich Henrikson ihm, dann wiederholte er die Bewegungsabfolge und nahm ihm die Waffe ab.

»Gut.« Adam nickte ihm zu. »Noch mal. Diesmal schneller.«

Sie wiederholten die Entwaffnung, dann gingen sie zu weiteren Manövern über, bis ihnen beiden der Schweiß auf der Stirn stand. Am Rande der Trainingshalle der FBI-Zentrale ließ sich Adam auf eine Bank fallen und griff nach seiner Wasserflasche. Ein kurzer Blick auf die Wanduhr verriet ihm, dass es bereits später Nachmittag war. Seine Finger zuckten ungeduldig in der Hoffnung auf eine Zigarette, aber er unterdrückte das Verlangen. Er hatte schon vor Jahren mit dem Rauchen aufgehört und würde jetzt nicht wieder damit anfangen. Egal, wie sehr dieses Warten seine Nerven strapazierte. Kaffee war die einzige Sucht, die er sich erlaubte.

Auf der anderen Seite der Halle begannen zwei Kollegen mit dem Nahkampftraining. Adam beobachtete die beiden eine Weile, während er sich in Gedanken damit beschäftigte, ihren Kampfstil zu analysieren. Roberts war ein bulliger Mann, der problemlos als Türsteher oder Bodyguard durchgehen konnte. Sein Vorteil lag in seiner Körperkraft, aber wenn es um Schnelligkeit ging, hatte sein Partner ihm einiges voraus.

»Weißt du schon, wann sie dich wieder in den Außendienst lassen?« Henriksons Stimme riss Adam aus seinen Gedanken. Seine Frage erinnerte ihn daran, warum er hier saß und anderen beim Training zusah, statt selbst dort draußen zu sein, um an einem neuen Fall zu arbeiten.

»Nein«, erwiderte er knapp.

Adam trank noch einen Schluck, bevor er die Flasche zurück auf den Boden stellte und aufstand. Zu Hause warteten jede Menge Akten auf ihn. Akten zu dem einzigen Fall, der ihn im Moment interessierte. Denn nur weil sein Boss ihn nicht zurück an die Front ließ, bedeutete das nicht, dass er die Hände in den Schoß legte und nichts tat.

Henrikson fluchte neben ihm. Diese Eigenart mussten sie ihm noch austreiben, sonst würde er es sich früher oder später mit einigen Vorgesetzten verscherzen. Aber Henrikson war gerade mal Anfang zwanzig und galt als einer der talentiertesten Agenten in seinem Alter. Adams Aufgabe war es, ihn im Nahkampf und im Umgang mit Waffen auszubilden – nicht, an seinen Manieren zu feilen.

»Lass uns weitermachen.« Mit großen Schritten steuerte er die Trainingsmatten an und winkte Henrikson zu sich.

»Wie lang ist es jetzt her?«

Nach außen hin zeigte Adam keine Regung, doch innerlich brodelte die Wut noch immer. Zu deutlich sah er die Bilder jener Nacht vor sich, sah, wie das Leben aus den Augen seines Partners wich und hörte den Schuss, der nicht nur seine Karriere, sondern auch sein Leben auf Eis gelegt hatte.

»Drei Monate.« Einhundert Tage und neun Stunden, um präzise zu sein, aber wer zählte schon genau?

Wie ein Echo seiner Gedanken begann seine Schulter, dumpf zu pochen. Adam hasste dieses Gefühl, aber er hatte gelernt, es nicht zu ignorieren, sondern damit zu arbeiten. Langsam rollte er die Schultern, bis der Schmerz nachließ und er sich auf den Übungskampf konzentrieren konnte. Nachdem er so lange schon die Füße stillhalten und Büroarbeit leisten musste, waren sein morgendliches Workout samt dem regelmäßigen Training mit seinen Kollegen der einzige Grund, warum er noch nicht durchgedreht war.

Das und die Spur, die er bis heute verfolgte. Eine Spur, die ihm hoffentlich irgendwann begreiflich machen konnte, warum er vor drei Monaten mit verbundener Schulter vor Patricia Vances Tür gestanden und ihr die Nachricht vom Tod ihres Mannes hatte überbringen müssen. In jenem Moment schwor er sich, erst wieder dort aufzutauchen, wenn er den Tod seines Partners aufgeklärt hatte – koste es, was es wolle. Nicht nur, damit er eines Tages wieder ruhig schlafen konnte, sondern damit die nächste Nachricht, die er Vances Familie überbrachte, davon handelte, dass er die Schuldigen gefasst hatte.

Als er an diesem Mittwochabend vor *Ernie's*, einem abgelegenen Diner am äußersten Rande San Franciscos, hielt und aus dem Wagen stieg, war der Schmerz in seiner Schulter wieder da. Es war schon spät; inzwischen war seine achte Tasse Kaffee fällig. Adam marschierte über den verlassenen Parkplatz und lockerte die Krawatte, die ihm die Luft abschnürte. Über ihm klingelte die Türglocke und eine Wolke aus verschiedensten Gerüchen schlug ihm entgegen, als er das Diner betrat: Kaffee, fettiges Essen, Schweiß und Parfum. Es war der Kaffee, wegen dem er hier war. Und vielleicht sollte er auch mal wieder etwas essen.

Zielstrebig ging er an der bestuhlten Theke vorbei und ließ sich in der hintersten Ecke in die roten Polster fallen. Den Rücken zur Wand, das gesamte Diner im Blick. Alte Gewohnheiten wurde man nicht los. Nur weil er bei der Arbeit momentan die verdammte Sekretärin spielen musste, bedeutete das nicht, dass es für immer so bleiben würde. Er hatte kein Problem damit, Henrikson und den anderen Agenten in seinem Alter den Vortritt zu lassen. Aber wenn es darauf ankam, wollte er wieder an der Front sein. Das tun, weshalb er überhaupt erst beim FBI angefangen hatte – um Kriminellen das Handwerk zu legen und unschuldige Leben zu beschützen.

Er schnappte sich die Karte und studierte das Angebot, ohne etwas wahrzunehmen. Seit drei Jahren kam er in dieses Diner, aber an der Auswahl hatte sich bis heute nichts verändert. Irgendwie war es beruhigend, dass wenigstens manche Dinge im Leben immer gleich blieben.

Ein Schatten fiel über ihn. »Was darf's sein?«

»Einen Kaffee, schwarz«, bestellte er und lehnte sich zurück.

Die Kellnerin wirkte blass in ihrer gelben Uniform, aber vielleicht lag das auch nur am fahlen Licht hier drin. Auf dem Schild an ihrer Brust stand ihr Name – Cindy. Sie musste neu sein, denn er hatte sie noch nie zuvor gesehen. Als sie seine Musterung bemerkte, schenkte sie ihm ein kurzes Lächeln, das überraschend ehrlich wirkte. Adam erwiderte es und ertappte sich dabei, wie sein Blick zu ihrem Hintern wanderte, als sie losging, um ihm seine Bestellung zu bringen.

Im gleichen Moment schalt er sich einen Idioten. Hatte er denn gar nichts gelernt? Auch wenn er die Ablenkung dringend gebrauchen könnte, würde er sich nicht mehr auf irgendeine dahergelaufene Frau einlassen.

Er ließ seinen Blick weiterwandern. Um diese Uhrzeit waren nur wenige Menschen hier. An der Theke ein alter Kerl mit krummem Rücken und Zeitung. Am zweiten Tisch neben dem Eingang saßen zwei Frauen, Mitte bis Ende dreißig, und unterhielten sich angeregt. Adam schnappte ein paar Worte auf, danach wusste er genug. Betrügende Ehemänner, rebellierende Teenager – nein, danke. Einen Tisch weiter hockte ein in sich zusammengesunkenes Mädchen im Kapuzenpulli, die schwarze Baseballkappe mit dem Logo der Giants tief ins Gesicht gezogen. Sie wirkte ärmlich, vielleicht kam sie von der Straße und wollte sich hier aufwärmen oder war eine der vielen Ausreißerinnen, die sich ein neues Leben in einer anderen Stadt erhofften.

Niemand wirkte auffällig oder schien ihn zu beobachten, also begann er, sich langsam zu entspannen. Seufzend fuhr er sich mit der flachen Hand über den Nacken. Vielleicht hatte sein Vorgesetzter recht und er hätte nicht schon kurz nach seinem

Krankenhausaufenthalt zurückkehren sollen. Wenn es nach Wallace ging, sollte sich Adam ein paar Wochen freinehmen, am besten an irgendeinem einsamen Strand in der Südsee und dann gesund, aber vor allem ohne Rachegedanken zurückkommen. Sein überarbeiteter Körper könnte den Urlaub gut gebrauchen, aber er gönnte sich keine Pause. Er würde durchdrehen, wenn er seine Gedanken und Erinnerungen nicht in Arbeit ersticken konnte. In Arbeit und jeder Menge Kaffee.

Cindy kehrte an seinen Tisch zurück und stellte ihm eine Tasse mit der dampfenden Flüssigkeit hin. Als sie ihn mit süßer Stimme nach weiteren Wünschen fragte, lehnte er dankend ab.

Adam nippte gerade an dem dunklen Gebräu, als die Tür aufging und eine zweite Kellnerin hereinkam. Als Erstes nahm er ihre Beine wahr. *Verboten lange Beine*, für die der gelbe Rock ihrer Uniform eindeutig zu kurz war. Dann registrierte er die Kratzer an ihren schlanken Armen und runzelte die Stirn. Entweder hatte sie eine sehr lebhafte Katze zu Hause oder sie steckte in Schwierigkeiten. Vielleicht auch beides.

Er trank einen weiteren Schluck, ohne den Blick von dem Neuankömmling mit den verlockend femininen Kurven abzuwenden.

Ihre Bewegungen wirkten geschmeidig, wenn auch fahrig. Irgendwie gehetzt. Sie ging zum Tresen und fragte nach Ernie. Die Antwort konnte Adam nicht verstehen, dafür sah er genau, wie sich die Brünette nachdenklich mit dem kleinen Finger über die Unterlippe strich. Die Geste hatte etwas so Vertrautes, dass sich unweigerlich alles in ihm zusammenzog. Als ob sie gespürt hätte, dass er sie beobachtete, drehte sie den Kopf und sah in seine Richtung.

Plötzlich brannte der Kaffee in Adams Rachen und ein Hustenanfall schüttelte ihn. Heiße Tropfen landeten auf seiner Hand und dem Tisch, als er die Tasse so kräftig abstellte, dass etwas von dem Getränk überschwappte. Er registrierte es kaum. Mit rasendem Herzschlag beobachtete er, wie die Kellnerin sich abwandte und hinter einer grauen Tür verschwand, während ihre Kollegin mit einem Tuch herbeigeeilt kam.

Adam ignorierte sie und sprang auf. Mit dem Handrücken wischte er sich über den Mund und kämpfte gegen den letzten Hustenreiz an, den Blick unverwandt auf die schwingende Tür gerichtet, die in die Küche führte.

Sie hatte ihn nicht erkannt. Die Feststellung traf ihn härter als gedacht. Wieder und wieder spulten seine Gedanken denselben Satz wie eine gesprungene Schallplatte ab.

Sie hatte ihn nicht erkannt.

Wie konnte das sein? Erinnerte sie sich nicht an ihn? Wollte sie sich nicht erinnern? Oder war das hier nur eines ihrer Spielchen? Eine weitere Lüge? Eine neue Tarnung? Doch selbst mit dunklen Haaren und in diesem schäbigen Kellnerinnen-Outfit erkannte er sie, so wie er sie immer und überall wiedererkannt hätte.

Valerie.

Söldnerin. Lügnerin. Mörderin.

Und seine Ex-Freundin.

4. KAPITEL

Mindestens drei geprellte Rippen. Eher vier. Ein faustgroßer Bluterguss.
Kratzer auf den Armen, an den Händen. Blutverkrustete Knöchel.
Eine aufgeplatzte Unterlippe.
Kleine Narbe am rechten Knie. Vielleicht ein paar Monate alt.
Schnittwunde an der Augenbraue, links.

Immer wieder sagte sie sich die Verletzungen auf, die sie an sich entdeckt hatte.

Vor achtundvierzig Stunden hatte ihr Leben neu begonnen – oder ihre persönliche Hölle. Vermutlich kam das auf die Sichtweise an. Aber egal, ob sie sich als Optimistin versuchte und sich einredete, dass die Erinnerungen ganz sicher zurückkommen würden oder als Pessimistin, die insgeheim wusste, dass diese Männer noch immer hinter ihr her waren. An den Tatsachen änderte das nichts: Ihr fehlten weiterhin jegliche Erinnerungen an ihr früheres Leben. Verdammt, sie wusste ja nicht einmal mehr ihren eigenen Namen.

Vier geprellte Rippen. Faustgroßer Bluterguss. Narbe am Knie ...

Sie murmelte die Worte vor sich hin und rief sie sich selbst dann noch in Erinnerung, wenn ihre Augen vor Erschöpfung zufielen. Als sie kurze Zeit später aus einem albtraumhaften Schlaf hochschreckte, war dieses Mantra das Erste, woran sie dachte. Ein Anker in einer Welt voller Dunkelheit, voller Leere. Einer Welt ohne Erinnerung. Ohne Vergangenheit.

Wenn man nichts mehr über sich selbst und sein Leben wusste, waren es die kleinen Dinge, an die man sich klammerte.

Sie hatte gelogen, sogar gestohlen, um an saubere Kleidung, etwas zu essen und ein Dach über dem Kopf zu kommen. All das hatte sie mit derselben Selbstverständlichkeit und Ruhe getan, mit der sie Travis auf der Fahrt nach San Francisco getäuscht hatte. Travis, der jetzt tot war. Als ob es ihre zweite Natur wäre, anderen Menschen etwas vorzumachen.

Bei jeder Bewegung scheuerte die Hundemarke über ihre Haut, als würde sie diese eine Lügnerin strafen. Eine Betrügerin. Obwohl sich das Stück Metall falsch auf ihrem Körper anfühlte, hatte sie es nicht abgenommen, da es der einzige Hinweis auf ihre Vergangenheit war. Eine Marke wie Soldaten sie trugen. Eine Marke, die nicht zu ihr gehörte.

Sie war keine Soldatin. Sie hieß nicht Jessica Neville. Selbst als sie in einem Internetcafé nach dem Namen recherchiert hatte, war ihr nichts bekannt vorgekommen. Die Fotos zeigten Fremde und die Ergebnisse führten zu allen möglichen Menschen, nur nicht zu ihr. Allein beim Klang des Namens schrie ihr Instinkt auf und alles in ihr wehrte sich dagegen. Aber wenn sie nicht Jessica Neville, die Soldatin auf der Flucht, war, wer war sie dann?

Kratzer an den Armen. Aufgerissene Fingerknöchel. Schnittwunde an der Augenbraue, links ...

Diese Dinge waren das Einzige, was sie mit absoluter Bestimmtheit wusste. Sie hielt sich daran fest, als ob ihr diese simplen Tatsachen das Gedächtnis zurückbringen konnten.

Aber das taten sie nicht.

Zehn Minuten zu früh für den Schichtwechsel betrat sie *Ernie's Diner.* Sie hatte es keine Sekunde länger in dem winzigen Apartment ausgehalten, das ihr einziger Zufluchtsort geworden war. Aber sobald die Nacht sich auf die Stadt herabsenkte, kehrte die Erschöpfung zurück und mit ihr der Sekundenschlaf – und die Albträume. Sie wollte die Augen nicht schließen, denn das bedeutete keine Erholung für sie, kein Aufatmen, keine Flucht. Sie konnte sich vor den Männern verstecken, die sie jagten, aber nicht vor sich selbst.

Im Diner saßen nur eine Handvoll Leute, von denen kaum jemand aufblickte, als sie zum Tresen hinüberging und ihre Kollegin Cindy nach Ernie fragte. Diese schüttelte den Kopf.

Anscheinend war ihr Chef noch nicht da, dabei brauchte sie dringend die vereinbarte Vorauszahlung. Allein vom Trinkgeld konnte sie das Apartment nicht bezahlen.

Seufzend fuhr sie sich mit dem kleinen Finger über die aufgeplatzte Unterlippe. Die Wunde schmerzte noch immer, aber das Brennen erinnerte sie daran, dass sie keine leere Hülle ohne Vergangenheit, sondern am Leben war – was auch immer das für ein Leben sein mochte.

Ein Prickeln in ihrem Nacken ließ sie erstarren. Langsam wanderte es ihren Rücken hinunter und hinterließ ein unruhiges Summen auf ihrer Haut.

Mit Blicken suchte sie das spärlich besuchte Diner ab und blieb an einem Mann im Anzug hängen. Er saß in der hintersten Ecke und passte überhaupt nicht hierher. Seine Krawatte hing schief und die kurzen braunen Haare waren verstrubbelt, als wäre er mehrmals mit der Hand hindurchgefahren. Er schien groß zu sein, war unrasiert und hatte stechend braune Augen. Augen, die sie geradezu anstarrten, während er an seiner Tasse nippte – und sich gleich darauf verschluckte.

Ein beklemmendes Gefühl breitete sich in ihrem Magen aus. Mit klopfendem Herzen wandte sie sich ab und ging in die Küche. Sie versuchte sich einzureden, dass der Fremde sie nur derart intensiv angesehen hatte, weil sie eben hereingekommen war, nicht, weil er zu jenen gehörte, die sie verfolgten. Nicht jeder Mann, der ihr begegnete, wollte sie umbringen.

Aber noch während sie sich diese Worte wie ein Mantra vorsagte, griffen ihre Finger nach einem Küchenmesser und ließen es in die Tasche ihrer Schürze gleiten. Dann schnappte sie sich ein Tuch, um mit der Arbeit zu beginnen. Lautlos schob sie die Tür auf. Sie wollte nicht hinsehen, aber als ihr Blick auf die hintere Ecke im Diner fiel, war von dem Fremden nichts mehr zu sehen. Die Luft, die sie unbewusst angehalten hatte, entwich ihrer Lunge mit einem erleichterten Seufzen. Sie hatte es sich bloß eingebildet. Wenn sie nicht aufpasste, würde sie noch paranoid werden.

»Hallo, Valerie.«

Die tiefe Stimme ließ sie erstarren. Langsam drehte sie sich um und sah in das Gesicht des Anzugträgers. Durch seine Größe wirkte er aus der Nähe sogar noch einschüchternder. Dunkle Ringe lagen unter seinen braunen Augen, die sie mit solch unverhohlenem Zorn musterten, dass sie unwillkürlich einen Schritt zurückwich. Soviel dazu, dass nicht jeder Mann sie umbringen wollte.

»Oder nennst du dich jetzt Jennifer?«, wollte er mit einem herablassenden Blick auf das Namensschild an ihrer Arbeitskleidung wissen. Dass sie vor ihm zurückschreckte, schien ihn nur noch wütender zu machen, denn jetzt setzte er sich in Bewegung und kam Schritt für Schritt auf sie zu. »Ganz schön mutig von dir, wieder in Frisco aufzutauchen. Oder sollte ich sagen – dumm?«

»Ich ...« Sie stieß mit dem Rücken gegen den Tresen, direkt neben der Kühltheke mit den Kuchen und den aufgetürmten Menükarten. Ihre Finger zuckten, und ihr fiel das Küchenmesser in ihrer Tasche wieder ein. Schön, dass sie sich überhaupt mal an etwas erinnerte. »Sie müssen mich verwechseln ...«

»Bullshit!«, unterbrach er sie und wischte ihren Einwand mit einer herrischen Geste beiseite. »Dachtest du wirklich, du könntest wieder hier auftauchen und so tun, als wäre nichts gewesen?« Zu ihrem Entsetzen zog er ein Paar Handschellen unter seinem schwarzen Jackett hervor.

Der Anblick der metallenen Fesseln schien einen Schalter in ihrem Kopf umzulegen, denn ehe sie sich versah, schlossen sich ihre Finger um den Messergriff. Der Fremde bemerkte die Bewegung und seine Augen weiteten sich für einen Sekundenbruchteil.

Dann reagierte er schneller, als sie blinzeln konnte.

Er packte ihr rechtes Handgelenk und schlug es hart gegen die Kühltheke. Schmerz durchzuckte sie, aber sie ließ das Messer nicht los. Mit der anderen Hand versuchte sie, den Mann wegzudrücken, aber er schien sich in eine Wand aus Muskeln verwandelt zu haben, die keinen Zentimeter zurückwich. Er presste sie gegen den Tresen, dann drückte er ihren linken Arm gegen ihre Seite, bis sie bewegungsunfähig war. Ein zweites Mal krachte ihre Hand gegen die Vitrine und ließ einen Riss im Glas zurück. Klirrend landete das Messer auf dem Boden.

Irgendwo schrie eine Frau auf. Cindy. Ihre schrille Stimme drang durch das Rauschen in ihren Ohren und durchbrach ihren Schockzustand. Sie ballte die Hand zur Faust und riss den freien Arm hoch. Ihr Ellbogen prallte hart gegen den Kiefer des Angreifers. Sein Kopf schnellte zurück. Die unerwartete Gegenwehr lockerte seinen Griff um ihre Taille. Sie nutzte das Überraschungsmoment, um ihn von sich zu stoßen. Aber anstatt wegzulaufen, holte sie von einem tödlichen Instinkt getrieben aus. Ihre Faust krachte zielgenau in den Solarplexus des Mannes. Sie sah noch, wie alles Blut aus seinem Gesicht wich, bevor er sich vor Schmerz krümmte.

Die plötzliche Stille im Diner wurde nur durch ihre schwere Atmung unterbrochen. Alle starrten sie an. Niemand wagte es, auch nur einen Muskel zu rühren.

Sie musste hier raus. Sie war nicht mehr sicher, war es vielleicht nie gewesen.

Sie setzte sich in Bewegung und flüchtete nach draußen. Erst als die Tür mit einem verstörenden Klingeln hinter ihr zuknallte, begann sie zu rennen.

Autos hupten und Reifen quietschten, als sie über die Straße hetzte, ohne sich nach links und rechts umzusehen. Wieder und wieder spielte sich die Szene im Diner vor ihrem inneren Auge ab. Der fremde Mann und die Art, wie er sie angesehen, wie er sie genannt hatte. *Valerie.*

Was hatte sie Schreckliches getan, um eine solche Wut, eine solche Attacke zu verdienen? Sie schloss ihre Finger um das Handgelenk, das er gegen das Glas geschlagen hatte. Noch spürte sie nichts, aber in ein paar Stunden, wenn das Adrenalin in ihrem Körper nachließ, würde die Sache anders aussehen. Mit Schmerzen kannte sie sich aus.

Ziellos irrte sie durch die Straßen, schlug Haken und nahm

im Vorbeigehen eine Jacke vom Aushang eines Bekleidungsgeschäfts mit, um die verräterische Uniform darunter zu verbergen. Wenige Schritte darauf folgte eine Mütze, unter der sie ihr Haar versteckte. Sie ging so selbstverständlich weiter, als hätte sie nicht soeben etwas gestohlen.

Woher nahm sie diese verdammte Ruhe, um solche Dinge zu tun? Hatten ihre Verfolger tatsächlich einen Grund, sie zu jagen? Hatte sie etwas Schreckliches getan, womit sie sich den Zorn dieser Menschen zugezogen hatte? Wenn ja, warum konnte sie sich nicht daran erinnern?

»Vier geprellte Rippen, ein faustgroßer Bluterguss ...«, murmelte sie im Gehen vor sich hin, doch diesmal wollte sich die beruhigende Wirkung nicht einstellen. Sie wusste nicht, wie lange sie schon unterwegs war, aber ihr Herz raste noch immer und kalter Schweiß klebte auf ihrer Haut. Statt ihres Mantras tauchten andere Worte in ihrem Kopf auf und ließen ihre Angst von Sekunde zu Sekunde größer werden. Sie war nicht sicher.

Nicht sicher.

Nicht sicher.

Mit einem Mal wusste sie, was sie zu tun hatte.

Prüfend sah sie sich um, ob ihr jemand folgte, aber niemand kam ihr verdächtig vor. Die Leute gingen an ihr vorbei, ohne sie zu beachten.

Wenige Minuten später stand sie vor der grünen Wohnungstür im vierten Stock, die dringend einen neuen Anstrich nötig hatte und hob den Schlüssel auf, der ihren nervösen Fingern entglitten war. Sie besaß nichts von Wert in diesen vier Wänden, aber es waren ihre einzigen Besitztümer – ein paar Kleidungsstücke, Hygieneartikel, ein billiges Taschenmesser. Wenn sie in San Francisco nicht sicher war, musste sie woanders hin, in eine andere Stadt, vielleicht sogar in einen anderen Bundesstaat, bis sie sich erinnerte. Sie konnte niemandem vertrauen, nicht der Polizei und erst recht keinem Fremden.

Mit drei großen Schritten durchquerte sie den Raum, schaltete die Nachttischlampe ein und holte den Rucksack unter dem Bett hervor. Es war dumm gewesen, zu glauben, sie könnte hier ausharren, bis ihre Erinnerung von allein zurückkehrte. Dumm und leichtsinnig.

Schnell stopfte sie eine Jeans und ein paar T-Shirts in den Rucksack. Ihr hektischer Atem vermischte sich mit dem Großstadtlärm, der durch die Tür hereindrang. Als sie sich dessen bewusst wurde, hob sie den Kopf. Bedächtig griff sie nach dem Taschenmesser, während ihr Herzschlag sich mit jeder Sekunde, die verging, beschleunigte.

Die Tür war nicht hinter ihr zugefallen. Sie lebte erst seit zwei Tagen in diesem Apartment, aber bisher war die Tür jedes Mal hinter ihr ins Schloss gefallen. Immer. Mit zittrigen Fingern hantierte sie mit dem Messer, versuchte es aufzuklappen, aber es war zu spät. Das leise Klicken hinter ihr ließ sie mitten in der Bewegung innehalten. Gleich darauf spürte sie den kühlen Lauf der Pistole im Nacken.

5. KAPITEL

Schwarze Punkte tanzten vor Adams Augen. Er schnappte nach Luft, ohne dass etwas davon in seine Lunge zu dringen schien. Verdammt, dieser Schlag hatte gesessen. Wenn er noch Zweifel daran gehabt hätte, es mit einer ausgebildeten Killerin zu tun zu haben, wären diese spätestens jetzt ausgelöscht worden.

Mühsam richtete er sich auf und kämpfte gegen den Schwindel an. Im Diner herrschte noch immer eine atemlose Stille, doch als er einen Schritt nach vorn machte, brach die Hölle los. Alle schrien durcheinander, verlangten nach Polizei und Krankenwagen, aber Adam schüttelte nur den Kopf. Mit zusammengebissenen Zähnen ging er zur Kellnerin, die sich noch immer hinter dem Tresen verschanzt hielt und jetzt ein Handy am Ohr hatte.

Adam zog seine Dienstmarke hervor und hielt sie ihr unter die Nase. »FBI. Special Agent Blackbourne. Wer war die Frau, die eben geflohen ist?«

Mit offenem Mund starrte Cindy zuerst ihn, danach seine Marke und dann wieder ihn an. Wie in Zeitlupe ließ sie das Handy sinken.

»Sie ... sie war ...« Scheinbar nervös leckte sie sich über die blassen Lippen. »J-Jennifer. Jennifer Bell. Sie arbeitet erst seit zwei Tagen hier. Ernie h-hat sie eingestellt.«

»Sozialversicherungsnummer?« Nicht, dass er glaubte, dass sie so etwas besaß oder tatsächlich angegeben hätte.

Wie vermutet, schüttelte Cindy den Kopf. »Ernie hat ... also ... er bezahlt uns immer bar. Sie werden ihn doch nicht anzeigen und den Laden dichtmachen, oder?«

»Nein.« Die Schwarzarbeit in diesem Schuppen war Adams geringste Sorge. »Haben Sie eine Adresse oder Telefonnummer von Jennifer Bell?«

»Ja.« Cindy deutete ihm an, ihr zu folgen. Hektische Flecken hatten sich auf ihren Wangen gebildet, während sie ihn durch eine Tür führte, auf der *Privat* stand, dann einen Gang entlang und in ein Büro hinein, das dem Eigentümer gehören musste. »Ich erledige auch ein bisschen Papierkram für Ernie«, gestand sie schüchtern. Nach einigem Wühlen zog sie einen zerknitterten Zettel zwischen den vielen Akten und Papieren hervor, die auf dem Schreibtisch aufgetürmt waren. »Hier. Sie wohnt nur ein paar Straßen weiter.«

Ein Blick auf den Zettel genügte, um sich die Adresse einzuprägen. »Danke, Cindy. Sie haben mir sehr geholfen.« Adam drehte sich auf dem Absatz um und verließ das Büro.

Hinter ihm erklangen schnelle Schritte. »Was hat sie getan? Jennifer, meine ich.«

»Das darf ich Ihnen nicht sagen.«

»Ist sie eine Kriminelle? Dabei wirkte sie so nett ... ziemlich still, aber ...«

Wie bitte? Adam blieb stehen und zwang Cindy, es ihm gleich zu tun. Die Brauen zusammengezogen, sah er sie scharf an. »Hat sie irgendetwas gesagt? Warum sie hier ist? Was sie vorhat?«

Die Kellnerin schüttelte den Kopf. »Nur, dass sie einen Job braucht und ein paar Tage hierbleiben will. Oh, da ist noch was.« Cindy klatschte sich mit der flachen Hand gegen die Stirn. »Jennifer hat mit Ernie eine Vorauszahlung vereinbart. Hat gesagt, damit sie die Miete bezahlen kann, aber vielleicht wollte sie damit ja Waffen oder Drogen kaufen?« Ihre Stimme senkte sich zu einem verschwörerischen Flüstern.

Adam runzelte die Stirn. Valeries Verhalten war ungewöhnlich. Es hieß zwar gern, dass Verbrecher immer an den Ort ihrer Tat zurückkehrten, aber die Realität sah anders aus. Nach der Schießerei am Hafen wäre es Wahnsinn, nach San Francisco zurückzukommen und das Risiko einzugehen, ihm oder einem seiner Kollegen in die Arme zu laufen. Aber vielleicht war Valerie auch nie aus der Stadt verschwunden – und wenn sie noch hier war, galt das möglicherweise auch für ihre Kollegen, die bei dem Anschlag dabei gewesen waren.

Adam nickte Cindy zum Abschied zu und eilte aus dem Diner. In seinem Dodge Caliber sitzend, zögerte er für einen Moment. Von den Söldnern, die in jener Nacht am Pier fünf FBI-Agenten getötet hatten, fehlte jede Spur. Bis jetzt. Eigentlich wäre es seine Pflicht, Wallace über den Vorfall im Diner zu informieren und Verstärkung anzufordern. Adam starrte einige Sekunden lang auf sein Handy, dann schob er es in seine Jackentasche und startete den Motor.

In einer Gegend wie dieser, in der Industriebauten und heruntergekommene Wohnblocks das Stadtbild dominierten, war mitten in der Woche nachts nicht viel los. Trotzdem ließ er seinen Blick suchend über die wenigen Gestalten wandern, die sich hier draußen herumtrieben, in der Hoffnung, Valerie unter ihnen zu finden. Dass er sie nicht entdeckte, war zwar ärgerlich, aber nicht überraschend. Wenn sie so leicht aufzuspüren wäre, hätte er sie schon vor Monaten gefunden und ihr Handschellen angelegt.

Auf dem abgelegenen Parkplatz eines Supermarkts hielt er an und stieg aus. Das Gebäude, zu dem die Adresse gehörte, die Cindy ihm gegeben hatte, befand sich ganz in der Nähe. Adam überquerte die Straße und schlich sich von hinten an das sechsstöckige Haus heran. Seine Dienstpistole hielt er gesenkt, aber einsatzbereit vor sich. Irgendwo musste ein Fenster geöffnet sein, denn aus dem Inneren drang die verzerrte Stimme eines Nachrichtensprechers aus einem Fernseher und eine Matratze quietschte in einem eindeutigen Rhythmus. Davon abgesehen war es ruhig und dunkel in den wenigen Stockwerken.

An den Namen neben der Eingangstür war nicht zu erkennen, wo Valerie wohnte oder welchen Decknamen sie diesmal benutzte. Vielleicht war sie bereits hier gewesen, hatte ihre Sachen gepackt und war verschwunden, aber das Apartment war Adams einzige Spur. Er tauschte seine Glock gegen ein Taschenmesser und knackte das Türschloss innerhalb weniger Sekunden. Ein Kinderspiel. Beinahe zu einfach. Er griff wieder nach seiner Waffe und betrat den unbeleuchteten Flur.

Wenige Minuten später hatte er bereits die ersten beiden

Stockwerke abgesucht, ohne einen Hinweis auf die Anwesenheit seiner Verdächtigen gefunden zu haben. Hinter ein paar Türen waren Geräusche zu hören, ansonsten herrschte Stille.

Aber so leicht gab Adam nicht auf, selbst wenn er jede einzelne Wohnung in diesem Gebäude auf den Kopf stellen musste, um Valerie aufzuspüren. Er würde es tun.

Zwei Stockwerke unter ihm fiel die Haustür ins Schloss. Schnelle Schritte näherten sich ihm über die Treppe. Kein Licht.

Adam drückte sich in eine Ecke und wartete. Kurz darauf eilte die Person an ihm vorbei, ohne ihn zu bemerken. Schmal. Geschmeidige Bewegungen. Eindeutig eine Frau – ihrem Geruch nach zu urteilen eine, die ihm verdammt vertraut war.

Etwas zog sich in seinem Inneren zusammen, aber er ignorierte es. Lautlos folgte er ihr, blieb dabei außerhalb ihres Sichtfeldes, indem er sich gegen die Wand drückte und die Stufen hinaufstieg. Im vierten Stock bog sie ab und blieb vor einer Tür am Ende des Flurs stehen. Es war die letzte Wohnung auf dieser Ebene, unmittelbar neben der Feuertreppe und einem großen Fenster. Kluges Mädchen. Adam hätte sich ebenfalls einen Fluchtweg offengehalten.

Eine Bewegung neben dem Fenster weckte seine Aufmerksamkeit. Beinahe wäre ihm die schwarz gekleidete Gestalt entgangen, die sich in der Dunkelheit gegen die Wand presste. Groß, deutlich größer als Valerie, breite Statur. Eindeutig männlich. Möglicherweise bewaffnet.

Ein leises Scheppern unterbrach Adams Gedanken. Valerie bückte sich und hob die Schlüssel auf. Jetzt erkannte er auch die gelbe Uniform, die sie im Diner getragen hatte. Die Mütze rutschte ihr vom Kopf und das lange Haar fiel ihr bis zur Mitte des Rückens. Sie registrierte es kaum, machte sich nicht einmal die Mühe, die Kopfbedeckung aufzuheben.

Adam runzelte die Stirn. Valerie hatte es offensichtlich eilig. Sie schien nervös und war unachtsam genug, um weder ihn noch den anderen Mann zu bemerken. Ganz anders als die Frau, die sich in seine Erinnerung eingebrannt und die ihn im

Diner außer Gefecht gesetzt hatte.

Was zum Teufel war hier los?

Bewegung kam in den anderen Mann, kaum dass Valerie aufgeschlossen hatte und in der Wohnung verschwunden war. Im letzten Moment schob der Fremde seinen Fuß hindurch, bevor die Tür zufallen konnte. Gleichzeitig zog er eine Pistole unter seiner Jacke hervor und entsicherte sie.

Fuck.

Ruckartig stieß sich Adam von der Wand ab und verließ sein Versteck in der Dunkelheit. Langsam pirschte er sich an die geöffnete Tür heran, nachdem er sichergestellt hatte, dass nicht noch mehr Idioten in der Nähe lauerten, die hier mitspielen wollten.

Vorsichtig betrat er das Apartment, das aus nicht viel mehr als einem Bett, einem Stuhl und einer Kommode bestand. Der Teppich, der einmal türkis gewesen sein musste, dämpfte seine Schritte. Der andere Kerl stand mitten im Raum und näherte sich mit gezogener Pistole Valerie, die neben dem Bett kniete und nichts von der Gefahr zu ahnen schien, in der sie schwebte. Mit hektischen Bewegungen stopfte sie ihre Sachen in einen Rucksack, hielt dann aber jäh inne. Der Fremde erstarrte für eine Sekunde in seinen Bewegungen, nur um gleich darauf den letzten Schritt zu machen und den Lauf seiner Pistole gegen ihren Nacken zu drücken.

»Die Hände hinter den Kopf«, knurrte er. »Na los!«

Valerie hob die Arme, nicht ohne vorher etwas fallen zu lassen, das Adam als Taschenmesser identifizierte. Dass sie so schnell aufgab, überraschte ihn und weckte gleichzeitig sein Misstrauen. Die Valerie, die er in Erinnerung hatte, ließ sich nichts befehlen und gab niemals auf.

Lautlos näherte er sich dem Mann und blieb knapp einen Meter hinter ihm stehen. »Waffe fallen lassen!«, befahl Adam, während er seine Glock auf ihn richtete.

Der Mann versteifte sich. Er war so auf sein Ziel fokussiert gewesen, dass er die Gefahren in seiner Umgebung außer Acht gelassen hatte. Böser Fehler.

Nur langsam folgte der Kerl Adams Anweisung, hob erst beide Hände zum Zeichen seines Entgegenkommens, dann sank er auf ein Knie, um seine Pistole abzulegen. In der Zwischenzeit hatte sich Valerie umgedreht. Aber wenn er geglaubt hatte, sie würde sich das Schauspiel seelenruhig anschauen und darauf warten, bis er mit diesem Idioten fertig war, hatte er sich geirrt. Ihre Faust schnellte nach vorn und traf den Kerl unvorbereitet mitten im Gesicht.

»Fuck.« Adam richtete seine Pistole auf sie, aber sie duckte sich und griff nach ihrem Rucksack. Mit einer schnellen Bewegung sprang sie auf die Beine. »Stehen bleiben!«, brüllte er.

Valerie ignorierte ihn. Sie hetzte zur Tür hinaus, als wäre der Teufel höchstpersönlich hinter ihr her. War er vielleicht auch. Adam packte den anderen Mann am Kragen, als er ihr hinterherrennen wollte. In letzter Sekunde wich er der Faust aus, die auf sein Gesicht zielte und stattdessen in seine Schulter krachte.

Adam fluchte, als Schmerz in seinem Körper explodierte und wie ein Feuerstrahl bis in seine Hand hinunterschoss. Seine Glock landete auf dem Boden, dafür blockte er die nächste Attacke ab, nur um selbst zuzuschlagen. Erst in die Nieren, dann verdrehte er dem Arschloch den Arm auf dem Rücken und stieß ihn mit dem Gesicht voran gegen die Wand. Ein hässlicher Blutfleck blieb auf der geblümten Tapete zurück.

Hastig durchsuchte er den Mann, fand aber nur ein paar Geldscheine und einen Autoschlüssel in seinen Taschen. Kein Ausweis, keine Papiere. *Verdammt.* Er zerrte ihn zum Heizkörper und riss den Vorhang vom Fenster. Mit der Schnur fesselte er den Angreifer an das Heizrohr, denn die Handschellen an seinem Gürtel waren für jemand anderen reserviert. Dann schnappte er sich seine Pistole und rannte aus dem Apartment. Um den Kerl würde er sich später kümmern.

Mehrere Stufen auf einmal nehmend, erwischte er seine Flüchtige im ersten Stockwerk.

»Val!«

Am Fuße der Treppe blieb sie stehen und drehte sich zu ihm um. Die Augen weit aufgerissen, starrte sie ihn an, als würde sie ihn zum ersten Mal sehen. Als würde sie ihn nicht kennen. Bisher hatte Valerie ihm ihren Kampfgeist und ihren Fluchtinstinkt gezeigt, doch jetzt meinte er in ihren Augen etwas zu erkennen, das er bisher nie darin gesehen hatte. Ein Gefühl, von dem er nicht geglaubt hätte, dass Valerie überhaupt dazu in der Lage war, es zu empfinden: Furcht.

6. KAPITEL

Obwohl sie sich nicht daran erinnern konnte, war sie davon überzeugt, noch nie in ihrem Leben so viel gerannt zu sein wie in den letzten Tagen. Sie hetzte aus dem Wohnblock, die Hand um den Riemen ihres Rucksacks gekrallt, über die Straße. Hupen und verärgertes Fluchen folgten ihr, aber sie drehte sich nicht um. Wenn sie sich umdrehte, würde sie die Männer sehen können, die ihr unweigerlich folgten.

Intuitiv schlug sie Haken und rannte im Zickzack durch die schachbrettförmig angeordneten Straßen, um ihre Verfolger abzuschütteln. Nach einigen Blocks gelangte sie in eine belebtere Gegend. Pubs und Coffee Shops säumten die Gehwege, lachende und trinkende Menschen begegneten ihr. Niemand schenkte ihr Beachtung.

Das hier war San Francisco. Wenn es einen Ort in den Staaten gab, in dem man niemals auffallen würde, war es dieser.

Verstohlen sah sie sich um, konnte aber niemanden ausmachen, der ihr folgte. Sie verlangsamte ihre Schritte, zog die Jacke fester um ihre Uniform und tauchte in der Menschenmenge unter, die an diesem Abend zum Feiern hergekommen war. Für wenige Minuten war sie hier in Sicherheit und gestattete es sich, tief durchzuatmen.

Sicherheit. Was war das schon? Sie konnte sich an keine Sekunde ihres Lebens erinnern, die sich so angefühlt hatte. Auch jetzt war die vermeintliche Sicherheit nur eine Täuschung. Nicht mehr als eine Farce. Das wurde ihr klar, als sie den Mann in ihrem Augenwinkel bemerkte. Er beobachtete jeden ihrer Schritte und hielt dabei eine Beretta 92 in der Hand. Woher sie den verdammten Namen der Waffe wusste? Sie hatte nicht die geringste Ahnung – aber das war im Moment auch ihr kleinstes Problem.

Sie ging weiter, stets darauf bedacht, sich nicht anmerken zu lassen, dass sie sehr wohl wusste, dass der Typ nur wenige

Meter hinter ihr war. Ihr Herz hämmerte. Ihre Augen tasteten die Umgebung ab, die verschiedenfarbigen Backsteingebäude zu beiden Seiten der Straße, die Menschen, die sich vor den Pubs zusammendrängten, um irgendein Spiel zu verfolgen. Die Straße mündete in eine große Kreuzung, aber es waren nicht die Hochhäuser, die ihre Aufmerksamkeit weckten, sondern die Buchstaben auf einem der Gebäude.

Police Department. Verdammt.

Sie bog nach links ab und drückte sich gegen die Hauswand. In der Eile, in der sie ihr Apartment verlassen hatte, hatte sie das Taschenmesser nicht mehr mitnehmen können. Aber das bedeutete noch lange nicht, dass sie wehrlos war – oder kampflos aufgab.

Keine Minute nach ihr bog ihr Verfolger ebenfalls ab. Sie begrüßte ihn mit einem Kinnhaken und packte seinen bewaffneten Arm. Ein Schuss löste sich, aber sie hörte es kaum. Die Beretta fiel mit einem dumpfen Laut zu Boden. Ihre Bewegungen waren schnell, trainiert, geübt. Sie duckte sich unter dem ausgestreckten Arm hindurch und verdrehte ihn so, dass der Mann in eine vornübergebeugte Haltung gezwungen wurde. Ihr Knie schnellte in seine Magengrube, ihr Ellbogen in seinen Nacken, dann ließ sie ihn los. Bewusstlos landete der Kerl auf dem Asphalt, die Pistole nur wenige Meter neben ihm.

Ihr blieb keine Zeit, zu erfassen, was sie getan hatte. Der Mann konnte nicht allein gewesen sein. Das waren sie nie. Sie hob seine Waffe auf, schob sie in die Tiefen ihrer Jackentasche und rannte los.

Zwei Straßen weiter bog sie in eine kleine Seitengasse ein, die von Müllcontainern gesäumt wurde und drückte sich gegen eine Hauswand.

Ihre Beine zitterten. Jeder Atemzug schmerzte in ihrer Lunge. Der Schlafmangel und die Ereignisse der letzten Tage machten sich ausgerechnet jetzt bemerkbar. Ihre Kehle war trocken und brannte, als hätte sie Schießpulver eingeatmet. Sie brauchte eine Pause. Nur ein paar Minuten, vielleicht auch Stunden, um sich zu erholen. Doch die waren ihr nicht vergönnt.

Mit aufeinandergepressten Lippen versuchte sie, ihre schnelle Atmung zu beruhigen und mit dem rauen Gemäuer in ihrem Rücken zu verschmelzen. Der Geruch von verschimmeltem Essen und frisch gemahlenem Kaffee aus dem Coffee Shop nebenan drang ihr in die Nase, aber sie kämpfte die Übelkeit hinunter. Der graue Müllcontainer zu ihrer Rechten bot genügend Schutz, um sich dahinter zu verstecken und gleichzeitig nach ihren Verfolgern Ausschau zu halten. Wer waren diese Männer? Wie viele von ihnen waren dort draußen? Warum waren sie hinter ihr her? Und was hatte dieser Typ aus dem Diner damit zu tun? War er ein Polizist wie Inspector Colby? Und war sie selbst in Wirklichkeit gar nicht auf der Flucht vor ihrer Vergangenheit, sondern vor dem Gesetz?

Eine dunkle Gestalt tauchte am Ende der Gasse auf und blieb für einen Moment stehen, als würde sie nach etwas suchen – oder vielmehr nach jemandem. Instinktiv hielt sie die Luft an, als könnte ein einziger falscher Atemzug sie verraten. Das Herz hämmerte schmerzhaft in ihrer Brust, protestierte genauso wie ihre Lunge gegen die Atemnot. Sie machte sich noch etwas kleiner, versuchte noch etwas mehr, eins mit der Dunkelheit zu werden. Gott sei Dank trug sie die graue Jacke, die sie mitgenommen hatte. Nur in der gelben Kellnerinnen-Uniform würde sie hier draußen auffallen wie ein Leuchtfeuer in der Nacht.

Schritte näherten sich und wurden durch ein Scheppern unterbrochen. Irgendwo fauchte eine Katze.

Sie schloss die Augen und begann zu zählen, langsam, genau wie im Wald. Ihre Sinne liefen auf Hochtouren. Ihre Muskeln waren angespannt, bereit, die Flucht zu ergreifen und loszurennen. Doch das Rauschen in ihren Ohren machte es beinahe unmöglich, mehr zu hören als vorbeifahrende Autos und Gesprächsfetzen, die der kühle Abendwind zu ihr herübertrug. Als sie bei zehn angelangt und noch immer am Leben war, riss sie die Augen auf. Nur langsam ließ sie die Luft aus ihrer Lunge entweichen, dann stieß sich von der Mauer ab. Ihr Magen rebellierte, aber sie zwang die Übelkeit mit einem harten

Schlucken zurück. Leise tastete sie sich an den Müllcontainer heran und riskierte einen Blick.

Nichts. Die Gasse war leer. Die Erleichterung darüber, ihren Verfolgern erneut entwischt zu sein, ließ ihre Knie weich werden. Sie musste sich am Müllcontainer abstützen, um nicht das Gleichgewicht zu verlieren.

In diesem Moment legte sich eine Hand von hinten auf ihren Mund. Sie schrie nicht. Sie erstarrte nicht. Ihr erster Instinkt befahl ihr, sich zu wehren. Ihr Ellbogen schnellte nach hinten und bohrte sich in die Rippen ihres Angreifers.

Ohne Vorwarnung drehte er sie um und presste sie mit dem Rücken voran gegen die kalte Hauswand. Sein großer Körper dicht vor ihrem, sein Mund an ihrem Ohr. »Halt still!«, zischte er mit einer tiefen Stimme, die ihr aus irgendeinem Grund vertraut vorkam. Ihre Muskeln versteiften sich. »Die Kerle sind noch ganz in der Nähe.«

Sie brauchte einen Moment, um die Stimme zuzuordnen, doch dann wurde ihr schlagartig eiskalt. Der Mann aus dem Diner. Sie erinnerte sich noch gut an seine stechenden Augen und den wütenden Blick. Als Reaktion auf diese Gedanken begann es, schmerzhaft in ihrem rechten Handgelenk zu pochen. Dieser Mann hatte sie festnehmen wollen – und jetzt versuchte er, ihr zu helfen?

Er hob den Kopf und sah auf sie hinunter. Sein markantes Gesicht war von Anstrengung gekennzeichnet, seine Hand hielt noch immer ihren Mund verschlossen und sein Körper presste sie gegen die Mauer, verhinderte jede Gegenwehr.

»Wenn ich dich jetzt loslasse und du schreist, haben wir ein Killerkommando am Hals.«

Sie war gefangen. Der einzige Weg, diesem Mann zu entkommen, war der, ihren anderen Verfolgern in die Arme zu laufen. Wut und Panik jagten durch ihre Adern und zwangen sie dazu, sich für eines der Gefühle zu entscheiden. Vergeblich. Sie schloss die Augen, versuchte, sich zu beruhigen. Gleich war es vorbei. Gleich war alles aus. Wenn sie Glück hatte, würde sie kaum etwas spüren.

Blödsinn.

So leicht käme sie nicht davon. Niemand verwendete Tage darauf, jemanden zu jagen, wenn es ihm um einen schnellen Tod ging.

Genauso schnell wie er sie gepackt hatte, ließ der Fremde sie jetzt los. Blinzelnd öffnete sie die Augen und schnappte nach Luft. Mit beiden Händen stützte er sich neben ihrem Kopf ab und starrte auf sie nieder. Sein Atem ging mindestens genauso schwer wie ihrer.

»Warum bist du zurückgekehrt?«, fragte der Mann rau. »Wer ist hinter dir her?«

Sie öffnete den Mund, brachte jedoch keinen Ton hervor. Es waren nicht seine Fragen, die sie irritierten und auch nicht dieser Blick, mit dem er sie unentwegt musterte, als würde er mehr in ihr sehen, als sie je wiederfinden könnte. Was ihr in diesem Moment die Sprache raubte, war etwas anderes. Sie sollte Angst verspüren. Eiskalte Panik. Dasselbe, was sie auf ihrer Flucht im Wald und auf dem Polizeirevier gefühlt hatte. Schließlich kannte sie diesen Mann hier genauso wenig wie ihre Verfolger oder Inspector Colby. Panik und Fluchtinstinkt wären die richtige Reaktion auf diesen Überfall gewesen, aber beides verschwand aus ihrem System wie ein Rausch, der langsam abebbte. Stattdessen blieben ihr Wut und Verzweiflung – und eine Reaktion auf diesen Mann und seine Nähe, die sie nicht deuten konnte. Da war etwas Vertrautes in seinen Augen, in seinem Geruch, in der Art, wie er sich bewegte. Etwas, das ihre Muskeln dazu brachte, sich zögerlich zu entspannen, obwohl sie doch wegrennen sollte.

»Val!«, unterbrach er ihre Gedanken schroff und sah sich kurz um, bevor sein forschender Blick wieder auf ihr landete. »Ich bin im Moment der Einzige, der dir helfen kann. Entweder wir klären das auf die harte und damit offizielle Tour und du wanderst in Handschellen in den nächsten Streifenwagen oder du sagst mir, warum du hier bist.«

»Ich weiß es nicht«, stieß sie krächzend hervor. Sie erkannte ihre eigene Stimme kaum wieder. »Ich weiß nicht, warum ich hier bin.«

Tiefe Falten bildeten sich auf seiner Stirn. »Wie bitte?«

»Ich erinnere mich nicht. Ich weiß nicht, wer ich bin. Ich weiß nicht, wer du bist und am allerwenigsten weiß ich, wer die Männer sind, die mich jagen.«

Seine Augen weiteten sich, ob vor Unglauben oder Überraschung konnte sie nicht sagen. Es spielte auch keine Rolle. Sie sollte diese Chance nutzen und abhauen, aber sie rührte sich nicht vom Fleck. Sie war wie paralysiert von dem betroffenen Ausdruck auf seinem Gesicht, als hätte er etwas verloren, von dem er nicht einmal gewusst hatte, dass er es besaß. Ein fassungsloser Ausdruck, der einen sichtbaren Kampf mit neuen Zweifeln ausfocht.

Die Zweifel gewannen.

»Du lügst.«

»Nein«, widersprach sie. Wenn sie eines mit Sicherheit wusste, dann war es die Tatsache, dass sie ihre Vergangenheit nicht kannte. Nicht mehr.

Sie stellte sich seinem prüfenden Blick, stellte sich den Fragen und Zweifeln und dem unverkennbaren Zorn darin, den er nur mühsam unterdrückte. Aus der Nähe erkannte sie, dass seine Augen von einem tiefen Braun waren, beinahe schwarz. Augen, die es gewohnt waren, mehr zu sehen als andere vielleicht sogar mehr, als man selbst preisgeben wollte. Für den Bruchteil einer Sekunde zuckte sein Blick zu ihrem Mund – und eine Hitzewelle schoss von ihrer Brust bis tief hinunter in ihren Bauch. Die Reaktion kam so schnell und instinktiv, dass ihr der Atem stockte. Wer war dieser Mann? Warum hatte er diese Wirkung auf sie?

Er schien etwas sagen zu wollen, doch ein leises Klirren unterbrach ihn. Ruckartig hob er den Kopf und sah sich nach der Ursache für den Lärm um. Sie selbst brauchte einen Moment länger, um den Blick von diesem Fremden loszureißen und ihn in dieselbe Richtung zu lenken. Das Ende der Gasse war nur in das fahle Licht der Neonbeleuchtung aus dem Coffee Shop getaucht, aber das reichte aus, um die Bewegung wahrzunehmen. Keiner ihrer Verfolger, nur eine Gruppe Jugendlicher, die lachend und lärmend vorbeiliefen. Aber nur, weil sie ihre Angreifer nicht sehen konnte, bedeutete das nicht, dass sie nicht noch immer da draußen waren.

»Komm mit.« Der Mann aus dem Diner packte sie am Arm. Ihm schien das plötzliche Aufflackern von Panik in ihrem Gesicht nicht entgangen zu sein, denn er fügte grimmig hinzu: »Nicht in einen Streifenwagen. Aber du und ich, wir müssen reden. Allein. Und zwar an einem Ort, an dem wir nicht Gefahr laufen, gleich von ein paar angeheuerten Killern umgelegt zu werden.«

7. KAPITEL

Adam wusste nicht, warum Valerie mit ihm gekommen war. In der einen Sekunde hatte sie noch panisch gewirkt, dann schien eine ruhige Entschlossenheit von ihr Besitz ergriffen zu haben, die sie nicht abgelegt hatte, bis sie das Motel am Stadtrand erreichten. Was auch immer der Grund für ihre Entscheidung war, es konnte nichts Gutes bedeuten. Zumindest nicht für ihn. Wenn Adam nach allem, was geschehen war, etwas gelernt hatte, dann, dass zwischen ihm und Val nie etwas einfach war.

Nachdem er sichergestellt hatte, dass niemand ihnen gefolgt war, buchte er unter falschem Namen ein Zimmer für eine Nacht und bezahlte bar. Die Besitzerin, eine Frau, die durch jede Menge Botox und Make-up jünger aussehen wollte, dabei aber kläglich scheiterte, stellte keine Fragen. Zusammen mit Valerie verließ Adam den stickigen Vorraum. Sie nahmen die Außentreppe nach oben, wo ein Balkon rund um das Gebäude verlief und ihnen Zugang zu ihrem Zimmer verschaffte. Auch hier warf er noch mal einen prüfenden Blick auf die nähere Umgebung.

Nur eine Handvoll Autos, sowie ein Laster parkten vor dem Motel. Daneben befand sich ein Diner, das rund um die Uhr geöffnet hatte und dessen Reklametafel in blauen Lettern aufblinkte. Adam richtete seine Aufmerksamkeit zurück auf das Gebäude. Vier Türen führten in die jeweiligen Zimmer. Die Fenster waren abgedunkelt, nur neben der ersten Tür brannte ein Licht im Inneren. Am Ende des offenen Gangs stand ein Automat mit Getränken und Snacks. Adam machte sich in Gedanken eine Notiz, nachher daran zu denken. Früher oder später würden sie etwas essen müssen und er war nicht scharf darauf, sich mit Valerie in das Diner zu setzen. Wer wollte sich seinen Verfolgern schon freiwillig auf einem Silbertablett servieren?

Zudem wollte er es nicht riskieren, Valerie aus den Augen zu lassen. Noch immer wirkte sie ruhig. Erschöpft und wachsam, aber erschreckend ruhig. Ihre Hände waren tief in den Taschen ihrer Jacke vergraben. Es behagte ihm nicht, dass sie sich an das Geländer lehnte und er ihr dadurch den Rücken zuwenden musste, während er die Tür zu ihrem Zimmer aufschloss. Dafür ließ er sie, ganz Gentleman, zuerst eintreten.

Auf der Fahrt hierher hatten sie kein Wort miteinander gewechselt. Als sich Valerie jetzt zu ihm umdrehte, blickte er in den Lauf einer Pistole.

Natürlich. Etwas anderes hätte Adam nicht von ihr erwartet. Andererseits wunderte er sich, woher sie die Beretta hatte, wenn sie sich doch – wie sie behauptete – an nichts mehr erinnern konnte. Beim Anblick der Waffe setzte ein Pochen in seiner Schulter ein, aber er versuchte, sich nichts anmerken zu lassen.

»Wollen wir wirklich so anfangen?«, fragte er mit unüberhörbarem Sarkasmus in der Stimme. Langsam, um ihr keinen Grund zu geben, beunruhigt zu sein, zog er sein Jackett aus und legte es über die Lehne des Klappstuhls neben dem kleinen Tisch. Danach folgte die Krawatte. Trotz seiner bemüht lässigen Haltung vergaß er keine Sekunde lang die auf ihn gerichtete Pistole – oder die Fähigkeit dieser Frau, ihre stumme Drohung wahrzumachen und abzudrücken. »Auf diese Weise überzeugst du mich, noch ganz die Alte zu sein, nicht, dass du unter einer tragischen Amnesie leidest.«

Valeries Augen weiteten sich – das einzige Anzeichen ihrer Verblüffung. Offenbar hatte sie eine andere Reaktion von ihm erwartet. Statt einer Antwort griff sie nun auch mit der zweiten Hand an die Waffe, als wollte sie damit ihr Zittern verbergen. Aber Adam bemerkte es, genauso wie er den viel zu locker am Abzug sitzenden Finger registrierte.

»Warum bist du zurück?«, fragte er, obwohl er sagen sollte: *Du bist verhaftet.* Gleich nachdem er sie überwältigt hatte. Die Handschellen waren noch an seinem Gürtel befestigt, genauso wie seine Dienstmarke. Vorsichtshalber trug er noch das Schulterholster, auch wenn er vermutlich tot wäre, bevor er seine Glock auch nur gezogen hatte.

»Wer bist du?«, stieß sie hervor.

»Wer *ich* bin?«, wiederholte er ungläubig und näherte sich ihr langsam mit gehobenen Händen. »Dasselbe könnte ich dich fragen.«

»Das habe ich doch schon gesagt.« Valerie wich einen halben Schritt zurück, aber er kam unaufhörlich näher. »Ich erinnere mich nicht mehr. Nicht daran, wer ich bin oder was ich getan haben soll. Nicht an die Männer, die mich verfolgen. Nicht an dich. Ich weiß gar nichts mehr!« Beim letzten Satz nahm ihre Stimme einen schrillen Tonfall an. Sie biss sich fest auf die Unterlippe und sah zu Boden.

Adam nutzte den Moment, um nach vorn zu schnellen. Mit der linken Hand packte er die Pistole, mit der rechten schlug er Valeries Arme beiseite. Die Entwaffnung geschah so schnell, dass ihr keine Zeit zum Reagieren blieb. Statt aufgebracht zu sein, starrte sie ihn nur aus geweiteten Augen an, als er jetzt die Beretta auf sie richtete.

»Eines muss man dir lassen. Du bist die beste Lügnerin, die mir je untergekommen ist«, knurrte er und zwang sich dazu, seinen Blick nicht zu ihrem Mund wandern zu lassen. Ein Mund, der genauso gut lügen wie küssen konnte. »Warum sollte ich dir diese Geschichte abkaufen?«

»Weil es die Wahrheit ist«, flüsterte sie.

Ihre Wahrheit. Nicht *seine.* Dennoch kam er nicht umhin, zu bemerken, wie fertig sie aussah. Ihre Schultern sackten herab, ihre Hände zitterten noch immer, aber sie bot ihm die Stirn. Sie hatte Angst, auch wenn sie das zu überspielen versuchte, indem sie seinen Blicken nie auswich. Gleichzeitig schimmerte dieser stählerne Wille durch, den er schon früher an ihr bewundert hatte. Selbst wenn sie sich nicht an die gemeinsamen drei Monate erinnerte, in Adams Gedächtnis hatte sich jeder Moment, jedes Gespräch und jede Berührung fest eingebrannt.

Er wusste genau, wie weich ihre Lippen waren und wie es sich anfühlte, wenn ihr Geschmack ihn überflutete. Beim Gedanken daran, wie sich ihr warmer Körper vor Lust unter seinem wand, wurde seine Kehle selbst heute noch trocken. Er kannte jeden Winkel ihres Körpers, jede Narbe und jeden Leberfleck auf ihrer Haut. Er erinnerte sich an ihr helles Lachen und an das Funkeln in ihren Augen, wenn sie ihn mit einer Bemerkung zum Lächeln gebracht hatte. Er erinnerte sich an die Nächte, in denen er sie gehalten und ihr beruhigende Worte zugeflüstert hatte, wenn ein Albtraum sie quälte. Und er erinnerte sich an das Bedauern in ihrem Blick, an die Fassungslosigkeit und stille Akzeptanz, als sie sich das letzte Mal gegenübergestanden hatten.

Und sie sollte all das einfach vergessen haben?

»Du willst mir weismachen, dass du dich an überhaupt nichts erinnerst?«

»Denkst du, wenn ich es öfter sage, ändert sich irgendetwas daran?«, schoss sie zurück. »Ich. Erinnere. Mich. Nicht. Ich könnte dir nicht mal sagen, an welchen Körperstellen ich Muttermale habe.«

»Unterer Rücken auf der linken Seite und auf dem Oberschen... « Adam schnitt sich das Wort mit einem Räuspern ab, als die Bilder jener Regionen vor seinem geistigen Auge auftauchen. Verdammt, als würde ihre Gegenwart nicht bereits genug in ihm auslösen, musste er jetzt auch noch an ihren schlanken Körper denken. Ihm war wirklich nicht mehr zu helfen. *Idiot.*

Überrascht starrte Valerie ihn an. »Wer bist du?«

»Adam Blackbourne, Special Agent beim FBI.« Er ließ die Pistole sinken und sicherte sie, legte sie aber nicht aus der Hand. Dieser Frau war alles zuzutrauen.

»Und wir kennen uns woher?«

Gedämpftes Licht. Der Geruch von Alkohol und verschiedenen Parfums in der Luft. Knapp bekleidete Frauen, die sich im Takt der Musik bewegten ...

Adam hatte bereits geahnt, dass Valerie Ärger bedeuten würde, als er sie das erste Mal gesehen hatte. Aber erst als sich ihre Blicke getroffen hatten, während sie sich langsam an der Pole Dance Stange heruntergleiten ließ, war er sich dessen sicher gewesen. Hatte ihn das aufgehalten? Ihn irgendwie gestoppt? Nein. Er war mit offenen Augen in die Katastrophe hineingerannt und hatte alle Anzeichen ignoriert. Würde er auch jetzt die Warnhinweise übersehen?

Mit einem harten Schlucken zwang er die Erinnerung dorthin zurück, wo sie hergekommen war. »Aus einem Club«, erwiderte er nur. »Du hast dich als Valerie Smith vorgestellt, aber da der Nachname nicht stimmt, kann ich für den Vornamen nicht garantieren.«

In ihrem Gesicht spiegelte sich keinerlei Erkennen wider. Entweder sie war die beste Schauspielerin, die ihm je untergekommen war oder aber sie erinnerte sich wirklich nicht. Was die Frage aufwarf, wie das hatte passieren können. »Bist du verletzt?«

»Was?« Ihre schmalen Augenbrauen zogen sich zusammen. Bei näherer Betrachtung registrierte Adam den kleinen Schnitt an ihrer linken Braue, die aufgeplatzte Unterlippe und die verschrammten Fingerknöchel. Es war offensichtlich, dass sie in einen Kampf verwickelt gewesen war.

»Ob du verletzt bist?«, wiederholte er und schob die Pistole hinten in seinen Hosenbund. »Hast du dir den Kopf irgendwo angeschlagen? Hattest du einen Autounfall? Bist du irgendwo hinuntergestürzt?«

Viel mehr Möglichkeiten, sich den Schädel so kräftig anzuschlagen, dass bleibende Schäden in Form einer Amnesie auftraten, fielen Adam auf die Schnelle nicht ein. Allerdings war er kein Arzt. Zwar wirkte Valerie wie durch den Fleischwolf gedreht, aber nicht so, als wäre ein schwerer Unfall die Ursache dafür. Wenn dem so wäre, wo waren dann die Nebenwirkungen? Schwindel? Übelkeit? Kopfschmerzen? Nicht zu vergessen eine wenn schon nicht sicht-, dann zumindest spürbare Wunde an ihrem Kopf.

»Nein«, sagte sie zu seinem Erstaunen und verzog gleich darauf das Gesicht. »Zumindest nicht, dass ich mich daran erinnern könnte.«

»Lass mich nachsehen.«

Ohne eine Antwort abzuwarten, überbrückte er die Distanz zwischen ihnen und blieb vor ihr stehen. Sie wich nicht zurück. Jede andere Frau in ihrer Situation hätte es getan, aber nicht sie. Nicht Valerie. Stattdessen reckte sie das Kinn vor und musterte ihn misstrauisch.

»Keine Sorge. Wenn ich dich umbringen wollte, hätte ich es längst getan.« Das war die Wahrheit. Adam wollte sie nicht tot sehen, sondern hinter Gittern. Doch noch viel dringender war der Wunsch, herauszufinden, was in jener Nacht am Hafen passiert war und wer die Agenten erschossen hatte.

Behutsam strich er Valerie eine Locke zurück und vergrub die Hände in ihrem dichten Haar. Sie schnappte nach Luft, gab der Berührung aber nicht nach. Keine Sekunde lang ließ sie ihn aus den Augen, während seine Finger langsam über ihre Kopfhaut strichen. Adam musste dem Drang widerstehen, fester zuzupacken, um Valerie näher heranzuziehen. Als seine Fingerkuppen ihren Nacken erreichten, öffneten sich ihre Lippen in einem stummen Seufzen. Es war eine vertraute Berührung, auch wenn sie sich nicht daran erinnerte, er tat es sehr wohl. Die Berührung löste ein heilloses Chaos in seinem Inneren aus.

Mit einem Räuspern zog er sich zurück und ließ die Hände sinken. »Nichts«, sagte er mit einer Stimme, die zu tief, zu dunkel und zu rau für seinen Geschmack war. Er schluckte, um seine plötzlich trockene Kehle zu befeuchten. »Ich konnte keine Verletzung finden.«

»Das heißt dann wohl, dass ich mir nirgendwo den Kopf angeschlagen habe.«

Oder dass es lange genug her war, damit die Beule oder Platzwunde inzwischen verheilt war. Etwas in Valeries Gesichtsausdruck hielt ihn davon ab, diesen Gedanken auszusprechen. Noch immer beäugte sie ihn misstrauisch, so als rechnete sie damit, dass er sie jeden Moment anfallen und zu Boden ringen könnte. Allerdings wirkte sie dabei nicht scheu wie ein misshandeltes Tier, sondern als würde sie hinter jeder Ecke einen neuen Angreifer erwarten, gegen den sie sich verteidigen musste. Als würde sie es nicht anders kennen.

»Warum wolltest du mich festnehmen? Im Diner hattest du Handschellen dabei und in der Gasse hast du etwas Ähnliches gesagt – dass du mich in einen Streifenwagen setzen willst.«

Beinahe hätte Adam aufgelacht. Das war nicht ihr Ernst, oder? »Du weißt es wirklich nicht mehr?« Irgendwie ironisch, dass sie sich nach allem, was zwischen ihnen geschehen war, nun mit denselben Fragen herumquälte wie er. »Damit du das bekommst, was du verdienst.« Eine dunkle Zelle an einem Ort, von dem sie niemals fliehen konnte. Für den Rest ihres Lebens. Erst dann, wenn Valerie und jeder einzelne ihrer Kumpane genau diese Art von Leben fristen mussten, würde er wieder ruhig schlafen können. Vorher würde er alles in seiner Macht stehende tun, um dieses Ziel zu erreichen. Und dank Valeries ungeplantem Auftauchen hatte er nun auch wieder eine Spur.

»Ich habe nichts getan.« Ihre Augen waren klar, sie sah ihn direkt an und zuckte mit keiner Wimper.

»Bullshit. Du bist eine Mörderin.«

Sie zuckte nicht zusammen, wich seinem abschätzenden Blick nicht aus, aber sie wurde schlagartig blass. »Du kannst mich nicht für etwas verantwortlich machen, an das ich mich nicht mal erinnere.«

Konnte er nicht? Von wegen. Ohne sie aus den Augen zu lassen, setzte sich Adam auf das Bett, das am nächsten zur Tür stand. Die Tatsache, dass er Tür und Fenster im Rücken, dafür aber Valerie vor sich hatte, bewies nur einmal mehr, wo er die Bedrohung sah.

»Setz dich.« Mit einem Nicken wies er auf das andere Bett, das keinen Meter neben seinem stand. »Bevor ich nicht ein paar Antworten habe, gehst du nirgendwohin – und ich genauso wenig.«

Nur zögerlich kam sie seiner Anweisung nach und das auch erst, nachdem sie kurz zum Ausgang gesehen hatte. Es dauerte nicht lang, um auszurechnen, dass er sie schneller gefasst hätte, als sie die Tür erreichen und fliehen konnte. Andererseits war Valerie nie dumm gewesen. Im Nachhinein ein Jammer, denn dann wäre die ganze Sache sehr viel einfacher.

Adam wartete, bis sie ihm gegenüber saß und sich langsam aus der Jacke schälte. Die Kratzer auf ihren Armen hatte er bereits im Diner gesehen. Aber so wie sich Valerie bewegte – langsam und bedacht –, schien sie noch mehr Verletzungen zu haben. Was um Himmels willen war mit ihr geschehen?

»Was ist das Letzte, an das du dich erinnern kannst?«, fragte er, sobald diese misstrauischen grauen Augen wieder in seine Richtung blickten.

»Ich bin durch einen Wald gerannt. Da waren diese Männer ...« Sie zögerte einen Atemzug lang, dann sprach sie mit bemüht fester Stimme weiter. »Sie waren bewaffnet und gut ausgebildet, möglicherweise vom Militär. Zwei von ihnen konnte ich überwältigen, bevor mich jemand in seinem Wagen mitgenommen hat.«

Zwei bewaffnete Männer? Ohne fremde Hilfe? Beeindruckend.

Adam runzelte die Stirn. »Jemand?«

»Travis Mendez.« Sie schloss die Augen. »Jetzt ist er tot.«

Wenn das stimmte, war Valerie in ernsten Schwierigkeiten. Adam zog sein Handy hervor, tippte einen Namen aus seiner Kurzwahlliste an und hielt es sich ans Ohr, ohne Valerie aus den Augen zu lassen. Es klingelte zwei Mal, bis eine mürrische Stimme sich mit einem »Was?« meldete.

»Du musst jemanden für mich überprüfen, Derek.«

»Scheiße Mann, weißt du, wie spät es ist?«

»Nein.« Adam widerstand dem Drang, auf seine Armbanduhr zu sehen. »Kannst du mir jetzt den Gefallen tun oder nicht?«

»Du solltest dir echt ein Privatleben anschaffen«, grummelte Derek, gleich darauf waren eine ganze Reihe an Flüchen und das leise Quietschen von Bettfedern zu hören. »Okay, ich sitze am Rechner. Was brauchst du?«

»Travis Mendez. Kannst du rausfinden, ob ein Mann mit diesem Namen in den letzten Tagen in San Francisco ums Leben gekommen ist?«

Tastaturgeklapper im Hintergrund. Keine Minute später wurde es still. »Ich schicke dir die Infos aufs Handy.«

»Danke. Ich schulde dir was.«

»Und wie du das tust, Blackbourne.«

Adam legte auf und scrollte durch die Akte auf seinem Smartphone, die Derek ihm gemailt hatte, bis er fand, wonach er suchte. »Travis Mendez ist vor zwei Tagen bei einem Verkehrsunfall in Central North tödlich verunglückt. Laut Autopsiebericht hatte er weder Alkohol noch Drogen im Blut.«

»Er ist nicht verunglückt. Sie haben ihn umgebracht, weil er mir geholfen hat«, murmelte Valerie, als sie seinen Blick suchte. Schmerz und Schuldgefühle spiegelten sich in ihren Augen wider. »Glaubst du mir jetzt?«

»Gehen wir mal davon aus, dass ich es tue und du die Wahrheit sagst. Dann hast du dir entweder ordentlich Feinde gemacht oder es sind deine eigenen Leute, die dich aus dem Weg räumen wollen.«

»Wie kommst du darauf?«

»Ganz einfach.« Adam breitete die Arme aus, bezog damit das billige Motelzimmer und Valerie selbst in seine Aussage mit ein. »Hättest du noch Freunde, wären sie hier und würden dir helfen. Oder es gäbe eine Vermisstenanzeige bei der Polizei. Suchaktionen. Irgendetwas. Aber da ist nichts, oder?«

Sie presste die Lippen aufeinander, ohne etwas darauf zu erwidern, aber das war Antwort genug. Adam atmete tief durch. Es gab zwei Bilder, die ihn seit jener Nacht vor drei Monaten verfolgten. Das eine zeigte Valerie selbst, das andere Theodore Vance, mit weit aufgerissenen Augen in einer Blutlache liegend. Als Adam seinen langjährigen Partner und Freund so gesehen hatte, hatte er sich geschworen, seinen Mörder zur Rechenschaft zu ziehen. Neben Vance waren in jener Nacht vier weitere Agenten gestorben. Gute Männer, die ein langes Leben und eine steile Karriere vor sich gehabt hätten. Bis zum heutigen Tag hatte Adam die Füße stillhalten und seine Schulterverletzung auskurieren müssen – doch jetzt hatte das Warten ein Ende.

»Ich kann dir dabei helfen, deine Erinnerung wiederzuerlangen«, sagte er, bevor seine Vernunft sich einschalten und er es sich anders überlegen konnte. »Wenn du mir vertraust.«

Verblüffung breitete sich auf ihrem Gesicht aus, gleichzeitig zeigte sich die Skepsis deutlich im stürmischen Graugrün ihrer Augen. Sie traute ihm nicht. Gut so. Wenn Adam diesen Plan wirklich durchziehen wollte, musste er Valerie ständig im Auge behalten und beim kleinsten Zweifel sofort handeln. Denn dass sie ohne mit der Wimper zu zucken lügen und betrügen konnte, hatte er selbst schon erlebt. Eine Erfahrung, die er nicht wiederholen wollte. Aber um Vances Mörder zu finden, würde er sogar über das hinwegsehen, was Valerie getan hatte.

»Warum sollte ich dir vertrauen?«

»Weil ich im Moment der Einzige bin, der dir helfen kann«, erwiderte er ruhig. Adam stand auf, um ihr ein paar Minuten Bedenkzeit zu geben. »Geh duschen und zieh dich um. Ich besorge uns in der Zwischenzeit etwas zu essen.«

Zu seiner Überraschung nickte sie, hob ihren Rucksack auf und wollte ins angrenzende Badezimmer gehen. Im letzten Moment stellte sich Adam ihr in den Weg. »Sekunde.« Er nahm ihr den Rucksack ab und schüttete dessen Inhalt auf einem der Betten aus.

Valerie seufzte neben ihm. »Ich bin unbewaffnet.«

»Du verstehst sicher, dass ich dir das nicht so einfach glauben kann.« Nachdem er ihre wenigen Sachen durchwühlt hatte, prüfte er das kleine Badezimmer. Keine Fenster. Keine Gegenstände, die sie als Waffen benutzen könnte. »Okay.«

Wortlos schob sich Valerie an ihm vorbei und schloss die Tür hinter sich. Adam wartete, bis er das Rauschen von Wasser hörte. Erst dann verließ er das Motelzimmer. Den Schlüssel schob er in die Hosentasche, während er sich ein paar Schritte von der Tür entfernte und sein Handy hervorholte. Die Nummer, die er brauchte, war als Kurzwahl eingespeichert. Nach dem zweiten Klingeln meldete sich eine tiefe Reibeisenstimme. »Agent Blackbourne hier«, begann er, ohne sich mit unnötigen Höflichkeitsfloskeln aufzuhalten. Dafür blieb keine Zeit. »Ich habe eine Spur zu den Söldnern, die unsere Leute getötet haben.«

8. KAPITEL

Valerie lehnte sich mit dem Rücken gegen die Tür. Mehrere Sekunden lang stand sie regungslos im Badezimmer und starrte auf die giftgrünen Kacheln an der Wand, während es in ihr arbeitete.

Sie sollte jemandem vertrauen, der sie festnehmen wollte. Jemandem, der ihr nicht nur misstraute, sondern sie auch noch zu hassen schien. Oh, er zeigte es nicht ständig, aber ihr war die Wut in Adams Augen nicht entgangen, auch wenn er sie oftmals zu verbergen versuchte. Sie begleitete ihn bei jedem Schritt, lenkte jede seiner Bewegungen und jedes Wort, das er von sich gab. Was hatte sie getan, um ihn so gegen sich aufzubringen?

Um sich von diesen Gedanken abzulenken, stieß sie sich von der Tür ab und drehte das Wasser auf. Die gelbe Uniform landete zu ihren Füßen auf den Fliesen, danach die Schuhe, anschließend ihre Unterwäsche. Als der kalte Strahl sie traf, zuckte Valerie zusammen und drehte den Temperaturregler in die andere Richtung. Aus Wasser, das sich wie eisige Nadelspitzen auf ihrer Haut anfühlte, wurde ein lauer Sommerregen, bis sie ganz in Wärme gehüllt war und erleichtert seufzte. Ihre Muskeln entspannten sich allmählich, auch wenn das ihrem Kopf nicht gelingen wollte.

Wer war Adam Blackbourne? Was hatte das FBI mit der Sache zu tun? Warum verdächtigte man sie eines Verbrechens, an das sie sich nicht erinnern konnte? Wer waren die Männer, die sie verfolgten? Valerie war sich sicher, dass sie für Travis' Tod verantwortlich waren, aber welche Rolle spielte Inspector Colby dabei? Woher hatte er den Namen auf ihrer Hundemarke gekannt, als sie ihn vor dem Police Department getroffen hatte?

Erschöpft lehnte sie die Stirn gegen die kühlen Fliesen und schloss die Augen. Fragen, so viele Fragen. Würde sie je eine Antwort auf eine davon erhalten? Wieder eine Frage. Am liebsten hätte sie ihre wenigen Sachen gepackt und wäre abgehauen, doch dann würde sie niemals Antworten finden. Adam Blackbourne war ihre einzige Chance, ihrer Vergangenheit auf die Spur zu kommen, auch wenn jedes Detail, das sie darüber erfuhr, ihre Angst bloß noch vergrößerte. Was, wenn Adam und Colby sie zu Recht verhaften wollten? Wenn das, was sie getan hatte, schrecklicher war als die Ungewissheit? Könnte sie damit leben?

Fragen. Immer nur Fragen.

Valerie griff nach der Shampooflasche und verteilte etwas von der cremigen Flüssigkeit auf ihrem Kopf. Die simplen Handgriffe hatten eine beruhigende Wirkung, erinnerten sie jedoch unweigerlich an das Gefühl von Adams Händen in ihrem Haar. Ganz sachte waren seine Finger über ihre Kopfhaut geglitten, als würde er etwas Kostbares berühren und sie nicht mit ärztlicher Distanz nach einer Verletzung abtasten. Für einen winzigen Moment hatte sie es sich erlaubt, dem Gefühl von Sicherheit nachzugeben, das er in ihr wachgerufen hatte. Als könnte nichts und niemand ihr etwas anhaben, solange er bei ihr war. Ein gefährlicher Trugschluss, nicht weniger gefährlich als Adam selbst. Dennoch wünschte sich ein dummer, kleiner Teil von ihr, Adam das weitere Vorgehen überlassen zu können, damit sie nicht mehr alles selbst entscheiden musste. Nicht immer wachsam und auf einen möglichen Angriff vorbereitet sein musste.

Sie war müde. So unendlich müde. Ihre Muskeln schmerzten bei jeder Bewegung und ihr Körper protestierte mit Schwindel gegen den Schlafmangel der vergangenen Tage. Nur mit äußerster Willenskraft hielt sich Valerie aufrecht, als sie aus der Dusche stieg. Sie konnte sich keine Schwäche erlauben. Jeder Moment der Unaufmerksamkeit könnte sie das Leben kosten.

Entschlossen griff sie nach dem rauen Badetuch, das neben der Kabine bereitlag. Es kratzte auf ihrer Haut, aber es war ein willkommenes Gefühl, in gewisser Weise beruhigend.

Sie nutzte jede Kleinigkeit, die sie von dem Chaos in ihrem Kopf ablenken konnte. Ließ sich Zeit damit, ihr Haar zu trocknen und es zu einem langen Zopf zu flechten. Aus dem Spiegel starrte ihr eine Frau mit riesigen grauen Augen und bläulich violetten Schatten darunter entgegen. Bis auf die Stellen, an denen Kratzer, Schürfwunden oder Blutergüsse ihren Körper zierten, war ihre Haut erschreckend blass. So blass, dass sie tot vermutlich nicht viel anders aussehen würde ...

Ein Schauder wanderte durch ihren Körper, der eine Gänsehaut hinterließ. Eilig wandte sie sich ab und zog sich schwarze Unterwäsche und ein ärmelloses graues Super Bowl Shirt der San Francisco 49ers an. Das Oberteil hatte sie in einem Touristenshop unauffällig unter ihre Jacke gestopft, um überhaupt etwas zum Anziehen zu haben. Ohne Geld und ohne Erinnerung lebte es sich nun mal nicht besonders luxuriös. Einzig die Jeans, nach der sie jetzt griff, war ein Überbleibsel ihres alten Lebens und ihrer Flucht durch den Wald. Als sie hineinschlüpfte, entdeckte sie ein Muttermal an der Innenseite ihres rechten Oberschenkels.

Adam hatte recht gehabt.

Der Gedanke kam so schnell, dass sie überrascht aufkeuchte. Vorhin hatte er nicht zu Ende gesprochen, aber sie hatte ihn dennoch verstanden. Unsicher, ob sie es überhaupt wissen wollte, hob Valerie ihr Tanktop an und versuchte, einen Blick auf ihren unteren Rücken zu erhaschen. Mehrere Sekunden lang verrenkte sie sich den Hals, aber dann entdeckte sie es – ein kleines Muttermal auf der linken Seite.

Sengende Hitze schoss so schnell durch ihre Adern, dass sie sich am Rande des Waschbeckens festhalten musste, um nicht das Gleichgewicht zu verlieren. Ihr Körper reagierte, noch bevor ihr Verstand die Entdeckung verarbeitet hatte. Diese beiden kleinen Flecken auf ihrer Haut bedeuteten nicht nur, dass Adam die Wahrheit gesagt hatte. Wenn dieser Mann sie nicht zufällig im Bikini oder in Unterwäsche gesehen hatte, musste er eindeutig mehr als nur ein Bekannter gewesen sein. Sehr viel mehr.

Sie schluckte hart. Schnell zog sie die Hose hoch, als könnte sie die Wahrheit dadurch ebenso verschwinden lassen wie die

Male auf ihrer Haut. Aber sie wusste, dass es nur eine Frage der Zeit war, bis sie Adam darauf ansprechen und ihn fragen musste. Die Ungewissheit brachte sie noch um. Sie musste herausfinden, wer sie gewesen, was mit ihr passiert war.

Als sie ins Motelzimmer zurückkehrte, registrierte sie zwei Dinge. Erstens: Adam war noch nicht zurück. Und zweitens: Das Bett sah so verdammt verlockend aus. Bevor sie darüber nachdenken konnte, zog Valerie die orange-karierte Tagesdecke ab. Sie wollte sich nur ein bisschen hinlegen, nur kurz die Augen schließen. Sobald Adam wieder da war, konnte sie ihn all das fragen, was ihr auf der Seele brannte. In seiner Gegenwart könnte sie sowieso nicht schlafen, da sie ihm nach wie vor nicht vertraute, also musste sie die Zeit ohne ihn nutzen. Zumal sie sich schon gar nicht mehr daran erinnern konnte, wann sie das letzte Mal richtig durchgeschlafen hatte. Vermutlich vor ihrer Amnesie. Welche Ironie.

Nur ein paar Minuten ...

Die Augenlider fielen ihr zu. Noch bevor sie einen klaren Gedanken fassen konnte, war sie eingeschlafen.

Als Valerie die Augen aufschlug, drang Tageslicht durch den Spalt in den dunkelgrünen Vorhängen. Orientierungslos rieb sie sich über das Gesicht und versuchte, sich daran zu erinnern, was geschehen war. Als ihr bewusst wurde, wo und mit wem sie hier war, setzte sie sich ruckartig auf und schob die Decke beiseite. Seltsam, denn daran, sich vor dem Einschlafen zugedeckt zu haben, konnte sie sich nicht erinnern.

»Guten Morgen«, erklang eine tiefe Stimme hinter ihr.

Valerie drehte sich um und entdeckte Adam im Türrahmen zum Badezimmer. Er schien gerade aus der Dusche zu kommen, denn seine Haare waren noch feucht und verstrubbelt, als wäre er mit der Hand hindurchgefahren.

Obwohl Valerie alles daran setzte, ihm nur ins Gesicht zu sehen, konnte sie nicht verhindern, dass ihr Blick tiefer wanderte. Sie starrte seine Brust an, als würde sie zum ersten Mal in ihrem Leben einen Mann mit nacktem Oberkörper sehen.

Vereinzelte Wassertropfen glänzten auf der leicht gebräunten Haut oder wanderten eine gefährliche Route gen Süden. Adam besaß den Körper eines Athleten – das regelmäßige Training und der Einsatz im Außendienst waren nicht zu übersehen. Doch die harten Muskeln und das Sixpack waren nicht das Einzige, was Valerie wahrnahm. Auf Schulterhöhe erkannte sie eine kreisrunde, wulstige Narbe, die aussah, als würde sie von einer Schusswunde stammen. Auch knapp unterhalb der Rippen zog sich eine längliche Narbe über seine rechte Seite. Die Haut an diesen Stellen war blasser und weckte den irrwitzigen Wunsch in ihr, mit den Fingern darüber zu streichen, um herauszufinden, ob ihn die Stellen noch schmerzten. Unterhalb von Adams Bauchnabel erstreckte sich eine dünne Spur von Haaren, die in südlichere Gefilde unter der tiefsitzenden Jeans verschwand.

Ein Räuspern riss Valerie aus ihren Gedanken und brachte ihren Blick zurück zu Adams Augen, in denen es amüsiert funkelte. Er hatte sich nicht rasiert; die dunklen Stoppeln in seinem Gesicht verliehen ihm etwas Verwegenes. Heute wirkte er nicht mehr wie der angespannte FBI-Agent im Anzug, der sie im Diner hatte festnehmen wollen, sondern wie ein Mann, der bereit war, alles zu tun, um seine Ziele zu erreichen. *Verwegen* war tatsächlich die treffende Beschreibung dafür – und gefährlich.

»Gut geschlafen?« Adams Lippen verzogen sich zu einem angedeuteten Lächeln.

»Ich ...« Verwirrt und irgendwie auch peinlich berührt, ihn so offensichtlich angestarrt zu haben, sah sich Valerie suchend in dem kleinen Zimmer um. »Wie spät ist es?«

»Kurz vor eins.« Adam durchquerte den Raum mit wenigen Schritten und hob das hellblaue Hemd vom anderen Bett auf. »Du hast die ganze Nacht über geschlafen wie ein Stein.«

Valerie erstarrte. Sie hatte ... *was?* »Du warst die ganze Zeit hier?«, fragte sie. Wie um Himmels willen hatte sie in der Gegenwart eines Fremden, der noch dazu bewaffnet war, schlafen können?

»Fast. Zwischenzeitlich hab ich uns etwas zu essen und zu trinken besorgt und mir ein paar Wechselklamotten aus meinem Wagen geholt.« Er warf ihr einige Snacks in den Schoß, dann knöpfte er sein Hemd bis auf die beiden obersten Knöpfe zu.

»Danke.« Sowohl verblüfft als auch misstrauisch beäugte Valerie die Verpackungen, entschied dann aber, dass ihr Hunger größer war als jede Sorge um irgendwelche verstopften Arterien. Als Erstes griff sie nach der Tüte mit dem Logo des Diners und fand gleich mehrere Donuts darin. Fettig, klebrig, ungesund. Doch als sie in den Ersten hineinbiss, glaubte sie, im Paradies gelandet zu sein. Der Geschmack von dunkler Schokolade, fettigem Rührteig und bunten Zuckerstreuseln explodierte auf ihrer Zunge, ließ sie genießerisch aufstöhnen. Für andere mochte das nur ein Donut sein, aber für sie, die sich kaum daran erinnern konnte, was sie in den letzten drei Tagen gegessen hatte, war es der Himmel auf Erden.

Sie hatte bereits die Hälfte verschlungen, als sie Adams Blick bemerkte. Er starrte sie mit einem seltsamen Gesichtsausdruck an, drängend, bohrend, beinahe so, als würde er körperliche Schmerzen leiden.

»Was ist?«, fragte sie ungeduldig. Völlig egal, was er von ihr dachte, hielt Valerie nichts davon ab, nach einem zweiten Donut zu greifen – mit pinkfarbenem Überzug und jeder Menge Streuseln darauf.

»Nichts.« Adam nahm den Pappbecher von dem kleinen Nachttisch zwischen den beiden Betten. Daneben stand ein zweiter Becher. Für sie.

Zögerlich griff sie danach. Kaffee. Frischer, heißer Kaffee. Damit und mit diesem Frühstück der etwas anderen Art hatte Adam seinen Angriff auf sie in *Ernie's Diner* beinahe wieder gutgemacht. Aber auch nur beinahe.

»Du hast mir immer noch nicht gesagt, warum du mich festnehmen wolltest«, erinnerte sie ihn, nachdem sie auch den zweiten Donut verspeist und mit einigen Schlucken Kaffee hinuntergespült hatte.

Erst jetzt drehte sich Adam wieder zu ihr um und nahm auf dem Bett gegenüber Platz. Die Arme auf den Oberschenkeln abgestützt, ließ er seine Hände locker herabhängen und hätte so als entspannt durchgehen können. Wäre da nicht der harte Zug um seinen Mund und Kiefer gewesen, der sichtbar arbeitete.

»Du warst dabei, als fünf FBI-Agenten erschossen wurden. Niedergemetzelt von einer Crew aus Söldnern, mit denen wir nicht gerechnet hatten.«

Valerie ließ den Kaffeebecher sinken. Von einer Sekunde auf die andere wurde ihr eiskalt. »Ich war dabei ...?«

Adams todernster Blick wich nicht von ihrem Gesicht. »Du warst Teil des Söldnertrupps, bist es vielleicht noch immer.« Seine Stimme klang ruhig, aber die unterdrückte Wut darin war nicht zu überhören.

»Du willst damit sagen, dass ... meine Leute und ich ... deine Leute erschossen haben?« Mit einem Mal verkrampfte ihr Magen und sie wünschte sich, nichts gegessen zu haben. »Das kann nicht sein«, flüsterte sie.

»Es ist die Wahrheit«, sagte Adam schlicht.

»Und du denkst, ich bin eine von ihnen? Eine von denen, die deine Kollegen getötet haben?«

Adam erwiderte nichts auf ihre Frage, doch der Ausdruck auf seinem Gesicht war Antwort genug. Er hielt sie für eine skrupellose Mörderin. Schlimmer noch, eine Söldnerin, die sich dafür bezahlen ließ, andere Menschen umzubringen. Brennende Übelkeit machte sich in ihr breit. Sie schob die Snacks und Donutreste vom Bett und klammerte sich an ihren Kaffee. Erst, als sie sicher sein konnte, ihren Körper wieder im Griff zu haben, sah sie auf. »Wie geht es jetzt weiter?«

»Wir warten.«

»Worauf?«

Adam lehnte sich in seinem Bett zurück und verschränkte die Hände hinter dem Kopf, als würde ihn all das nichts angehen. Aber Valerie bemerkte den wachsamen Blick, mit dem er Tür,

Fenster und auch sie im Auge behielt, ebenso wie seine angespannten Muskeln. »Dass es Abend wird und wir ungesehen ein paar Nachforschungen anstellen können.«

Sie hätte gern gefragt, was zum Teufel er damit meinte, aber er wandte sich bereits ab. Er schien nicht daran interessiert, ihr weitere Details mitzuteilen, beinahe so, als wäre es nur ein Job für ihn und sie seine Assistentin. Aber das hier war kein verdammter Job, sondern ihr Leben. Ihre Vergangenheit. Und damit auch ihre Zukunft.

»Woher wusstest du, wo meine Muttermale sind?«, fragte sie einem inneren Impuls folgend.

»Das ist nicht wichtig.«

Nicht wichtig? Von wegen.

»Irgendwie bezweifle ich, dass du mich zuerst in einem Club getroffen, dann zufällig in einem Bikini am Strand und abschließend bei diesem Tötungskommando gesehen hast«, fuhr sie fort, ohne auf Adams Einwand einzugehen. »Da du mir nichts dazu verraten willst, muss ich meine eigenen Schlüsse ziehen.«

»Und die wären?« Adam musterte sie aufmerksam.

»Wir hatten Sex. Und da du dich noch an die genauen Stellen meiner Muttermale erinnern kannst, vermute ich mal, dass wir nicht nur einmal miteinander im Bett waren.« Allein bei dem Gedanken schlich ein Kribbeln ihren Rücken hinunter. Adam hingegen zeigte keine Reaktion. »Und?«, hakte sie wenige Sekunden später nach, in denen sie sich gegenseitig schweigend angestarrt hatten. »Habe ich recht? Hatten wir eine ... Affäre?«

»Kein Kommentar«, antwortete er nur und sah wieder an die Zimmerdecke.

Am liebsten hätte sie etwas nach ihm geworfen oder den letzten Rest ihres Kaffees über ihm ausgeschüttet, doch dann würde er ihr überhaupt nichts mehr verraten. So erschreckend es sein mochte, aber Valerie brauchte Adams Kooperation. Er musste nicht auf ihrer Seite stehen, er musste sie nicht einmal mögen – was er allem Anschein nach auch nicht tat –, aber er musste mit ihr zusammenarbeiten. Nur so hatte sie den Hauch einer Chance, ihre Vergangenheit und damit auch ihr verlorenes Ich wieder zurückzubekommen.

Also schwieg sie, lehnte sich ebenfalls zurück und versuchte, Kraft zu sammeln für das, was sie erwartete, sobald die Nacht über San Francisco hereinbrach.

Die nächsten Stunden zogen nur langsam dahin, während sich Valerie von dem kleinen Fernseher berieseln ließ und Adam mit seinem Handy beschäftigt war. Unzählige Fragen brannten ihr auf der Seele, aber sie würde sie zurückhalten, bis der richtige Zeitpunkt gekommen war.

Gegen Abend stand Adam auf und schob die Vorhänge einen Spalt weit zur Seite, um hinauszusehen. Gleich darauf nickte er ihr zu. Mehr Ermutigung brauchte sie nicht. Innerhalb weniger Minuten hatte sie ihre Stiefel angezogen, sich im Bad frisch gemacht und ihre Jacke übergestreift, da es selbst im September nachts empfindlich kalt in San Francisco werden konnte.

Als sie aus dem Bad kam, wäre sie beinahe mit Adam zusammengestoßen, der sie an der Tür erwartete.

»Ich bin fertig«, sagte sie unnötigerweise, nur um überhaupt etwas zu sagen und Adams prüfendem Blick zu entgehen.

Keine Chance. Er musterte sie von oben bis unten.

»Fast perfekt«, lautete sein Urteil. Im gleichen Moment kam er noch etwas näher, sodass sie den Kopf in den Nacken legen musste, um ihm in die Augen zu sehen. Seine Hände wanderten zum Kragen ihrer Jacke, als wollte er ihn richten. Ihr Herzschlag setzte aus.

»Was tust du da?«.

»Ich verwanze dich, damit du nicht verloren gehst.« Adam sah nach unten, auf ihren Hals und anschließend auf ihr Dekolleté, als er ihre Jacke langsam zuknöpfte. Seine Fingerknöchel streiften ihren Bauch und lösten ein Kribbeln in ihr aus – ein unerwünschtes Kribbeln wohlgemerkt. Dennoch fühlte es sich gut an. Zu gut.

Ihr Blick fiel auf seine Lippen, die ihren viel zu nah waren. »Und das?« Verdammt, wieso klang ihre Stimme so atemlos?

»Willst du lieber frieren?« Adams Mundwinkel zuckten, doch dann erschienen kleine Falten auf seiner Stirn. »Was ist das?« Noch während er diese Frage stellte, schob er einen Finger unter die Kette um ihren Hals und zog sie hervor, bis die Hundemarke in seiner Hand lag. »Ist das deine?«

»Ich weiß es nicht«, erwiderte sie ehrlich. Ihr Herz hämmerte in ihrer Brust, aber sie versuchte, es zu ignorieren. »Die Marke war das Einzige, was ich bei mir hatte.«

»Jessica Neville, hm?« Adam neigte den Kopf, um auch den Rest der eingravierten Worte und Buchstaben auf dem kleinen Metallstück lesen zu können. »Vielleicht lässt sich etwas darüber herausfinden.« Kaum ausgesprochen, zog er sein Smartphone aus der Hosentasche und machte Fotos von Vorder- und Rückseite der Erkennungsmarke.

»Eigentlich müssten es zwei sein«, murmelte sie abgelenkt, während sie versuchte, die Tatsache zu ignorieren, dass Adam noch immer so dicht vor ihr stand. »Soldaten tragen für gewöhnlich zwei Marken. Eine wird ihnen nur abgenommen, wenn sie im Dienst gefallen sind.«

»In meinen Augen wirkst du aber noch sehr lebendig.«

»Für dich heiße ich auch nicht Jessica Neville«, konterte sie leise.

»Richtig.« Er tippte etwas in sein Handy ein, dann schob er es zurück in seine Hosentasche und ließ die Marke vorsichtig unter ihr Tanktop gleiten. »Ich habe die Fotos Derek geschickt. Er hat Zugang zu mehreren Datenbanken und wird hoffentlich etwas darüber herausfinden.« Ein letztes Mal richtete er ihren Kragen, wobei seine Fingerknöchel für einen kurzen Moment ihren Hals berührten. Die Berührung war federleicht, dennoch spürte sie das Kribbeln bis tief in ihren Unterleib.

Valerie hielt den Atem an, als ihre Blicke sich trafen. Wieso war Adam der einzige Mensch, der so etwas wie Vertrautheit in ihr auslöste? Wieso drängte alles in ihr sie dazu, ihm näherzukommen und die Arme um ihn zu legen, wenn er doch ein Fremder für sie war? Ein Fremder, der sie verhaften wollte. Doch dieser Gedanke rückte immer weiter in die Ferne ...

»Perfekt«, raunte Adam. Zuerst schien es, als würde er zögern, als würde er mit sich ringen, doch dann trat er zurück und griff nach seinem Jackett. »Jetzt können wir gehen.«

»Wohin?«

»Dorthin, wo wir uns kennengelernt haben.«

»Und das war wo genau?«, bohrte sie nach, während Adam sie aus dem Motelzimmer führte und im Vorbeigehen die Schlüssel in seine Hosentasche gleiten ließ.

»Wart's ab. Du wirst es gleich sehen.«

Mehr würde sie nicht aus ihm herauskriegen, so viel stand fest. Sie würde gern behaupten, noch nie einem verschlosseneren Menschen begegnet zu sein, aber wer wusste schon, mit wem sie es in ihrem alten Leben zu tun gehabt hatte? Als Mörderin und Söldnerin kam man bestimmt ziemlich herum.

»Erzählst du mir, wie es zum Tod deiner Kollegen gekommen ist?«, fragte sie leise, als sie neben ihm die Treppe hinunterging.

Adam biss die Zähne so fest aufeinander, dass sie seine Kiefermuskulatur arbeiten sehen konnte. Es war offensichtlich, dass er nicht darüber reden wollte. Aber hatte sie es nicht wenigstens verdient, zu erfahren, was damals passiert war, wenn er sie schon eines Mordes bezichtigte?

»Mein Team und ich waren dabei, einen Waffen- und Menschenhändlerring hochzunehmen. Wir hatten einen zuverlässigen Tipp erhalten, dass die Drahtzieher sich am Pier treffen würden. Der Plan war sauber und hätte funktioniert, wenn ...«

»Wenn?«

Er warf ihr einen harten Seitenblick zu. »Wenn du und deine Leute nicht dort aufgetaucht wärt und eine Schießerei angezettelt hättet.«

Sprachlos blieb sie stehen. »Aber woher willst du ...«

»Ich habe dich gesehen, Val«, stellte Adam mit Nachdruck fest, obwohl sie ihre Zweifel nicht einmal laut ausgesprochen hatte. »Fünf Agenten sind in jener Nacht gestorben, einer davon war mein Partner. Die Schuldigen konnten fliehen und du ...« Er schüttelte den Kopf und ging weiter.

»Ich – was?«, rief sie ihm nach. »Was habe ich getan?«

Keine Antwort. Valerie löste sich aus ihrer Starre und eilte Adam nach, bis sie ihn vor seinem Wagen einholte und ihm den Weg versperrte.

»Sag mir, was passiert ist. Bitte.«

Adams Augen waren unergründlich. Sie konnte nichts darin lesen, keine Emotionen, keine Gedanken. »Du hast deine Pistole auf mich gerichtet ...«

Sie hielt den Atem an.

»... und abgedrückt.«

9. KAPITEL

Schon einmal hatte sich sein ganzes Leben in nur einer Nacht völlig verändert. Jetzt war es wieder geschehen. Mit Valeries unerwartetem Auftauchen hatte sie sein Leben erneut auf den Kopf gestellt. Damals hatte Adam ihr vertraut, nur um von ihr hintergangen zu werden. Denn wer hätte den Söldnertrupp informieren und seine Mission vereiteln können, wenn nicht sie? Irgendwie musste es ihr gelungen sein, seine wahre Identität herauszufinden und dann hatte sie ihn ohne den geringsten Skrupel verkauft.

Das würde er nicht noch einmal zulassen. Selbst wenn sie jetzt notgedrungen zusammenarbeiten mussten, bedeutete das nicht, dass er Valerie auch nur einen Funken Vertrauen entgegenbrachte. Diese Frau hatte eine Pistole auf ihn gerichtet und, ohne mit der Wimper zu zucken, abgedrückt. Genau genommen, vertraute er niemandem mehr seit jener Nacht. Doch Vals Verrat war der, der noch immer am stärksten nachhallte.

Adam parkte den Dodge Caliber in einer Tiefgarage, in der er keine dreißig Dollar für ein paar Stunden hinblättern musste und stieg aus. Kälte lag in der Luft, als sie ins Freie traten. Obwohl es tagsüber noch recht angenehm sein konnte, waren die Abende in San Francisco kühl. Es würde nicht lange dauern, bis Nebel aufkam.

Zusammen mit Valerie überquerte er die Market Street und ging weiter in Richtung Tenderloin. Die Gegend wurde von den meisten Leuten gemieden, vor allem nachts, aber genau hier befand sich der Ort, zu dem er Valerie bringen wollte. Nicht nur, weil er hoffte, dass das ihrem Gedächtnis auf die Sprünge helfen würde, sondern weil er Antworten finden wollte.

»Verrätst du mir jetzt endlich, wo wir hingehen?«, fragte Valerie, die trotz seines Tempos problemlos mit ihm Schritt hielt.

»In einen Stripclub.«

Sie blieb so abrupt stehen, dass sie beinahe über ihre eigenen Füße gestolpert wäre. Im letzten Moment griff Adam nach ihrem Ellbogen und bewahrte sie vor einer unliebsamen Bekanntschaft mit dem Bürgersteig.

»In einen Stripclub?«, echote sie fassungslos. Ihre Überraschung war echt, ebenso das Misstrauen, das ihre Augen zu einem stürmischen Dunkelgrau verdüsterte.

Er nickte und nahm ihre Hand in seine, um sie weiterzuziehen. »Ganz genau«, murmelte er mit zusammengebissenen Zähnen, ließ sie dann aber so schnell los, als hätte er sich verbrannt. Etwas in seinem Inneren rumorte und seine Finger prickelten, doch er ignorierte das Gefühl.

»Warum?«, hakte sie nach.

»Du weißt noch, wie ich erzählt habe, dass wir uns in einem Club kennengelernt haben?«

Sie nickte. Dann setzte die Erkenntnis ein. »Nein ...«

»Doch. Vielleicht weckt dieser Ort ein paar Erinnerungen bei dir. Außerdem will ich mir deinen ehemaligen Boss vorknöpfen. Unter Umständen weiß er mehr über deine ... *anderen* Tätigkeiten oder kann uns wenigstens auf die richtige Spur bringen.«

Adam bemerkte, dass Valerie noch etwas darauf erwidern oder fragen wollte, sich aber dagegen entschied. Schweigend gingen sie weiter, vorbei an Obdachlosen und Huren, die am Straßenrand nach Kunden Ausschau hielten, bis sie sich einem grauen Gebäude in einer Seitenstraße näherten.

Rein äußerlich hob es sich nicht von den anderen ab, wirkte heruntergekommen und war mit Graffitisprüchen beschmiert. Nicht einmal ein Plakat oder ein blinkendes Neonschild wies auf das hin, was sich im Inneren des Clubs verbarg. Der Laden lebte nicht von seiner unüberschaubaren Kundenzahl, sondern davon, ein Geheimtipp zu sein. Nur eine ausgewählte Klientel wusste um die Existenz des Clubs und durfte den Tänzerinnen dabei zusehen, wie sie sich vor ihren Augen im schummrigen Licht entblätterten.

Im *Gentleman's Dreams* war Adam nicht mehr gewesen, seit

Valerie hier gearbeitet hatte. Selbst als das FBI den Club per Durchsuchungsbefehl auf den Kopf gestellt und den Besitzer Lloyd Keeton verhört hatte, war Adam nicht dabei gewesen, sondern beurlaubt, um seine Schulterverletzung auszukurieren.

Damals war er darüber verärgert gewesen, heute spielte ihm genau das in die Hände. Keeton kannte ihn bestenfalls als einen seltenen Gast und wusste nicht, dass er zum FBI gehörte.

Der Türsteher war ein bulliger Mann, der an der Zwei-Meter-Marke kratzte. Eine Narbe zog sich quer über seine linke Wange, buschige Augenbrauen verdüsterten sein Gesicht. Auf seinem kahlrasierten Schädel spiegelte sich die Straßenbeleuchtung.

Er warf ihnen einen finsteren Blick zu, der einen Moment zu lange auf Valeries vollen Lippen und ihrem Dekolleté verharrte, als sie die ersten Knöpfe ihrer Jacke öffnete. Dann winkte er sie durch.

Adam biss die Zähne zusammen und legte Valerie eine Hand auf den unteren Rücken, bevor er sie hineinführte. »Hier im Club haben sie dich Gia genannt«, wisperte er ihr zu. »Sei ganz locker. Du hast einmal dazugehört.«

»Einfach, für dich zu sagen«, zischte sie. »Dir starrt nicht jeder Kerl auf die Brüste.«

Adams Mundwinkel hoben sich von ganz allein. Das klang nicht mehr nach der gedächtnislosen Frau auf der Flucht, sondern nach der selbstbewussten Valerie, die er genau hier kennengelernt hatte. Ihn hatte sie bereits überzeugt, jetzt musste sie nur noch Keeton glaubhaft versichern, ganz die Alte zu sein.

An der Einrichtung hatte sich nichts verändert, seit Adam zuletzt hier gewesen war. Die Hauptattraktion war und blieb die u-förmige Bühne, in deren Mitte eine Pole Dance Stange thronte, an der gerade eine vollbusige Blondine ihre Show ablieferte. Sessel und Stühle standen verteilt im Raum und boten einen perfekten Ausblick auf die Bühne. Die Bar auf der rechten Seite entdeckte man erst, wenn man danach suchte. Daneben standen zwei Sicherheitsleute vor einer verschlossenen Tür. Die Beleuchtung war spärlich und richtete das Augenmerk ganz bewusst auf die Frauen. Gold und Rot waren die dominierenden Farben im Club, die sogar von den Tänzerinnen in einem Hauch von Nichts getragen wurden.

Wie jeden Abend war das *Gentleman's Dreams* gut besucht. Eine rothaarige Stripperin kroch über die beleuchtete Bühne und reckte ihren kaum bekleideten Hintern ein paar Männern entgegen, die ihr Geldscheine in den Slip steckten. Auf der anderen Seite der Bühne entblößte eine weitere Blondine ihren Oberkörper. Auf ihrem stark geschminkten Gesicht lag ein Lächeln, das ihre Augen nicht erreichte.

Adam beugte sich zu Valerie hinunter, damit sie seine Worte über die Musik hinweg verstehen konnte. »Der Besitzer heißt Lloyd Keeton«, erinnerte er sie.

Sie nickte zum Zeichen, dass sie ihn verstanden hatte, sah ihn aber nicht an. Ihr Blick wanderte durch den Club, tastete jede Ecke und jedes Gesicht ab, als könnte sich dort eine verlorengegangene Erinnerung verbergen. Aber es war nicht Erkenntnis, die sich in ihrem Gesicht zeigte, sondern Frustration. Sie zog die Brauen zusammen, bis sich eine Falte auf ihrer Stirn bildete. Adams erster Impuls war es, die Hand auszustrecken und diese Falte auf ihrem Gesicht zu glätten. Doch bevor er diesem Gedanken Taten folgen lassen konnte, sah er zur Seite und ballte die Hände zu Fäusten.

»Ich kann Keeton nirgendwo entdecken«, murmelte er, ohne sich allzu offensichtlich umzusehen. Die Überwachungskameras waren im Halbdunkel nicht auszumachen, aber Adam wusste sehr wohl, dass sie existierten. Wahrscheinlich saß der Wichser in seinem beschissenen Büro, ließ es sich mit ein paar Mädels gut gehen und behielt hier alles im Auge. Dummerweise brauchten sie den Kerl, um ihm ein paar Fragen zu stellen.

»An Keeton ranzukommen, wird nicht leicht.« Adam wandte seine Aufmerksamkeit wieder Valerie zu. »Wenn er Wind davon bekommt, für wen ich arbeite, wird er abhauen.« Reinstürmen und seine Dienstmarke hervorzeigen, würde ihm in diesem Fall mehr Probleme als Lösungen bescheren. Sie mussten Keeton auf andere Weise hervorlocken.

»Was schlägst du vor?« Valerie klang nicht danach, als würde sie aufgeben wollen. Das hatte er auch nicht erwartet.

Einen Moment lang sah Adam nachdenklich zur Bühne, auf der sich die Stripperinnen räkelten, dann zurück zu seiner Begleitung. Er spürte, wie sich ein Lächeln auf seine Lippen stahl. »Ich habe da so eine Idee.«

Valerie schüttelte vehement den Kopf. »Oh nein, vergiss es! Ich weiß nicht mal, wie ... das geht!«

»Du bist ein Naturtalent, glaub mir. Ich habe dich gesehen.«

Valerie stieß einen undamenhaften Fluch aus. »Woher willst du überhaupt wissen, dass Keeton hier ist?«, fragte sie, knöpfte aber bereits ihre Jacke auf und drückte sie ihm in die Hand.

»Ich weiß es. Wenn eine Show läuft, ist er immer da.«

Interessiert beobachtete Adam, wie Valerie ihren Zopf löste und sich durch das lange Haar fuhr, bis es ihr in sanften Wellen über den Rücken fiel. Gleich darauf verknotete sie das ohnehin schon enge Shirt neckisch unter ihrer Brust und legte damit jede Menge Haut frei.

Adam schluckte hart, als sein Blick von ihrem Dekolleté zu ihrem Bauchnabelpiercing wanderte. Gewaltsam versuchte er, die Erinnerungen niederzuringen, die sich bei diesem Anblick in seinem Kopf ausbreiten wollten. Keine Chance. Zu deutlich sah er ihren erhitzten Körper unter sich, hörte ihr helles Stöhnen und fühlte, wie sich ihre Fingernägel in sein Fleisch gruben, während er sie beide um den Verstand brachte. Die Reaktion auf diese Gedanken kam prompt und hart. Adam fluchte innerlich.

Valerie zog die Jeans ein bisschen tiefer, dann warf sie ihm einen tödlichen Blick zu. »Nur damit das klar ist: Ich hasse dich hierfür.«

In diesem Moment hasste er sich selbst für seine brillante Idee. Schon jetzt starrten die Kerle sie lüstern an, aber wenn sie erst die Bühne betrat ... *Verdammt.*

Mit zusammengebissenen Zähnen sah er ihr hinterher, während sie sich an den Sitzgelegenheiten und Tischen vorbei einen Weg in Richtung Bühne suchte. Doch er war nicht der Einzige, der ihr nachblickte. In der tiefsitzenden, dunklen Jeans und dem über dem Bauchnabel verknoteten Top, unter dem dunkle Spitze hervorblitzte, sah sie atemberaubend aus. Weiblich. Sinnlich. Verführerisch. Leider erinnerte sie ihn damit auch schmerzhaft an die Frau, der er damals so schnell verfallen war.

Als er sie das erste Mal hier gesehen hatte, hatte er sich gefragt, was eine Frau wie sie in einem Laden wie diesem machte. Ihre Art sich zu bewegen, ihr Lächeln und die ständige Wachsamkeit in ihren grauen Augen passten nicht zu den anderen Mädchen, die jeden Lebensmut längst verloren hatten. Es war diese unter der Oberfläche schwelende Energie gewesen, mit der sie ihn sofort für sich eingenommen hatte.

Sein Lächeln begann zu bröckeln, als sich Valerie ihre Schuhe abstreifte und die Bühne betrat. Zielstrebig ging sie auf die Tanzstange in der Mitte zu. Alle Augen richteten sich auf sie, als sie sich mit dem Rücken an der Stange herabgleiten ließ und die Beine spreizte. Obwohl sie vollständig bekleidet war, wurde Adam bei dem Anblick schlagartig heiß.

Scheiße, er wusste, dass er die Umgebung im Auge behalten und nach Keeton suchen sollte, aber er konnte sich einfach nicht abwenden. Und als sich dann auch noch ihre Blicke trafen und einander festhielten, fühlte sich Adam endgültig in die Vergangenheit zurückkatapultiert. Genau hier hatte er sie das erste Mal tanzen gesehen. In diesem Schuppen, für alle Männer, später nur noch für ihn.

Mit einem Bein umschlang Valerie die Stange, warf das Haar zurück und vollführte eine Drehung, die nur eine einzige Bezeichnung verdient hatte: sexy. Spätestens jetzt hätte jeder anwesende Kerl liebend gern mit der Tanzstange getauscht, an der sich diese Frau lasziv räkelte. Adam eingeschlossen. Er runzelte die Stirn, als die Männer zu johlen begannen und Valerie mit ihren Geldscheinen zu sich zu winken versuchten, rief sich jedoch ins Gedächtnis, dass sie genau das beabsichtigte. Den anderen Stripperinnen wurde kaum noch Beachtung geschenkt. Binnen weniger Minuten war Valerie zur

Hauptattraktion geworden – und damit würde sie auch Keetons Aufmerksamkeit auf sich ziehen.

Als hätte sie nie etwas anderes getan, ließ sich Valerie auf die Knie fallen und kroch mit langsamen, verführerischen Bewegungen nach vorn, näher zum Publikum. Dort richtete sie sich etwas auf und öffnete spielerisch den Knopf ihrer Jeans.

Adams Kehle wurde trocken. Mühsam riss er den Blick von Valerie los, um ihn durch den restlichen Club wandern zu lassen. Aus dem Augenwinkel nahm er eine Bewegung wahr. Einer der beiden Sicherheitsleute vor der Tür zu den Büroräumen öffnete diese für einen Mann, der Adam verdammt bekannt vorkam. Lloyd Keeton. Groß, breitschultrig, Millimeter-Haarschnitt. Mit seinem Auftreten hätte er seiner Security Konkurrenz machen können, aber Adam wusste aus sicheren Quellen, dass Keeton es nicht auf körperliche Auseinandersetzungen anlegte. Er machte sich nicht gern die Hände schmutzig – dafür hatte er seine Angestellten. Jetzt heftete sich der Blick dieses Kerls sofort auf Valerie, als hätte er nur ihretwegen seinen bequemen Bürostuhl verlassen.

Adam setzte sich in Bewegung. Möglichst unauffällig schlenderte er ebenfalls zur Bühne, um Keeton abzufangen, bevor er Valerie erreichte – oder um ihr im Zweifelsfall Rückendeckung zu geben. Scheiße. Bis vor knapp vierundzwanzig Stunden hätte er ihren hübschen Hintern am liebsten hinter Gittern gesehen und jetzt versuchte er, diesen zu retten? Was war in ihn gefahren?

Das Lied endete im selben Moment, in dem Valerie ihre Performance beendete. Lautes Klatschen und begeisterte Pfiffe brachen los. Adam erreichte die Bühne als Erster und hielt Valerie seine Hand hin, um ihr beim Hinuntersteigen zu helfen, während die anderen Tänzerinnen wieder ihre Plätze einnahmen. Ihre Überraschung entging ihm dabei nicht. Was hatte sie denn erwartet? Dass er sie auf die Bühne schickte und dann Keeton zum Fraß vorwarf? Ein bisschen mehr Ehrgefühl sollte sie ihm schon zutrauen – immerhin war er nicht derjenige, der sie kaltblütig angeschossen hatte.

»Gia! Baby!«

Valerie stand kaum neben ihm, als die dröhnende Stimme die Musik durchschnitt und Lloyd Keeton vor ihnen stehen blieb. Einen Moment lang maß er Adam mit einem leicht irritierten Ausdruck, den er jedoch schnell von seinem Gesicht wischte. Für einen Mann in den Fünfzigern hatte Keeton sich gut gehalten. Seine Züge waren hart, seine Bewegungen selbstbewusst und er trug die ergrauten Schläfen mit Stolz. Genauso wie er sich selbst präsentierte: stolz, charmant und unter der pseudofreundlichen Oberfläche verdammt gefährlich.

Das Erste, was Adam auffiel, war, dass Keeton keine Waffe zu tragen schien, dafür ein schwarzes Hemd, dessen oberste Knöpfe offenstanden und ein schweres Goldkreuz mit einem funkelnden Rubin in der Mitte. Rot und Gold – jetzt wusste Adam, woher die Inneneinrichtung des Clubs ihre Farben hatte.

»Du hättest auch einfach sagen können, dass du wieder in meinem Club arbeiten willst, Süße.« Ungefragt griff Keeton nach Valeries Hand und hauchte einen Kuss auf ihre Fingerknöchel. »Du siehst fantastisch aus. Lass uns in mein Büro gehen, um die Details zu klären.«

Wenn es eines gab, was Adam nicht leiden konnte – abgesehen davon, belogen und hintergangen zu werden –, dann war es, ignoriert zu werden. Bevor Keeton sich umdrehte, trat Adam einen Schritt vor und legte Valerie besitzergreifend eine Hand um die Taille. »Details klären, klingt gut.«

Ein irritierter Ausdruck huschte über Keetons Miene, dann war die Verblüffung auch schon verschwunden und wurde von einem charmanten Lächeln ersetzt. Der Mann war es offensichtlich nicht gewohnt, dass ihm jemand dazwischenfunkte.

»Ich wusste gar nicht, dass du einen ... Freund mitgebracht hast, Gia«, sagte er jetzt mit einem leisen Lauern in der Stimme, bevor er Adam einer erneuten Musterung unterzog. »Kennen wir uns irgendwoher?«

»Möglich«, gab Adam zurück und zuckte nonchalant mit den Schultern. Bevor er dem noch etwas hinzufügen konnte, mischte sich Valerie ein.

»Wollt ihr zwei das draußen unter euch klären oder können wir uns in Ruhe unterhalten?«

Keeton stieß ein kehliges Lachen aus und warf ihr einen Blick zu, bei dem Adam ihm am liebsten eine reingehauen hätte. Dieser Drecksack zog sie förmlich mit den Augen aus und das, obwohl er direkt neben ihr stand. Unwillkürlich verstärkte sich sein Griff um ihre Taille.

»Lasst uns gehen.« Keeton machte auf dem Absatz kehrt und ging voraus, als wäre es selbstverständlich, dass sie ihm folgen würden. Und so wie seine Sicherheitsleute drohend neben ihnen Position bezogen, war es tatsächlich selbstverständlich – denn ihnen blieb keine andere Wahl.

10. KAPITEL

Valerie fühlte sich nicht besonders wohl in ihrer Haut, als sich die Tür hinter ihnen schloss und sie in einem muffigen, schlecht beleuchteten Flur standen. Vor ihnen Keeton, hinter ihnen die zwei bulligen Türsteher. Adams Hand brannte auf ihrer Haut, vermittelte ihr aber gleichzeitig das irrsinnige Gefühl von Sicherheit. Alles in ihr wehrte sich dagegen, weiterzugehen, aber wenn ein Gespräch mit Keeton nötig war, um Antworten zu erhalten, würde sie genau das tun – mit ihm reden und ihm möglichst viele Informationen entlocken, ohne dass er etwas bemerkte.

Zumindest war das der Plan.

Der Flur endete vor einer Tür, durch die Adam sie zuerst gehen ließ. Valerie bemerkte ihren Fehler, als sie das nach abgestandenem Zigarrenrauch stinkende Büro betrat und Keeton den Rücken zuwandte. Mit einem dumpfen Knall ging die Tür hinter ihr zu. Sie wirbelte herum und starrte in Keetons zufriedene Miene.

»Was soll das?«

Er machte einen Schritt auf sie zu und sie war lebensmüde genug, nicht vor ihm zurückzuweichen. Vom Flur waren dumpfes Keuchen, wütend ausgestoßene Flüche und das Geräusch von Fäusten, die aufeinander einhämmerten, zu hören. Valeries Herz hämmerte nicht weniger laut.

»Meine Jungs kümmern sich um deinen Begleiter«, warf Keeton ein, als er ihren panischen Blick bemerkte. »Keine Sorge. Sie werden ihn am Leben lassen. Vielleicht.«

Bevor sie darüber nachdenken konnte, hetzte Valerie zur Tür und rüttelte am Knauf. Abgeschlossen. *Verdammt.* Ihr Puls schoss in die Höhe. Adam war auf der anderen Seite.

»Mach die verdammte Tür auf!«, verlangte sie und drehte sich zu Keeton um. Als er nicht reagierte, holte sie aus, aber er fing ihren Arm knapp vor seinem Gesicht ab.

Ruckartig zog er sie näher, nur um sie gegen den Schreibtisch zu stoßen, der unter ihrem Gewicht bedrohlich wackelte. Akten und Notizzettel segelten zu Boden. »Ich hatte schon immer eine Schwäche für dich, Gia, aber das ist jetzt vorbei. Du dachtest wohl, du könntest hier so einfach aufhören und mir dann das FBI auf den Hals hetzen, was?«

Aus den Augenwinkeln nahm Valerie etwas Glänzendes im Licht der Schreibtischlampe wahr und griff danach. Bedächtig richtete sie sich auf, während sie Keetons Blick suchte. »Ich bin zurückgekommen, oder?«, konterte sie. »Ich schwöre, dass ich nichts mit dem FBI zu tun hatte.« Sie konnte nur hoffen, dass sie die richtigen Worte fand – und Adam lange genug durchhielt. Unauffällig schob sie den Brieföffner in ihre hintere Hosentasche.

»Und was war mit dem Cop, mit dem du dich ständig im Separee vergnügt hast, hm?«

Cop? Welcher Cop? Er konnte unmöglich Adam meinen, denn sonst hätte Keeton ihn vorhin im Club wiedererkannt. Der einzige Polizist, der ihr einfiel und der sie, oder vielmehr Jessica Neville, zu kennen glaubte, war ... *Inspector Colby.*

»Ich wusste nicht, dass er ein Cop war«, behauptete sie. Genau genommen, entsprach das sogar der Wahrheit. Von wem auch immer Keeton da redete, Valerie erinnerte sich nicht an ihn oder daran, jemals gewusst zu haben, dass er ein Polizist war. Allein der Gedanke an das, was in diesem Separee mit Colby abgelaufen sein könnte, löste Übelkeit in ihr aus. Valerie schluckte mehrmals, um den Würgereiz zu unterdrücken.

»Spielt keine Rolle, Süße«, knurrte Keeton und richtete plötzlich eine Pistole auf sie. »Deinetwegen hab ich ordentlich Verluste gemacht. Du schuldest mir 'ne Menge Kohle und es wird Zeit, dass ich sie bekomme. War ein großer Fehler von dir, wieder herzukommen.«

Langsam hob Valerie die Hände, sodass Keeton sie sehen konnte. Anders als bei den Männern, die hinter ihr her waren, verspürte sie diesmal keine Angst, zumindest nicht um *ihr* Leben.

Auf dem Flur war es mit einem Mal erschreckend leise geworden.

»Du willst mich doch nicht erschießen, Lloyd, oder?« Valerie setzte sich in Bewegung. Ein Schritt. Zwei Schritte. Drei. Ihre Knie zitterten, aber sie näherte sich Keeton mit einem unschuldigen, süßen Lächeln auf den Lippen. »Ich bin hergekommen, um meine Schulden zu begleichen«, log sie. »Aber das kann ich nicht, wenn ich tot bin.«

Keeton musterte sie misstrauisch, ließ dann aber die Pistole sinken. »Lebend nützt du mir mehr als tot«, murmelte er. »Noch.«

Valerie versuchte, sich den eisigen Schauer, der bei seinen Worten über ihren Rücken wanderte, nicht anmerken zu lassen und lächelte weiter. Sie ließ die gehobenen Arme sinken, tastete nach ihrer einzigen Waffe.

»Wer ist der Kerl, der mit dir gekommen ist?«, wollte Keeton wissen, als würde es sich dabei um eine lästige Fliege handeln.

»Ein Freund.« Einer, der seinen Jungs hoffentlich gerade die Nase brach – und noch mehr.

»Weiber wie du haben keine Freunde, Gia. Aber zum Glück habe ich das Problem für dich gelöst.« Keeton griff nach ein paar Unterlagen von seinem Schreibtisch. Aus der Nähe erkannte Valerie, dass es sich dabei hauptsächlich um Rechnungen handelte. Rechnungen mit horrenden Summen. »Du fängst gleich heute Abend an, aber zieh das da aus und besorg dir etwas Anständiges aus der Garderobe.« Ohne hinzusehen, deutete er mit einem Fingerschnippen auf ihr Outfit.

Sie beschloss, es ihm nicht übelzunehmen. Für Eitelkeit war jetzt keine Zeit. »Eine Frage noch, Lloyd«, säuselte sie und stellte sich neben ihn an den Tisch. »Wer war dieser Cop, mit dem ich im Separee war? Irgendwie hat er mir nie seinen Namen genannt und bei all den Leuten verschwimmt meine Erinnerung.«

Keeton hob den Kopf und starrte sie ungläubig an. Ein misstrauischer Ausdruck machte sich auf seinem Gesicht breit. Seine Augen formten sich zu schmalen Schlitzen. »Baby, du warst in deiner gesamten Zeit hier nur mit zwei Kerlen im Separee.«

Mist. An diese Möglichkeit hatte sie nicht gedacht. Damit schien das Gespräch beendet zu sein und Valerie war nicht einen einzigen Schritt weiter. Sie wusste jetzt, dass sie Kontakt zu einem Polizisten gehabt hatte, aber war es tatsächlich Colby gewesen? Nur ... warum hatte er dann den Namen ihrer Hundemarke gekannt und nicht den, unter dem Adam sie kannte? Wie viele Decknamen besaß sie eigentlich?

»Worauf wartest du noch, hm? Eben an der Stange hast du dich doch ganz wie zu Hause gefühlt, also los, verschwinde!« Keeton wedelte ungeduldig mit der Hand.

Das war die letzte Aufforderung, die Valerie brauchte. Sie schoss nach vorn, packte Keetons Arm und verdrehte ihn auf seinem Rücken, bis er vor Schmerz aufschrie. Ein Glück, dass das in der Musik, die vom Clubbereich herüberschallte, unterging. Valerie drückte ihn mit dem Gesicht voran auf seinen Schreibtisch und hielt ihm den Brieföffner mit der freien Hand an die Kehle.

»Sag deinen Jungs, sie sollen sich zurückziehen«, verlangte sie und beugte sich über ihn, damit er auch jedes Wort verstand. »Und dann will ich wissen, wer der Cop war.« Sie brauchte eine Bestätigung, sie musste den Namen hören.

Das Quietschen der Tür ließ sie herumwirbeln und nach Keetons Pistole greifen. Aber es war keiner der Türsteher, auf den sie mit der Waffe zielte – es war Adam. Schwer atmend, zerzaust und mit einer blutigen Augenbraue, aber ansonsten unversehrt.

Mit einem erstickten Laut ließ sie die Pistole sinken.

»Ich hätte dich erschießen können«, warf sie ihm vor, obwohl sich insgeheim Erleichterung in ihr breitmachte. Erleichterung darüber, dass er hier war, dass es ihm gut ging. Was das bedeuten mochte, darüber würde sie sich später Gedanken machen.

»Hast du aber nicht. Ich wurde kurz aufgehalten.« Er spannte seine Finger an und schloss sie wieder zur Faust. Jetzt erkannte

Valerie auch, dass die Haut an seinen Knöcheln aufgeschrammt war. »Wie läuft's mit unserem Freund?« Mit einem Kopfnicken deutete Adam auf Keeton, der noch immer auf dem Schreibtisch lag, mit der freien Hand in einem Haufen Papiere verkrallt.

»Bestens. Wir waren gerade dabei, uns besser kennenzulernen. Nicht wahr, Lloyd?« Sie übte etwas mehr Druck auf seinen Arm aus.

»Scheiße, ich weiß es nicht!«, jaulte er. »Ich hab keine Ahnung, wie der Typ heißt! Du hast nur zwei Monate hier gearbeitet. Im Separee warst du nur mit zwei Kerlen. Scheiße, das tut weh, du Miststück!«

Valerie zuckte nicht mal mit der Wimper, sondern verstärkte den Druck. »Woher weißt du, dass einer der beiden Kerle ein Cop war?«, bohrte sie nach und sah erst auf, als Adam neben ihr stehen blieb. In seinem Gesicht spiegelte sich eine Mischung aus Belustigung und Ernsthaftigkeit wider, aber er griff nicht ein. Er ließ ihr freie Hand, was Keetons Befragung anging.

»Weil ... der Typ ...« Keeton atmete schwer, aber sie rückte nicht von ihm ab. »Er ist ... öfter in Clubs ... unterwegs und verkauft ... Infos.«

Adam runzelte die Stirn. »Was für Infos?«

»W-wo die ... die Cops eingreifen, wen sie ... suchen ...«

»Shit.«

»Was ist?« Fragend sah Valerie zu Adam auf, der einen Fluch ausstieß.

»Ein korrupter Cop. Das hat uns gerade noch gefehlt. Wahrscheinlich war er der Verbindungsmann zwischen der Polizei und deinen Leuten.«

Valerie wandte sich wieder Keeton zu, der inzwischen aus allen Poren schwitzte. »Wo finden wir ihn?«

»Ich w-weiß ... es nicht. Wenn er n-nicht hier ist ... dann in ... in einem anderen Club.«

»Wie sah der Cop aus?«

»K-keine Ahnung, das ist Monate her!«, ächzte er. »Hast du eine Ahnung, wie viele ... Kerle hier täglich sind? Ich weiß es wirklich nicht, ich schwöre es!«

Sie sah zu Adam, der lediglich mit den Schultern zuckte, dann ließ sie Keeton los. Schneller als sie es ihm zugetraut hätten, verschanzte dieser sich hinter seinem Schreibtisch und befahl ihnen lauthals, zu verschwinden.

»Wagt es ja nicht, euch wieder hier blicken zu lassen! Hörst du, Gia!?« Etwas Hartes krachte gegen die Tür, nachdem Adam sie hinter ihnen zugezogen hatte.

»Nichts lieber als das«, murmelte Valerie. Sie hatte nicht vor, jemals wieder einen Fuß in diesen Laden zu setzen. »Was hast du mit den Türstehern angestellt?«, fragte sie Adam, während sie neben ihm dem Gang folgte, der zurück in den Club führte.

»Wir haben uns nett unterhalten, dann habe ich ihnen für den Rest des Abends freigegeben. Alles in Ordnung?« Er warf ihr einen fragenden Seitenblick zu.

»Ich hatte alles unter Kontrolle.«

»Das habe ich gesehen.«

Sie hob die Augenbrauen, aber Adam erwiderte nichts darauf. Was auch immer er über ihre Vorgehensweise dachte, er behielt es für sich – wie so vieles.

Im Stripclub hatte sich in den vergangenen Minuten nichts verändert, nur dass von den beiden Türstehern keine Spur mehr zu sehen war. Was auch immer Adam mit ihnen angestellt hatte, es hielt ihnen Ärger vom Leib und das war das Einzige, was zählte.

»Hast du eine Ahnung, wer dieser Cop sein könnte?« Adam führte sie an der Bar vorbei.

»Jein. Ich bin nur einem Cop begegnet, seit ich hier bin. Sein Name ist Colby, er ist ein SFPD Inspector im Central North Distrikt. Aber ich weiß nicht, ob er etwas mit diesem Laden hier zu tun hat.«

Überrascht blieb Adam stehen. Er sprach die Frage nicht aus, dennoch konnte Valerie sie an seinem Gesicht ablesen.

»Wir hatten eine kurze Auseinandersetzung vor ein paar Tagen.«

Adams Augen verengten sich. »Was ist passiert?«

»Zuerst dachte ich, er wolle mich festnehmen, aber jetzt bin ich mir da nicht mehr so sicher.« Sie seufzte tief, dann erzählte sie Adam die Kurzfassung von ihrer Begegnung mit Inspector Colby und seinem Vorgesetzten im Police Departement. »Hast du eine Idee, wo wir den Cop aus dem Separee finden können?«

»Nein. In dieser Stadt gibt es unzählige Clubs, in denen er sich herumtreiben könnte. Es würde Tage, wenn nicht sogar Wochen dauern, die alle abzugrasen und selbst wenn wir das täten, garantiert uns das nicht, dass wir ihn finden.«

Valerie biss sich auf die Unterlippe. Nein. Sie weigerte sich, zu glauben, dass der Besuch im *Gentleman's Dreams* umsonst gewesen war. Es musste eine Möglichkeit geben.

Rechts von ihnen bemerkte sie den Barkeeper. Er war jung, vermutlich sogar noch ein Student, der sich hier sein Studium finanzierte. Jetzt bemühte er sich allerdings darum, nicht in ihre Richtung zu sehen und dennoch fand sein Blick immer wieder den Weg zurück zu ihr.

Auch Adam schien es zu bemerken, denn bei den nächsten Worten senkte er merklich die Stimme. »Kennst du ihn?«

»Nein.« Sie zwang sich zu einem Lächeln. »Aber vielleicht kennt mein früheres Ich ihn.« Entschlossen drehte sie sich um und ging schnurstracks zu dem Mann hinüber. In diesem Moment rief ein Gast ihm eine Bestellung zu und nannte dabei seinen Namen – Tom.

»Hey, Tom.« Valerie stützte sich mit beiden Ellbogen auf dem Tresen auf und zeigte neben einem Lächeln auch ein sehr offenherziges Dekolleté. Genau dorthin wanderte Toms Blick prompt, bevor er ihn wieder nach oben in ihr Gesicht lenkte.

»Gia. Is' lange her.«

»Zu lange«, bestätigte sie und warf ihr langes Haar zurück. Sie spürte, wie Adam sie beobachtete, obwohl sie sich auf Tom konzentrieren sollte. »War noch mal der Typ da, mit dem ich ein paar Mal ins Separee gegangen bin? Der Cop?«, säuselte sie und beugte sich verschwörerisch nach vorn.

Wieder sah Tom nach unten. »Ähm ja, kann sein. Aber der is' jetzt nicht mehr hier. Treibt sich in anderen Clubs rum.«

»Weißt du, wo ich ihn finden kann?«

Ein verschlagenes Grinsen erschien auf Toms jungem Gesicht. »Möglich«, erwiderte er und sah sich kurz um. »Aber das kostet.«

Mistkerl. Sie hatte kein Geld dabei. Wenn ihn jemand für s eine Informationen bezahlen könnte, war es Adam. Als hätte er ihre Gedanken gehört, tauchte er neben ihr auf. »Wie viel?«

Tom blickte zwischen Valerie und Adam hin und her, dann schüttelte er den Kopf. »Kein Geld.«

»Was dann?« Ihre Muskeln spannten sich an. Sie ahnte die Antwort bereits, noch bevor Tom sie aussprach.

»Ein halbes Stündchen mit dir im Separee.« Er senkte die Stimme zu einem Flüstern, bis selbst Valerie ihn kaum noch verstehen konnte. »Aber wenn dir das zu öffentlich is', können wir auch woanders hin. Mein Wagen steht ganz in der Nähe.«

Bevor sie reagieren konnte, packte Adam Tom am Hemdkragen und schlug sein Gesicht gegen den Tresen. »Wie war das?«, knurrte er mit gefährlich leiser Stimme. »Ich glaube, ich habe mich verhört. Wiederhol das doch bitte.«

Verblüfft schnappte Valerie nach Luft. Adams Gesicht blieb ausdruckslos, aber sie erkannte das wütende Funkeln in seinen Augen. Seine Lippen waren zu einer Linie zusammengepresst und ein Muskel zuckte an seinem Kinn.

»Scheiße Mann, is' ja gut!« In dem lächerlichen Versuch, sich aus Adams Griff zu befreien, schlug Tom um sich und stieß dabei einige Gläser zu Boden. »Ich wusste nicht, dass sie vergeben is'. Lass mich los!«

»Wo finden wir den Cop?« Adam schüttelte Tom, bis dieser ein Wimmern von sich gab.

»Im *Anya's Secret* – und jetzt lass mich los, Mann!«

Augenblicklich folgte Adam diesem Wunsch und ließ Tom los. Nicht aber, ohne ihm zum Abschied einen kräftigen Stoß zu geben, der ihn gegen das Regal hinter der Bar knallen ließ. Wäre Tom nicht so ein mieses kleines Arschloch, hätte Valerie beinahe Mitleid für ihn empfunden, doch so fühlte sie lediglich Genugtuung.

»Ich habe genug gehört. Lass uns verschwinden.« Adam legte seine Hand auf ihren unteren Rücken und führte sie an der Bühne, den zahlreichen Tischen und Sesseln vorbei zum Ausgang. Bis auf den glatzköpfigen Türsteher, der sie in den Club gelassen hatte, war von den anderen Securityleuten noch immer nichts zu sehen.

»Wo ist dieses *Anya's Secret*?« Kaum dass sie den Club verlassen hatten, zog Adam seine Hand zurück.

»Ein paar Straßen weiter«, erwiderte er mit gepresster Stimme. Während sie weitergingen, sah er sich immer wieder um, als ob er befürchtete, dass sie verfolgt wurden. »Die Besitzerin ist aus Deutschland und hat einen Amerikaner geheiratet. Dann hat sie herausgefunden, dass ihrem Ehemann zahlreiche Bordelle gehören. Also hat sie sich scheiden lassen und kurz darauf das *Anya's Secret* gegründet.«

Valerie nickte langsam. »Sie hat aus ihrer Not eine Tugend gemacht«, murmelte sie nachdenklich. »Woher weißt du so viel über sie?«

Adam deutete nach links und führte sie tiefer ins Tenderloin. Beinahe wäre Valerie an der Ecke über einen Obdachlosen gestolpert, der unter ein paar Zeitungen und etwas, das wie ein löchriger Schlafsack aussah, schlief.

»Vor ein paar Monaten hat sie uns bei einem Fall geholfen.«

»Der Fall?«, hakte sie nach.

»Ja.«

Das war die einzige Antwort, die sie bekam. Ihr wurde klar, dass Adam nichts weiter dazu sagen würde. Ob aus dem Grund, dass es sich um eine FBI-Angelegenheit handelte oder weil er ihr nicht vertraute, wusste sie nicht, aber sie sprach das Thema nicht weiter an. Dafür brannte ihr eine andere Frage auf der Seele.

»Du hast gehört, was Keeton in seinem Büro gesagt hat, oder? Dass ich nur mit diesem Cop und einem anderen Mann im Separee war?«

»Ja«, erwiderte er knapp.

»Wenn wir den Cop nicht finden, ist dieser andere Mann

unsere einzige Spur.«

Adam schüttelte den Kopf. »Das ist keine Spur, Val.«

»Warum nicht?«

Er blieb stehen. Ein seltsamer Ausdruck lag in seinen Augen. Er zögerte, aber dann antwortete er mit fester Stimme: »Weil ich der andere Mann war.«

11. KAPITEL

Nur zu genau erinnerte sich Adam daran, wie er mit Valerie im Separee des *Gentleman's Dreams* gewesen war. Das erste Mal hatte ihn schier umgehauen, obwohl er sie nicht berührt hatte. Es hatte drei dieser Treffen im Separee und einen gemeinsamen Kaffee mitten in der Nacht gebraucht, bis sie mit zu ihm nach Hause gekommen war. Noch länger, bis sie ihm erlaubt hatte, sie näher kennenzulernen. Nicht als die Tänzerin, die sie Nacht für Nacht vorgab zu sein, sondern als Frau. Als Mensch.

Denn hinter der Maske, die sie im *Gentleman's Dreams* trug, verbarg sich eine lebenshungrige, junge Frau. Valerie wusste, was sie wollte und war nicht zu stolz, um danach zu fragen – oder es sich zu nehmen. Mit ihren regelmäßigen Lebensmittelexperimenten hatte sie ihn in den Wahnsinn getrieben, dabei mehr als ein Dutzend seiner Geschmacksknospen zerstört. Aber sie hatte ihn auch zum Lachen gebracht, hatte dafür gesorgt, dass er die Arbeit vergaß und etwas tat, was nie in seinem strikten Terminplan stand: sich entspannen.

In diesem Moment wünschte sich Adam nichts sehnlicher, als dass er die Erinnerungen daran genauso auslöschen könnte, wie sie aus Valeries Bewusstsein verschwunden waren. Er wusste nicht, wie er ihre Reaktion auf diese Nachricht deuten sollte. Er wollte es auch nicht herausfinden, also ging er weiter. Wenige Schritte später war sie wieder an seiner Seite, ohne das Thema noch einmal anzuschneiden. Besser so. Nicht nur für ihn, sondern für sie beide.

Das *Anya's Secret* war ein völliger Gegensatz zu Keetons Club. Auch hier zogen sich die Tänzerinnen für ihre Zuschauer aus, aber das Interieur war moderner gestaltet. Schwarz dominierte das Innere des Lokals, mit ein paar Akzenten in Farben, die Anya alle paar Monate austauschte. Diesmal war Türkis an der Reihe. Türkisfarbene Kissen, Vorhänge, Untersetzer und Kleidung für die Angestellten. Am Eingang wurden sie von einer Frau im Minikleid mit Sekt begrüßt. Adam nahm zwei Gläser entgegen und reichte Valerie eines davon.

»Halt dich im Hintergrund«, murmelte er ihr zu. Sie nickte nur.

Auf den Hockern und Sesseln saßen hauptsächlich Männer, aber im Vergleich zum *Gentleman's Dreams* waren hier auch Frauen und Paare vorzufinden. Die Tänzerinnen an den Stangen bewegten sich grazil. Mit einer Eleganz, die zeigte, dass sie ihre Choreographien hart einstudiert hatten und nicht einfach nur mit dem Hintern wackelten, um zu gefallen.

»Siehst du ihn irgendwo?«, fragte er Valerie und nippte an seiner Sektflöte.

»Noch nicht.« Ihr Blick wanderte über die anwesenden Männer und Frauen, die sich auf den Sofas räkelten oder aber gebannt auf die beiden Bühnen starrten.

Hinter der Bar, die fast die gesamte gegenüberliegende Wand einnahm, entdeckte Adam die Besitzerin des Ladens. Anya war eine knallharte Geschäftsfrau, aber sie behandelte ihre Kunden und Angestellten gut. Als das FBI sich den Menschenhändlerring vorgeknöpft hatte, waren die wertvollsten Informationen von Anya gekommen. Trotz ihrer Hilfe sah sie es nicht gern, wenn Polizisten oder Agenten im Dienst in ihren Club kamen, darum wollte Adam diese Sache so schnell wie möglich hinter sich bringen.

»Oh mein Gott.«

Geistesgegenwärtig griff Adam nach Valeries Glas, bevor es Bekanntschaft mit dem Boden machte. »Was ist los?«, fragte Adam und wischte sich den verschütteten Sekt von der Hand ab, bevor er beide Gläser auf einem der Tische abstellte. »Hast du ihn gefunden?«

»Es ist nicht Colby, sondern jemand anderes.« Ihr Gesicht war blass geworden.

»Was meinst du damit?«

Statt einer Antwort, drückte Valerie ihn gegen die Wand und stellte sich dicht vor ihn. Hitze breitete sich in seiner Mitte aus, wie ein Feuerball, der Richtung Süden wanderte. Ihre Finger hinterließen eine prickelnde Gänsehaut in seinem Nacken, als sie ihn zu sich hinunterzog.

»Was wird das?« Wie selbstverständlich legte er seine Hände an ihre Seiten. Ihre plötzliche Nähe, die warme, weiche Haut unter seinen Fingern und diese stürmischen Augen machten es ihm schier unmöglich, sich noch auf etwas anderes konzentrieren zu können.

»Hinter mir auf zwei Uhr«, wisperte sie und brachte ihre Lippen dabei nah an sein Ohr. »Sieh hin.«

Zum Teufel mit dieser Frau. Wie sollte er etwas anderes wahrnehmen, als ihren Geruch und die Wärme, die ihr Körper so dicht vor seinem ausstrahlte? Unter Aufbietung all seiner Selbstbeherrschung hob er den Blick und sah in die von Valerie angewiesene Richtung. Im ersten Moment wusste er nicht, was sie meinte, doch dann entdeckte er ihn.

Zurückgelehnt in einem Sessel saß ein Mann mit einem Whiskyglas in der Hand und beobachtete gierig die Tänzerinnen. Er unterschied sich nicht von den anderen Gästen, außer dass er Adam irgendwie bekannt vorkam. Der dunkelhäutige Mann wirkte zu adrett gekleidet, selbst für einen Club wie *Anya's*. Sein Nadelstreifenanzug betonte breite Schultern, verdeckte die schwere Golduhr an seinem Handgelenk aber nur zur Hälfte. Das Haar trug er kurz und mit Halbglatze, dazu einen winzigen Schnurrbart unter der geraden Nase. Als er den Kopf leicht zur Seite neigte, bemerkte Adam die Pockennarben auf seiner Wange – und erinnerte sich.

Fassungslos sah er zu Valerie hinunter. »Du willst mich wohl verarschen«, knurrte er.

Sie schüttelte den Kopf.

Grob packte er ihren Arm und zog sie in eine dunkle Ecke, wo er sie gegen die Wand drückte und mit seinem Körper vor den Blicken aller abschirmte. Diesmal gelang es ihm besser, die Wirkung auszublenden, die ihre Nähe auf ihn hatte. »Hast du auch nur die geringste Ahnung, wer das ist?«

»Inspector Colbys Vorgesetzter.« Sie klang atemlos, reckte aber dennoch das Kinn vor, als wollte sie ihn förmlich dazu auffordern, ihr zu widersprechen. »Er war dabei, als ich auf dem Polizeirevier war. Aber es war Colby, der mich verfolgt hat, nicht dieser Mann ...« Ihre Stimme verlor sich in ihrer Verwirrung.

Adam unterdrückte einen harschen Fluch. »Das ist Zane McNamara, Captain des San Francisco Police Departments. Er hat schon öfter mit dem FBI zusammengearbeitet. Verflucht, *ich* habe schon mit ihm zusammengearbeitet.« Er warf einen schnellen Blick über seine Schulter, aber McNamara war noch immer auf die Tänzerinnen konzentriert und schien sie nicht bemerkt zu haben. »Das kann unmöglich derjenige sein, den wir suchen.«

»Warum nicht?« Valeries Miene war unergründlich. »Denkst du, er ist sauber, nur weil er einen hohen Rang bekleidet?«

Ja, verdammt, genau das dachte er! Oder vielmehr hoffte er das, denn im Gegensatz zu dieser Frau vertrat er das Gesetz und glaubte an die Ehrlichkeit und ordentliche Führung durch seine Vorgesetzten.

»Möglich, dass McNamara im *Gentleman's Dreams* war. Das ist kein Verbrechen«, knurrte Adam. »Aber er ist mit Sicherheit nicht der korrupte Cop, nach dem wir suchen. Hast du eine Ahnung, was dieser Mann pro Jahr verdient? Warum sollte er das riskieren?«

Zwar widersprach Valerie ihm nicht, aber sie schien seinen Erklärungen auch nicht besonders viel Glauben zu schenken. »Es gibt nur einen Weg, das herauszufinden.«

»Warte!« Adam packte ihren Arm, als sie sich an ihm vorbeischieben wollte und zog sie zurück. So nah, wie sie ihm war, vergaß er kurzzeitig, was er hatte sagen wollen. Ihre Augen funkelten ihn an, aber je länger er hinsah, desto sicherer wurde er, noch etwas anderes darin zu erkennen. Auch an ihr ging dieser Moment nicht spurlos vorbei. Seine Nähe hatte eine Wirkung auf sie, so sehr sie sich auch bemühte, eine unbeteiligte Miene aufzusetzen. Er kannte diesen Blick und wusste, was ihre geweiteten Pupillen und die stockende Atmung zu bedeuten hatten. »Was ist, wenn er dich wiedererkennt?«

Sie schob das Kinn trotzig nach vorn. »Wer auch immer ich bin, wenn McNamara unschuldig ist, kennt er nur einen falschen Namen und eine junge Frau, die er vor ein paar Tagen für zwei Minuten gesehen hat.«

Wenn er jedoch ein paar Leichen im Keller hatte, wie sie vermutete, würde er Valerie noch aus ihrer Zeit im *Gentleman's Dreams* und als Söldnerin wiedererkennen. Nur Gott allein wusste, wie er auf sie reagieren würde. Ein Mann in seiner Position konnte unter normalen Umständen schon gefährlich sein, aber wenn er Dreck am Stecken hatte und man das vor seinen Augen aufdeckte ... Die Idee, Valerie als Lockvogel zu benutzen, gefiel Adam nicht. So gern er sie hinter Gittern sehen wollte – tot nützte sie ihm nichts. Leider war sie die Einzige, die herausfinden konnte, ob ihre Vermutung stimmte oder nicht.

»Okay, geh zu ihm rüber«, wies er sie an und ließ ihren Arm los. »Aber lass dich auf keine Konfrontation ein, verstanden? Ich kümmere mich um den Rest.«

»In Ordnung.« Zwei, drei Sekunden lang hielt sie seinen Blick, dann sah sie zur Seite. Eins musste Adam ihr lassen: Auch wenn sie behauptete, ihm nicht vertrauen zu können, tat sie es gerade.

Zielstrebig schlängelte sie sich an den Gästen vorbei, bis sie hinter McNamaras Sessel zum Stehen kam und sich lasziv auf die Armlehne setzte. Wie von selbst wanderte seine rechte Hand erst zu ihrer Taille, dann tiefer, um auf ihrem Hintern liegen zu bleiben. Adam biss die Zähne zusammen und setzte sich in Bewegung. Er blieb hinter McNamara in der Nähe der Bar stehen, wo er das Gespräch mitanhören konnte, ohne vom Captain bemerkt zu werden. Im ersten Moment wirkte McNamara verblüfft, aber nicht abgeneigt, als er zu Valerie aufsah – dann gefror das Lächeln auf seinem Gesicht, als er sie wiedererkannte.

»Ganz schön dreist von dir, hier aufzukreuzen, Neville«, knurrte er, ließ seine Hand aber, wo sie war. »Was willst du?«

»Reden.« Valeries Stimme klang fest und selbstsicher, als wüsste sie genau, was sie tat.

Um nicht aufzufallen, bestellte sich Adam einen Bourbon und ließ den Blick scheinbar gelangweilt durch den Club wandern. Die Besucher waren damit beschäftigt, die Tänzerinnen anzustarren oder sich auf den Sofas mit ihrer eigenen Begleitung zu vergnügen. Lediglich ein dunkelblonder Mann um die vierzig starrte in seinen Drink, den er jetzt langsam zum Mund führte. Wenn er hergekommen war, um seinen Kummer in Alkohol zu ertränken, hatte er sich dafür die falsche Location ausgesucht.

»Wir können reden«, hörte er McNamara das Wort ergreifen, »aber nicht hier. In zwei Minuten draußen.« Kaum ausgesprochen, stand der kräftig gebaute Mann auf, richtete seine Krawatte und griff im Vorbeigehen in die Innenseite seines Jacketts. Im gleichen Moment kehrte Leben in den Kerl am anderen Ende der Bar. Schnell warf er ein paar Scheine auf den Tresen und steuerte den Ausgang an.

»Was jetzt?« Valerie stellte sich neben Adam, die Arme vor der Brust verschränkt.

»Wir finden heraus, was er zu verbergen hat.« Adam musterte sie prüfend. Ihre Haut war blass im fahlen Schein der Innenbeleuchtung. Unter ihren Augen lagen noch immer Schatten. Die vergangenen Tage waren nicht spurlos an ihr vorbeigegangen, selbst wenn sie hier ihren Mann stand. Als einer der aufblitzenden Scheinwerfer sie streifte, bemerkte er die etwa faustgroße violette Verfärbung an ihren Rippen, genau dort, wo der Stoff ihres zusammengeknoteten Tops endete.

»Was ist das?« Vorsichtig strich er über die Stelle und sah Valerie fragend an. Die Berührung ließ sie nicht zusammenzucken, aber sie veränderte etwas in ihrem Blick.

»Ein Souvenir von den Kerlen, die hinter mir her sind«, erwiderte sie gepresst.

Adam nickte. Das hätte er sich denken können. Womit er jedoch nicht gerechnet hatte, war die heiße Wut auf diese Mistkerle, die plötzlich in seinen Eingeweiden zu rumoren begann. »Lass uns gehen.« Eine Hand auf Valeries Rücken, führte er sie aus dem Club, vorbei an den Sicherheitsleuten und der leicht bekleideten Dame, die neue Gäste noch immer mit einem Glas Sekt empfing.

Draußen entdeckte er McNamara an der nächsten Ecke. Er stand mit dem Rücken zu ihnen und hatte sein Handy am Ohr. Ihn überkam eine dunkle Vorahnung.

»Mit wem telefoniert er?«, sprach Valerie die Frage laut aus, die auch an seinen Nerven nagte.

Adam zog die Autoschlüssel aus seiner Hosentasche. »Wer auch immer es ist, es kann nichts Gutes bedeuten.« Rasch suchte er die nähere Umgebung ab, konnte den blonden Mann aber nicht finden, der das Lokal nach McNamara verlassen hatte. »Hol den Wagen«, wies er Valerie an.

»Was?« Irritiert starrte sie auf die Schlüssel in ihrer Hand. »Ich werde ganz sicher nicht – hey!«

Grob packte Adam ihren Arm und steuerte einen Hauseingang an, um sie dort mit seinen Blicken und seinem Körper festzunageln. »Wir haben keine Zeit für Diskussionen. Wenn McNamara tatsächlich Dreck am Stecken hat und gerade Verstärkung ruft oder die Kerle informiert, die hinter dir her sind, bist du schneller tot, als du das Wort buchstabieren kannst.«

»Seit wann bist du so besorgt um mich?« Valerie verschränkte die Arme vor der Brust und erwiderte seinen Blick furchtlos. »Wenn ich nicht mit ihm rede, verlieren wir diese Spur, das weißt du genauso gut wie ich.«

Er unterdrückte den Impuls, sie an den Schultern zu packen und zu schütteln, bis sie endlich um ihre Sicherheit besorgt war. Dann musste er das wenigstens nicht mehr sein.

»Werden wir nicht«, konterte er und sah sich schnell nach McNamara um. »Ich bleibe an ihm dran, während du den Wagen holst. Im Handschuhfach liegt ein Zweithandy. Ich melde mich bei dir und gebe dir meine Position durch.«

Bevor sie ein weiteres Mal widersprechen konnte, rückte er von ihr ab und ließ sie in dem Hauseingang zurück. Es wurde höchste Zeit, dass diese Frau lernte, zu kooperieren.

12. KAPITEL

»Warum tust du das?« Zum ersten Mal, seit sie San Francisco verlassen hatten, machte Valerie den Mund auf.

Adam beobachtete mit hochgezogenen Augenbrauen, wie sie die Füße auf das Armaturenbrett stemmte. Gleichzeitig tippte sie unruhig mit den Fingern auf ihren Oberschenkel. Den Knoten in ihrem Top hatte sie in der Zwischenzeit gelöst und ihre Jacke angezogen. Jetzt saß sie blass, aber entschlossen neben ihm auf dem Beifahrersitz. Leider hatte er nicht die geringste Ahnung, wovon sie gerade sprach.

»Was meinst du?«, fragte er und richtete sein Augenmerk wieder auf das Haus auf der gegenüberliegenden Straßenseite. Nur ein einziges Licht brannte im oberen Stockwerk, davon abgesehen blieb alles dunkel und ruhig.

Der kleine Vorort, in dem sie am Straßenrand gehalten hatten, hatte nichts mit dem Tenderloin gemeinsam. Keine mit Graffiti besprühten Hauswände, keine Künstler- und Szeneviertel, keine Stripclubs und Bars, keine Huren, Dealer und Bettler. Stattdessen millimetergenau getrimmte Vorgärten, weiße Gartenzäune und säuberlich verputzte Fassaden, soweit das Auge reichte.

Vor rund einer Stunde war McNamara in eines der Vorzeigehäuser einen halben Block weiter gegangen und hatte es seither nicht mehr verlassen. Was zum Teufel trieb er da drin? Nachdem er Valerie wiedergetroffen hatte, sollte er nicht einfach nach Hause fahren und sich die neuesten Folgen von *The Walking Dead* ansehen. Es sei denn, er war tatsächlich unschuldig und sie verschwendeten hier nur ihre Zeit.

»Du erzählst mir nichts darüber, wie wir uns kennengelernt haben oder was danach passiert ist, dabei weißt du im Moment mehr über mich als ich«, sagte Valerie geradeheraus. »Es ist, als ob du eine Mauer um dich herum aufgebaut hast. Mit Alarmanlage und dreifach gesichertem Stacheldrahtzaun. Den Burggraben und die Feuer speienden Drachen nicht zu vergessen.«

»Sehr witzig«, murmelte Adam und räusperte sich leise, weil seine Kehle auf einmal trocken war. »Das hast du mich schon einmal gefragt.«

Ihre Mundwinkel wanderten ein Stück nach oben. »Schlimm?«

»Nein, es ist nur ...«

»Nur ...?«

»Seltsam vertraut.« Damals hatten sie bei einer Flasche Weißwein und Krabben auf der Terrasse eines Restaurants gesessen und den Ausblick aufs Meer genossen. Flackerndes Kerzenlicht, das sich in ihren schönen Augen widerspiegelte, die salzige Brise vom Wasser – die Eindrücke prasselten auf Adam ein, bevor er es verhindern konnte.

»Hast du mir damals geantwortet?«

»Nein«, log er und sah wieder geradeaus. Zu gut konnte er sich daran erinnern, wie er ihr von seiner Vergangenheit erzählt hatte. Am Anfang zögerlich, dann entschlossener. Sie hatte ihm keine Fragen gestellt, hatte nicht wissen wollen, in wie vielen Waisenhäusern er als Kind gewesen war. Die ganze Zeit über hatte sie ihm nur zugehört und dann nach seiner Hand gegriffen.

Entschlossen schob Adam die Erinnerung beiseite. Er wünschte sich einmal mehr, mit Valerie tauschen und diesen Teil seines Lebens endgültig aus seinem Gedächtnis verbannen zu können. Das würde die Dinge für sie beide wesentlich einfacher machen.

»Ich glaube, da tut sich was.« Valerie richtete sich im Ledersitz auf und nickte in Richtung des Hauses.

Adam folgte ihrem Wink und beobachtete, wie McNamara die Haustür schloss und sich kurz umsah. Ohne irgendeine Form von Absprache, rutschten sie beide tiefer in ihre Sitze, damit der Polizist sie nicht bemerkte. Einen Moment lang starrte McNamara in ihre Richtung und Adam tastete bereits nach seiner Pistole, doch dann wandte er sich ab. Mit schnellen Schritten ging er auf seinen in der Auffahrt parkenden Wagen zu und stieg ein. Der Motor röhrte in der stillen Nachbarschaft auf. McNamara bog an der nächsten Kreuzung ab und verschwand in der Dunkelheit.

Ruckartig setzte sich Valerie auf. »Folgen wir ihm nicht?«

»Nein«, sagte Adam ruhig. »Ich will wissen, was er da drin gemacht hat. Bleib im Wagen.«

»Was? Auf keinen Fall! Ich komme mit.« Sie griff bereits nach dem Türöffner.

»Val ...«

»Du willst mich hier im Wagen zurücklassen? Ernsthaft? Hast du keine Angst, ich könnte damit abhauen?«

»Hast du vorhin auch nicht gemacht, aber um ganz sicher zu gehen ...« Adam zog den Schlüssel ab und klimperte damit vor ihrer Nase herum, bevor er ihn in seine Hosentasche schob. »Zwing mich nicht dazu, dich einzusperren.«

»Ich bin sicher, als Kriminelle und Söldnerin habe ich irgendwann mal gelernt, ein Auto kurzzuschließen«, konterte sie. In ihren Augen lag reine Provokation. »Außerdem wären wir schon längst im Haus, wenn du nicht mit mir herumstreiten würdest. Wer weiß, wie lange McNamara weg ist.«

Adam stöhnte innerlich auf. Diese Frau trieb ihn noch in den Wahnsinn. Leider hatte sie recht damit, dass sie nicht die geringste Ahnung hatten, wie lange McNamara unterwegs sein würde. Fuhr er aufs Revier, um eine Nachtschicht einzulegen oder nur zur nächsten Tankstelle für eine Packung Zigaretten?

»In Ordnung«, gab Adam widerwillig nach. »Aber du weichst nicht von meiner Seite, verstanden?«

Sie nickte hastig, schlüpfte aus ihrer Jacke und stieg aus. Mit einem leisen Klicken schloss er die Fahrertür, prüfte die nähere Umgebung und eilte über die Straße. Valerie blieb dicht hinter ihm.

Sie passierten drei Häuser, die im Dunkeln lagen, bevor sie das von McNamara erreichten. Gegen die Mauer gelehnt, sah er vorsichtig um die Ecke. Hinter dem Haus befand sich ein kleiner Garten. Auch hier war der Rasen korrekt getrimmt und in der Mitte thronte ein Springbrunnen, der leise, gluckernde

Geräusche von sich gab.

Entschlossen ging Adam weiter, dabei auf jedes Geräusch und jede Bewegung in seiner Umgebung achtend. Schritt für Schritt näherte er sich der Veranda und damit seinem eigentlichen Ziel: der Hintertür. Ein Prickeln breitete sich in seinem Nacken aus. Adam wusste, dass Valerie jeden seiner Schritte beobachtete, vor allem aber konnte er sie hinter sich fühlen. Ihr Körper strahlte Wärme aus, die ein ungewolltes Kribbeln auf seiner Haut auslöste. Er biss die Zähne zusammen und schob das Gefühl beiseite. Hier und jetzt brauchte er seine ganze Konzentration.

Durch die verglaste Tür konnte er in das Innere des Hauses sehen. Viel war in der Dunkelheit nicht zu erkennen, das Blinken der Alarmanlage aber sehr wohl.

»Was jetzt?«, fragte Valerie neben ihm.

»Irgendwo muss ein Sicherungskasten sein.« Er trat einen Schritt zurück, während er die direkte Umgebung in Augenschein nahm. Am Ende der Veranda, neben der Hollywoodschaukel, wurde er fündig. Noch im Laufen zückte er sein Taschenmesser, winkte Valerie heran und drückte ihr sein Smartphone in die Hand. »Leuchte mir mal.«

»Ich wusste gar nicht, dass man so etwas beim FBI lernt«, murmelte sie trocken.

»Es gibt eine Menge, was du nicht über mich weißt.« Er setzte die Anlage innerhalb kürzester Zeit außer Kraft. Dann nahm er sein Handy wieder an sich.

Aus den Augenwinkeln bemerkte er Valeries Lächeln. Es war nur eine kurze Veränderung in ihrer Mimik, bevor der ernste Ausdruck wieder auf ihr Gesicht trat, aber ihm war sie nicht entgangen.

In Windeseile knackte er das Schloss an der Hintertür, dann zog er seine Pistole und betrat das Haus als Erster.

Blank geputzte Fliesen und aufgeräumte Arbeitsflächen erwarteten sie in der Küche, dazu der Geruch von Zitrus und Alkohol, der in seiner Nase brannte. Entweder hatte McNamaras Frau einen ausgeprägten Putzzwang oder seine

Haushälterin war erst kürzlich hier gewesen. Das Licht seines Smartphones zuckte über geschlossene Küchenschränke und einen glänzenden Fußboden. Er warf Valerie einen Blick über die Schulter zu und erntete ein Nicken. Dieser Raum war sauber.

Der Flur und das Wohnzimmer hatten eines mit der Küche gemeinsam: absolute Sauberkeit. Nirgendwo war ein Krümel oder Staubkorn zu sehen, nicht einmal die Palmen und Orchideen, die die Räume schmückten, schienen es zu wagen, eines ihrer Blätter zu verlieren. Die Sitzgruppe vor dem steinernen Kamin nahm den meisten Platz im Wohnzimmer ein. Trotz des Schaukelstuhls und der vielen Kissen, die für Behaglichkeit sorgen sollten, wirkte auch dieser Raum wie ein Foto aus einem Wohnkatalog.

Adam verzog das Gesicht. Wie konnte jemand so leben? Wenn er in einem Haus nicht seine Füße auf dem Couchtisch ablegen und Glasränder hinterlassen konnte, war das für ihn kein Zuhause. Andererseits würde niemand seine vier Wände als gemütlich oder heimisch bezeichnen, also hatte sich das Thema wohl erledigt.

Als das Licht seines Smartphones an einem Waffenschrank in der Ecke des Zimmers hängenblieb, atmete Adam erleichtert auf. Bis eben hatte er sich ernsthaft gefragt, ob das hier tatsächlich McNamaras Haus war oder sie sich in der Tür geirrt hatten. Die hinter Glas verschlossenen Schrotflinten, Jagdgewehre und Pistolen belehrten ihn eines Besseren. Aber wegen McNamaras Waffensammlung waren sie nicht hier.

Mit einem Fingerzeig in die entsprechende Richtung bedeutete er Valerie, ihm zu folgen. Die Stufen knarzten leise, während sie die Holztreppe hinaufschlichen. Mehr als einmal hielt Adam inne und lauschte, konnte aber bis auf seinen eigenen Herzschlag und Valeries Atem hinter sich nichts hören.

Im Obergeschoss passierten sie ein leeres Schlafzimmer mit aufgeschlagener Bettdecke und zerknautschtem Kissen auf der linken Seite. Endlich ein Zeichen von Leben in diesem Haus. Aber es war der letzte Raum am Ende des Flurs, der Adams

Interesse weckte. Ein massiver Schreibtisch thronte mit dem Rücken zum Fenster, dahinter ein großer Chefsessel und auf der polierten Tischplatte ein schwarzer Laptop. Treffer.

Ohne, dass er etwas sagen musste, postierte sich Valerie neben der breiten Fensterfront und behielt die Straße im Auge, während sich Adam an den Schreibtisch setzte und den Laptop aufklappte. Eine blinkende Aufforderung zur Passworteingabe begrüßte ihn. »Fuck.«

»Was ist los?« Valerie kam zu ihm und beugte sich über den Laptop, womit sie ihm unweigerlich nah kam. Der Duft von Shampoo und einem ganz eigenen Geruch, der zu Valerie gehörte, kroch ihm in die Nase. Vanille und Pfirsiche. Adam starrte an einen imaginären Punkt auf der gegenüberliegenden Wand und versuchte, seine Gedanken wieder in professionelle Richtungen zu lenken, während Valerie probeweise etwas eintippte. Falsch. Dafür erschien jetzt die Meldung, dass ihnen nur noch zwei Versuche übrigblieben.

»Kennst du jemanden, der das Passwort knacken kann?«

Adam richtete seine Konzentration wieder auf den Monitor. »Derek könnte es knacken«, erwiderte er. »Aber das dauert zu lange. Wenn McNamara uns hier erwischt, ist dieses Passwort unser geringstes Problem.«

»Wie heißt seine Frau?«

»Barbara«, erwiderte Adam nach kurzem Nachdenken, schüttelte aber den Kopf. »Das wäre zu einfach.«

»Probier es.«

»Wenn es falsch ist, bleibt uns nur noch ein Versuch übrig«, erinnerte er sie.

Seufzend wandte sich Valerie ab, um sich die Regale genauer anzusehen, während Adam die Schubladen durchwühlte. Ohne dieses verdammte Passwort wäre die ganze Aktion umsonst gewesen. Mehr noch, er riskierte es, wegen Einbruchs bei einem Polizei-Captain angeklagt zu werden – er, der prinzipientreue FBI-Agent, der keinen einzigen negativen Vermerk in seiner Akte besaß. Und jetzt war er in einem Haus, das nicht seines war und durchwühlte die Privatunterlagen eines Mannes, der im

Grunde auf derselben Seite stand wie er.

»Ich glaube, ich habe etwas gefunden«, kam es vom anderen Ende des Raumes. Adam sah auf, erkannte in der Dunkelheit jedoch nur Valeries Konturen. »Versuch es mit Spencer.«

»Spencer?«, wiederholte er stirnrunzelnd und ging zu ihr hinüber. »Wer soll das sein?«

Wortlos deutete sie auf das gerahmte Foto an der Wand. Beim Eintreten hatte er es nicht bemerkt, weil es gegenüber dem Schreibtisch hing. Es zeigte McNamara, der neben einer schwarzweißen Bulldogge mit langen Ohren und großen braunen Augen kniete. Darunter stand: *Spencer, 2005-2014*

Interessant. Doch Adam schüttelte den Kopf. »Nur der Name wäre zu leichtsinnig. McNamara ist nicht dumm, Val.«

Er starrte auf das Bild und die Zahlen darunter, während es in seinem Kopf arbeitete. Nach kurzem Überlegen ging er zum Schreibtisch zurück und tippte etwas in das Notebook ein. Der Bildschirm leuchtete auf und die Passwortabfrage verschwand. Sie hatten Zugriff auf die Daten.

»Was hast du eingegeben?« Valerie blieb neben ihm stehen.

»Den Namen seines Hundes zusammen mit dem Geburtsjahr, aber rückwärts geschrieben.«

»Clever.«

Unter Valeries beobachtenden Blicken zog er seinen Schlüsselbund hervor und schloss seinen USB-Stick an den Rechner an. Jetzt musste er nur noch die richtigen Daten finden – oder vielmehr die verdächtigen Daten. Zu schade, dass Derek nicht hier war. Diesem Computerfreak wäre in wenigen Minuten gelungen, wofür Adam deutlich länger brauchte.

»Irgendetwas stimmt nicht«, wisperte Valerie auf einmal.

Adam hob den Kopf. »Was ist los?«

»Ich bin sicher, dass ich etwas gehört habe. Von unten.«

Verflucht. Das könnte McNamaras Frau sein, im schlechtesten Fall jedoch der Captain selbst.

Lautlos schob Adam den Stuhl zurück und stand auf. »Ich sehe nach. Kümmere du dich um die Daten und kopiere alles, was dir wichtig oder auffällig erscheint, auf den USB-Stick.«

Die Tatsache, dass Valerie keinen Widerspruch einlegte, bewies nur, wie ernst die Lage war. Wortlos griff er nach seiner Pistole, entsicherte sie und machte sich auf den Weg. Gegen die Wand gelehnt, lugte er über das Treppengeländer nach unten. In der Dunkelheit, die nur durch das einfallende Licht der Straßenlampen zersetzt wurde, konnte er niemanden erkennen. Aber er hörte das leise Knarzen aus dem Untergeschoss. Vermutlich aus der Küche. Vielleicht war es nur das Haus, das dieses Geräusch von sich gab, aber Adam war nicht in der Position, sich darauf zu verlassen und in Sicherheit zu wiegen. Sie mussten hier raus, möglichst unentdeckt und schnell.

Stufe für Stufe schlich er hinunter und mied dabei so gut es ging die Stellen, die beim Hinaufgehen Lärm verursacht hatten. Im Untergeschoss hielt er sich an der Wand, umrundete die Kommode mit der teuren Vase darauf und warf einen Blick ins Wohnzimmer.

Sauber. Obwohl er keine weiteren Geräusche gehört hatte, liefen seine Sinne auf Hochtouren. Ein warnendes Ziehen machte sich in seiner Magengrube breit. Mit der rechten Hand hielt er seine Pistole fest, während er mit der linken vorsichtig die Schwingtür aufstieß, die zur Küche führte. Ein leises Klicken ließ ihn erstarren – und in den Lauf einer Pistole blicken.

»Willkommen in meinem bescheidenen Heim, Blackbourne«, begrüßte Zane McNamara ihn.

Womit er auch immer gerechnet hatte, als er jetzt näher trat und McNamaras Gesicht besser erkennen konnte – das war es nicht gewesen. Die Miene des Polizisten spiegelte keinerlei Überraschung wider, nicht einmal Wut, sondern eine seltsame Entschlossenheit, die nichts Gutes bedeuten konnte. McNamara könnte ihn an Ort und Stelle erschießen. Selbst wenn das Gesetz in diesem Fall nicht auf seiner Seite stand, letzten Endes würde das keine Rolle für Adam spielen. Tot war tot. Zumal er hier derjenige war, der ohne Durchsuchungsbefehl in McNamaras Haus eingebrochen war. Doch Adam war noch nie jemand gewesen, der einfach aufgab, vor allem nicht, wenn es darum ging, die Mörder seines Partners zu schnappen.

»Das hier ist eine FBI-Ermittlung, McNamara«, sagte er betont langsam, ohne sein Gegenüber aus den Augen zu lassen. Adam war sich nicht sicher, glaubte aber, im Halbdunkel große Schweißflecken unter McNamaras Achseln zu sehen. Auch sein Gesicht glänzte ungesund. »Legen Sie die Waffe weg. Die Hände dorthin, wo ich sie sehen kann.«

»Oh, ich glaube nicht, dass ich das tun werde.«

»Ach nein?«, knirschte Adam. Verdammt, irgendetwas lief hier absolut falsch. »Und warum nicht?«

»Weil du derjenige bist, der die Waffe fallen lässt.« McNamara ließ den Nacken kreisen, was ein lautes Knacken verursachte. »Komm schon, Blackbourne. Du willst sicher nicht, dass deine kleine Freundin stirbt, oder?«

Langsam neigte Adam seinen Kopf, nicht ohne weiterhin auf dieses Drecksschwein zu zielen. Aus den Augenwinkeln erkannte er Valerie, die nur wenige Meter entfernt im Flur stand – mit dem Lauf einer Pistole an ihrer Schläfe.

13. KAPITEL

Valerie schloss die Augen im gleichen Moment, in dem Adam seine Waffe sinken ließ. Das war's. Sie waren erledigt.

»Ihr dachtet doch nicht wirklich, dass ich euren kleinen Plan nicht durchschaut hätte, oder?« McNamara ließ erst von Adam ab, als dieser seine Pistole auf dem gewienerten Küchenboden abgelegt und einen Schritt zurückgetreten war. Dann landete sein Blick wieder auf Valerie. Eine Ader pochte auf seiner Stirn. »Ich habe Freunde, wo ihr es euch nicht einmal vorstellen könnt.«

Binnen einer Sekunde hatte sich das Blatt für sie gewendet und das nur, weil McNamara vorbereitet und sie selbst unvorsichtig gewesen war. Der Mistkerl in ihrem Rücken war so schnell in das Arbeitszimmer gestürmt, dass sie nur noch den USB-Stick aus dem Laptop ziehen und sich hatte ergeben können. Verdammt, sie hätte besser aufpassen, sich nach potenziellen Gefahren umsehen müssen. Aber ihr Bedürfnis nach Antworten war stärker gewesen. Abgesehen von Adam war McNamara ihre einzige Verbindung zu ihrem alten Leben.

»Du hättest nicht herkommen sollen«, knurrte er in ihre Richtung. »Uns wäre allen geholfen gewesen, wenn du verschwunden geblieben wärst. Aber du musstest ja unbedingt nach Antworten suchen.«

»Also stimmt es«, fauchte Valerie. »Sie waren im *Gentleman's Dreams*. *Sie* sind der korrupte Cop, nicht Colby.«

»Colby?« McNamara lachte auf und schüttelte den Kopf. »Der Inspector ist nur ein kleiner Fisch. Ich teile mein Wissen vielleicht mit Leuten, die genug dafür bezahlen, aber du bist die Verbindungsfrau gewesen. Die ach so loyale Soldatin, die ihr Vaterland verraten hat. Wenn du jemandem die Schuld daran geben willst, heute hier zu stehen und eine Knarre am Kopf zu haben, dann schau in den Spiegel!«

Valerie unterdrückte den Impuls, sich loszureißen und auf

McNamara loszugehen. Allein der feste Griff um ihren Arm sowie der Lauf der Pistole an ihrer Schläfe hielten sie davon ab.

»Was muss man tun, um so abzurutschen?«, brachte sie mühsam beherrscht hervor. Aus den Augenwinkeln sah sie das leichte Kopfschütteln, mit dem Adam ihr andeuten wollte, McNamara nicht noch mehr zu reizen. Zu spät.

»Du weißt nicht, wie es ist, jemandem etwas schuldig zu sein – mehr als man jemals bezahlen kann.« McNamara machte ein paar Schritte auf sie zu. Die pochende Ader auf seiner Stirn war jetzt noch deutlicher zu sehen, genau wie seine rotgeränderten Augen. Was war mit dem Mann passiert, den sie im *Anya's Secret* gesehen hatten?

Valeries Muskeln spannten sich an. Unbemerkt wechselte sie einen schnellen Blick mit Adam. Er schien unversehrt, allerdings lag eine Wut in seinen Augen, die ihr zuletzt an ihm aufgefallen war, als er in *Ernie's Diner* versucht hatte, sie zu verhaften. War das wirklich erst vierundzwanzig Stunden her?

»Als ich erfahren habe, dass du dein Gedächtnis verloren hast, konnte ich das nicht so recht glauben.« McNamara blieb vor ihr stehen und packte ihr Kinn. »Aber dann bist du im Revier aufgetaucht, so verloren und allein. Gejagt von deiner dunklen Vergangenheit.« Mit einem festen Ruck zog er sie zu sich, bis sein Gesicht dicht vor ihrem war und sie etwas in seinen Augen lesen konnte, das blanke Panik in ihr weckte. Zane McNamara war verzweifelt – und verzweifelte Menschen waren zu allem fähig.

»Es tut mir wirklich leid«, flüsterte er und presste den Lauf seiner Pistole an ihren Hals. »Aber ich habe keine andere Wahl.«

Valerie biss die Zähne zusammen, um keinen Laut von sich zu geben. Sie spürte Adams brennenden Blick und wusste, was sie zu tun hatte. Alle Aufmerksamkeit war auf sie gerichtet – das mussten sie ausnutzen.

»Ich auch nicht«, zischte sie. Kaum ausgesprochen schlug sie die Waffe zur Seite, rammte ihren Ellbogen in die Rippen des Mannes hinter sich und ließ sich zu Boden fallen.

Schüsse zerschnitten die Stille im Haus.

Valerie rollte sich ab und sprang auf die Beine. Ihr blieb kaum Zeit, die Situation zu erfassen.

»Lauf!«, brüllte Adam, der wieder im Besitz seiner Waffe war.

Das musste er ihr nicht zweimal sagen. Valerie rannte los. Hinter sich hörte sie Schreie und Schüsse, dann Schritte. Sie riss die Hintertür auf und stürmte nach draußen, allerdings nicht ohne sich nach Adam umzusehen, der ihr dicht auf den Fersen war. »Lauf, verdammt!«

Sie drehte sich um und sprintete weiter. Rannte über frisch gemähten Rasen, sprang über einen Vorgartenzaun und stieß eine Mülltonne um. Immer begleitet von Adams Schritten und den Schüssen, die ihnen um die Ohren flogen.

Adams schwarzer Dodge Caliber stand genau dort am Straßenrand, wo sie ihn zurückgelassen hatten. Nur noch wenige Meter, dann wären sie in Sicherheit.

Ein Schuss, dicht an Valeries Ohr, brachte sie ins Straucheln. Eine Hand packte sie und zog sie weiter. Sekunden später fand sie sich zwischen zwei Häusern wieder, die raue Wand im Rücken und Adam dicht vor sich.

»Alles klar?« Er warf ihr ein kurzes Lächeln zu und löste damit ein Kribbeln in ihrer Mitte aus, das definitiv nicht hierhergehörte.

Valerie nickte.

Die Schritte waren leiser geworden und es fielen auch keine Schüsse mehr. Vor ihren Augen überprüfte Adam sein Magazin und runzelte die Stirn. »Sie sind ganz nah«, formten seine Lippen lautlos. Er hob den Kopf und sah in Richtung des geparkten Wagens, dann beugte er sich zu ihr und brachte seinen Mund dicht an ihr Ohr. »Im Handschuhfach liegt eine geladene Pistole. Auf drei rennst du los und holst sie dir. Ich gebe dir Rückendeckung.«

Hitze und Kälte wechselten sich in ihrem Inneren ab, dennoch nickte sie. Sie konnte das tun. Vermutlich hatte sie mehr als einmal eine Waffe in der Hand gehalten und damit geschossen. Abgesehen davon vertraute sie Adam. Trotz allem, was er ihr vorgeworfen hatte und noch immer vorhielt, vertraute sie ihm hier und jetzt ihr Leben an.

»Eins«, begann sie lautlos.

»Zwei«, machte er weiter und löste sich von ihr. Er sah um die Ecke. Gleich darauf hagelte es Schüsse in ihre Richtung. Adam riss die Pistole hoch. »Drei!«

Valerie stieß sich von der Hauswand ab und rannte über die Straße. Kugeln flogen von beiden Seiten und etwas Heißes streifte ihren linken Oberarm, aber sie erreichte den Wagen und riss die Tür auf. Sie duckte sich vor den Schüssen, die in ihre Richtung abgegeben wurden und öffnete das Handschuhfach. Papiere, ein Handy und ein Notizbuch fielen in den Fußraum. Dazwischen etwas Schwarzes, Glänzendes. Ohne das geringste Zögern griff Valerie nach der Pistole, prüfte das Magazin und entsicherte sie. Ihr Herz hämmerte. Kalter Schweiß lag auf ihrer Haut. Sie ließ zu, dass ihr Instinkt die Kontrolle über ihr Handeln übernahm.

Hinter der geöffneten Beifahrertür brachte sie sich in Stellung und versuchte auszumachen, woher die Schüsse kamen. Drei Schützen. Zwei rechts von ihr, einer links und viel zu nah. Er musste von Anfang an draußen auf sie gewartet haben. Valerie entdeckte ihn hinter einem grauen SUV und schaltete ihn mit einem gezielten Schuss als Erstes aus. Die beiden anderen waren hinter einer Mülltonne an einer Hauswand in Deckung gegangen. Valerie suchte Adams Blick über die Entfernung hinweg und nickte ihm in der Hoffnung zu, dass er die Bewegung in der Dunkelheit erkannte. Er erkannte sie – und rannte los.

Valerie drückte den Abzug wie gefühlte hundert Mal zuvor. Von der Gegenseite kamen vereinzelte Schüsse, eine der Kugeln zischte haarscharf an ihrem Kopf vorbei. Der Schock lähmte sie für eine Sekunde, doch dann riss sie die Waffe wieder hoch und feuerte in die Richtung, aus der die Kugel gekommen war.

Adam erreichte den Wagen und riss die Fahrertür auf. »Steig ein!«

Valerie wartete, bis er den Motor gestartet und sie keine Munition mehr übrig hatte. Erst dann folgte sie seiner Anweisung und zog die Tür hinter sich zu, als er bereits aufs Gas trat. Mit quietschenden Reifen wendete er den Wagen, dann raste er die Straße hinunter. Hinein in die Dunkelheit, weg von McNamara und seinen Leuten.

Schwer atmend lehnte sich Valerie zurück. Ihre Finger hielten die Pistole noch immer krampfhaft fest. Sie sah zu Adam hinüber und bemerkte, wie seine Kiefermuskulatur arbeitete, während er das Auto umgehend vom Ort des Geschehens weglenkte.

»Alles in Ordnung?«, vergewisserte sie sich, als die Lichter San Franciscos vor ihnen auftauchten und sie sicher sein konnten, dass niemand ihnen folgte. Sobald sie die ersten Gebäude am Stadtrand passierten, legte Valerie die geborgte Pistole zusammen mit dem Handy und den anderen Unterlagen zurück ins Handschuhfach.

Adam warf ihr einen kurzen Seitenblick zu. Zuckten da etwa seine Mundwinkel? »Ich hätte nie geglaubt, dass ich das mal sagen würde, aber ... danke für die Rückendeckung.«

Bevor sie es verhindern konnte, schlich sich ein Lächeln auf ihr Gesicht. »Gleichfalls – und gern geschehen.«

Wieder sah er kurz zu ihr und diesmal war sie sicher, dass er ebenfalls lächelte. Zumindest kurz, denn seine Miene wurde schnell wieder ernst. »Hast du den USB-Stick?«

Statt einer Antwort kramte sie das kleine Gerät aus ihrer Hosentasche hervor und hielt es deutlich sichtbar in die Höhe.

»Gut. Bleibt nur zu hoffen, dass die Daten den ganzen Ärger wert waren.« Er richtete seine Aufmerksamkeit wieder auf den Straßenverkehr, nur um gleich darauf erneut zu ihr zu blicken, diesmal mit einem tiefen Stirnrunzeln. »Du blutest.«

Verblüfft starrte Valerie an sich hinab. Erst jetzt entdeckte sie die Blutspuren, die sich wie feine Linien über ihren Arm bis hinunter zum Handgelenk zogen, von dort über ihre Finger auf den Sitz tropften. »Oh«, murmelte sie nur. Noch jagte das Adrenalin durch ihre Adern und sie spürte lediglich die Hitze in ihrem Arm, aber keinen Schmerz.

»Wir sollten schleunigst zusehen, dass wir die Wunde verbinden«, warf Adam ein. »Bevor du mir den Wagen vollblutest.«

Valerie glaubte, leise Sorge aus seinen Worten herauszuhören, aber vielleicht bildete sie sich das auch nur ein. Letzten Endes kannte sie Adam nicht. Sie kannte ja nicht einmal sich selbst.

Der Nebel in der Stadt erschwerte es ihnen, zügig zum Motel zu gelangen. Nach einem kurzen Zwischenstopp an einer Tankstelle, in der Adam Verbandszeug besorgte, fuhren sie weiter durch das Auf und Ab der Straßen San Franciscos. Als er den Wagen endlich auf dem Parkplatz vor dem Motel anhielt, stieß Valerie einen erleichterten Seufzer aus. Trotz der Schwere in ihren Gliedern war sie angespannt. In dieser Nacht hatte sie Dinge über ihr altes Leben herausgefunden, die sie lieber nicht gewusst hätte. Sie hatte als Stripperin gearbeitet, war eine Söldnerin und Adam hielt sie für eine Mörderin. Außerdem hatte sie McNamara für seine Informationen bezahlt oder diese zumindest weitergeleitet.

Nur an wen? Und warum, verdammt noch mal? Warum hatte sie all das getan?

Schweigend gingen sie die Stufen zum Eingang des Motels hinauf. Mit jedem Schritt wurden die Fragen in ihrem Kopf lauter und ihr Herzschlag erhöhte sich, bis sie sicher war, dass jeder es im näheren Umkreis hören konnte. Denn zu den Fragen über ihre Vergangenheit mischten sich unweigerlich auch jene über ihr Verhältnis zu Adam. Wie hatte ein Mann wie er sich auf sie einlassen können? Alles deutete darauf hin, dass sie ein skrupelloses Miststück ohne den Funken eines Gewissens war. Gleichzeitig tauchte immer wieder die Frage in ihrem Kopf auf, was genau zwischen Adam und ihr im Separee dieses Clubs passiert war.

Vor der Tür zu ihrem Zimmer blieben sie beinahe zeitgleich

stehen. Wortlos kramte Adam den Schlüssel hervor und hielt ihr die Tür auf. Valerie betrat den dunklen Raum nur zögerlich. Irgendwann während der letzten Minuten hatte sie ihre Hand auf den verletzten Arm gelegt. Die Wunde blutete inzwischen kaum noch, aber der Schmerz hatte eingesetzt, ein Brennen und ein unangenehmes Kribbeln auf ihrer Haut, als würden tausend Ameisen darüber krabbeln und ihre Säure versprühen.

»Setz dich.« Adam deutete auf das Bett, in dem sie vergangene Nacht zum ersten Mal mehrere Stunden durchgeschlafen hatte. Nach einem kurzen Abstecher ins Badezimmer kam er zurück und schüttete den Inhalt der Papiertüte auf dem Bett aus. Desinfektionsmittel, Verbandsmaterial und eine kleine Schere fielen auf die Decke. Erst dann setzte er sich neben sie und griff nach dem angefeuchteten Handtuch aus dem Bad. »Ich muss die Wunde säubern und anschließend desinfizieren«, warnte er sie. »Das wird nicht angenehm.«

»Schon gut.« Mit klopfendem Herzen drehte sie sich so, dass er die Verletzung an ihrem Oberarm behandeln konnte.

»Du hattest Glück. Es ist nur eine Fleischwunde«, murmelte er und wischte sorgfältig jedes angetrocknete Fleckchen Blut von ihrer Haut. Erst um die Verletzung herum, dann langsam ihren Unterarm entlang, bis er zu ihrem Handgelenk kam und ihren hämmernden Puls unter seinen Fingerkuppen spüren konnte. Mit einem Zipfel des Tuchs strich er über ihre Handfläche, bis kein Blut mehr zu sehen war, anschließend säuberte er ihre Finger einzeln.

Die Härchen auf ihrem Arm richteten sich auf, doch wenn Adam ihre Gänsehaut bemerkte, sagte er nichts dazu. Zum Glück. Denn sie hätte nicht gewusst, wie sie ihm ihre Reaktion erklären sollte. Sie konnte es sich ja nicht einmal selbst erklären. Sie sollte müde, geschockt oder wütend nach der Sache mit McNamara sein. Alles davon wäre in Ordnung gewesen. Nicht in Ordnung dagegen waren ihre Gedanken, die sich einzig auf das Prickeln richteten, das Adams Berührungen in ihr auslöste.

»Wann sehen wir uns die Daten auf dem Stick an?«, brach Valerie das Schweigen und räusperte sich leise, weil ihre Stimme so verdammt erschöpft klang. Das Adrenalin pumpte nicht mehr durch ihren Körper, ihre Muskeln schmerzten und hinter ihrer Stirn begann sich ein unangenehmes Pochen auszubreiten.

»In ein paar Stunden, nachdem wir uns ausgeruht haben.«

Sie wollte widersprechen, wollte ihn daran erinnern, wie wichtig es war, die Wahrheit herauszufinden – so schnell wie möglich. Doch der Ausdruck in Adams braunen Augen brachte sie zum Schweigen, bevor sie auch nur einen Ton hervorgestoßen hatte. Er sah sie drängend, bohrend und mit einer Entschlossenheit an, die ihr den Atem raubte.

Er wollte die Wahrheit genauso sehr aufdecken wie sie, vielleicht sogar noch mehr, schließlich hatte sie keinen Partner verloren. Wenn cs also einen Menschen auf dieser Welt gab, der dasselbe Ziel verfolgte, dann war es Adam.

Sekundenlang erwiderte er ihren Blick stumm. Valerie fragte sich, was er wohl in ihr sehen mochte. Was er jetzt sah und was er damals in ihr gesehen hatte. War sie für ihn noch immer die Frau, die ihn angeschossen hatte und von der er glaubte, dass sie mitverantwortlich am Tod seiner Kollegen war? Oder hatte er erkannt, dass sie und diese Frau so gut wie nichts gemeinsam hatten?

Adam schüttelte den Kopf, als wollte er sich von seinen Gedanken befreien und griff nach dem Verband. »Was du da im *Gentleman's Dreams* auf der Bühne abgeliefert hast, war ...«

»Dumm? Unvorsichtig?« Ein schwacher Versuch, ihn mit einem kleinen Necken daran zu erinnern, wer sie überhaupt erst auf die Bühne geschickt hatte.

»Mutig.« Zögernd hob er die Hand.

Sie hielt den Atem an. Was hatte er vor? Sie wusste nicht, ob sie es ertragen würde, wenn er sie noch einmal berührte. Gleichzeitig sehnte sich ein Teil von ihr schmerzlich nach Nähe, nach der Berührung eines Menschen, dem sie etwas bedeutete. Verdammt, was war mit ihr los?

Adam strich ihr eine Haarsträhne hinters Ohr. Für einen winzigen Moment verharrten seine Finger an ihrem Hals, genau dort, wo ihr Puls heftig pochte. »Und verdammt sexy.«

Unbewusst biss sie sich auf die Unterlippe. Im gleichen Moment senkte sich Adams Blick auf ihren Mund. Wärme schoss durch ihre Mitte und weckte Empfindungen in ihr, die sie längst erkaltet geglaubt hatte.

Atmete sie überhaupt noch? Sie wusste es nicht. Sie nahm nur seinen gebannten Blick wahr, der sich jetzt wieder auf ihre Augen richtete.

Sie hatte sich geirrt. Adam sah sehr wohl noch etwas von der Frau in ihr, die er gekannt hatte, sonst würde er sie niemals so ansehen. Hin und her gerissen zwischen kaum verhohlener Wut, dem unerschütterlichen Drang nach der Wahrheit und etwas, das sie nicht einmal zu denken, geschweige denn zu benennen wagte.

Langsam stieß sie die angehaltene Luft wieder aus. »Der Verband ...« Sie hasste sich dafür, wie zittrig ihre Stimme klang. Seine Nähe sollte sie nicht so einnehmen, denn letzten Endes war er noch immer der Feind – zumindest aber eine unbekannte Variable. Was auch immer früher zwischen ihnen vorgefallen war, wenn seine Vermutungen über ihre Vergangenheit sich als wahr erwiesen, würde er sie verhaften. Völlig egal, was ihre Hormone dazu sagten.

Adam blinzelte, als hätte sie ihn aus einer Art Trance gerissen. »Richtig«, murmelte er und wickelte den Rest der Mullbinde um ihren Arm. Er verknotete die Enden, dann sah er auf. »Fertig.«

»Danke.« Valerie bemühte sich um ein unbeteiligtes Lächeln, aber ihr Herz hämmerte noch immer hart in ihrer Brust.

In einer Geste, die Adam mit Sicherheit nicht einmal selbst richtig bewusst war, hob er die Hand, als wolle er über ihre Wange streicheln. Mitten in der Luft hielt er in seiner Bewegung inne und ließ den Arm wieder sinken. Mit einem Räuspern stand er auf. »Du kannst zuerst ins Bad.«

Valerie beobachtete, wie er sich eilig abwandte und prüfend nach draußen sah. Erst als sie sicher war, wieder ruhig genug zu sein, stand sie auf, griff nach ein paar Wechselklamotten und verschwand im angrenzenden Badezimmer.

Wenig später lag sie im Bett und zog die dünne Decke über ihre bloßen Schultern. Das Aspirin auf dem Nachttisch hatte sie nicht angerührt, wohl aber das große Glas Wasser, das Adam ihr hingestellt hatte. Ein Teil von ihr wusste, dass es dumm war, keine Schmerzmittel zu nehmen, da das Pochen in ihrem Arm und an ihren Rippen sie wachhalten würde. Doch der andere Teil in ihr, der wachsame Teil, wollte nicht wieder eine ganze Nacht durchschlafen. Nicht, solange die Gefahr so nah war, dass sie jeden Moment über sie hereinbrechen könnte. Nicht einmal, solange Adam bei ihr war, denn auch er musste irgendwann schlafen.

Das leise Klicken, mit dem Adam die Lampe ausschaltete, schien im Raum und in ihren Ohren widerzuhallen. Neben ihr quietschte die Matratze. Obwohl sie die Augen geschlossen hielt, wusste sie, dass Adam sich ebenfalls hingelegt hatte. Valerie drehte sich auf den Rücken und starrte an die Decke. Von draußen waren vorbeifahrende Autos zu hören, irgendwo im Motel stritt ein Paar und ein Fernseher lief. Davon abgesehen hörte sie nur Adams gleichmäßige Atemzüge, tief und viel zu nah.

Seit sie in San Francisco gelandet und das erste Mal halbwegs zur Ruhe gekommen war, kreiste eine Sache immer wieder in ihrem Kopf herum. Niemand wartete auf sie. Kein Killerkommando, aber auch niemand aus ihrer Vergangenheit. Vermisste sie keiner? Hatte sie keine Familie? Keine Freunde? Starrte niemand auf sein Handy und wartete auf einen Anruf von ihr? Auf eine Nachricht? Irgendetwas? War sie so unbedeutend, dass nur diejenigen, die sie töten wollten, nach ihr suchten? War sie wirklich die kaltherzige Söldnerin, als die Adam sie beschrieb? Aber warum hatte er sie dann so angesehen, eben auf dem Bett und im Club auf der Bühne? In beiden Momenten war es nicht nur Wut gewesen, die sie in seinen Augen gelesen hatte, nicht nur Abneigung, sondern etwas anderes. Etwas Tiefergehendes. Etwas, das sie besser nicht näher betrachten sollte, weil es alles zwischen ihnen verändern könnte.

Neben McNamara war sie nur noch mit Adam im Separee gewesen. Mit dem Captain hatte sie Informationen ausgetauscht – und hoffentlich nur das. Aber mit Adam ...?

Verdammt, dieser Mann war schwerer zu knacken als Fort Knox, ganz besonders, was ihre gemeinsame Vergangenheit anging. Wie sollte sie jemals herausfinden, was damals geschehen war, wenn er ihr nichts verraten wollte?

Mit einem tiefen Seufzen schloss Valerie die Augen.

»Hör auf damit«, kam es von der anderen Seite des Raumes.

Verblüfft drehte sie sich auf die Seite und begegnete Adams Blick in der Dunkelheit.

»Ich kann dich denken hören«, murmelte er. »Lass es. Versuch, ein paar Stunden zu schlafen, damit dein Körper sich erholen kann. Ich passe solange auf.«

Da war sie wieder, die leise Sorge, die in seiner Stimme mitschwang, so sehr er es auch zu unterdrücken versuchte. Adam mochte ihr nach wie vor nicht vertrauen und das Schlimmste von ihr halten – aber er war da. Und für den Moment war das mehr als genug.

In dieser Nacht schlief sie schlecht. Das Hämmern in ihrem Kopf sowie das schmerzvolle Ziehen in ihrem Arm weckten Valerie in regelmäßigen Abständen. Irgendwann tastete sie blindlings nach dem Aspirin und nahm die Tablette zusammen mit einigen großen Schlucken Wasser ein. Nach und nach verblassten die Schmerzen, dafür gewannen ihre Träume an Kraft.

Szenen aus Blut und Gewalt, Jagd und Verfolgung, Lügen und Verrat. Doch dazwischen war auch etwas anderes. Bilder eines anderen Lebens, eines wenn schon nicht einfachen, aber glücklichen Lebens. Sie sah sich selbst, umringt von Freunden, die mit ihr lachten und scherzten. Und sie sah Adam. Erinnerungen an die letzten dreißig Stunden vermischten sich mit anderen Bildern, mit Traumfetzen, die ihre Haut kribbeln ließen und ein Pochen zwischen ihren Schenkeln entfachten.

Valerie erwachte mit einem dumpfen Stöhnen und Adams Geschmack auf ihren Lippen. Sie riss die Augen auf und blinzelte gegen das graue Tageslicht, das durch einen Spalt zwischen den Vorhängen drang. Ihr Herz hämmerte, ihre Wangen brannten und ihre Lippen prickelten von einem Kuss, den sie nur geträumt, aber nie erlebt hatte.

Oder hatte sie das? Irgendwann einmal?

Wenn sie die Augen schloss, sah sie die Szene so deutlich vor sich, als hätte sie sie tatsächlich erlebt. Es waren Adams Hände gewesen, die über ihre Haut strichen. Sein Dreitagebart, der an ihrem Hals und Dekolleté eine Spur hinterließ. Und seine Augen, die dunkel vor Leidenschaft auf sie herabstarrten, während er ihr ein Stöhnen entlockte.

Unbewusst biss sich Valerie auf die Unterlippe, um diese Gedanken und die Gefühle, die sie in ihr geweckt hatten, zu vertreiben. Vergeblich. Erinnerung oder nicht – die Bilder würden auf ewig in ihr Gedächtnis eingebrannt bleiben. Frustriert, aber von einer kribbelnden Wärme erfasst, richtete sie sich auf. Das Erste, was ihr auffiel, war das leere Bett auf der anderen Seite. Sie sah sich im Zimmer um, doch von Adam war nichts zu sehen. Auch die Tür zum Badezimmer stand offen.

Hatte er sie doch alleingelassen? Sein Handy und die Schlüssel waren weg, aber sein Jackett lag noch über der Stuhllehne neben der Kommode, genauso wie sein Duft noch in der Luft hing.

Valerie unterdrückte die aufkeimende Panik und stand auf. Sie konnte nicht einfach liegen bleiben, wenn sie wusste, dass sie auf sich allein gestellt war.

Nach einer ausgiebigen Dusche band sie sich das lange Haar zu einem Pferdeschwanz zusammen, schlüpfte in ihre einzige Jeans und ein ärmelloses schwarzes Top, das eine Nummer zu klein war, so wie es an ihrer Brust klebte und nur knapp über dem Bauchnabel endete. Egal. In einer Situation wie ihrer konnte man nicht wählerisch sein.

Sie hatte gehofft, die Dusche würde sie abkühlen und auf andere Gedanken bringen, aber als sie aus dem Badezimmer trat, geisterten noch immer diese Bilder durch ihren Kopf. *Hitzige Küsse, suchende, tastende Hände, heiße Blicke.* Es hatte nicht erst im Bett begonnen, sondern bereits an der Haustür. Direkt beim Hereinkommen und war dann ...

»Hey, Vorsicht!«

Adams gepresste Stimme holte sie ruckartig wieder in die Wirklichkeit. Keinen Meter von ihr entfernt beendete er seine Liegestütze, dann stand er auf. Seine braunen Haare waren zerzaust und nassgeschwitzt, sein Oberkörper glänzte vor Schweiß und das fehlende T-Shirt offenbarte harte Bauchmuskeln.

Mit einem Schlag waren nicht nur die Bilder in ihrem Kopf wieder da, sondern auch jede Berührung. Valerie wusste genau, wie sich seine Hand auf ihrer Haut anfühlen würde, ohne dass er sie je berührt hatte. Sie wusste, wie seine Lippen schmeckten, obwohl er sie nie geküsst hatte. Und sie wusste, was er mit diesem Mund alles anstellen konnte.

Sie schluckte hart.

»Alles klar?« Im Vorbeigehen warf er ihr einen fragenden Blick zu, den sie nur mit einem stummen Nicken beantworten konnte. »Ich habe Frühstück geholt.« In der Tür zum Badezimmer blieb er stehen, klemmte die Hände über sich in den Holzrahmen und zog sich daran hoch.

Einmal. Zweimal. Dreimal.

Langsam.

Rauf und runter. Rauf. Runter.

Jeder einzelne seiner Muskeln war angespannt und sein Bizeps trat bei jedem Klimmzug deutlich hervor.

Valeries Mund wurde trocken. Ihr Magen zog sich zusammen. Das hier konnte nicht wirklich passieren. Nicht nach diesem Traum. Was, wenn es gar keine Erinnerung gewesen war, die sie da geträumt hatte? Wenn ein Teil von ihr genau das wollte, was sie jetzt mit eigenen Augen sehen konnte und der Traum ihr das nur allzu deutlich vor Augen geführt hatte? Und wenn es doch eine Erinnerung war? Ein Teil aus ihrer gemeinsamen Geschichte? Konnte sie ihm davon erzählen? Und würde er es bestätigen?

»Sicher, dass alles in Ordnung ist?« Mit Schwung ließ sich Adam zurück auf die Füße fallen und griff nach einem Handtuch, das er auf der Kommode bereitgelegt hatte.

Einige zähe Sekunden lang zögerte sie, ohne die Augen von ihm abzuwenden. Das Zucken seiner Mundwinkel verriet ihr, dass er sich seiner Wirkung auf sie genau bewusst war. *Verflucht.*

»Ich habe etwas geträumt«, begann sie zögerlich. »Aber ich weiß nicht, ob es nur ein Traum war oder doch eine Erinnerung.« Verwirrt – und um Adams Anblick für einen kurzen Moment zu entgehen – fuhr sie sich mit Daumen und Mittelfinger über die geschlossenen Augenlider. Gott, langsam drohte sie wirklich, den Verstand zu verlieren.

»Und was?«

Beim Klang seiner Stimme zuckte sie zusammen. »Wie bitte?«

Die Falte zwischen Adams Brauen vertiefte sich. »Was hast du geträumt, Val?«

Ob sie es ihm sagen konnte? Und wenn es tatsächlich nur ein verquerer, völlig unpassender Wunschtraum war und keine Erinnerung?

Grübelnd fuhr sie sich mit dem kleinen Finger über die Unterlippe. Es gab nur einen Weg, es herauszufinden, selbst wenn sie sich damit vollkommen lächerlich machte. Sie sah Adam direkt in die Augen. »Du hast mich geküsst. In deiner Wohnung oder deinem Haus, ich weiß es nicht mehr genau.«

Adams Blick wich keine Sekunde von ihr. Sie konnte nicht erkennen, ob er überrascht war, verwirrt, aufgebracht oder amüsiert. Seine Miene verriet absolut nichts. »Wo?«

Langsam lehnte sie sich gegen die Wand neben der Eingangstür. »Genau hier.«

Statt etwas zu erwidern, trat er einen Schritt auf sie zu, dann noch einen, bis er vor ihr stand und die Hände rechts und links neben ihrem Kopf abstützte. Hitze breitete sich in ihrer Mitte aus und das Kribbeln war zurück, als Traum und Realität miteinander zu verschmelzen begannen.

»So?« Adams Stimme war nur ein raues Wispern. Er war ihr so nah, dass sie seinen Atem auf ihren Lippen schmecken konnte. Pfefferminz und eine Spur von Kaffee.

Valerie nickte, sah ihm weiterhin in die Augen. Ihr Herz hämmerte. Unbewusst ballte sie die Hände zu Fäusten, um sie nicht nach ihm auszustrecken und seine nackte Haut zu berühren. »Ja ...«, flüsterte sie erstickt.

Langsam beugte er sich vor, kam ihr noch etwas näher, aber er küsste sie nicht. Sein warmer Atem strich über ihren Hals. Eine Gänsehaut breitete sich an der Stelle aus.

Valerie schloss die Augen.

»Kein Traum«, murmelte er dicht an ihrem Ohr.

Ihr Herzschlag setzte aus, nur um gleich darauf noch schneller weiterzupochen. Wenn es kein Traum gewesen war, musste es eine Erinnerung sein. Eine Erinnerung an einen Tag oder eine Nacht, in der sie an einem anderen Ort an derselben Stelle gestanden und sich geküsst hatten. Und das war nur der Anfang gewesen ...

»Wann?«, fragte sie atemlos.

Nur langsam hob Adam den Kopf und sah auf sie hinunter. Sein Blick schien jede Kontur ihres Gesichts abzutasten, angefangen bei ihren Augen, den Wangenknochen und der Nase, bis hin zu ihrem Mund.

Unwillkürlich biss sie sich auf die Unterlippe. Im gleichen Moment verdunkelten sich Adams Augen. »Wann?«, wiederholte sie ihre Frage, diesmal kaum mehr als ein heiseres Wispern.

»Vor knapp sechs Monaten.«

»Hatten wir ...« Sie brachte die Worte kaum heraus. Nicht, weil die Idee so abwegig war, sondern weil Adams Nähe ihre Sinne benebelte. Es fiel ihr schwer, ihre Gedanken zu ordnen und noch schwerer, sich auf das zu konzentrieren, was sie sagen wollte, wenn er so dicht vor ihr stand. »Hatten wir eine Affäre?«

Das Separee im Club, Adams Kenntnis über ihre Muttermale und jetzt diese Erinnerung an einen Kuss neben der Eingangstür, als hätten sie es nicht erwarten können, übereinander herzufallen. Sie hatte ihn schon einmal danach gefragt, doch die Antwort war er ihr schuldig geblieben. Auch jetzt deuteten alle

Indizien darauf hin, aber Adam schüttelte den Kopf.

»Keine Affäre«, sagte er fest. Ein letzter durchdringender Blick, dann stieß er sich von der Wand ab und trat einen Schritt zurück. »Wir waren ein Paar.«

14. KAPITEL

»Ein Paar?«, rief Valerie ihm nach. »Was meinst du damit, wir waren ein Paar? Wie lange?«

Fuck. Er hätte es ihr nicht erzählen sollen. Aber in diesem kurzen Moment an der Tür hatte ihn seine eigene Erinnerung eingeholt. Eine Erinnerung an gemeinsame Abendessen bei Wein und Kerzenschein, an lange Sommernächte und Strandspaziergänge bei Sonnenaufgang. *Verdammt.* Er war wirklich hoffnungslos. Diese Frau war keine Unschuldige, sondern eine Söldnerin, vielleicht sogar diejenige, die seine Kollegen getötet hatte. Musste sie ihm erst ein zweites Mal in die Schulter schießen, damit ihm das endlich klar wurde? Kopfschüttelnd wandte er sich ab.

»Warte!«

»Worauf?«

»Du bist mir eine Antwort schuldig.« Kurz bevor er das Bad erreichte, stellte sich Valerie ihm in den Weg und breitete die Arme aus. »Du kannst nicht so eine Bombe platzen und mich dann einfach stehen lassen.«

Konnte er nicht? Hatte er aber soeben getan. Frustriert fuhr er sich mit der flachen Hand über den Nacken. »Das ist lange her, Val.«

»Wie lange?«

Wie konnte jemand nur so verflucht stur sein?

»Wir waren nur ein paar Wochen zusammen«, gab er gepresst zu und fügte, als sie die Brauen anhob, seufzend hinzu: »Okay, es waren knapp drei Monate.«

»Drei Monate?« Valerie blinzelte mehrmals, als versuchte sie zu begreifen, was er soeben gesagt hatte – und was das für sie bedeutete. »Wir waren drei Monate lang ein Paar und du hast es nicht für nötig gehalten, mich darüber zu informieren?«

»Es spielt keine Rolle.«

»Für dich vielleicht nicht, aber für mich! Wie konntest du mir das verheimlichen?« Sie vergrub die Finger in ihrem Haar. Bevor er reagieren konnte, sah sie wieder zu ihm und er bemerkte ein Blitzen in ihren Augen, das nichts Gutes verheißen konnte. »Erzähl mir davon. Es ist mir völlig egal, ob es dir noch etwas bedeutet oder nicht, aber ich will endlich mehr über mich wissen. Irgendetwas. Bitte, Adam.«

Er schloss die Augen. Großer Gott, wenn er gewusst hätte, was er mit diesem kleinen Satz auslösen würde, hätte er ihn nicht ausgesprochen. Valerie würde keine Ruhe geben, bevor sie nicht mehr über sich wusste – und über ihre gemeinsame Vergangenheit.

»Also gut«, gab er widerwillig nach. »Was willst du wissen?«

»Alles. Sag mir einfach ... irgendetwas. Das Erste, was dir einfällt.«

»Du magst keine Blumen.«

Sie runzelte die Stirn. »Was?«

»Du magst keine Blumen«, wiederholte er und setzte sich an den Rand ihres Bettes. »Und du bist auch kein Naturfreund, sondern ein Stadtmensch durch und durch. Du liebst das Meer, magst aber keinen Sand, weil er dich an die Wüste erinnert. Du ... du bist die chaotischste Person im Haushalt. Du verstaust Brot im Kühlschrank und Tomaten im Obstkorb. Du isst so ziemlich alles, was Schwangere essen würden und hast eine Vorliebe für süß-saure und scharfe Soßen. Und für Donuts.«

Adam hielt inne, als sich ihre Mundwinkel ein Stückchen hoben. Sie mochte sich nicht mehr an damals erinnern, aber sie erinnerte sich sehr wohl daran, dass er ihr am ersten Morgen in diesem Motel Donuts zum Frühstück mitgebracht hatte.

»Was noch?«, fragte Valerie leise und setzte sich ihm gegenüber auf das andere Bett. Nach außen hin wirkte sie ruhig und gefasst, aber ihre Finger klammerten sich in die Decke, als würde ihr Leben davon abhängen.

»Du läufst gern, am liebsten im Morgengrauen am Strand oder am Hafen – und das ganz ohne Kaffee.« Adam seufzte und suchte ihren Blick. »Ich habe dir nichts gesagt, weil es Wichtigeres gibt, um das wir uns im Moment kümmern müssen. Du sollst deine Vergangenheit nicht von mir erzählt bekommen, sondern dich selbst daran erinnern.«

Einen Moment lang wirkte sie, als wollte sie ihm widersprechen, doch dann schüttelte sie den Kopf. »Du vertraust mir nicht, oder? Das ist der wahre Grund, warum du geschwiegen hast, habe ich recht?«

»Ich vertraue dir nicht«, bestätigte Adam und tat, als würde er nicht bemerken, wie sie unter seinen harschen Worten zusammenzuckte.

Sie nickte bedächtig. »Weil ich dich angeschossen habe?«

Ein ironisches Lächeln zog an seinen Lippen. »Unter anderem.« Jetzt konnte er ihr doch auch alles verraten, oder? Welche Rolle spielte es noch, wenn er sie weiter im Dunkeln tappen ließ? »Du hast unsere Beziehung nicht nur mit einem Schuss in meine Schulter beendet, sondern mich auch verraten, Valerie. Zugegeben, ich habe meine Arbeit beim FBI vor dir verheimlicht, aber irgendwie musst du dahintergekommen sein und hast dieses Wissen für deine Zwecke eingesetzt. Oder was meinst du, warum so viele von deinen Leuten und so wenige von meinen in jener Nacht am Hafen waren?«

»Hast du Beweise dafür?«

Obwohl sie bei seinen Worten blass geworden war, bot sie ihm noch immer die Stirn. Mehr denn je erkannte er in diesem Moment die Frau in ihr, in die er sich damals verliebt hatte.

»Reicht dir die Narbe an meiner Schulter nicht als Beweis?« Dagegen konnte sie nichts sagen. Selbst wenn alles andere nur Spekulation war, diese Tatsache konnte nicht einmal Valerie in ihrer Dickköpfigkeit ignorieren.

Unwillkürlich huschte ihr Blick zu der Narbe, die ihre letzte Begegnung nicht nur auf seiner Haut hinterlassen hatte. Seine Schulter schmerzte auch heute noch, wenn er sich zu sehr verausgabte, gleichzeitig wurde sie viel zu schnell steif, wenn er sich nicht bewegte. Ein Teufelskreis, den er dieser Frau zu verdanken hatte. Im Nachhinein hätte er sich am liebsten dafür in den Hintern getreten, dass er so unvorsichtig gewesen war. Aber damals hatte er Valerie nur für eine unglaublich attraktive

Frau gehalten, die aufgrund einiger Schwierigkeiten in ihrem Leben abgerutscht und im *Gentleman's Dreams* gelandet war. Er hatte nicht die Söldnerin in ihr gesehen, die Opportunistin, die potenzielle Mörderin. Bis es zu spät gewesen war. Sie war eine unglaublich gute Schauspielerin. Und er ein verliebter Narr, der zu wenig hinterfragt hatte.

»Ich habe dich nicht verraten.« Die Worte kamen einem Zischen durch ihre zusammengebissenen Zähne gleich. Ihre Augen schienen Nebel und dunkle Wolkenfelder miteinander zu verschmelzen, wie an einem kühlen Herbstmorgen in San Francisco. Wut und Fassungslosigkeit spiegelten sich in diesem stürmischen Grau wider, aber auch ein unbeugsamer Wille. Ob ihr bewusst war, dass er noch immer in ihrem Gesicht lesen konnte wie in einem offenen Buch? Es gab vieles, was sie vor ihm hatte verbergen können, ihre Gefühle jedoch nicht.

»Ich mag mich ja nicht mehr an diese Zeit erinnern, aber ich habe dich definitiv nicht verraten.«

Die Vehemenz, mit der sie darauf pochte, weckte etwas tief in seinem Inneren, das ihm gleichzeitig warm und kalt werden ließ. Adam beugte sich zu ihr, bis sein Gesicht dicht vor ihrem war. »Glaubst du das wirklich?«, raunte er gefährlich leise.

»Ja.« Valerie hielt seinem Blick stand.

»Wenn du nicht einmal sicher sein kannst, keine Söldnerin und Mörderin zu sein, wie willst du dir dann hierbei sicher sein?«

Sie sah ihm weiterhin so fest in die Augen, als müsste sie sich etwas beweisen. Adam wusste, dass er recht hatte, genauso wie Valerie es wusste. Der Unterschied zwischen ihnen bestand lediglich darin, dass sie nicht bereit war, es zuzugeben. Stattdessen klammerte sie sich an ihre Sturheit, an diese kühne Entschlossenheit, die ihr mit Sicherheit mehr Ärger in ihrem Leben eingebracht hatte als alles andere.

»Siehst du ...?«, murmelte er.

»Gar nichts sehe ich. Was ist aus der Unschuldsvermutung geworden? Unschuldig, bis die Schuld bewiesen ist.«

Beinahe hätte er gegrinst, unterdrückte den Impuls jedoch

rechtzeitig. »Die gilt hier nicht. Gib mir fünf Minuten.«

»Fünf Minuten wofür?«

»Um zu duschen.« Adam umrundete Valerie, blieb aber in der Tür zum Badezimmer stehen und drehte sich noch einmal um. »Danach sollten wir dringend hier raus, denn wenn wir noch länger aufeinanderhocken, springen wir uns gegenseitig an. Und ja, ich meine das so zweideutig wie es klingt.«

Im Südwesten der Stadt befand sich ein kleines, unscheinbares Internetcafé, das Adams Leute hin und wieder im Zuge verdeckter Ermittlungen nutzten. Das Netzwerk war gesichert und der Inhaber wusste Bescheid. Der ideale Ort, um die Daten von McNamaras Rechner zu prüfen.

Adam nickte Rodriguez zu, als er den Laden zusammen mit Valerie betrat. Der stämmige Mann war ein ehemaliger Polizist um die siebzig, der seinen linken Arm im Dienst verloren hatte. Nach seiner Pensionierung hatte er ein Internetcafé eröffnet, das durch seine Kontakte zum SFPD zu einem geheimen Austauschplatz für brisante Informationen geworden war. Undercover-Polizisten gingen hier ebenso ein und aus wie unbeteiligte Bürger, Künstler, Hausfrauen und Teenager – oder FBI-Agenten wie Adam.

»Warst du schon mal hier?«, fragte Valerie, während er sie zielsicher an den besetzten Tischen vorbei und in den hinteren Teil des Raumes führte. Gerahmte Bilder von Baseballspielern der letzten vierzig Jahre sowie ein Foto des Präsidenten, auf dem er Rodriguez die verbliebene rechte Hand schüttelte, zierten die Wände.

»Ab und zu.« Adam zog einen Stuhl heran und setzte sich vor einen der Computer. Von außen mutete dieser wie eine Klapperkiste aus den Neunzigern an, noch mit Röhrenbildschirm und Standrechner. Im Inneren arbeiteten dagegen die neuesten Prozessoren mit einer Leistung, die es im Laden nicht zu kaufen gab.

Adam gab sein Passwort ein, gleich darauf erschien ein neuer Desktop auf dem Monitor. Er legte sein Handy daneben und schaltete die gesicherte Bluetooth-Verbindung ein, auch hier mit Passworteingabe und Stimmerfassungssystem. Zuletzt steckte er den USB-Stick an.

»Wer bist du?«, murmelte Valerie neben ihm, das Kinn in die Hand gestützt. »MacGyver?«

Ein Schmunzeln zog an seinen Mundwinkeln, aber er wandte den Blick nicht vom Bildschirm ab. McNamaras Daten lagen nun offen vor ihnen. »Interessant, dass du dich an nichts aus deinem Leben erinnern kannst, Richard Dean Anderson dir aber im Gedächtnis geblieben ist.«

»Ich bin ein Kind der Achtziger«, gab sie zurück. »Anscheinend hatte der Mann eine langfristige Wirkung auf mich.«

»Erinnere mich daran, dir keinen Kaugummi in die Hand zu drücken«, murmelte Adam. »Nachher baust du mir noch eine Bombe daraus.« Was er ihr aufgrund der Fähigkeiten, die sie bisher an den Tag gelegt hatte, durchaus zutrauen würde.

Die nächsten Minuten verbrachten sie damit, sich durch McNamaras Daten zu klicken. Das Meiste davon war irrelevant: persönliche Dokumente, Urlaubspläne, geheime Mails seiner Geliebten, ein paar Geldtransfers, die sicherlich für seine Vorgesetzten bei der Polizei interessant sein dürften, nicht aber für Adam und Valerie.

In der Zwischenzeit hatte Rodriguez ihnen Kaffee gebracht und sich still zurückgezogen, um sie in Ruhe arbeiten zu lassen. Adam wollte das aktuelle Fenster bereits schließen, als ihm ein weiterer Ordner ins Auge fiel. Dieser trug das Kürzel JN_RS. Was auch immer RS heißen mochte, JN erinnerte ihn an den Namen auf Valeries Hundemarke – Jessica Neville. Mit einem Doppelklick öffnete er den Ordner, der eine Reihe von Fotos enthielt. Er wählte das Erste aus – und erstarrte.

Es zeigte Valerie. Sie stand an einer Straßenkreuzung, lässig in Jeans und brauner Lederjacke, das Haar offen und ein Handy am Ohr. Ihre Augen waren zusammengekniffen und sie wirkte angespannt, fast so, als würde sie spüren, dass jemand sie beobachtete.

Neben ihm sog Valerie scharf die Luft ein. Sie beugte sich vor, um jedes Detail des Fotos in sich aufzunehmen. Wortlos öffnete er die nächste Datei. Diesmal ging Valerie mit einem Mann die Straße entlang, mitten in San Francisco, offenbar in ein Gespräch vertieft. Wie sie trug der Mann eine Sonnenbrille, die seine Augenpartie verdeckte, dazu war er eine Handbreit größer als Valerie und hatte dunkelblondes Haar im Surferlook. Seine Kleidung, bestehend aus abgewetzter Jeans und einem schlichten weißen T-Shirt, stand im starken Kontrast dazu.

»Erinnerst du dich an diesen Mann?«, fragte Adam, als er die dritte Datei öffnete.

Sie schüttelte den Kopf.

Nach und nach klickte er sich durch die vielen Fotos, die eine Sache gemeinsam hatten: Auf allen war sie abgebildet. Valerie – oder Jessica Neville, wie sowohl McNamara als auch Inspector Colby sie genannt hatten. Derselbe Name, der auf ihrer Erkennungsmarke prangte. McNamara hatte sie als Soldatin bezeichnet, was zu Adams Vermutung passte: Eine Soldatin, die nach dem Dienst für ihr Land zur Söldnerin geworden war und alles verraten hatte, wofür sie eingestanden war. Ihr Job im *Gentleman's Dreams* wäre somit nur eine Tarnung gewesen, vermutlich um auf unauffällige Weise an McNamara und seine Informationen heranzukommen. Je mehr Puzzlestücke zusammenkamen, desto hässlicher wurde das Bild, das sich ergab.

Auf den meisten Fotos war Valerie allein zu sehen – unterwegs, telefonierend, einkaufend, am Schießstand. Aber mehr und mehr tauchte der Surfertyp auf. Sie stritten oder diskutierten und auf einem Bild hatte er den Arm locker um ihre Schultern gelegt. Ein gepresstes Lächeln lag auf ihren Gesichtern, aber trotzdem wirkte das Foto irgendwie freundschaftlich. Harmonisch.

Auf dem nächsten Bild war er tot.

Eine Nahaufnahme zeigte das Gesicht des Mannes, dessen Augen ins Leere starrten. Seine Haut war fahl, ein angetrocknetes Rinnsal Blut klebte an Mundwinkel und Kinn.

»Oh mein Gott!« Die Hand fest auf den Mund gepresst, sprang Valerie auf und wandte sich ab.

Einen Moment lang starrte Adam noch auf das Bild des Toten, dann stand er ebenfalls auf. Behutsam legte er seine Hand auf ihren Arm und drehte sie zu sich um. Ihr Gesicht war blass, die Augen glasig. Sie erinnerte sich nicht an diesen Mann, dennoch nahm sein Tod sie mit. »Es tut mir leid«, murmelte er.

Sie schüttelte den Kopf, wollte irgendetwas sagen, schwieg jedoch. Beinahe so, als könnte sie die Worte nicht finden, die beschrieben, wie es in ihrem Inneren aussah. Aber Worte waren auch gar nicht nötig. Adam zog sie an sich und schloss die Arme um sie. Ihr Atem kam einer Mischung aus Seufzen und Schluchzen gleich, was ihn nur dazu veranlasste, sie noch näher an seine Brust zu ziehen.

Valerie wehrte sich nicht gegen die Umarmung, im Gegenteil, sie schien die Nähe genauso zu brauchen wie ... er?

Nein.

So schnell der Gedanke in ihm aufgekeimt war, so schnell erstickte er ihn wieder. Er tat nichts weiter, als ihr Trost zu spenden, weil der Tod dieses Mannes sie offenbar mehr mitnahm, als sie sich selbst erklären konnte. Nicht mehr und nicht weniger. Ungeachtet der anderen Gäste im Café schlossen sich seine Arme fester um sie und er vergrub sein Gesicht in ihrem Haar. Sofort war er von ihrem Geruch eingehüllt.

Allmählich beruhigte sich Valeries Atem wieder. Sie wurde ruhiger in seinen Armen, schob ihn aber nicht von sich. Langsam hob er den Kopf und sah sie an. Ihre Augen waren trocken, wirkten aber so aufgewühlt wie ein wolkenverhangener Himmel bei einem Gewitter.

»Sind da noch mehr?«, flüsterte sie.

Er schüttelte den Kopf. »Das war das letzte Foto.«

Valerie nickte, aber das Zittern, das ihren schlanken Körper durchlief, spürte Adam dennoch. »Ich weiß nicht einmal, warum ich so reagiere.«

»Schh, es ist okay«, murmelte er und legte seine Hand an ihre

Wange. »Du hast ihn gekannt. Ihr wart Freunde.« In diesem Punkt sprachen die Bilder eine eindeutige Sprache.

»Aber ich erinnere mich nicht«, wisperte sie erstickt.

»Doch. Ein Teil von dir erinnert sich an ihn.« Jener Teil, der jetzt so in Aufruhr war.

Valerie nickte und er konnte sehen, wie sie ihre Beherrschung zurückgewann. »Können wir herausfinden, wann die Fotos gemacht wurden?«

Statt einer Antwort zog Adam sie an der Hand zurück zu ihrem Tisch und setzte sich. Er klickte auf das erste Bild und überprüfte die Dateieigenschaften. Das Datum war der elfte März. Keine Informationen über den Kameratyp oder den Fotografen. Hatte McNamara die Bilder selbst geschossen oder waren sie ihm zugeschickt worden? Aber warum? Zu welchem Zweck?

»Die hier sind älter.« Adam schob drei der Fotos nebeneinander. Eines davon zeigte Valerie neben dem Eingang eines Supermarktes. Sie war allein und sah sich um, als würde sie wissen, dass sie verfolgt wurde. Auf den beiden anderen war sie mit dem Surfertyp zu sehen.

Valerie runzelte die Stirn. »Woher weißt du das?«

»Deine Haare sind hier am hellsten.« Mit dem Mauszeiger deutete Adam erst auf das schulterlange, dunkelblonde Haar, dann auf den Blondschopf des Mannes. »Und sieh dir seine an. Auf diesen Bildern sind sie bei euch beiden am kürzesten. Wenn ihr also nicht gerade zwischendurch beim Friseur wart ...«

»Sind das die ältesten Aufnahmen«, beendete Valerie seinen Satz erstaunt und fuhr sich mit dem kleinen Finger über die Lippen. Eine Geste, die Adam schon immer die unterschiedlichsten Reaktionen entlockt hatte. Er griff nach ihrer Hand und legte sie zurück in ihren Schoß, damit sie aufhörte, ihn mit dieser unschuldigen Bewegung abzulenken.

Valerie wirkte irritiert, sagte aber nichts. »Wie wahrscheinlich ist es, dass McNamara die ganzen Bilder gemacht hat?«

»Unwahrscheinlich«, antwortete er ehrlich. »Wenn er Infos an dich weitergeleitet hat, wollte er vielleicht wissen, wer du bist und für wen du arbeitest. Aber jemand in McNamaras Position macht das nicht selbst.«

»Inspector Colby? Denkst du, McNamara hat ihn auf mich angesetzt?«

»Gut möglich. Ich werde Derek die Bilder schicken. Mal sehen, was er darüber herausfinden kann.« Sein Blick fiel auf Valerie. In den vergangenen Minuten war sie verdammt still gewesen und auch jetzt lag ein abwesender, ein trauriger Ausdruck auf ihrem Gesicht. Sie versuchte noch immer, sich zu erinnern, jetzt nicht mehr nur um ihretwillen, sondern auch wegen des Mannes, den sie einst gekannt hatte und der gestorben war.

Adam schüttelte den Kopf und konzentrierte sich darauf, die Fotos vom Stick auf sein Smartphone zu übertragen. Was war nur los mit ihm? Je mehr Zeit er mit Valerie verbrachte, desto mehr sah er die Frau in ihr, die ihm damals so schnell den Kopf verdreht hatte, dass ihm noch heute davon schwindelig war. Aber er durfte sie nicht an sich heranlassen. Sie war noch immer eine Söldnerin, die den Abzug betätigt und auf ihn geschossen hatte.

Adam kreiste mit den Schultern, als könnte er die gut verheilende Wunde damit ausblenden. Fehlanzeige. Aber dieses Ziehen in seinem Inneren beschränkte sich nicht nur auf sein Schulterblatt, sondern war auch an anderen Stellen zu spüren. Irgendwo in seiner Brust, in seinem Bauch und weiter südwärts. Dort ganz besonders.

Seufzend legte er den Kopf in den Nacken und schloss für einen Moment die Augen. Wo zum Teufel hatte er sich da hineingeritten?

»Erzählst du mir, wo es hingeht?«, wollte Valerie wenige Minuten später wissen, als sie die Beifahrertür schloss und am Gurt herumhantierte.

Das Sicherste wäre es, zurück ins Motel zu fahren und zu

überlegen, wie sie weiter vorgingen. Noch besser wäre es, wenn Adam seine Kollegen und Vorgesetzten kontaktieren und ihnen Bericht erstatten würde. Ihm fiel ein halbes Dutzend verschiedener Möglichkeiten ein, was sie tun könnten und sollten, dennoch entschied er sich für einen anderen Weg. Die Reaktion, die Valerie vorhin beim Anblick des Toten auf dem Bild gezeigt hatte, wollte ihm einfach nicht aus dem Kopf gehen.

»An einen Ort, an dem wir schon mal gewesen sind«, antwortete er und startete den Motor. »Zusammen.«

»Noch ein Stripclub?«

Adam lachte gequält auf. »Nein, keine Sorge. Außer du möchtest wieder in einen?«, fügte er augenzwinkernd hinzu und lenkte den Wagen auf die Straße.

Statt einer Antwort gab Valerie nur ein Schnauben von sich, aber er konnte das verräterische Zucken ihrer Mundwinkel nur zu deutlich sehen. Wann waren sie von einander nicht über den Weg trauen zu dem hier übergegangen? Was auch immer das hier sein mochte.

Schweigend lenkte Adam den Wagen durch die Straßen gen Westen den Geary Boulevard entlang. In der Ferne schimmerte der Pazifik tiefblau, doch bevor sie die Küste erreichten, bog er nach Norden ab. Grün begann das stete Grau der Gebäude abzulösen, während Adam dem Straßenverlauf folgte, einen Bogen einschlug und den Dodge auf einem Parkplatz abstellte. Vor ihnen erstreckte sich der Ozean so blau und klar, dass er in der Ferne mit dem Himmel verschmolz.

»Ein Strand?« Valerie warf ihm einen überraschten Seitenblick zu.

»Baker Beach«, klärte Adam sie auf, während er sie aufmerksam musterte. Doch in ihrem Gesicht zeigte sich keine Regung, kein Aufflackern einer Erinnerung. Nichts. »Wir waren ein paar Mal hier.«

Er stieg aus und blickte auf den Strand hinaus. Ein kniehoher Zaun, nicht mehr als ein paar Holzpfähle mit Verbindungsstücken, bildete zusammen mit Gestrüpp die Grenze zur Wiese, die zum Strand führte. An diesem Vormittag war noch nicht viel los. Die Wochenendausflügler würden frühestens gegen Mittag hier eintrudeln. Bis auf ein paar Angler und Jogger gehörte ihnen der Strand ganz allein.

»Komm.« Er hielt Valerie die Hand hin. »Es wird dir gefallen, versprochen.« Das waren keine leeren Worte, denn im Gegensatz zu ihr erinnerte sich Adam nur zu gut an ihre Begeisterung, als er sie das erste Mal hierher gebracht hatte.

Valerie zögerte einen Moment, legte dann aber ihre Hand in seine und ließ sich von ihm am Zaun vorbei und an den Strand führen. Die Wellen waren ungewöhnlich ruhig an diesem Vormittag. Keine tosende Brandung, nur ein angenehmes Rauschen, als sich das Wasser auf dem Sand brach.

Schweigend führte er Valerie auf eine Felsformation zu. Dahinter ragte die Golden Gate Bridge in den Himmel, während der untere Teil der Brücke im Nebel versank. Bei diesem Anblick hellte sich Valeries Gesicht auf und ein Leuchten trat in ihre Augen, das ihn kurzzeitig aus der Fassung brachte. In diesem Moment war er nicht sicher, ob sie sich noch im Hier und Jetzt oder in der Vergangenheit befanden. Ihrer gemeinsamen Vergangenheit.

Schnell löste er seine Hand aus ihrer und schob sie in die Hosentasche.

»Du hattest recht.« Valeries Lächeln ließ ihn innerlich zusammenzucken. »Es ist traumhaft hier.«

Er nickte nur. Irgendwann während der letzten Monate hatte er vergessen, wie begeisterungsfähig Valerie war. Er hatte ihren unbeugsamen Willen vergessen, ihre Entschlossenheit und ihre Sturheit. In seinen Gedanken hatte er sie auf die eiskalte Killerin reduziert, die er in jener Nacht in ihr erkannt hatte. Sie hatte auf ihn geschossen. Ohne zu zögern. Vermutlich war das der Grund, warum er sich nur darauf konzentriert und alles andere, was diese Frau ausmachte, konsequent verdrängt hatte. Ihr Lächeln. Ihre stürmischen grauen Augen. Die Art, wie sie ihn früher angesehen hatte – und wie sie ihn jetzt manchmal ansah.

»Du hast mich nicht bloß hergebracht, um frische Luft zu schnappen«, stellte Valerie nach einigen Minuten fest, in denen sie schweigend nebeneinander hergelaufen waren.

»Nein.«

»Du wolltest sehen, ob ich mich an etwas erinnere?«

Ohne Vorwarnung blieb Adam stehen und drehte sich zu Valerie um. »Tust du es denn?«

Sie zögerte, schüttelte dann aber den Kopf. »Es ist ...«, begann sie und zögerte, als würde sie nach der passenden Beschreibung suchen.

»Seltsam vertraut?«, schlug Adam mit einem halben Lächeln vor.

»Genau. Eher wie ein Déjà-vu als eine Erinnerung. Danke.«

Fragend hob er die Brauen, drängte sie aber nicht. Eine Weile betrachtete sie die kommenden und gehenden Wellen.

»Alles, woran ich mich erinnern kann, ist Kampf und Flucht. Aber hier draußen fühle ich mich ...« Valerie atmete tief ein und stieß die Luft mit einem Seufzen wieder aus, bevor sie seinen Blick suchte. »Frei. Als könnte ich hier ich selbst sein.«

Diese simple Aussage sollte ihn nicht berühren. Sie sollte nichts zum Rumoren bringen oder zu jenem Teil tief in seinem Inneren vordringen, um den er eine Mauer gebaut hatte. Weil es *ihr* verdammter Name war, der auf diesem Teil von ihm eingraviert war.

»Du bist ...«, begann er, doch ein Vibrieren in seiner Hosentasche schnitt ihm das Wort ab. Er wandte sich ab, ohne zu wissen, wie sein Satz geendet hätte. Aber egal welches Wort er benutzt hätte, um Valerie zu beschreiben, es wäre in der aktuellen Situation vor allem eines gewesen: unprofessionell. Er musste sich auf diesen Fall konzentrieren und nicht auf die Frau vor ihm.

»Blackbourne«, meldete er sich, nachdem er sich ein paar Schritte von Valerie entfernt hatte.

»Wo steckst du?«, wollte Derek ohne jede Begrüßung wissen.

»Baker Beach. Warum?« Adam drehte sich so, dass er Valerie im Auge behalten konnte, ohne dass sie etwas von seinem

Gespräch mitbekam.

»Ich versuche dich seit einer Stunde zu erreichen. Warum bist du nicht an dein Handy gegangen?«

War er nicht? Seltsam. Normalerweise reagierte er beim ersten Klingeln oder Vibrieren. Dass er es jetzt nicht getan hatte, überraschte ihn, aber er weigerte sich, Valerie diese Wirkung auf ihn zuzuschreiben. Sie mochte eine Ablenkung darstellen, aber er würde sein Ziel nicht aus den Augen verlieren.

»Ich habe den Namen von der Hundemarke durch sämtliche Systeme gejagt«, sprach Derek weiter und hämmerte auf seine Tastatur ein. »Die Dame gibt es nicht.«

»Was soll das heißen?«

»Das heißt, dass es keine Geburtsurkunde einer gewissen Jessica Neville gibt. Keine Highschool-Unterlagen, kein Collegeabschluss, keine Vorstrafen. Die Daten über sie beschränken sich auf Mietwagen, Bankkonten und das Militär. Sie gehen fünf Jahre zurück, mehr nicht. Allerdings sind diese recht detailliert. Da hat sich jemand viel Mühe gegeben, Jessica Neville genügend Leben einzuhauchen, damit sie einer Überprüfung problemlos standhält.«

»Eine Tarnidentität«, schlussfolgerte Adam. Damit war die Soldatin Jessica Neville genauso wertlos für seine Spurensuche wie Jennifer Bell, die Kellnerin oder Gia, die Stripperin. Wer zum Teufel war Valerie wirklich?

»Exakt«, bestätigte Derek. »Aber eine sehr professionell angelegte. Entweder hat deine Kleine mehr drauf, als sie dich wissen lässt oder verdammt gute Kontakte.«

»Danke, Derek«, murmelte Adam und sah dabei zu Valerie, die mit dem Rücken zu ihm stand. Sie war so nah an das Wasser herangetreten, dass die heranrollenden Wellen beinahe die Spitzen ihrer Sneakers berührten. »Ich schicke dir ein paar Fotos. Sieh zu, was du darüber herausfinden kannst.«

»Alles klar.«

Adam beendete das Gespräch und mailte Derek die Fotos von McNamaras Rechner über eine gesicherte Verbindung.

Dann schob er das Handy zurück in seine Tasche und ging zu Valerie hinüber.

Sie reagierte nicht auf sein Näherkommen, sondern starrte weiter auf das Wasser hinaus.

»Val?«, fragte er etwas lauter, um gegen die Wellen anzukommen. Beunruhigt legte er ihr eine Hand auf die Schulter und drehte sie zu sich herum. Eine erschreckende Blässe hatte sich über ihre Haut ausgebreitet. Ihre Augen waren riesig und starrten ins Leere.

Er legte seine Hände an ihr Gesicht und zwang sie mit sanfter Gewalt dazu, ihn anzusehen. »Val, was ist los?«

»Ich ...«, begann sie stockend. Halt suchend klammerten sich ihre Finger in sein Shirt. »Ich glaube, ich erinnere mich an etwas.«

»An diesen Ort? An uns?« Ihrer Reaktion nach wagte er das zu bezweifeln. »Oder an ...?«

Sie. Die Söldner. Ihre ehemaligen Auftraggeber. An jene Nacht am Hafen. Vances Mörder. Woran zum Teufel erinnerte sie sich?

15. KAPITEL

Valerie schüttelte den Kopf. Die Bilder vor ihren Augen begannen zu verschwimmen, durcheinander zu wirbeln wie in einem schlechten Film, aber eine Stimme blieb ihr im Ohr. Die Worte prasselten auf sie ein und hämmerten sich in ihr Bewusstsein. *Geh zum Safe House und informiere die anderen. Ich komme nach. Geh schon!*

Aber er war nie nachgekommen – und sie hatte es nie geschafft, wen auch immer zu informieren.

»Val!« Adams Stimme holte sie abrupt zurück in die Gegenwart. Die Bilder verschwanden und wurden von seinem besorgten Gesicht ersetzt. Das Rauschen der Wellen um sie herum klang auf einmal viel zu laut in ihren Ohren.

»Woran erinnerst du dich?«, fragte er eindringlich. Seine rauen Daumen strichen über ihre Wangen. Beruhigend, obwohl seine braunen Augen fordernd, fast schon bittend auf sie hinabsahen.

»Hast du etwas zu schreiben?« Denn wie konnte sie in Worte fassen, was sie gerade erlebt hatte? Wie sollte sie die Bilder in ihrem Kopf beschreiben, wenn Worte viel zu leer und nichtssagend waren, um das Chaos in ihrem Inneren darzustellen?

Adam zog sein Smartphone hervor, aber sie schüttelte den Kopf. Auch ohne eine Erklärung schien er zu verstehen und griff nach ihrer Hand, um den Weg zurück einzuschlagen. »In meinem Wagen.«

Zehn Minuten später holte Adam einen kleinen Block aus dem Handschuhfach und hielt ihn ihr zusammen mit einem Kugelschreiber entgegen. Mit klopfendem Herzen setzte Valerie den Stift auf das Papier und begann, zu zeichnen. Die ersten Striche waren zögerlich, als wäre sie unsicher, was sie eigentlich tat. Doch ihre Hände erinnerten sich an etwas, das ihr Kopf lange vergessen hatte. Mit dem Rücken an den Wagen gelehnt, ging sie in die Hocke und ließ ihre bruchstückhaften

Erinnerungen die Kontrolle übernehmen.

Das erste Bild zeigte ein einstöckiges Haus, in ihrer Erinnerung weiß und mit hellroten Dachziegeln, umringt von weiteren Häusern derselben Bauweise. Bäume davor, eine Hügellandschaft dahinter. Aber den Geruch von Öl, Fisch und Meer konnte sie genauso wenig zeichnen wie das Kreischen der Möwen, das in ihren Ohren nachhallte, wenn sie an diesen Ort dachte.

Die nächste Zeichnung zeigte eine lange Hängebrücke und die Hochhäuser einer Stadt in der Ferne, zusammen mit Nebel, der das Bild einhüllte wie in eine kühle Decke.

Docks mit ankernden Booten. Glitzerndes Wasser. Hügel voller Bäume und Sträucher.

Valerie brauchte ein paar Sekunden, um zu realisieren, dass ihre letzte Zeichnung kein Bild darstellte, sondern Buchstaben.

»Wer ist Zachary?«, fragte Adam, während er über ihre Schulter auf die vollgekritzelten Blätter sah.

Seufzend gab sie ihm Block und Stift zurück, und vergrub die Hände in ihrem Haar. »Ich weiß es nicht. Ich habe nur diesen Namen im Kopf.« Und seine Worte. *Geh zum Safe House. Ich komme nach.*

Aber wieso war er nie aufgetaucht? Warum hatte sie in diesem Haus Schutz suchen sollen – und vor wem?

Sie rieb sich die Schläfen, hinter denen es schmerzhaft zu pochen begonnen hatte.

»Könnte es der Mann von McNamaras Fotos sein?« Adam betrachtete sie mit einem Stirnrunzeln.

»Ich weiß es nicht. Vielleicht.« Wenn es so war, dann war er tot. Valerie schluckte krampfhaft in dem Versuch, den Kloß in ihrem Hals loszuwerden. Umsonst.

Adam lehnte sich gegen die geschlossene Beifahrertür und hielt ihr den Block entgegen. »Diese Häuser könnten überall sein. San Francisco, Los Angeles, weiß der Himmel. Aber das hier«, mit dem Zeigefinger tippte er auf die Zeichnung der Brücke, »das ist die Golden Gate Bridge.«

»Bist du sicher?«

»Ich habe die letzten drei Jahre in dieser Stadt gelebt. Was denkst du?«

»Wenn das die Golden Gate Bridge ist, dann ist mein Gekritzel dahinter San Francisco«, stellte sie fest.

»Richtig. Der Blickwinkel ist nördlich der Stadt.« Adam sah sie eindringlich an. »Was war noch mal das Erste, woran du dich erinnern kannst?«

»Ich bin durch einen Wald gerannt und es war ziemlich steil«, erwiderte sie stirnrunzelnd. »Warum ...«

»Aus welcher Richtung bist du in die Stadt gekommen?«

Valerie dachte mit einem Schaudern an die Hetzjagd durch den Wald zurück und wie sie auf die Landstraße gerannt war. Sie dachte an Travis Mendez, der sie gerettet und dafür mit seinem Leben bezahlt hatte. Sie waren über die Golden Gate Bridge nach San Francisco gefahren.

»Norden«, stieß sie überrascht hervor. Verdammt, warum hatte sie nicht schon früher daran gedacht?

»Ich weiß, die Chancen sind gering, dass wir dieses Haus finden und sie sind immer noch hinter dir her, aber ...«

»Lass uns fahren«, schnitt Valerie ihm das Wort ab. Sie musste herausfinden, was es mit diesem Haus auf sich hatte. Warum hatte Zachary sie dorthin geschickt? Wen hätte sie informieren sollen? Und war er wirklich derselbe Mann, dessen Foto keinen Zweifel an seinem Tod aufkommen ließ?

Adam nickte, während er bereits um den Wagen herumging. Gleich darauf startete er den Motor und sie fuhren vom Parkplatz. Unterwegs hielten sie in einem Drive-in, besorgten sich Kaffee und ein verspätetes Frühstück, dann ging es weiter. Einige Kreuzungen und Abbiegungen später fuhren sie auf den Highway 101 und über die Golden Gate Bridge. Der Nebel hatte sich inzwischen größtenteils gelichtet.

Als das Wasser unter ihnen vorbeirauschte und die Sonne unbarmherzig vom Himmel herabschien, brach Adam endlich das Schweigen. »Ich habe die ganze Zeit überlegt, warum mir deine Zeichnung so bekannt vorkommt. Von diesem Blickwinkel aus fällt mir nur ein Ort ein.«

Fragend drehte sich Valerie zu ihm, die Augenbrauen gehoben, die Fingernägel in ihre Handflächen vergraben. Würde die Erwähnung der Stadt eine weitere Erinnerung in ihr wecken?

»Sausalito. Ein kleiner Vorort mit Hafen nördlich von San Francisco.«

Nichts. Keine Bilder, nicht einmal ein simples Gefühl. Das wäre ja auch zu einfach gewesen. Frustriert sah sie auf ihre Hände hinab und spürte, wie Adam sie von der Seite betrachtete. »Dir ist klar, dass wir gerade direkt in die Höhle des Löwen fahren könnten?«

Und damit genau zu den Männern, die hinter ihr her waren und vor denen sie davonlief. Jene Männer, bei denen ein schneller Tod gnädig wäre – doch irgendwie glaubte sie nicht, dass ihr dieses Schicksal vergönnt sein würde.

»Ja«, würgte sie hervor und faltete die Hände auf dem Block, um ihr Zittern in den Griff zu kriegen. »Da ist noch etwas.« Sie zögerte, zwang sich aber, die Worte auszusprechen. »Dieser Mann – Zachary – ich erinnere mich, dass er mir gesagt hat, ich solle ins Safe House gehen und irgendjemanden informieren. Er wollte nachkommen. Aber ich habe nur seine Stimme im Kopf. Ich weiß nicht, wann das war, ob kurz vor meinem Gedächtnisverlust oder vor einem Jahr oder ...« Verzweifelt rieb sie sich die Schläfen. Erst dann fiel ihr Adams prüfender Blick auf. »Was ist?«

»Du hast Safe House gesagt.«

»Ja, und?«

Er schien etwas sagen zu wollen, schüttelte dann aber den Kopf und lenkte seine Aufmerksamkeit wieder auf die Straße. »Wollen wir hoffen, dass das Haus, das du gezeichnet hast, dieses Safe House ist und nicht der Stützpunkt der Typen, die dich jagen.«

Valerie presste die Lippen zusammen, erwiderte aber nichts. Abgesehen von den Fotos war das hier die einzige Spur, der sie nachgehen konnten. Vielleicht führte sie zu den Männern, die für den Tod mehrerer FBI-Agenten verantwortlich waren und

Valerie jetzt jagten. Vielleicht führte sie aber auch in eine Sackgasse oder direkt in die Höhle des Löwen, wie Adam es formuliert hatte. So oder so – sie war gewillt, alles zu tun, was nötig war, um ihr Gedächtnis zurückzuerlangen. Ein Blick auf Adam bestätigte ihr, dass auch er alles Notwendige tun würde, um den Mord an seinen Kollegen aufzuklären.

In Sausalito angekommen, fuhren sie nur langsam durch die Straßen. Obwohl der Ort so klein war, kam es Valerie wie eine Ewigkeit vor, bis sie eine Häuserreihe fanden, die zu ihrer Zeichnung, vor allem aber zu den Bildern in ihrem Kopf passte. Weiß verputzte Häuser, rote Giebeldächer, umringt von grünen Hügeln. Adam parkte den Wagen am Straßenrand und musterte sie fragend. Jetzt lag es an ihr, das richtige Gebäude zu finden und sie entweder in ein Safe House oder direkt zum Stützpunkt ihrer Verfolger zu führen.

Valerie schluckte, um ihre Nervosität nicht Überhand nehmen zu lassen. Sie hatten es bis hierher geschafft. Jetzt gab es kein Zurück mehr, nicht für sie und auch nicht für Adam. Sie öffnete die Autotür, dann stieg sie mit hämmerndem Herzen aus.

Eine frische Meeresbrise wehte von der Küste her und begrüßte sie in Sausalito. Auf der gegenüberliegenden Straßenseite standen mehrere Häuser aneinandergereiht. Hin und wieder fuhren Autos und Radfahrer vorbei, ein älteres Ehepaar spazierte Hand in Hand den Gehweg entlang und wurde von einem Jungen auf seinem Skateboard überholt. Die Gegend wirkte zu idyllisch, zu freundlich für das, was Adam und Valerie hier zu finden hofften.

Unauffällig sah sie nach rechts und links, bevor sie gemeinsam mit Adam die Straße überquerte und auf das erste Haus zusteuerte. Wenige Treppenstufen führten zur weiß gestrichenen Veranda, auf der ein Tisch, zwei Stühle und eine Vase mit frischen Blumen standen. Valerie sah kopfschüttelnd zu Adam. Er nickte zum Zeichen, dass er verstanden hatte. Das war nicht das Haus, nach dem sie suchten.

Im zweiten Haus war eine Kindersendung im Fernsehen zu hören und der Duft von frischgebackenem Kuchen strömte aus den gekippten Fenstern. Im dritten fand ein lautstarker Ehestreit statt.

Und hier sollte sich ein Safe House oder der Stützpunkt von ihren Verfolgern befinden? Ernsthaft? Mit jeder Minute, die verging, zweifelte sie mehr daran. Wer wusste schon, woher die Erinnerung kam, die sie mit schnellen Strichen auf Papier festgehalten hatte? Vielleicht war sie vor zehn Jahren schon einmal in dieser Gegend gewesen. Vielleicht gehörten die pittoresken Häuschen in eine ganz andere Stadt und sie verschwendeten nur ihre Zeit in Sausalito? Wertvolle Zeit, die sie damit verbringen sollten, McNamaras Fotos durchzugehen und nach weiteren Hinweisen zu suchen. Stattdessen liefen sie von Tür zu Tür wie zwei verdammte Pfadfinder, die Kekse verkaufen wollten.

»Keine Fenster offen, alle abgedunkelt«, informierte Adam sie, als sie vor dem vorletzten Haus stehen blieben. Er griff nach dem Türknauf und rüttelte daran. »Abgeschlossen.«

»Die Besitzer könnten verreist sein«, überlegte sie und trat ein paar Schritte zurück. Das Haus unterschied sich nicht von den anderen. Die Fassade war genauso säuberlich verputzt, das Dach ebenso strahlend rot, als würde kein Blättchen es wagen, sich darauf niederzulassen. Das Namensschild sagte genauso wenig aus wie der äußere Anstrich.

Familie Jones.

Sie könnten getrost zum nächsten Gebäude weitergehen, doch irgendetwas ließ Valerie innehalten. Es war nur ein leises Gefühl, als würde ein Teil von ihr sich an einen längst vergangenen Traum zu erinnern versuchen. Adam schien ihr Zögern zu bemerken. »Was ist los?«

»Ich weiß es nicht«, erwiderte sie stirnrunzelnd und verglich die Zeichnung von ihrem Block mit dem Haus. »Vielleicht bilde ich mir nur etwas ein.«

Adam trat hinter sie und sah über ihre Schulter auf die Zeichnung in ihren Händen. Seine plötzliche Nähe brachte sie aus dem Konzept, aber sie wich nicht vor ihm zurück. Stattdessen fühlte sie der Wärme nach, die sich von seinem Körper auf ihren übertrug und in ihren Wangen sammelte.

Regungslos stand sie da. Selbst ihre Gedanken schienen den Atem anzuhalten, als sie den Kopf zur Seite drehte und ihre Blicke sich trafen. Sie öffnete den Mund, um etwas zu sagen, egal was, aber die Worte erstarben auf ihren Lippen.

Adam räusperte sich. »Lass uns nachsehen«, sagte er mit rauer Stimme und ging so schnell an ihr vorbei, als hätte er sich an ihr verbrannt. Er zog ein Taschenmesser hervor und klappte mehrere Werkzeuge auf.

Wie selbstverständlich stellte sie sich vor ihn und behielt die Umgebung im Auge, während sich Adam an die Arbeit machte. Dass er talentierte Hände hatte, wusste sie, wenn auch nur aus einem Traum. Aber die Erinnerungen daran waren zu echt, das Gefühl seiner Fingerspitzen auf ihrer Haut zu deutlich, um es zu leugnen. Sie wandte den Blick ab und sah einem vorbeifahrenden Wagen nach.

»Wo hast du das gelernt?«, fragte sie, nur um sich von ihren Gedanken abzulenken.

»Ein Junge im Waisenhaus hat es mir beigebracht und ich hatte mehr als genug Gelegenheiten, meine Fähigkeiten zu perfektionieren«, murmelte er. »Im Grunde braucht es nur etwas Geschick und ein gutes Gehör.«

Im nächsten Moment erklang ein verräterisches Klicken.

Valerie drehte sich zu ihm um. »Hast du das oft gemacht? Schlösser geknackt, um wegzulaufen?« Sie wusste nicht, woher diese Vermutung kam, aber auf einmal war sie da. Und so lange, wie Adam sie fixierte, ahnte sie, dass sie damit richtig lag.

»Wieder und wieder, bis ich alt genug war, um mir eine eigene Wohnung zu suchen.« Er griff nach dem Türknauf.

»Warte!« Instinktiv legte sie ihre Hand auf seinen Arm und zog ihn zurück.

Adam sah sie an, als hätte sie den Verstand verloren. Das

Herz schlug ihr bis zum Hals. Behutsam schob sie ihn beiseite und inspizierte die Klingel neben der Haustür. Ihre Finger fuhren über das quadratische Plastikteil, bis ihre Nägel sich einhakten und es mit einer einfachen Bewegung öffneten. Darunter kam ein schmales Display mit einem dazugehörigen Zahlenfeld zum Vorschein.

Neben ihr stieß Adam einen leisen Pfiff aus. »Anscheinend hast du dir doch nichts eingebildet«, kommentierte er ihren Fund trocken. »Woher wusstest du das?«

»Ich wusste es nicht«, gab Valerie zurück. Es war die Wahrheit. Wieder einmal war sie nur einem vagen Gefühl gefolgt, einem inneren Impuls und hatte recht damit behalten. »Ohne Sicherheitscode wird die Alarmanlage ausgelöst.« Ihre Stimme zitterte, aber ihre Finger fuhren zielsicher über das Zahlenfeld und gaben eine achtstellige Kombination ein. Eine Sekunde später blinkte das Display grün auf.

Adam zog seine Waffe und hielt sie schussbereit gesenkt. Er nickte ihr zu, als sie die Tür aufstieß und betrat das Haus als Erster. Ohne Zögern folgte Valerie ihm ins Innere und schloss die Haustür lautlos hinter ihnen.

Im Eingangsbereich war es dunkel. Das Tageslicht drang nur dumpf durch die herabgelassenen Jalousien, aber es war hell genug, um eine Sache ganz deutlich zu erkennen: das Chaos um sie herum. Umgestürzte Regale, Kleidungsstücke, Papiere und Scherben auf dem beigefarbenen Teppichboden.

»Sieht so aus, als wäre jemand schneller gewesen«, grollte Adam und umfasste die Pistole fester. »Bleib hinter mir.«

Nacheinander sicherte er jeden Raum, bis kein Zweifel mehr daran bestand, dass sie allein waren. Wer auch immer vor ihnen hier gewesen war, war längst verschwunden. Zurück hatte derjenige nur die Frage gelassen, was er gesucht – und ob er es gefunden hatte.

Das Wohnzimmer bestand aus einem Sofa mit zerschmettertem Glastisch und einer Reihe verstreuter Unterlagen, herumliegenden Kleidungsstücken und alten Zeitungen. Kein Fernseher. Kein Computer.

Während Adam den Raum durchsuchte, Schränke und Schubladen öffnete, ging Valerie in die Küche. Auch hier regte sich nichts in ihr. Keine Bilder. Keine Erinnerungen. Dennoch musste sie schon einmal hier gewesen sein, denn wie hätte sie sonst den Zugangscode kennen können?

Gedankenverloren strichen ihre Finger über die Steinplatte, die als Küchentheke eingelassen war. Das graue Muster brannte sich in ihr Gehirn, als hätte sie es schon unzählige Male angestarrt. Wie oft war sie schon hier gewesen? Wie lange?

Sie wollte sich gerade abwenden, als das Spülbecken ihre Aufmerksamkeit erregte. Pfannen und Töpfe stapelten sich dort zusammen mit Tellern und Tassen, aber nichts davon schien wirklich dreckig zu sein. Verstaubt, voller angetrockneter Wasserflecken, aber ohne Essensreste.

Nacheinander schob sie das Geschirr beiseite, bis ihre Hände auf das kalte Spülwasser trafen, das in der unteren Hälfte des Beckens stand. Sie wusste nicht, warum, aber mit jeder Bewegung klopfte ihr Herz heftiger. Ihr Magen zog sich zusammen, als würde ein Teil von ihr bereits ahnen, was sie unter den Tellern und Töpfen vorfinden würde. Sobald sie die letzten Geschirrstücke aus dem Weg geräumt hatte, erkannte sie es – und sog zischend die Luft ein.

»Adam?«, rief sie über ihre Schulter und wartete, bis sie die Schritte hinter sich hörte. Ohne ihn anzusehen, deutete sie auf das Spülbecken.

16. KAPITEL

»Was hast du gefunden?« Adam warf einen Blick über Valeries Schulter in das Spülbecken, in dem etwas Schwarzes, Viereckiges schwamm. Ein Handy. Oder vielmehr ein unbrauchbares Handy, jetzt, da es Bekanntschaft mit dem Wasser gemacht hatte. Er griff danach und versuchte probeweise, es einzuschalten. Keine Reaktion.

»Das war unter einem Haufen Geschirr versteckt«, klärte Valerie ihn auf. »Aber warum sollte jemand so etwas tun? Wieso nicht das Handy mitnehmen?«

»Da war ein Profi am Werk«, stellte er nüchtern fest und drehte das Smartphone zwischen seinen Fingern, um einen weiteren Hinweis zu finden – und fand ihn. »Aber mit Sicherheit nicht derjenige, der das Haus so auf den Kopf gestellt hat.«

»Wie kommst du darauf?« Ihr irritierter Gesichtsausdruck war ihm nicht entgangen.

»Weil es deins ist.« Er deutete auf den etwa zwei Zentimeter langen Kratzer, der auf der Rückseite des Smartphones prangte. »Du hast es von der Veranda eines Restaurants am Ocean Beach fallen lassen, in dem wir zusammen essen waren.«

Valerie nahm das Smartphone, als würde es sich dabei um etwas Kostbares handeln und nicht um ein kaputtes Stück Technik. Ein zweites Mal griff er in das abgestandene Wasser. Er kratzte den kleinen Gegenstand aus dem Abflusssieb und hielt ihn in die Höhe. Eine zusammengeknickte SIM-Karte, noch unbrauchbarer als das Smartphone selbst. »Eindeutig ein Profi.«

Die Daten auf dem Gerät hätten ihnen alle Fragen beantworten können. Wer jagte Valerie? Für wen hatte sie gearbeitet? Wer war für den Tod von Vance verantwortlich? Aber sie waren zu spät gekommen. Adam unterdrückte einen harschen Fluch.

»Nichts in diesem Haus weckt irgendeine Erinnerung.« Wie

immer, wenn sie intensiv über etwas nachdachte, strich sich Valerie mit dem kleinen Finger über ihre Unterlippe. Andere Leute kauten an ihren Fingernägeln oder entwickelten nervöse Ticks – Val machte ihn mit ihren Lippen verrückt.

»Du wusstest, dass du hier etwas finden würdest«, widersprach Adam und zog die Hand von ihrem Mund.

»Ja, zumindest hatte ich es im Gefühl.« Kein Zögern. Keine Lüge. Valerie sah ihm offen ins Gesicht.

»Weil du das Handy unbrauchbar gemacht hast«, stellte Adam klar und rieb ihre kalte Hand zwischen seinen. Erst als Valerie ihn überrascht ansah, wurde ihm bewusst, was er da tat – und wie oft er es in der Vergangenheit bereits getan hatte. Es war eine unschuldige Geste, dennoch fühlte es sich an, als würde jemand eine Messerklinge durch seinen Oberkörper ziehen. Abrupt ließ er ihre Hand los und trat einen Schritt zurück.

Verdammt, er musste sich konzentrieren.

»Komm mit.« Ohne auf ihr Einverständnis zu warten, griff er nach ihrem Arm und zog sie durch das Wohnzimmer die Treppe hinauf.

Wenige Minuten zuvor hatte er das Haus gesichert und sich dabei jedes Zimmer einzeln vorgeknöpft. Doch er hätte lieber bewaffnete Söldner vorgefunden, als die Erinnerungen, die ihm einen Schlag in die Magengrube versetzt hatten. Erinnerungen, denen Valerie sich ebenfalls stellen musste.

Im Obergeschoss befanden sich zwei Schlafzimmer und ein Bad. Die wenigen Möbelstücke, die in diesem Haus standen, hatte man auseinandergenommen, sie buchstäblich zu Kleinholz verarbeitet. Schubladen waren herausgerissen worden, die Tür zu einem Wandschrank hing schief in den Angeln und auf dem Teppichboden lagen Holzsplitter und Glasscherben.

Zielsicher führte Adam sie ins hintere Schlafzimmer, das direkt neben dem Badezimmer am Ende des Flurs lag. Erst an der Tür ließ er Valeries Arm los und beobachtete ihre Reaktion. Sie wurde nicht blass und gab auch keinen erschrockenen Laut von sich, aber ihre Augen weiteten sich, als sie das Chaos in dem kleinen Raum sah. Zögerlich betrat sie das Zimmer und hob das Kleidungsstück auf, das ihr am nächsten auf dem cremefarbenen Teppich lag. Ein schwarzes Tanktop, ähnlich dem Oberteil, das sie heute trug. Eine Jeans lag nicht weit davon entfernt, ebenso wie eine schwarze Hose, gleichfarbige Stiefel und weitere Klamotten, die im ganzen Raum verteilt waren.

Eindeutig das Schlafzimmer einer Frau, auch wenn es aus nicht viel mehr als einem schlichten Einzelbett, einem Schreibtisch, Kleiderschrank und Nachttisch bestand. Selbst im aufgeräumten Zustand hätte nicht nur dieses Zimmer, sondern das ganze Haus provisorisch gewirkt. Karg und beinahe so, als wären die Bewohner von Anfang an nicht darauf aus gewesen, langfristig hier zu bleiben.

»Ist das ...?« Valerie drehte sich zu ihm um, die Augen riesig, die Stirn gerunzelt und das Kleidungsstück fest an ihre Brust gepresst. »Habe ich hier gewohnt?«

»Verrate du es mir.« Adam nickte in Richtung des Nachttisches. Auch dort war die Schublade herausgerissen worden und die Nachttischlampe lag einen halben Meter entfernt mit zerbrochener Glühbirne auf dem Boden.

Valerie sah ihn einen Moment lang zweifelnd an, dann ging sie zu dem Möbelstück hinüber und hockte sich davor. Auch wenn Adam ihr Gesicht nicht sah, konnte er hören, wie sie überrascht einatmete. Er wusste genau, was sie gefunden hatte, weil er selbst vor wenigen Minuten an genau derselben Stelle gekniet und dasselbe entdeckt hatte wie sie jetzt.

Nur langsam stand Valerie wieder auf und drehte sich zu ihm um. An der zierlichen Silberkette, die von ihren Fingern herabhing, baumelte ein kleeblattförmiger Anhänger.

»Ich kenne das«, flüsterte sie, während ihr Blick zwischen dem Schmuckstück und ihm hin und her wanderte.

»Es gehört dir«, erwiderte er schlicht. Seine Worte schienen noch mehr in ihr auszulösen als die Kette selbst. Genau dasselbe hatte er ihr vor viel zu langer Zeit gesagt, als er ihr den Anhänger zusammen mit der Silberkette geschenkt hatte. Als

Glücksbringer. Nur wenige Tage vor jener verhängnisvollen Nacht, in der sie alles, was zwischen ihn war, verraten hatte. Der Gedanke löste noch heute ein schmerzhaftes Brennen in seiner Brust aus.

Bevor Val das Thema zur Sprache bringen konnte, wandte er sich ab. Das hier war weder der richtige Ort noch die richtige Zeit, um über ihre gemeinsame Vergangenheit zu sprechen. Bedachte man die momentanen Umstände, würde es nichts davon je für sie geben. Vielleicht war das, was sie zusammen hatten, vom ersten Moment an zum Scheitern bestimmt gewesen. Langsam wurde es Zeit, sich damit abzufinden.

Vorsichtig schob Adam den Vorhang beiseite und sah nach draußen. Freie Sicht bis zur Küste, auch wenn alles dahinter im Nebel verschwand. An klaren Tagen konnte man von hier aus bestimmt bis nach San Francisco sehen. Er wollte den Stoff gerade wieder loslassen, als ein dunkelblauer Sportwagen am Straßenrand anhielt. Das Kennzeichen war von hier aus nicht zu erkennen, aber Adam beschlich ein ungutes Gefühl.

»Was ist los?« Auf dem Teppich waren ihre Schritte nicht zu hören, aber Adam spürte, wie sich Valerie neben ihn stellte und nach draußen blickte. Sie war ihm so nah, dass der Duft nach würzigen Vanilleschoten und sonnenreifen Pfirsichen in seine Nase stieg. Er biss die Zähne zusammen.

Zwei Männer in Zivil stiegen aus; der eine blond, in einem weißen T-Shirt und Blue Jeans, der andere dunkelhaarig und ganz in Schwarz gekleidet. Beide wirkten sportlich und waren etwa gleich groß. Nichts an ihrem legeren Auftreten würde auf ihre wahren Absichten hindeuten – wäre da nicht dieser kurze Blick, den sie austauschten. Danach sondierte der Blonde unauffällig die Gegend, während der Schwarzhaarige nach oben sah. Direkt zum Haus. Direkt zum Fenster im oberen Stockwerk. Reflexartig ließ Adam den Vorhang fallen und trat zurück.

»Wir müssen verschwinden«, sagte er knapp.

Zu seiner Erleichterung stellte Valerie keinerlei Fragen, sondern folgte ihm. Im Gehen sammelte sie einige Kleidungsstücke ein und klemmte sie sich unter den Arm. Am Treppenabsatz blieb er stehen, bevor er sich den Zeigefinger an seine Lippen legte. Zunächst hörte er nichts, aber dann waren Schritte auszumachen, die näher kamen. Keine Stimmen. Keine anderen Geräusche. Wer auch immer diese Männer waren, entweder wussten sie, dass Adam und Valerie hier waren oder aber die Kerle waren wegen etwas zurückgekommen, das sie beim letzten Mal nicht gefunden hatten.

Adam zog seine Dienstwaffe und entsicherte sie, dann ging er als Erster die Stufen hinunter, immer an der Wand entlang, darauf bedacht, kein verräterisches Knarren auf den Holzdielen zu verursachen.

Vorhin hatte er in der Küche eine weitere Tür gesehen, die vermutlich in den Garten hinausführte. Er konnte nur hoffen, dass nicht einer der beiden Typen dort draußen auf sie wartete.

Sie erreichten den Flur, als zwei Schatten an der Eingangstür auftauchten, aber das verräterische Klicken blieb aus. Noch. Hochkonzentriert schlich er mit Valerie in die Küche und machte dabei einen Bogen um die Scherben und Holzstücke, die ihre Anwesenheit verraten würden. In der Küche angekommen, nickte er Val zu, die Tür zu öffnen, während er den Raum fest im Blick behielt.

Nicht lange und Val fluchte leise. »Abgeschlossen.«

Adam unterdrückte den Impuls, ebenfalls zu fluchen und griff in seine Hosentasche. Als hätten sie schon unzählige Male auf diese Weise zusammengearbeitet, nahm Valerie das Taschenmesser entgegen und ging vor dem Türschloss in die Hocke.

Währenddessen rasten die Gedanken durch seinen Kopf. Wer waren die beiden Männer? Gehörten sie zu jenen, die Valerie umbringen wollten? Arbeiteten sie mit Captain McNamara und Inspector Colby zusammen? Seine eigenen Leute konnten es nicht sein, die hätten sich mit ihm in Verbindung gesetzt, wenn sie eine Spur in diesem Fall gefunden hätten. Verdeckte Ermittler? Andere Einheiten, die an der Sache dran waren? Mit kühler Berechnung sortierte er die unwahrscheinlichsten Möglichkeiten aus, bis nur noch McNamara und Vals Verfolger übrig blieben. Keine der beiden Optionen gefiel ihm.

Die Haustür ging mit einem leisen Quietschen auf, das ihm vorher nicht aufgefallen war. Er umklammerte die Pistole fester und legte einen Finger an den Abzug, als er die Waffe hob und auf den Durchgang zur Küche zielte. Wenn sie Glück hatten, würden die Männer zuerst nach oben oder ins Wohnzimmer gehen. Wenn nicht, dann ...

Kein Glück. Langsame Schritte näherten sich der Küche, viel zu bedacht und aufmerksam. Adam würde seinen linken Arm darauf verwetten, dass die Männer ebenfalls bewaffnet waren. Sein Herz hämmerte, aber seine Hände blieben ruhig, sein Verstand aufs Höchste konzentriert.

Klick.

Hinter ihm richtete sich Valerie auf. Adam warf ihr ein schnelles Nicken zu. Sie mussten lautlos sein, schnell, unsichtbar. Valerie öffnete die Tür. In derselben Sekunde betraten die beiden Männer die Küche – die Pistolen im Anschlag. Valerie stürzte nach draußen. Adam folgte ihr und zog die Tür mit einem Krachen hinter sich zu. Eine Kugel traf von innen auf das Holz und ließ es zersplittern.

»Lauf!«, brüllte er Valerie entgegen, während er sich immer wieder umsah. Sie rannten durch den verwilderten Garten, an fahrenden Autos vorbei auf die Straße, dicht gefolgt von lautem Gehupe. Keiner von ihnen beachtete es. Stattdessen suchte er nach dem blauen Sportwagen und zerschoss mit einer einzigen Kugel den rechten Vorderreifen. Dann hetzte er weiter zu seinem Wagen, den Valerie bereits erreicht hatte. Ohne noch einmal zurückzusehen, startete er den Motor und trat das Gaspedal durch. Im Rückspiegel erkannte er die beiden Männer, die aus dem Haus und über die Straße gerannt kamen – aber sie konnten ihnen nur noch nachsehen.

»Alles in Ordnung?« Erst als er sicher war, dass die Typen ihnen nicht folgten, löste er den Blick für einen kurzen Moment von der Fahrbahn und sah zu Valerie.

»Wer sind diese Kerle? Was zum Teufel wollen sie von mir?«

»Ich weiß es nicht.« Adam umklammerte das Lenkrad fester, um dem Drang zu widerstehen, die Hand nach Valerie auszustrecken und ihr beruhigend über die Wange zu streichen. Die Panik in ihrer Stimme sorgte dafür, dass all seine Instinkte ihm befahlen, zurückzufahren und die Antworten aus den Typen herauszuprügeln. Und das nur, damit die Angst aus ihren Augen verschwand. Stattdessen zwang er sich dazu, Sausalito so schnell wie möglich hinter sich zu lassen. »Ich tippe auf deine ehemaligen Kollegen oder McNamaras Leute. Aber egal, wer die Kerle sind oder was sie wollten, sie wussten, dass wir dort waren.«

»Wie kommst du darauf?«

Adam fuhr auf den Highway, der sie über die Golden Gate Bridge führte. »Sie sind kurz nach uns eingetroffen. Sie hatten den Zugangscode und sind direkt in die Küche gekommen.« Kein Umsehen, keine Durchsuchung, keine Gespräche. Leise, schnell und effizient. »Eindeutig Profis. Vermutlich dieselben, die das Haus durchwühlt haben.«

Seufzend lehnte sich Valerie in ihrem Sitz zurück, erwiderte jedoch nichts. Adam konnte ihre Gedanken kreisen hören, auch wenn sie kein Wort sagte. Eine schmale Falte erschien zwischen ihren Brauen und sie fuhr sich wieder mit dem kleinen Finger über die volle Unterlippe.

Etwas in seinem Inneren zog sich bei dem Anblick zusammen und er schalt sich einen Idiot dafür.

»Wir wissen, dass mich diese Leute verfolgen – warum auch immer – und wir wissen auch, dass es ein Safe House gab. Vermutlich das, in dem wir soeben waren.«

Adam runzelte die Stirn. »Wenn das so ist, warum wussten die Typen dann den Zugangscode?« Eine dunkle Vorahnung beschlich ihn. »Angenommen, dieser Zachary ist tatsächlich der Kerl von den Fotos und ihr habt zusammengearbeitet. Könnte es sein, dass er dich verraten hat?«

»Nein, niemals!« Valerie widersprach so schnell und vehement, dass Adam sie irritiert von der Seite ansah. »Ich ...

ich weiß nicht, warum ich das gesagt habe.« Sie rieb sich mit beiden Händen über das Gesicht. »Es ist nur ein Gefühl.«

»Vielleicht wolltest du es nicht glauben, Val«, versuchte Adam sie auf das Offensichtliche hinzuweisen. »Wenn deine Erinnerung an Zachary einigermaßen aktuell ist, hat er dich ins Safe House geschickt, an einen Ort, den du für sicher gehalten hast. Aber Zachary ist nie dort aufgetaucht, stattdessen erhalten diese beiden Pappnasen den Zugangscode. Das Haus wird durchwühlt, dein Handy geschrottet und du bist abgehauen.«

»Nein.« Beharrlich schüttelte sie den Kopf. »Es muss eine andere Erklärung geben.«

Warum war sie so versessen darauf? Sie erinnerte sich doch nicht mal richtig an diesen Kerl und wehrte sich trotzdem mit Händen und Füßen gegen den Gedanken, dass er sie hintergangen haben könnte? Vielleicht waren sie ja doch mehr als nur Kollegen gewesen?

Adam biss die Zähne zusammen. Das würde zumindest ihre heftige Reaktion erklären, auch wenn ihm nicht gefiel, wohin seine Gedanken dadurch wanderten.

»Okay«, sagte er und lenkte das Gespräch bewusst in eine andere Richtung. »Lass uns die Fotos noch einmal durchgehen, vielleicht fällt uns etwas ein oder du erkennst etwas wieder.«

»Glaubst du das wirklich?« Ihr Lächeln war so schwach, dass es eine maßlose Übertreibung wäre, es angedeutet zu nennen.

»Ja. Dein Gedächtnis kehrt langsam zurück, merkst du das nicht?«

Valerie sah zum Fenster hinaus, als sie an den ersten Gebäuden der Stadt vorbeifuhren.

»Bloß nicht schnell genug«, wisperte sie kaum hörbar.

17. KAPITEL

Die Pistole lag schwer in ihren Händen. Schwer und vertraut. Mit geübten Bewegungen entsicherte sie die SIG und richtete sie auf ihre Zielperson. Die Sonne brannte auf sie herab. Schweißperlen rannen ihr über Rücken und Stirn. Ihre Kehle war so trocken und ausgedörrt wie die Wüste um sie herum.

Valerie zögerte nur eine Sekunde, den Hauch eines Moments, dann drückte sie ab. Einmal. Zweimal. Ihr Opfer hatte keine Chance. Der Mann ging zuckend zu Boden. Er stieß ein Röcheln aus, doch seine Worte erreichten den Himmel nicht mehr. Er war tot.

Valerie sah auf ihre Hand und bemerkte, dass ihre Finger zitterten und blutverkrustet waren. Staub und Schmutz, Blut und Schweiß klebten an ihr wie eine zweite Haut. Sie sank auf die Knie und ließ die Waffe fallen. Irgendjemand nahm sie an sich, murmelte ihr etwas zu, das sie nicht verstand. Ihre Augen starrten auf das leere Gesicht des Mannes, den sie soeben erschossen hatte. Hingerichtet. Er hatte nicht einmal eine Chance gehabt, nach dem Sturmgewehr zu greifen, das über seiner Schulter hing.

Sie hatte das Richtige getan. Nach den endlosen Tagen in der Dunkelheit, den Schmerzen, der Hoffnungslosigkeit und Verzweiflung hatte sie endlich das Richtige getan. Sie hatte überlebt, obwohl sie den Tod herbeigesehnt hatte. Aber warum fühlte sie dann keine Erleichterung, sondern nur diese Leere in sich, die alles von ihr absorbierte und in deren Schwärze sie zu ertrinken drohte?

Das Bild verschwamm vor ihren Augen.

Sie rannte. Nicht durch den Wald oder durch die Wüste, sondern durch die Nacht, vorbei an riesigen Frachtschiffen und Lagerhallen, während der Schuss in ihrem Kopf nachhallte. Kälte und Nebel hatten die Stadt fest in ihren Klauen, aber es war der penetrante Geruch von Fisch und Ozean, der sich in ihrer Nase festgesetzt hatte. Aus dem Augenwinkel nahm sie eine beleuchtete Brücke wahr, die in der Dunkelheit wie eine Fackel erstrahlte. Sie wollte anhalten, aber ihre Füße trugen sie weiter, immer weiter. Ihr Herz raste. Ihr Sichtfeld verschwamm. Sie wischte ihre Hände an der schwarzen Jeans ab, doch das Blut blieb daran kleben.

Adams Blut.

Das Blut Unschuldiger.

Was hatte sie nur getan?

»Valerie.«

Seine Stimme verfolgte sie, während sie weiterrannte, genauso wie sein verblüffter und schockierter Gesichtsausdruck. Seine Augen, die sie erst ungläubig und dann voller Zorn angestarrt hatten, als die Erkenntnis zu ihm durchgesickert war. Die Erkenntnis dessen, wer sie war und was sie getan hatte.

»Val!«

Schlagartig war sie wach und wehrte sich gegen die Hände, die aus der Dunkelheit nach ihr griffen. Reflexartig schlug sie diese beiseite und rückte von der Gestalt ab, bis sie mit dem Rücken gegen das Kopfende des Bettes stieß. Ihr Herz hämmerte und kalter Schweiß klebte auf ihrer Haut.

»Val ...«

Instinktiv drehte sie den Kopf weg. Zu deutlich erinnerte sie sich an die Hände, die ihren Körper festhielten und das Wasser, das ihre Lunge füllte, bis sie nicht mehr atmen konnte. Der Schuldige war tot, aber sie würde für immer mit dieser Erinnerung leben müssen.

»Hey ...« Eine sanfte Stimme drang durch das Rauschen in ihren Ohren. Tief und warm und ... seltsam vertraut. »Val, ich bin's.«

Nur langsam gewöhnten sich ihre Augen an die Finsternis, aber dann meinte sie, bekannte Konturen zu erkennen. Ein nackter Oberkörper mit trainierten Muskeln. Im fahlen Mondlicht, das durch einen Spalt in den Vorhängen hereinfiel, bemerkte sie die Narbe an seiner rechten Schulter. Ihr Blick wanderte höher, über ein markantes Kinn mit dunklem Bartschatten, vollen Lippen und einer geraden Nase, bis hin zu tiefbraunen Augen, die jede ihrer Bewegungen beobachteten.

»Adam?«, stieß sie mit krächzender Stimme hervor.

»Ja.« Vorsichtig, als hätte er Angst, sie könnte vor ihm zurückweichen, hob er die Hand und strich ihr eine feuchte

Haarsträhne hinters Ohr. »Du hast geschrien.«

Hatte sie das? Sie konnte sich nicht daran erinnern. Traum und Realität lagen noch zu nah beieinander und ließen ihr Herz rasen. Ihr Blick heftete sich auf Adams Schulter. Die Narbe war klein, nicht größer als ein, zwei Zentimeter und dennoch fatal.

Bevor sie wusste, was sie tat, strich sie mit den Fingerspitzen über seine Haut.

Er atmete tief ein, hinderte sie aber nicht daran, ihn zu berühren. Langsam ließ sie die Hand sinken.

»Es tut mir leid«, flüsterte sie. »Ich ...« Sie wusste nicht einmal, was sie zu ihrer Verteidigung vorbringen konnte. Das Einzige, woran sie sich erinnerte, war die Verzweiflung, die sie in jener Nacht gespürt hatte.

Sanft hob er ihr Kinn an, bis sie ihm in die Augen sah. Der Drang, sich an ihn zu lehnen und in seiner Umarmung zu verkriechen, war überwältigend. Ein Teil von ihr wusste mit Bestimmtheit, dass er sie festhalten würde, bis sich die Schatten der Nacht zurückzogen. Er hatte es schon einmal getan. Aber sie konnte diesem Drängen nicht nachgeben, genauso wenig wie sie vor ihrer Vergangenheit davonlaufen konnte.

Sie sah zur Seite. »Ich habe schlecht geträumt«, murmelte sie beklommen und fuhr sich über das verschwitzte Gesicht. Dabei spürte sie etwas Warmes, Feuchtes über ihren Arm bis zum Ellbogen hinabrinnen. Sie erstarrte.

»Nicht bewegen.« Adam streckte den Arm aus und schaltete die Nachttischlampe ein, ohne sie aus den Augen zu lassen. Im ersten Moment war sie geblendet von dem grellen Licht, dann hörte sie Adam scharf einatmen. »Wo bist du verletzt?«

»Was? Ich bin nicht ...« Sie sah auf ihre Hände hinab und verstummte. Jeder Muskel in ihrem Körper gefror zu Eis. Die Wärme auf ihrer Haut war Blut. An ihren Händen. An ihrem Arm. Auf dem Bettlaken. Selbst an Adams Schulter.

»Oh Gott!«, würgte sie hervor und strampelte die Decke weg. »Ich habe nicht ... Ich bin nicht ...« Ihre Sinne liefen auf Hochtouren, aber sie fühlte keine Schmerzen. Nur blanke Panik. Jeder Atemzug schien durch sie hindurchzugehen, ohne ihre

Lunge zu erreichen. Sie schnappte nach Luft und hatte dennoch das Gefühl, zu ersticken.

»Ruhig ...« Adams Stimme drang nur gedämpft zu ihr durch.

Sie schüttelte den Kopf, drückte sich gegen das Kopfende des Bettes.

Woher kam das Blut an ihren Händen? Was hatte sie getan? Wen hatte sie noch auf dem Gewissen?

»Val.« Ohne Vorwarnung packte Adam sie an den Oberarmen und zwang sie dazu, ihn anzusehen. »Ganz ruhig. Sieh mich an und versuch gleichmäßig zu atmen.«

Sie nickte, dennoch waren ihre Atemzüge keuchend und wurden von einem Pfeifen begleitet, das sich unnatürlich laut in der Stille des Zimmers anhörte.

»Ruhig ...«, wiederholte er leise und zog sie in seine Arme.

Valerie erstarrte, als er sie gegen seinen warmen Körper drückte. Erst jetzt bemerkte sie die Kälte, die von ihren Muskeln Besitz ergriffen hatte und sie zittern ließ. Sie wagte es nicht, Adam noch einmal mit ihren blutverschmierten Händen zu berühren, aber das musste sie auch nicht. Er hielt sie fest. Ein Arm war um ihre Taille geschlungen und seine Hand lag warm auf ihrem unteren Rücken, die andere in ihrem Nacken. Seine Fingerspitzen strichen über ihren Haaransatz, während er ihr beruhigende Worte ins Ohr flüsterte.

Zittrig atmete sie ein und wieder aus. Ein und aus.

Es war nur ein Traum gewesen. Ein schrecklicher, viel zu realer Albtraum. Aber das ganze Blut ... Valerie kniff die Augen zusammen und lehnte den Kopf an Adams Schulter. Seine Hände fuhren über ihren Rücken, bis sich ihre Muskeln entspannten und die Atmung normalisierte.

»Besser?«, fragte er nach einer Weile leise.

Sie nickte.

»Dann komm.« Ohne Widerworte zuzulassen, half er ihr aus dem Bett, schob sie ins Badezimmer und schaltete das Licht ein. Valerie zuckte zusammen, als ein roter Tropfen von ihren Fingerspitzen hinabfiel und auf den Fliesen zerplatzte. Noch mehr Blut.

Adam zog sie zum Waschbecken und hielt ihre Hände bis zu den Ellbogen unter den warmen Strahl, bis das Wasser nicht mehr rot gefärbt war, sondern klar wurde. Danach befeuchtete er einen Waschlappen und strich damit behutsam über ihre Wangen. Ihre Nase. Lippen. Hals.

Valeries Magen drehte sich um. Klebte etwa auch in ihrem Gesicht Blut? Sie versuchte einen Blick in den Spiegel zu erhaschen, aber Adam schob sich ihr in den Weg.

»Dein Streifschuss«, sagte er nah an ihrem Gesicht. Seine Miene blieb unbewegt, aber in seinen Augen las sie etwas, das ihr für einen Moment den Atem nahm.

Sorge. Mitgefühl.

Konzentriert fuhr er mit dem Waschlappen über ihre Haut, als wolle er nicht nur das Blut entfernen, sondern auch ihre Erinnerung daran.

Erst jetzt bemerkte sie den blutdurchtränkten, verrutschten Verband an ihrem Oberarm. Langsam, um ihr nicht wehzutun, schob Adam ihn ihren Arm hinunter. »Die Wunde ist wieder aufgeplatzt«, murmelte er.

Es sollte wehtun, doch das Einzige, was Valerie fühlte, war das Adrenalin, das durch ihre Adern jagte und ... die Wärme, die von Adams Körper ausging und sie einhüllte.

»Ich bin gleich wieder da«, sagte er und ging zurück ins Zimmer.

Kaum dass er aus der Tür war, drehte sich Valerie zum Spiegel um. Die braunen Haarsträhnen hingen ihr wirr über die Schultern. Ihre Haut wirkte blass im Licht der Deckenlampe und glänzte feucht an den Stellen, an denen Adam sie mit dem Waschlappen gesäubert hatte. Von dem Blut, das an ihr haftete, war keine Spur mehr zu sehen, aber es war noch immer da, klebte unsichtbar an ihren Händen und befleckte ihre Seele.

Sie hatte einen Mann erschossen. Egal, was er ihr zuvor angetan hatte, sie hatte ihn einfach hingerichtet. Sie hatte auch auf Adam geschossen und war dann weggerannt.

Was für ein Mensch tat so etwas?

Sie umklammerte den Rand des Waschbeckens. Graue Augen

starrten ihr aus dem Spiegel entgegen. Das Gesicht einer Fremden. Und je mehr sie über diese Fremde herausfand, desto weniger wollte sie diese Person sein.

Sie hörte Adam nicht zurückkehren, sondern spürte ihn erst, als er hinter ihr stehen blieb und sich ihre Blicke im Spiegel trafen. Wärme ging von seinem nackten Oberkörper aus und verursachte eine Gänsehaut auf ihrem Rücken, ohne dass er sie berührte. Gleichzeitig wurde ihr bewusst, dass sie selbst nur ihre Unterwäsche und ein langes T-Shirt trug, das kaum bis zur Mitte ihrer Oberschenkel reichte.

Adam griff nach dem Saum ihres Ärmels und schob ihn behutsam hoch, um die Wunde freizulegen. Trotz seines sanften Vorgehens ließ er sie keine Sekunde aus den Augen.

Valerie hielt den Atem an, als seine Hand ihren Oberarm hinabstrich und dabei ein Prickeln auf ihrer Haut hinterließ. Instinktiv lehnte sie sich an ihn und nahm seine Wärme in sich auf. Seine Finger verharrten für einen Moment in ihrer Ellbeuge, wanderten dann quälend langsam ihren Unterarm hinab bis zu ihrem Handgelenk. Ihr Puls schnellte in die Höhe.

Umringt von Adams Nähe, seinem Geruch und dem steten Pochen seines Herzens in ihrem Rücken, war sie nah dran, die Augen zu schließen und sich ganz und gar diesem Moment hinzugeben. Einzig der intensive Blick aus seinen braunen Augen hielt sie davon ab. Er löste etwas in ihr aus, was sie nicht fühlen sollte – nicht fühlen *durfte*. Adam war noch immer derjenige, der sie festnehmen würde, wenn sich sein Verdacht ihr gegenüber tatsächlich bestätigte. Trotzdem war sie nicht dazu in der Lage, sich von ihm zu lösen, denn das würde bedeuten, diese Nähe und das schmerzlich süße Pochen in ihrem Inneren aufzugeben.

Adams warmer Atem streifte ihren Nacken. Seine Hand legte sich auf ihre und löste ihre verkrampften Finger nach und nach vom Waschbecken, bis er sie mit den seinen verschränken konnte. Eine simple Berührung, die dennoch so viel in ihr auslöste. Es fühlte sich richtig an. Genauso richtig wie hier mit ihm zu stehen, während seine Finger ihren anderen Arm hinabfuhren und sich die feinen Härchen auf ihrer Haut aufstellten. Er löste auch ihre linke Hand vom Waschbecken und verschränkte ihre Finger miteinander. Unbewusst hatte sie den Atem angehalten und stieß ihn in einem zittrigen Seufzen wieder aus.

Sie sollten das hier nicht tun – was auch immer es war. Sie sollten ihre Spur weiterverfolgen, die Fotos, die Fundstücke aus dem Safe House, McNamara. Aber nichts davon hatte noch eine Bedeutung, als Adam den Kopf neigte und sein Mund über ihrem Hals schwebte, genau dort, wo ihr Puls hämmerte.

Valerie schloss die Augen. Unwillkürlich biss sie sich auf die Unterlippe, abwartend, während Adams Atem ihre Haut kitzelte.

Die erste Berührung war wie ein Stromschlag. Sie zuckte zusammen, während sich gleichzeitig eine prickelnde Wärme auf ihrer Haut ausbreitete. Hauchzart strichen Adams Lippen über ihren Hals und verharrten einen Atemzug lang an der Stelle unter ihrem Ohr. Scharf sog sie die Luft ein, als er ihr Ohrläppchen zwischen die Zähne nahm.

Sie klammerte sich an seine Hände, musste sich irgendwo festhalten, um dieser Attacke auf ihre Sinne standzuhalten. Adams Nähe und seine Wärme umnebelten sie. Seine schnellen Atemzüge und sein hämmerndes Herz verrieten ihr, dass dieser Moment auch an ihm nicht spurlos vorüberging. Instinktiv neigte sie den Kopf zur Seite, bot ihm mehr Raum und er kam ihrer unausgesprochenen Bitte nach. Mit dem Mund fuhr er ihre Halslinie entlang, bis seine Lippen den Übergang zu ihrer Schulter fanden und sanft hineinbissen.

Ein heißer Blitz schoss durch ihre Eingeweide. Sie riss die Augen auf und begegnete seinem Blick im Spiegel. Ihr Herzschlag setzte aus, nur um gleich darauf in doppelter Geschwindigkeit weiterzuhämmern.

Langsam richtete sich Adam auf und drehte sie um, sodass sie ihm in die Augen sehen konnte. Sie waren dunkel, unergründlich, beinahe schwarz, während er sie betrachtete, als wolle er sich jedes Detail ihres Gesichts einprägen. Sein Atem tanzte auf ihren Lippen, als er näherkam, bis nur noch wenige Zentimeter zwischen ihnen lagen.

Wie von selbst wanderten ihre Hände zu seinen Seiten, ertasteten warme Haut und kräftige Muskeln, während Adams Finger sich in ihrem Shirt vergruben. Sie hielt den Atem an. Die ganze Zeit über hatte sie sich an ihre Vergangenheit erinnern wollen, doch jetzt war Vergessen das Einzige, woran sie denken konnte. Sie wollte sich in Adam verlieren und nicht mehr an die Träume oder das Gefühl von Verzweiflung denken, das an ihr haftete wie eine viel zu enge zweite Haut.

Adams Mund senkte sich auf ihren. Die Berührung war zögerlich, als müsste er erst erkunden, ob sie noch die Frau war, die er einst gekannt hatte.

Valerie schloss die Augen und kam ihm entgegen. In diesem Moment übernahmen ihre Instinkte die Führung und leiteten ihren Körper, der sich sehr wohl an Adams Nähe und seine Berührungen erinnern konnte.

Sie vergrub eine Hand in seinem Haar und begann den Kuss zu erwidern. Als hätte er nur auf dieses Signal gewartet, schob er sie zurück, bis sie mit der Kehrseite gegen das Waschbecken stieß. Dann presste er sich an sie und sie konnte spüren, dass ihn dieser Moment alles andere als kalt ließ. Seine Erregung presste sich hart und heiß gegen ihren Bauch, weckte ein Sehnen in ihr, von dem sie nicht gewusst hatte, dass sie es überhaupt empfinden konnte.

Sie klammerte sich an ihn, grub die Fingernägel in seinen Rücken. Gleichzeitig raffte Adam ihr T-Shirt hoch und fuhr mit seiner Hand über ihren Oberschenkel, bis hinauf zu ihrer Hüfte und den ersten Rippenbögen. Ein heißer Schauer zuckte durch ihren Körper und entfachte eine brennende Gänsehaut, wo Adams raue Hand sie streichelte. Ein erstickter Laut entkam ihr. Sie öffnete die Lippen unter seinen und drängte sich an ihn. Sie musste mehr von ihm spüren, musste wissen, wie ein richtiger Kuss sich mit ihm anfühlen würde. Sie musste ...

Das plötzliche Vibrieren ließ Valerie zusammenzucken und zerstörte den Moment so effektiv wie ein Schuss, der abgegeben wurde. Adam hob den Kopf und warf ihr einen letzten brennenden Blick zu, dann löste er sich von ihr, ging ins Zimmer und ließ sie atemlos und verwirrt zurück.

»Der Kerl verarscht mich doch.« Adams wütendes Murmeln war nicht zu überhören. »Was willst du, Derek?«

Valerie ignorierte das plötzliche Frösteln und zwang sich dazu, nicht darüber nachzudenken, was soeben zwischen ihnen passiert war. Aber ihre Haut prickelte auch jetzt noch von seinen Berührungen, ihr Herz raste und an ihren Lippen haftete sein Geschmack. Mit beiden Händen fuhr sie sich über das Gesicht, während sie tief durchatmete. Sie musste sich beruhigen.

Es dauerte mehrere Sekunden, bis ihre Gefühle nicht mehr Achterbahn fuhren und ihr Verstand sich wieder eingeschaltet hatte, doch dann setzte sie sich in Bewegung. In der Tür blieb sie stehen und beobachtete, wie Adam im Zimmer auf und ab lief und sich über den Nacken fuhr. Hin und wieder gab er ein »Hm« von sich, was genauso nichtssagend war wie sein Gesichtsausdruck.

»Was ist los?«, fragte sie, sobald er aufgelegt hatte und auf sein Smartphone starrte.

»Derek hat den Kameratyp herausgefunden. Offenbar wurden die Fotos mit einer Nikon D5200 gemacht, einer digitalen Spiegelreflexkamera. Über den Besitzer konnte er nichts herausfinden, aber er hängt sich dran und überprüft, wo die Kamera gekauft wurde.« Adam schob das Handy in seine Hosentasche und sah zu ihr auf. In seinen Augen lag noch immer etwas Dunkles, Brennendes, das ihr den Atem raubte. Aber er sprach weiter, als wäre nicht das Geringste zwischen ihnen geschehen. »Er sagt auch, die meisten Bilder wurden hier in Frisco gemacht, ein paar in Sausalito. Laut seinen Recherchen handelt es sich bei dem Toten auf den Bildern um einen gewissen Andrew Jones. Sagt dir der Name etwas?«

Sie schüttelte den Kopf, noch bevor er die Frage ausgesprochen hatte. Der Moment des Vergessens war vorbei und sie wurde schmerzhaft daran erinnert, dass es kein Entrinnen vor ihrer Vergangenheit gab. »Eine gewisse Familie Jones hat laut Namensschild in dem Haus in Sausalito gelebt«, sagte sie leise und versuchte ihrer Stimme die nötige Festigkeit zu geben.

»Richtig. Gut möglich, dass Andrew Jones und dieser Zachary, der dich dorthin geschickt hat, zusammen gearbeitet haben. Vielleicht waren sie aber auch ein und dieselbe Person.«

Was bedeutete, dass er tot war. Sie senkte den Blick und versuchte, gegen das überwältigende Gefühl von Schuld anzukommen, das über sie hereinzubrechen drohte. Warum sollte sie sich schuldig fühlen? Sie kannte diesen Mann doch überhaupt nicht. Oder gehörte er etwa auch zu der wachsenden Liste an Menschen, die sie angeschossen oder getötet hatte?

Sie schluckte hart. Als sie wieder aufblickte, bemerkte sie Adams gerunzelte Stirn.

»Was ist los?«

»Du blutest wieder.« Er deutete auf ihren Arm. »Wir sollten das wirklich verbinden.«

Bei dem Anblick verzog sie das Gesicht, setzte sich aber auf die Bettkante, damit Adam ihren Arm versorgen konnte. Auf keinen Fall würde sie noch einmal mit ihm zusammen ins Badezimmer gehen. Wobei das Bett nach den Geschehnissen vorhin vielleicht nicht die beste Wahl war. »Ich würde gern sagen, dass du das nicht tun musst«, murmelte sie, während er sich neben sie setzte und das Verbandsmaterial zwischen sie legte. »Aber ... danke.«

»Kein Problem.« Er hielt ihren Blick für einen Moment fest und ihr Herz geriet ins Stolpern. »Das wird wehtun.« Kaum ausgesprochen, sprühte er das Desinfektionsmittel auf die Verletzung.

Zischend sog Valerie die Luft ein und biss sich auf die Unterlippe, bis das Feuer, das sich auf ihrem Arm ausgebreitet hatte, langsam abebbte. »Du stehst auf Doktorspielchen, oder?«

Adams Mundwinkel zuckten. »Und wenn es so wäre?«

Wieso klang das bei ihm wie eine Drohung? Und warum schickten diese Worte einen prickelnden Schauer über ihre Haut? Ihre Gedanken flackerten so schnell zu dem Moment im

Bad zurück, dass es ihr den Atem verschlug.

»Dann würde ich mir ernsthaft Sorgen um dich machen«, murmelte sie und versuchte vergeblich, gegen das Lächeln anzukommen, das sich auf ihren Lippen bildete. In einer Situation wie ihrer sollte ihr wirklich nicht nach Lächeln zumute sein, aber – verdammt, wenn sie nicht einmal mehr das durfte, was dann? Sie wusste nicht, wer all diese Menschen waren und sie hatte es satt, sich für etwas schuldig zu fühlen, an das sie sich nicht einmal richtig erinnern konnte.

»Sei froh, dass ich dir kein Dinopflaster auf die Wunde klebe«, erwiderte Adam trocken.

Valerie schmunzelte, obwohl alles in ihr danach drängte, die Hand nach Adam auszustrecken und ihn zu berühren. Sie schüttelte den Kopf. Ein Dinopflaster auf einem Streifschuss wäre die Krönung und würde jeder noch so schlimmen Verletzung die Ernsthaftigkeit nehmen.

»Du hast gar nicht geschlafen, oder?«

»Nein.« Adam wirkte ehrlich verblüfft. »Woher weißt du das?«

»Kaffee«, murmelte sie nur und starrte zur Zimmerdecke, um ihre Gedanken mit etwas anderem zu beschäftigen. »Du schüttest so viel davon in dich rein, dass du kaum einen normalen Schlafrhythmus haben kannst.« Außerdem trug er noch seine Jeans, auch wenn sein Oberkörper nackt war. Sie wusste genau, wie er sich durch das dünne Material ihres T-Shirts anfühlte, aber nicht, wie es wäre, ihn Haut an Haut zu spüren. Allein der Gedanke daran brachte sie völlig durcheinander. »Darf ich dich etwas fragen?«

»Sicher.«

Es gab tausend Dinge, die Valerie wissen wollte und mindestens ebenso viele Fragen, die ihr auf der Seele brannten. Ihre Vergangenheit war noch immer wie ein verschlossener Tresor, in den sie bisher nur ein paar kurze Blicke hatte hineinwerfen dürfen. Nicht genug, um sich ein Bild von ihrem Leben und ihrer Person zu machen. Aber das war es nicht, was sie in diesem Moment beschäftigte. Sie musste sich ablenken, wollte an etwas anderes denken als die Bilder in ihren Träumen, die nagende Schuld oder an das, was vorhin zwischen ihnen geschehen war.

»Was ist mit deiner Familie passiert ...?«, fragte sie leise.

18. KAPITEL

Adam hielt inne. Alles an ihm schien stillzustehen – seine Bewegungen, sein Blick, seine Atmung. Nur das dumpfe Hämmern in seiner Brust widersetzte sich diesem Befehl. Er hatte mit vielem gerechnet, sogar damit, dass Valerie ihn zur Rede stellte, nachdem er sie geküsst hatte. Aber dass sie ausgerechnet nach seiner Familie fragte? Verdammt. Selbst ohne Erinnerung wusste diese Frau genau, an welchen Punkten sie ansetzen musste.

»Meine Eltern sind gestorben, als ich drei Jahre alt war. Bewaffneter Raubüberfall in einem Supermarkt. Fünf Tote, vier Verletzte und zwei Täter, die für den Rest ihres Lebens im Gefängnis sitzen werden.« Es waren Fakten, die er ihr aufzählte, aber mit Fakten war er schon immer besser klargekommen als mit Emotionen. »Halt das fest«, wies er sie an und legte die Kompresse vorsichtig auf die Wunde. Sie blutete nicht mehr, müsste aber genäht werden. Allerdings verkniff er es sich, Valerie darauf hinzuweisen. Ein Krankenhaus war mit Sicherheit einer der letzten Orte, an dem sie jetzt sein wollte.

»Deshalb die Waisenhäuser ...«, stellte sie leise fest. Er war froh, kein Mitleid in ihrer Stimme zu hören. Mitgefühl und Überraschung, aber kein Mitleid. »Bist du deswegen zum FBI gegangen?«

War er das? Ein Psychologe würde Ja sagen, aber Adam war sich da nicht so sicher. Die Akte seiner Eltern war längst geschlossen und die Täter hinter Gittern gewesen, als er sich beim FBI beworben hatte. Vielleicht waren seine Eltern der Auslöser dafür gewesen oder die vielen Kinder, die er im Heim gesehen hatte und die sich nicht gegen die Größeren und Stärkeren hatten verteidigen können. Letzten Endes spielte es keine Rolle. Er war dort, wo er sein wollte.

»Erinnerst du dich noch an sie?«

Er schüttelte den Kopf. Die einzigen Erinnerungen, die er an seine Familie hatte, waren ein paar alte Fotos, die er all die Jahre aufgehoben hatte.

»Was ist mit ...?« Nervös befeuchtete sie sich die Lippen.

»Mit deiner Familie?« Er verknotete die Mullbinde so fest, dass nichts verrutschen konnte. Erst dann sah er auf und begegnete ihrem fragenden Blick. »Du hast nicht viel über sie gesprochen.« Was in Ordnung für ihn gewesen war, da er selbst nur ungern dieses Thema anschnitt. Doch was er wusste, konnte und wollte er ihr nicht vorenthalten. »Du bist bei deinen Großeltern aufgewachsen, aber sie sind nach deinem Highschool-Abschluss kurz nacheinander gestorben. Von deinem Vater hast du nie etwas erzählt, also schätze ich, dass du ihn nicht kennst. Deine Mutter hat sich nie mehr gemeldet, nachdem sie dich bei deinen Großeltern abgegeben hat.«

Sie wich seinem Blick aus, dennoch bemerkte er das verräterische Glänzen in ihren Augen. *Verflucht.* Valerie so zu sehen, war wie ein Schlag in die Magengrube. Behutsam legte er ihr die Hand an die Wange und drehte ihr Gesicht wieder zu sich.

»Hey ...«, sagte er leise. »Es ist das, was du mir erzählt hast. Aber vielleicht ...«

»Vielleicht ist alles nur erfunden?«, beendete sie seinen Satz mit einem bitteren Lächeln.

Genau das. Dennoch verzog er bei diesem Gedanken das Gesicht. So absurd es auch war, ein Teil von ihm wünschte sich, dass sie wenigstens auf diesem Gebiet ehrlich zu ihm gewesen war. Wenn sie schon ihren Nachnamen und ihren wahren Beruf vor ihm verheimlicht hatte, sollte nicht auch alles andere eine Lüge gewesen sein. Denn das würde bedeuten, dass er diese Frau überhaupt nicht kannte.

Valerie legte ihre Hand auf seine und drückte sie leicht. »Was ist mit deinem Partner?«

Adam erstarrte. Er hatte diese Frage schon so oft gehört, von Kollegen, Bekannten, dem FBI-Psychologen und immer dieselbe Antwort gegeben: Er ist tot. Doch zum ersten Mal wollte er nicht seine Standardaussage machen. Zum ersten Mal war es nicht der leblose Ausdruck im Gesicht seines Partners, der ihm als Erstes in den Sinn kam, wenn er an Vance zurückdachte.

Dennoch ließ er sich mit der Antwort Zeit und räumte das Verbandsmaterial weg, bevor er sich wieder zu Valerie aufs Bett setzte. Er drückte ihr ein Glas Wasser in die Hand und wartete, bis sie es ausgetrunken hatte. Erst dann begann er, zu sprechen.

»Wir haben die Ausbildung zusammen durchgestanden und uns schon gegenseitig den Hintern gerettet, bevor wir Partner wurden.« Er fixierte einen Punkt an der gegenüberliegenden Wand. »Ich war sein Trauzeuge, als er seine Jugendliebe Patricia geheiratet hat. Damals hat sie mir das Versprechen abgenommen, dass ich nicht zulasse, dass ihm etwas zustößt. Dass ich ihm den Rücken decke, wie ein guter Partner es tun sollte.«

Bilder jener Nacht tauchten vor seinem inneren Auge auf. Über ein Jahr hatten sie an diesem Fall gearbeitet und zwei Undercover-Agenten in den Ring eingeschleust, bevor Adam den Zugriff befohlen hatte. Die Mission war sauber durchgeplant gewesen – und hatte ein fatales Ende gefunden. Jetzt lebte er mit dieser Schuld. Einer Schuld, von der er sich nicht reinwaschen konnte, selbst wenn er Vances Mörder zur Strecke brachte.

Valerie legte ihre Hand auf seine. Als er aufsah, begegnete er ihrem weichen Blick. Wortlos verschränkte sie ihre Finger mit seinen – diese Geste, so klein sie auch sein mochte, bedeutete ihm mehr als jedes Wort. Er gönnte sich einen Moment, um dieses Gefühl in sich aufzusaugen, dann drückte er ihre Hand und stand auf.

»Hältst du ein paar Minuten ohne mich durch?«

»Sicher.« Sie runzelte die Stirn. »Wieso?«

»Ich brauche eine kalte Dusche.«

Ihre Verblüffung entlockte ihm ein gequältes Lächeln. Glaubte sie wirklich, sie wäre die Einzige, auf die das hier – was auch immer es war – eine gewisse Wirkung hatte? Von der ersten Sekunde an hatte Valerie ihn in ihren Bann gezogen. So sehr er sie in den vergangenen Monaten auch gehasst hatte – daran hatte sich bis heute nichts geändert. Vor allem nicht, nachdem er sie kurz zuvor wieder geküsst und berührt hatte.

»Gib mir fünf Minuten.« Vielleicht auch zehn. Oder fünfzehn. Ohne ihre Antwort abzuwarten, ging Adam ins Bad, schloss die Tür hinter sich und entledigte sich seiner Kleidung.

Wie Nadelstiche prasselte das eiskalte Wasser auf ihn herab, während er sich mit beiden Armen an der Wand abstützte, die Stirn gegen seine gefalteten Hände lehnend. Die kalte Dusche ließ seinen Körper wieder auf Normalmodus zurückschalten, beruhigte aber nicht seine Gedanken.

Gedanken, die immer wieder zurückwanderten und um dieselben Dinge kreisten. Vielmehr um eine Person.

Val, wie er sie das erste Mal im *Gentleman's Dreams* gesehen hatte.

Val, wie sie sich unter ihm in den Laken wand, den Kopf in den Nacken gelegt, ein helles Stöhnen auf den Lippen.

Val, wie sie den Abzug betätigte und ihn anschoss.

Val, wie sie ihm Rückendeckung im Feuergefecht gab und beim Anblick eines toten Mannes, an den sie sich nicht einmal erinnerte, völlig verstört reagierte.

Val, wie sie sich vertrauensvoll an ihn lehnte und ihn ihre weiche Haut unter seinen Fingern spüren ließ.

Und nun Val, wie sie nach seiner Hand griff, während er das Mitgefühl und die Trauer über seinen Verlust in ihren Augen las.

Frustriert fuhr er sich über das Gesicht und durch das nasse Haar. Nein, nicht einmal die kalte Dusche konnte das Chaos in seinem Inneren vertreiben. Wieso, verdammt noch mal, dachte er immer öfter über Valerie nach, wie sie sich unter ihm anfühlte, wie sie roch und schmeckte, statt darüber, was sie ihm angetan hatte? Wie sehr ihn ihr Verrat verletzt hatte? Noch immer verletzte.

Er hatte ihr vertraut, Gefühle für sie entwickelt, die ... trotz allem, was geschehen war, nicht erloschen waren.

Das erklärte zumindest, warum er ihr half, anstatt sie zu benutzen – wie sie ihn benutzt hatte –, um an Informationen ranzukommen. Nicht genug, dass er mit diesem Kuss vorhin gegen sämtliche Dienstvorschriften verstieß, sollte sein einziges Ziel doch sein, die Mörder von Vance zu finden. Nur das war seine Aufgabe. Alles andere kam an zweiter Stelle.

Sich darauf zurückbesinnend, schaltete er das Wasser ab und stieg aus der Dusche. Jeden Gedanken daran, dass Valerie vor nicht allzu langer Zeit aus derselben Kabine gestiegen war, unterdrückte er und trocknete sich grob ab. Nur in seinen Shorts bekleidet, griff er nach seiner Dienstwaffe und schob sie hinten in den Hosenbund.

Leise öffnete er die Tür und blieb im gleichen Moment stehen. Durch die Vorhänge drang Mondlicht in das Zimmer und malte ein bizarres Muster auf den Holzboden. Die Nachttischlampe war an. Valerie lag in ihrem Bett, die Augen geschlossen, das blutige Laken zu ihren Füßen auf dem Boden. Die dünne Decke verbarg so gut wie nichts. Jede ihrer Konturen, jede Kurve ihres schlanken Körpers war deutlich auszumachen. Ihre Brust hob und senkte sich gleichmäßig. Sie schien zu schlafen. Tief und fest.

Genau das sollte er zur Abwechslung auch tun.

19. KAPITEL

Valerie schlug den Arm weg, der sie wachrüttelte und setzte sich ruckartig auf. Sie brauchte ein, zwei Sekunden, um zu realisieren, wo sie sich befand und dass es Adam war, der sie geweckt hatte – nicht jemand, der sie umbringen wollte.

»Was ist los?«, fragte sie und rieb sich mit Daumen und Zeigefinger über die schweren Augenlider.

»Sieh dir das an.« Adam ging zum Fernseher und drehte den Ton lauter.

Bilder flackerten über den Bildschirm. Blaurotes Signallicht. Eine Straße in einem Vorort. Gelbes Absperrband. Uniformierte Polizisten, die mit Nachbarn und potenziellen Zeugen sprachen.

Valerie schob die Decke beiseite und krabbelte ans Ende des Bettes, um mehr erkennen zu können. Die Kamera schwenkte zum Hauseingang. Zwei Leichenbeschauer trugen einen Toten in einem schwarzen Sack heraus.

»Am frühen Morgen, um 3:37 Uhr Ortszeit, hörten die Nachbarn einen Schuss aus dem Haus von Zane McNamara, Captain beim San Francisco Police Department, und alarmierten die Polizei«, sagte die Nachrichtensprecherin in die Kamera. »Bereits am Abend zuvor wurde das ruhige Viertel von einer Schießerei erschüttert, bei der die Verdächtigen fliehen konnten, jedoch laut Auskunft der Polizei niemand verletzt wurde. Als die Beamten an diesem Morgen ein zweites Mal verständigt wurden, kam für den Betroffenen jede Hilfe zu spät. Laut Polizeisprecher wurde das Opfer allein im Haus vorgefunden, direkt neben der vermeintlichen Tatwaffe. Die genaue Todesursache steht noch nicht fest, aber aktuell deutet alles auf ein Gewaltverbrechen hin.«

Mit einem Mal wurde Valerie eiskalt. »Jemand muss uns beobachtet haben«, flüsterte sie und suchte Adams Blick. Die Wut darin war nicht zu übersehen.

Adam biss die Zähne so fest zusammen, dass seine Kiefermuskulatur hervortrat. Dann schaltete er die Nachttischlampe ein und setzte sich an den Bettrand, die Ellbogen auf den Knien, die Hände baumelten locker dazwischen. Nach außen hin war er wieder ganz der gefasste FBI-Agent, doch das tiefe Stirnrunzeln verriet ihn ebenso wie seine angespannte Körperhaltung. »Ein Mann in McNamaras Position hat Feinde, ganz besonders, da er auf beiden Seiten des Gesetzes gearbeitet hat. Irgendjemand wollte ihn aus dem Weg räumen und war klug genug, es so kurz nach unserem Zusammenstoß mit McNamara zu machen, dass die Polizei erst in dieser Richtung ermitteln wird.«

Valerie nickte und kämpfte um ihre Stimme. Ihre Kehle brannte und in ihrem Inneren schrillten die Alarmglocken so laut, als würde eine Schar von Angreifern vor ihrer Tür stehen.

Adam stand auf und schaltete den Fernseher aus, sobald die Werbung eingeblendet wurde. »Mir fällt nur eine Person ein, die sowohl dich als auch McNamara tot sehen will. Aber in dem Fall wären uns diese Typen näher auf den Fersen, als wir bisher geglaubt haben.« Unruhig begann er in dem kleinen Zimmer auf und ab zu laufen, sah jedoch immer wieder in Valeries Richtung.

»Du denkst an meinen ehemaligen Auftraggeber, oder? Der auch für den Tod der Agenten verantwortlich ist?« Valerie schluckte hart und versuchte, ihre Gedanken zu sortieren. »Es würde Sinn ergeben. Erst brechen wir bei McNamara ein, finden die Fotos und können ihm und seinen Leuten gerade so entkommen. Dann tauchen diese beiden Männer in Sausalito auf, wo sie es ebenfalls auf uns abgesehen haben. Und als uns keiner von ihnen erwischt, wird McNamara tot in seinem Haus aufgefunden. Nenn mich zynisch, aber ich glaube nicht, dass das ein Zufall war.«

Adam blieb neben der Tür stehen und drehte sich langsam zu ihr um. »Ein Zufall bestimmt nicht«, sagte er mit zusammengekniffenen Augen. »Aber das sind ganz schön viele Vermutungen, die du da anstellst.«

»Vermutungen sind alles, was wir im Moment haben«, widersprach Valerie. Wenn auch nur die geringste Chance bestand, dass dieselben Leute, die hinter ihr her waren, nun hinter McNamaras Tod steckten, dann mussten sie handeln. Sie konnten nicht länger davonlaufen, sonst würden sie früher mit dem Rücken an der Wand stehen, als ihnen lieb sein konnte.

»Ich sehe, wie es in deinem Kopf arbeitet.« Adam seufzte tief und fuhr sich mit der flachen Hand über den Nacken. »Was schlägst du vor?«

»Dass wir aufhören, die Gejagten zu sein und selbst zu den Jägern werden.«

Seine Miene verdüsterte sich. »Vergiss es.«

»Du weißt doch gar nicht, was ich sagen will!«

»Muss ich auch nicht, um zu wissen, dass es keine gute Idee ist.«

Das war jetzt nicht sein Ernst, oder? Valerie biss sich auf die Zunge, aber damit gewann sie nur ein, zwei Sekunden, bevor es aus ihr herausbrach: »Je mehr wir herausfinden, desto näher kommen uns auch diese Kerle. Sie sind hinter *mir* her, also habe ich ja wohl eine Entscheidungsgewalt in dieser Sache.«

»Die hast du«, erwiderte Adam scheinbar gelassen und griff nach seinem Hemd. »Genau wie ich – und ich sage Nein.«

Seine Sturheit brachte sie auf die Palme. Valerie sprang vom Bett auf. »Wenn wir ihnen eine Falle stellen und wenigstens einen erwischen, können wir die Spur zurück bis zum Kopf der Sache verfolgen. Also genau zu den Leuten, hinter denen *du* her bist, Agent Blackbourne.«

»Und wie stellst du dir das vor, hm?«, wollte Adam wissen, während er sich das Hemd überstreifte. »Dass wir dich raus auf die Straßen schicken und darauf hoffen, dass einer der Kerle auftaucht, um dir eine Kugel in den Kopf zu jagen? Oder besser gleich mehrere, damit auch ja keiner danebenzielt.« Mit jedem Wort war er einen Schritt näher gekommen, bis er direkt vor ihr stand. Hitze brandete in ihr auf, als er so dicht vor ihr stehen blieb, aber sie wich nicht vor ihm zurück.

»Ich habe dich als Rückendeckung«, erinnerte sie ihn.

»Nicht, wenn ich bei der Sache nicht mitmache – was ich übrigens nicht tun werde. Du weißt genauso gut wie ich, dass das kein Plan ist, sondern ein Selbstmordkommando.« Seine Stimme vibrierte vor kaum verhohlenem Zorn.

Frustriert verschränkte sie die Arme vor der Brust. »Es ist unsere einzige Chance, sie zu erwischen, bevor sie uns erwischen.«

Obwohl es kaum möglich sein sollte, kam Adam noch etwas näher, bis ihre Arme seine Brust berührten. Sein Atem war warm in ihrem Gesicht, aber sein Blick hart und zornig.

»Nein«, war alles, was er sagte, bevor er nach seinem Smartphone griff und das Motelzimmer verließ.

»Hier war es, oder?« Er antwortete nicht, aber sie wusste, dass sie mit ihrer Vermutung ins Schwarze getroffen hatte. »Halt sofort an!«

Adam bog nach rechts ab und parkte den Wagen im Schatten eines Backsteingebäudes. Er schaltete den Motor aus, doch statt den Schlüssel abzuziehen, wandte er sich ihr zu. In seinen Augen lag eine Frage, die Valerie nicht beantworten konnte. Noch nicht.

Kaum dass sie ausgestiegen war, blies der Wind ihr das lange Haar ins Gesicht. Automatisch zog sie die Jeansjacke enger um sich, die sie zusammen mit den anderen Klamotten aus dem Haus in Sausalito mitgenommen hatte. Über ihnen kreischten einige Möwen, während sich die Wellen zischend an den Kaimauern brachen.

Sie betrachtete die Umgebung, ohne dass ihr Bewusstsein neue Erinnerungen preisgab. Es war zum Verrücktwerden. Wenn sie sich nicht erinnerte, würden sie nie erfahren, wer hinter alldem steckte. Sie würde nie erfahren, wer sie jagte und warum. Und Adam würde nie den Mörder seines Partners finden. Sie brauchte nur eine einzige Erinnerung, *verdammt*. Ein Bild, ein Gefühl, irgendetwas.

Das Herz schlug ihr bis zum Hals und ein nervöses Kribbeln breitete sich von ihrem Nacken über ihren Rücken aus, obwohl sie sich nicht von der Stelle gerührt hatte. Kurz sah sie zu Adam, der mit den Händen in den Hosentaschen dastand und sie aufmerksam beobachtete, dann setzte sie sich in Bewegung. Weg von dem Gebäude, weg von den steil aufragenden Häusern hinter ihr. Am Ufer entlang, von wo aus man an klaren Tagen über die Bay Bridge bis zur nächstgelegenen Insel schauen konnte. Der Name lag ihr auf der Zunge, wollte ihr aber nicht einfallen. Egal. Vermutlich war sie ohnehin nie dort gewesen. Ihr Weg führte sie an einer Metallstatue vorbei, die eine Riesenspinne darstellte und neben dem Tor zum Pier Wache hielt. Das Kribbeln in ihrem Nacken verstärkte sich. Sie war schon mal hier gewesen – das spürte sie genau. Ihre Schritte beschleunigten sich, schneller, immer schneller, bis sie zu rennen begann.

»Val!«, rief Adam ihr nach, aber sie wurde nicht langsamer.

Ihre Füße trugen sie unentwegt weiter, als würde ihr Körper sich an etwas erinnern, das ihr Bewusstsein noch immer vor ihr geheim hielt. Kaum dass sie einen Fuß auf den Pier gesetzt hatte, der an diesem grauen, nebligen Tag ins Nichts zu führen schien, blieb sie stehen.

»Hier.« Ihre Stimme war nicht mehr als ein Flüstern im Wind. »Hier sollte die Geldübergabe stattfinden«, murmelte sie und schüttelte gleich darauf den Kopf. »Nein, hier hat sie stattgefunden.«

Unzusammenhängende Bilder rasten durch ihren Kopf. Sie bemerkte erst, dass sie ihre Schritte zählte, als sie wieder stehen blieb. »Genau hier.« Mit einem Kopfnicken deutete sie auf die Bay Bridge. »Scharfschützen auf der Brücke, zwei Stück. Ich war ... ich war woanders.«

Aber wo? Sie drehte sich im Kreis, als Panik in ihr hochkroch und ihr die Kehle zuschnürte. Wo war sie in jener Nacht gewesen? Was hatte sie getan? Hatte sie wirklich mehrere Menschen erschossen? Klebte das Blut von all diesen FBI-Agenten an ihren Händen? Hatte sie etwa auch Adams Partner erschossen? Und was war mit Adam? Auch ihn hatte sie angeschossen, das hatte er ihr nicht nur gesagt, sie hatte auch die Narbe an seiner Schulter gesehen und berührt. Eine fleischgewordene Erinnerung.

»Wir haben das Treffen beobachtet.« Adam stellte sich neben sie, sein Blick war in die Ferne gerichtet. »Wir hatten alle Infos, zwei Undercover-Agenten und eine gut ausgebildete Sturmtruppe, um den Ring zu sprengen, sobald die Übergabe stattgefunden hatte. Aber wir haben nicht mit euch gerechnet.«

»Söldner«, wisperte Valerie. »Wir waren die Verstärkung, damit bei dem Deal alles glatt läuft.«

Adam nickte. »Das Ganze ist in ein Blutbad ausgeartet. Danach haben wir alle verdächtigen Sicherheits- und Militärunternehmen, die Söldner beschäftigen, unter die Lupe genommen. Academi, RedSky, Code Blue. Nichts. Du bist die einzige Verbindung zu denjenigen, die meine Leute getötet haben. Die Vance ermordet haben.« Er ballte die Hände zu Fäusten. »Einige Wochen später haben wir die Mistkerle an der mexikanischen Grenze geschnappt. Zwei Waffenhändler, die ein kleines Nebengeschäft mit illegalen Einwanderern betrieben. Frauen. Kinder. Aber von den Söldnern keine Spur.« Adams harte Gesichtszüge spiegelten die Wut wider, die er in diesem Moment empfunden haben musste. Eine Wut, die Valerie nachvollziehen konnte, selbst wenn sie in jener Nacht auf der anderen Seite des Gesetzes gestanden hatte.

»Es tut mir ...«, begann sie und erstarrte. Auf dem Dach des Backsteingebäudes blitzte etwas auf. Bilder flackerten vor ihrem inneren Auge, zu schnell und unscharf, um danach greifen zu können. Aber sie erinnerten Valerie an etwas und ihr wurde schlagartig eiskalt. »Scharfschütze.«

»Wo?« Adam sah sie weiterhin an, ohne ihre Entdeckung zu verraten.

»Auf dem Dach«, informierte sie ihn mit plötzlich rasendem Herzschlag. Einer spontanen Eingebung folgend, legte sie ihre Hände an seine Wangen und zog ihn näher. Adam reagierte sofort. Er platzierte seine Hände auf ihrer Taille, beinahe so, als wären sie nur ein gewöhnliches Paar, das einen kleinen Spaziergang am Pier machte.

»Wir gehen jetzt langsam zurück. Es ist alles in Ordnung«, sagte er leise. Beim Sprechen bewegte er die Lippen kaum und lächelte, als spürte er nicht dieselbe Anspannung, die sich unaufhaltsam in ihrem Körper ausbreitete.

Valerie nickte und griff wie selbstverständlich nach Adams Hand, um gemeinsam weiterzuschlendern. Vorbei an der Mutter mit den drei Kindern, die ihnen auf dem Rückweg kreischend entgegenkamen und dem jungen Franzosen, der ein Foto von seiner Freundin vor der Bay Bridge knipste. Valerie fiel das glückliche Lächeln des Mädchens auf. Unschuldig. Unwissend. Beinahe wünschte sie sich, ebenso unwissend zu sein wie diese beiden Menschen, die nicht einmal ahnten, in welcher Gefahr sie gerade schwebten. Und das nur, weil Valerie hier war.

Als hätte er ihre Anspannung gespürt, strich Adam beruhigend mit dem Daumen über ihren Handrücken. Sie sah zu ihm hoch. Er wirkte gelassen, würden seine Blicke nicht jeden Meter um sie herum nach weiteren Gefahren abtasten.

Statt zu Adams Wagen und damit direkt auf den Scharfschützen zuzugehen, schlugen sie eine andere Richtung ein. Hand in Hand überquerten sie die dreispurige Straße, auf herannahende Autos achtend.

Valerie drückte Adams Hand und nickte zu den Palmen zwischen den Fahrbahnen. Daran lehnte ein Mann, dunkel gekleidet, mit Sonnenbrille auf der Nase und Smartphone in der Hand. Harmlos, hätte er nicht in dem Moment aufgesehen, als Valerie und Adam über die Straße gingen.

Ein Auto hupte und hielt mit quietschenden Reifen, als sie daran vorbeieilten. Der Mann mit dem Smartphone setzte sich in Bewegung.

»Woher wussten die, dass wir herkommen würden?«, stieß sie zischend hervor, nachdem ein Motorradfahrer sie fast zu Boden gerissen hatte.

»Die Frage ist eher, wie sie uns überhaupt finden konnten«,

warf Adam ein. Auf der anderen Straßenseite angekommen, zog er sie weiter. Sie folgten dem Straßenverlauf, passierten ein Antiquitätengeschäft und eine Walgreens-Filiale, bevor sie ein weiteres Mal abbogen und zwischen den Passanten untertauchten.

Valeries Herz schlug ihr bis zum Hals. Wie ein Widerhall dessen zog es in ihrem Arm, als wollte ihre Schusswunde sie daran erinnern, was ihr bevorstand, wenn sie nicht vorsichtig genug war. Nicht schnell genug.

Sie kamen an einem Blumenstand vorbei und wichen dem Verkäufer aus, der Adam einen Strauß Rosen in die Hand drücken wollte. Im Schaufenster daneben bemerkte Valerie, wie sich ein zweiter Mann aus dem Schatten eines Gebäudes löste und an ihre Fersen heftete. Sie konnte nicht erkennen, ob es dieselben Verfolger wie in Sausalito waren, aber das spielte auch keine Rolle. Die Kerle waren sicher nicht auf einen netten Plausch aus.

Ihr Herzschlag beschleunigte sich. Verdammt, wo kamen die alle her? Woher hatten sie gewusst, dass sie hier sein würden? Waren sie ihnen gefolgt? Schon vom Motel aus? Aber das hätten sie bemerkt, da war sie sicher.

»Die Mistkerle kreisen uns ein«, murmelte Adam, ohne auch nur den Funken von Anspannung erkennen zu lassen.

Wie machte er das?

Während Val mit dieser Unruhe in sich kämpfte, dreht sich die Welt um sie herum einfach weiter. Ein alter Chinese mit Hut fuhr mit seinem Rad an ihnen vorbei. Ein Paar blieb Hand in Hand vor dem Schaufenster eines Schmuckgeschäfts stehen. Eine junge Mutter schob einen Kinderwagen vor sich her.

Wieso bemerkte niemand von ihnen, was hier geschah? Wieso liefen sie einfach weiter, als hätten sie keine Sorgen, während bewaffnete Männer sich mitten unter ihnen befanden? Männer, die Valerie und vielleicht auch Adam tot sehen wollten. Bei dem Gedanken krampfte sich ihr Magen zusammen.

Valerie versuchte, die anderen Menschen auszublenden und

sich auf die Fakten zu konzentrieren. Sie mussten von hier weg, so schnell wie möglich. Doch als sie sich ein weiteres Mal nach ihren Verfolgern umsah, konnte sie niemanden entdecken. »Verdammt, wo sind sie?«

Adam zog sie vor ein Schaufenster mit einer Auslage an diversen Verlobungs- und Eheringen. Im Fenster spiegelten sich die vorbeigehenden Leute wider.

»Wir müssen sie abhängen und dann schleunigst von hier verschwinden.« Sein warmer Atem streifte ihr Ohr. Für einen Moment war sie versucht, die Augen zu schließen, um so tun zu können, als wäre das alles nur ein mieser Traum, biss sich aber stattdessen fest auf die Unterlippe. Das hier war kein Traum und Adam hatte recht: Sie mussten schleunigst von hier verschwinden, wenn ihnen ihr Leben lieb war. Aber dann würde sie vielleicht niemals erfahren, wer hinter ihr her war und warum. Sie würde immer die Gejagte bleiben, immer auf der Flucht sein.

»Nein«, widersprach sie und deutete auf einen Goldring in der Auslage. »Das ist unsere beste Chance, einen von den Kerlen zu erwischen.«

Und langsam wurde es Zeit, dass sie an Informationen kamen, die sie einen Schritt näher an das Rätsels Lösung brachten. Sie konnten nicht auf ewig davonlaufen, denn genau das müssten sie tun, fänden sie nicht heraus, was hier gespielt wurde. Warum ständig jemand versuchte, sie zu töten.

Adam nahm ihr Gesicht zwischen seine Hände und sah sie fest an. Was sie in seinen braunen Augen erkannte, löste eine Gänsehaut aus, die über ihren gesamten Körper wanderte und etwas in ihr zum Schwingen brachte. Sorge, aber auch so etwas wie ... Anerkennung?

»Du willst das durchziehen.« Keine Frage, eine Feststellung.

»Ja«, flüsterte sie zurück und grub ihre Finger in sein Hemd, ohne genau zu wissen, ob sie ihn näherziehen oder sich an ihm festhalten wollte. »Sie sind nur zu zweit. Wir ebenso.«

»Falls der Scharfschütze sich dem Suchtrupp nicht angeschlossen hat und nicht noch mehr von den Kerlen hier lauern«, warf Adam ein.

Valerie biss sich auf die Zunge. »Wir können sie überwältigen. Außerdem kann ich mich verteidigen, erinnerst du dich?«

»Allerdings.« Ein winziges Zucken um seine Mundwinkel, dennoch zögerte er eine weitere Sekunde. Valerie konnte den exakten Moment erkennen, in dem er sich entschied, keine Einwände vorzubringen, denn er lehnte seine Stirn an ihre. »Greif in mein Schulterholster.«

Bevor sie etwas sagen oder reagieren konnte, streifte Adams Mund den ihren. Es war kein Kuss, nur ein sachtes Reiben von Lippen auf Lippen, aber ablenkend genug, um jeden Gedanken in ihrem Kopf auszulöschen.

Valerie gab einen erstickten Laut von sich, als sich das Kribbeln, ausgelöst durch die kurze Berührung ihrer Lippen, in ihrem ganzen Körper ausbreitete.

Oh Gott, sie sollte nicht mehr wollen, nicht in einer Situation wie dieser, aber ...

»Val ...«, flüsterte Adam, ein amüsiertes Funkeln in den Augen, als hätte er ihre Gedanken gelesen. Vermutlich musste er das nicht mal, denn ihre Gefühle standen ihr ins Gesicht geschrieben.

Sie holte tief Luft. »Holster. Ich weiß.« Damit zog sie Adam an seiner offenen Jacke näher, bevor sie ihre Hand darunterwandern ließ. Ihre Finger schlossen sich um den Kolben und zogen daran, bis sie die Pistole in der Hand hielt.

Adam zog sie näher und entwand die Waffe ihren klammen Fingern. In einer schnellen Bewegung drehte er sie mit dem Rücken zur Hauswand und schob die Pistole in ihren hinteren Hosenbund. Dabei streiften seine Knöchel unweigerlich die nackte Haut an ihrem unteren Rücken und lösten ein heißes Prickeln aus, das den Impuls freisetzte, Adam noch näher zu ziehen, um ihn zu küssen.

»Drei Straßen weiter ist ein Parkhaus. Die Tiefgarage wird zu dieser Tageszeit kaum benutzt«, raunte er und legte seine Hände wieder an ihre Wangen. Er wirkte atemlos, drängend, als spürte auch er dieses Summen in seinem Inneren, das nichts mit ihren Verfolgern zu tun hatte. »Wir treffen uns dort und knöpfen uns die Kerle vor.«

»Fünf Minuten«, murmelte sie zurück und zog ihn in eine feste Umarmung, um sich kurz zu sammeln. Ihr Herz raste. In ihrem Magen wirbelten die unterschiedlichsten Gefühle wild durcheinander, aber eines kristallisierte sich ganz deutlich heraus. »Danke, für dein Vertrauen.« Es bedeutete ihr eine Menge. Mehr, als sich Adam vermutlich vorstellen konnte.

Für den Bruchteil einer Sekunde packte er ihre Taille fester. »Versuch, dich nicht erwischen zu lassen, Val.« Bevor sie reagieren konnte, löste er sich von ihr und tauchte in der Menge unter.

Valerie blieb allein zurück. Bewaffnet. Und entschlossen, diese Sache zu Ende zu bringen – so oder so.

20. KAPITEL

Adam setzte alles auf eine Karte, als er Valerie zurückließ und sich durch die Menge kämpfte. Er riskierte nicht nur seine Mission, sondern auch ihrer beider Leben. Aber Valerie hatte recht, auch wenn er es ungern zugab. Es wurde höchste Zeit, ihren Verfolgern zu zeigen, mit wem sie sich hier angelegt hatten.

Ohne Eile ging er durch die Straßen, immer darauf bedacht, dass ein potenzieller Verfolger an ihm dranbleiben konnte. Er machte einen großen Bogen um sein eigentliches Ziel und näherte sich dem Parkhaus von der Rückseite.

Mit jedem Schritt wurde Adams Anspannung größer. Er spürte, dass er beobachtet wurde, konnte aber niemanden entdecken. Ein ungutes Gefühl beschlich ihn.

Stille und Dunkelheit empfingen ihn, als er die Tiefgarage betrat und seine Glock zog. Im Inneren des Gebäudes war es kühl und es roch nach Motoröl und Benzin. Adam brauchte ein paar Sekunden, um sich an die veränderten Lichtverhältnisse zu gewöhnen. Bis auf das Rauschen in seinen Ohren konnte er nichts hören. Verdammt. Er musste Valerie finden.

Systematisch prüfte er die nähere Umgebung, während er sich auf den Weg in die Ebene machte, die er Valerie vorhin genannt hatte. Die Neonröhren flackerten über ihm, aber Adam war allein im Treppenhaus, als er die Stufen nach unten nahm. Vor der Tür hielt er kurz inne und lauschte.

Nichts. Absolute Stille. Die Pistole im Anschlag, öffnete er die Tür mit der linken Hand. Vor ihm verlief eine Brüstung und einige Stufen führten in die tiefergelegene Etage. Von hier oben hatte er einen guten Überblick über die parkenden Autos, gab aber auch ein leichtes Ziel ab.

Die Tür war noch nicht einmal hinter ihm zugefallen, als er Schüsse hörte. Innerlich fluchend hetzte er die Stufen hinunter und suchte Deckung hinter einem Betonpfeiler. Die Schüsse kamen von links und wurden erwidert – Gott sei Dank.

Er folgte den Geräuschen und nutzte dabei die parkenden Autos als Sichtschutz. Sein Herz hämmerte. Es waren nur Schüsse aus zwei Pistolen zu hören – von einem der Kerle und von Valerie. Aber wo war der zweite Verfolger abgeblieben?

»FBI! Keine Bewegung!«, brüllte Adam und richtete sich auf. Seine Stimme hallte durch das Parkhaus.

Wie erhofft, erstarrte der Mann und hob langsam die Hände. In der rechten hielt er noch immer seine Pistole. Wenige Meter weiter kam Valerie aus ihrer Deckung, die Beretta auf den Mann gerichtet.

»Waffe fallen lassen!«, befahl Adam und näherte sich seiner Zielperson von hinten.

Ihr Plan war aufgegangen. Sie hatten einen von Valeries Verfolgern lebend erwischt und waren dabei, ihn zu überwältigen. Dennoch breitete sich ein unangenehmes Kribbeln in Adams Nacken aus. Irgendetwas stimmte hier nicht. Der Kerl hatte sich viel zu schnell und ohne Gegenwehr ergeben. Außerdem fehlte noch immer jede Spur von ...

Klick.

Adam erstarrte in seinen Bewegungen und Gedanken.

»Waffe fallen lassen, ganz genau«, sagte eine tiefe Stimme hinter ihm.

Er musste sich nicht erst umdrehen, um zu wissen, dass der zweite Verfolger auf ihn zielte. *Verflucht.* Widerwillig ließ Adam die Waffe sinken und sah, wie Valerie dasselbe tat.

»Leg sie auf den Boden«, bellte die Stimme.

Noch immer wusste er nicht, mit wem er es zu tun hatte, aber ihm blieb keine andere Wahl, als dem Befehl nachzukommen. Langsam ging er in die Knie und legte seine Glock auf den Boden. Als er sich wieder aufrichtete, sah er, wie sich der andere Kerl Valerie näherte. Auf Wange und Hals prangte eine lange Narbe, als wäre er bei einem Messerangriff nur knapp mit dem Leben davongekommen.

Es kostete Adam all seine Selbstbeherrschung, ruhig stehen zu bleiben und nicht einzugreifen. Er suchte Valeries Blick, versuchte, einen Hinweis darin zu finden, als er hinter sich eine Bewegung wahrnahm. Im gleichen Moment nickte Valerie ihm unmerklich zu – und er vertraute ihr.

Blitzschnell wirbelte er zu dem Mann hinter sich herum, stieß dessen Waffenarm beiseite und verpasste ihm einen Kinnhaken.

Der Kerl taumelte zurück, ließ seine Pistole jedoch nicht los. In diesem Moment erkannte Adam ihn wieder. Es war derselbe Mann, mit dem er sich in Valeries Apartment angelegt hatte. Die Wundnahtstreifen auf seiner gebrochenen und blutig geschwollenen Nase bewiesen es. Schnell hob er seine Glock auf und suchte Deckung hinter einem Betonpfeiler. Am Rande seines Gesichtsfeldes registrierte er, wie Valerie dem Narbengesicht so fest in die Weichteile trat, dass dieser sich vor Schmerz krümmte. Das war sein Mädchen.

Entschlossen erwiderte er das Feuer und versuchte, den richtigen Moment abzupassen, um seinen Gegner zu treffen, ohne ihn zu töten. Sie mussten wenigstens einen dieser Mistkerle lebend erwischen, um ihn verhören zu können.

Die ständigen Fragen brannten sich wie Säure in seinen Magen. Wer hatte sie angeheuert? Dieselbe Person, die hinter Valerie her war? Derjenige, der auch für den Tod von Vance verantwortlich war?

Eine Kugel krachte neben Adam in den Beton. Er zog den Kopf ein. Verdammter Bastard. Vorsichtig lugte er um den Pfeiler herum und schoss in Richtung des Autos, hinter dem sich der Angreifer verschanzt hatte.

Glas splitterte. Eine Alarmanlage kreischte los. Aber sein Gegner blieb auf den Beinen.

»Fuck!«

Schwer atmend lehnte Adam mit dem Rücken gegen den Betonpfeiler und schob ein neues Magazin in seine Glock. Das einzige Ersatzmagazin, das er bei sich trug.

Weitere Schüsse fielen, diesmal aus einer anderen Richtung und nicht auf ihn gerichtet. Valerie. Adam nutzte den Moment, um sich aus seiner Deckung zu wagen. Er suchte sein Ziel – und drückte ab. Die Kugel traf den Mann in der Brust. Mit einem dumpfen Laut ging er zu Boden, seine Pistole landete scheppernd neben ihm.

Hastig sicherte Adam die nähere Umgebung und nahm die Waffe des Fremden an sich. Eine kurze Durchsuchung ergab nichts. Keine Brieftasche, kein Ausweis. Nur ein paar Dollarscheine in der Hosentasche. Verflucht. Mit seinem Smartphone machte er ein Foto des Toten.

Eilige Schritte. Adam wirbelte herum und sah den zweiten Mann hinter einem Transporter verschwinden. Der Mistkerl wollte fliehen, aber Valerie nahm die Verfolgung auf. Adam setzte hinterher, sprang über eine Motorhaube – und erstarrte, als weitere Schüsse fielen.

Mit einem Mal war alles still.

»Val!«

Nichts. Für einen Sekundenbruchteil blieb ihm das Herz stehen.

Gehetzt sah sich Adam um. Sein erster Gedanke galt Valeries Wohlergehen und nicht der Frage, wer zum Teufel hinter dieser Attacke steckte. Was sagte das über ihn aus?

Er entdeckte sie neben der Ausfahrt zwischen zwei parkenden Autos, die Augen weit aufgerissen, in den Händen noch immer die Beretta. Zu ihren Füßen lag der leblose Körper des Mannes mit der Narbe im Gesicht. Nur dass er jetzt auch noch ein Loch in der Stirn hatte.

»Val?«

Sie sah auf, schien aber durch ihn hindurch zu starren, war völlig reglos. Allein der Schock stand ihr ins Gesicht geschrieben. Ihr Haar war zerzaust, ihre Wangen gerötet. Und sie zielte auf ihn.

Langsam, um sie nicht zu erschrecken, schob er seine Waffe zurück ins Holster und näherte sich ihr mit gehobenen Händen. »Es ist alles in Ordnung, Val. Sie sind tot. Ich gebe meinen Leuten Bescheid, damit sie sich darum kümmern. Du kannst die Pistole jetzt runternehmen.«

Zuerst sah sie ihn noch ausdruckslos an, dann ging ein Zucken durch ihren Körper. Sie schnappte nach Luft. Ihre

Hände zitterten, als sie die Beretta senkte und wieder sicherte. Gott sei Dank.

Ohne darüber nachzudenken, setzte er sich in Bewegung. Ihre Miene blieb unergründlich, aber ihre Augen weiteten sich, als er vor ihr zum Stehen kam. Ohne ein Wort zu sagen, legte er seine Hand in ihren Nacken und presste seine Lippen auf ihre. Hart. Fordernd. Als müsse er sich selbst davon überzeugen, dass es ihr gut ging, weil ihr Anblick allein ihm nicht genügte.

Im ersten Moment erstarrte Valerie in seinen Armen, doch dann kam sie ihm entgegen und erwiderte den Kuss. Ihr warmer, weicher Körper schmiegte sich an seinen, als hätte es die vergangenen drei Monate nicht gegeben. Ihre Hände glitten in seinen Nacken und vergruben sich in seinem Haar, während seine eigenen auf Wanderschaft gingen. Verdammt, sie fühlte sich noch genauso an wie früher. Sie schmeckte noch immer gleich, roch genauso und vernebelte ihm erneut alle Sinne.

Von einem Verlangen getrieben, das er seit einer Ewigkeit nicht mehr in diesem Ausmaß gespürt hatte, drängte er Valerie gegen das nächste Auto und drückte sie gegen die Fahrertür. Sie entlohnte sein forsches Vorgehen mit einem erstickten Laut und teilte ihre Lippen unter seinen. Verlangend drang seine Zunge in ihren Mund ein und entlockte ihr ein erstes Stöhnen.

Das Geräusch ging Adam durch und durch. Er wollte mehr davon. Mehr von diesen kleinen Lauten, die Valerie von sich gab. Mehr von ihren sinnlichen Lippen, mehr von ihrer weichen Haut. Seine Hände machten sich selbstständig, rafften ihr Top hoch und fuhren darunter, um nackte Haut zu erkunden. Aber statt ihn wegzudrücken, zog Valerie ihn noch näher an sich, als könnte sie nicht genug von ihm bekommen, genauso wenig wie er von ihr.

Unter seinen Fingern spürte Adam die zarte Gänsehaut, die sich an ihren Seiten ausbreitete. Er konnte ein zufriedenes Lächeln nicht unterdrücken.

Kaum dass seine Finger über ihre Rippenbögen fuhren und den unteren Rand ihres BHs ertasteten, unterbrach Valerie den Kuss und lehnte den Kopf gegen das Autodach. Ihr Atem ging schwer, ihre Lippen glänzten feucht und ihre Augen zeigten eine intensive Mischung aus Grau und Grün. Sie gab einen Anblick ab, der jeden Mann in die Knie gezwungen hätte.

»Wir müssen ...«

»Verschwinden, ich weiß«, beendete Adam ihren Satz ebenfalls schwer atmend. Ein letztes Mal drückte er seinen Mund für einen kurzen, harten Kuss auf ihren, dann löste er sich von ihr und griff nach ihrer Hand.

21. KAPITEL

Noch immer spürte sie das Gefühl von Adams Lippen auf ihren. Jetzt wusste sie, wie es war, ihn zu küssen und das übertraf die Erinnerungen aus ihren Träumen um Längen. Doch das Erschreckende daran war, dass sie es noch einmal spüren wollte. Wieder und wieder, als hätte eine einzige Berührung sie süchtig gemacht.

Von der Seite warf Adam ihr einen durchdringenden Blick zu. Gleich darauf parkte er den Wagen vor dem Motel, prüfte die Gegend anhand von Rück- und Seitenspiegel und stieg aus. Wortlos, wie auch die Fahrt über. Valerie folgte seinem Beispiel und lief mit heftig klopfendem Herzen neben ihm her. Sie sollten ihre Sachen packen und sich schleunigst eine andere Unterkunft suchen, denn je länger sie an einem Ort blieben, desto eher konnten diese Typen sie aufspüren. Mit McNamara gab es bereits einen Toten. Wollten sie wirklich riskieren, die nächsten auf der Liste zu sein? Beinahe wünschte sich Valerie, dass ihnen jemand folgen und sie dadurch davon abhalten würde, einen Fehler zu begehen. Denn es musste ein Fehler sein, wenn sie es zu mehr als diesem Kuss kommen ließen, oder? Es lenkte sie ab, machte sie unvorsichtig und angreifbar.

Doch niemand folgte ihnen. Niemand hielt sie auf.

Adam schloss die Tür auf und ließ Valerie zuerst eintreten. Inzwischen schlug ihr das Herz bis zum Hals. Nach nur zwei Schritten blieb sie stehen und drehte sich zu Adam um. Bevor die Tür hinter ihm zugefallen war, stand er vor ihr. Seine Brust hob und senkte sich so schnell, als wäre er gerannt und sein Blick tastete sie ab, hielt ihren fest, als würde er verzweifelt nach etwas suchen. Einer Erlaubnis, einer Bestätigung dafür, dass sie dasselbe fühlte, dasselbe wollte wie er. Genau hier, genau jetzt. Einem Impuls folgend, legte Valerie die Hände an seine Wangen, zog ihn zu sich und küsste ihn. Fest. Herausfordernd. Sehnsuchtsvoll.

Adam reagierte sofort und drückte sie gegen die Wand neben der Tür. Dann waren seine Hände überall auf ihrem Körper. Valerie entwich ein Stöhnen, als sie unter ihr Shirt fuhren. Seine Hände fühlten sich rau auf ihrer Haut an, wie die Hände eines Mannes, der es gewohnt war, an vorderster Front zu kämpfen. Aus irgendeinem Grund löste dieser Gedanke eine kleine Hitzewelle in ihrem Inneren aus. Adam unterbrach den Kuss und presste seinen Mund auf ihre rechte Halsseite. Und mit einem Mal wusste Valerie, dass die Hitze, die sie bisher empfand, noch gar nichts war.

Ihre Hände machten sich selbstständig, wanderten von seinem Nacken über seine trainierte Brust und schoben ihm die Jacke von den Schultern. Als nächstes war das Schulterholster mit seiner Pistole dran, dann fuhr sie über seine Seiten hinunter, bis sie den Saum seines Hemds erreichte. Von einem drängenden Verlangen getrieben, schob sie es hoch. Die Erinnerungen aus ihren Träumen reichten nicht mehr – sie musste alles von Adam spüren. Er löste sich nur minimal von ihr und warf ihr ein Lächeln zu, bei dem sich ihr Magen auf herrliche Weise zusammenzog. Eine Sekunde später landete sein Hemd auf dem Holzboden.

Valerie musterte ihn schwer atmend und betrachtete die Muskeln, die sie schon hatte berühren wollen, als sie ihn das erste Mal ohne Hemd gesehen hatte. Jetzt konnte sie es. Es gab kein Zögern. Kein Innehalten. Kein Stoppen. Das, was sich seit dem ersten Moment zwischen ihnen aufgebaut hatte, war nicht mehr aufzuhalten. Mit aller Macht riss es sie beide mit in einen Strudel aus Leidenschaft, Verlangen und Verzweiflung.

Ein zweites Mal machte Valeries Rücken Bekanntschaft mit der Wand. Heiße Schauer wanderten über ihre Haut, als Adams Hände jeden Winkel davon unter ihrem Top erkundeten. Während sie seinen Rücken ertastete und sich an ihm festhielt, wanderten seine Lippen über ihre linke Halsseite.

»Du hast keine Ahnung, wie sehr ich das will«, murmelte er ihr mit tiefer, heiserer Stimme ins Ohr. »Wie sehr ich *dich* will.«

Valerie biss sich auf die Unterlippe, um ein Stöhnen zu

unterdrücken und drehte den Kopf ein Stück, damit sie Adam ansehen konnte. Ihr Herz setzte einen Schlag aus, als sie das Verlangen in seinen dunklen, beinahe schwarzen Augen lesen konnte. Ein Verlangen, das ihrem eigenen in nichts nachstand. Seine Mundwinkel verzogen sich zu einem wissenden Lächeln.

»Keine Sorge.« Seine Zähne knabberten an ihrer Unterlippe. »Ich weiß genau, was du magst.«

Die Tatsache, dass sich Adam an ihre gemeinsame Vergangenheit erinnern konnte, während sie selbst so gut wie nichts davon wusste, sollte sie verunsichern. Aber seine Worte bewirkten etwas anderes in ihr. Erregung. Neugier. Hunger. Sie vertraute Adam nicht nur mit ihrem Leben, sie konnte ihm auch ihren Körper anvertrauen. Ihr Herz.

»Zeig es mir«, flüsterte Valerie mit einem atemlosen Lächeln.

Eine Herausforderung, die Adam ohne zu zögern annahm. Seine Hände strichen von ihren Rippenbögen hinab zum Bund ihrer Jeans. Eine winzige Bewegung später sprang der Knopf auf, dann zog er den Reißverschluss hinunter. Valerie atmete scharf ein, als er seine Finger unter den Stoff von Jeans und Slip schob und sie auf eine Weise berührte, die einen Flächenbrand in ihrem Körper auslöste.

»Oh Gott ...«, keuchte sie und drängte ihr Becken seiner Hand entgegen. »Adam ...«

»Schh«, flüsterte er. Seine Lippen nun wieder dicht an ihrem Ohr, hauchte er einen kleinen Kuss auf die sensible Stelle unter ihrem Ohrläppchen. »Entspann dich.«

Entspannen? Sollte das ein Witz sein? Sie fühlte in diesem Moment so verdammt viel, aber Entspannung war sicher nicht dabei. Stattdessen ein atemloses Drängen, einen Hunger auf mehr. Gott, sie musste mehr von Adam spüren, bevor sie endgültig den Verstand verlor. Sie griff nach seinem Handgelenk und hielt es fest, was Adam jedoch nicht daran hinderte, sie weiter zu streicheln und zu liebkosen.

Wieder keuchte Valerie seinen Namen und zog ihn zu einem atemlosen Kuss heran. Sie begriff ihren Fehler erst, als Adams Zunge im gleichen Tempo in ihren Mund eindrang, wie seine

Finger weiter unten. Ein harmonischer Gleichklang, als würde er eine Melodie spielen, die nur er beherrschte. Aus ihrem Keuchen wurde ein langgezogenes Stöhnen.

Sie klammerte sich an ihn, vergrub ihre Hände in seinem Haar und seinem Rücken, als müsste sie sich an ihm festhalten, während die Welt um sie herum immer blasser wurde. Blasser und kleiner, bis nur noch dieser Mann existierte und das, was er gerade mit ihr anstellte. Valeries Haut schien zu brennen, Schweiß brach ihr aus und die Luft wurde knapp. Dennoch konnte sie diesen Kuss nicht unterbrechen. Gleichzeitig bewegten ihre Hüften sich in dem Takt, den Adam vorgab.

Doch bevor es für sie soweit war, zog er sich zurück und entwand seine Hand aus ihrer Hose. Valerie riss die Augen auf, erntete aber nur ein verschmitztes Lächeln, dessen Wirkung sie bis tief in ihre Eingeweide spüren konnte. Gott, was hatte er nur vor?

Getrieben von Ungeduld und Begierde, zog sie ihn zu einem neuen Kuss heran. Ein tiefer Laut löste sich aus seiner Brust und vibrierte an ihren Lippen. Dass sie diese Wirkung auf ihn haben und diese Reaktionen in ihm entfachen konnte, war neu für sie. Neu und unglaublich erregend. Sie streichelte über Adams Rücken, erkundete harte Muskeln und heiße Haut, bevor sie ihre Hände in die hinteren Taschen seiner Jeans schob. Ein dunkles Stöhnen war seine Antwort darauf. Adam packte sie an der Taille und zog sie näher zu sich, so nah, dass nichts und niemand mehr zwischen ihnen Platz gefunden hätte.

Seine Zunge teilte ihre Lippen und entlockte ihr ein Keuchen. Ihr Körper reagierte auf diesen Kuss, als wüsste er genau, was zu tun war. Nicht, weil sie eine Situation wie diese schon einmal erlebt hatte, sondern weil sie diese mit Adam erlebt hatte. Nur er konnte diese Empfindungen in ihr auslösen, nur er konnte all ihre Gedanken und Gefühle in völlig neue Bahnen lenken, bis sie sich an ihn klammerte und nur noch ein Ziel vor Augen hatte: *mehr*.

Valerie hob die Arme, damit er sie von ihrem Top befreien konnte. Ein kurzes Zupfen an ihrem Rücken, dann hatte er ihren BH geöffnet und auch die Beretta landete auf dem Boden. Einem inneren Impuls folgend, legte sie ihre Hände auf seine Brust – und drückte ihn ein, zwei Schritte zurück. Dann hakte sie den Zeigefinger unter den rechten BH-Träger und schob ihn über ihre Schulter. Adams Blick verdunkelte sich, folgte jeder ihrer Bewegungen. Beim zweiten Träger sog er zischend die Luft ein, während sich ein Lächeln auf Valeries Gesicht ausbreitete. Nur langsam ließ sie den BH von ihrem Körper gleiten und zu Boden fallen.

»Gott ...«, stieß Adam rau hervor, als seine Augen ihren nackten Oberkörper abtasteten und anschließend zu ihrem Gesicht zurückkehrten. »Bist du sicher, dass du dich nicht mehr an früher erinnerst?«

Valerie lachte. Zum ersten Mal seit einer gefühlten Ewigkeit konnte sie befreit auflachen. Ohne Vorwarnung stand Adam wieder vor ihr, presste sich dicht an sie und sah ihr tief in die Augen. Doch sein Blick war so ernst, dass ihr Lächeln allmählich bröckelte.

»Was ...?«, begann sie, doch er schüttelte nur den Kopf.

Und dann küsste er sie. Wie auch bei den anderen Küssen schwangen in diesem Leidenschaft und Verlangen mit, aber da war noch mehr. Adam küsste sie auf eine Weise, die ihr Herz flattern ließ und ein Kribbeln in ihrem Inneren auslöste, das sie bis zu den Zehenspitzen fühlen konnte. Seine Hände wanderten zu ihrer Taille, packten fest zu und hoben sie hoch. Sie schlang die Beine um seine Hüften, wodurch sie Adam noch näher war als zuvor. Er presste sich an genau den richtigen Stellen an sie, harte Muskeln gegen weiche Rundungen.

Valerie klammerte sich an ihn und hauchte Küsse auf seinen Hals. Gerade als sie eine besonders empfindsame Stelle an Adams Kehle gefunden hatte und diese bearbeitete, kniete er sich auf den Boden neben der Eingangstür und legte Valerie behutsam ab.

»Sorry, aber das Bett ist einfach zu weit weg«, murmelte er und beugte sich für einen neuen Kuss näher zu ihr.

Nur zu willig ließ sich Valerie darauf ein, schmiegte ihre

nackte Brust an Adams und genoss die Schauer, die von dem Gefühl von Haut auf Haut in ihr ausgelöst wurden. Verdammt, Adam wusste wirklich, wie man eine Frau um den Verstand brachte. Instinktiv bewegte Valerie ihr Becken an seinem und entlockte ihm ein erstes tiefes Stöhnen. Sie wiederholte die Bewegung, bis Adam sie an den Hüften packte und festhielt.

»Wenn du nicht willst, dass das hier allzu schnell endet, solltest du damit aufhören«, raunte er dicht an ihren Lippen und drückte einen harten Kuss auf ihren Mund.

Trotz seines Griffs drückte sie sich noch fester an seine Erektion. Ihr Puls raste, ihr Atem ging schnell und in ihrem Bauch flatterten so viele unterschiedliche Gefühle durcheinander, dass ihr der Kopf schwirrte. Sie wusste nur eines: Sie wollte diesen Mann, wollte alles von ihm spüren. Hier und jetzt.

»Val ...«, keuchte Adam warnend und grub seine Finger in ihre Haut. Trotz seines Protests hielt er die Augen geschlossen, als sie damit begann, seinen Hals zu küssen. Ihn so hilflos, so ergeben zu sehen, weckte einen neuen Hunger in ihr. Von seiner Kehle wanderte Valerie zu seiner Schulter, küsste und knabberte und schlang die Beine fester um seine Hüften, um ihn noch mehr an sich zu pressen. Sie mochte kaum noch Erinnerungen daran haben, wie es vor einigen Monaten zwischen ihnen gewesen war, aber ihr Körper erinnerte sich durchaus.

Ihre Fingerspitzen fuhren über Adams Rippen hinunter zu seinen trainierten Bauchmuskeln und dann noch etwas weiter südwärts. Er atmete tief ein, als sie über die Ausbuchtung seiner Jeans strich und gleich darauf den Knopf aufspringen ließ. Im selben Moment riss er die Augen auf. Trotz der unverkennbaren Erregung darin schienen sie ihr eine unausgesprochene Frage zu stellen: Willst du das wirklich?

Oh ja, und wie sie es wollte. Es gab kein Zurück mehr, nicht für Valerie. Nachdem sie Adam so nah gekommen war, musste sie alles von ihm spüren. Er schien ihre wortlose Zustimmung zu erkennen, denn er nickte schwach und seine Mundwinkel verzogen sich zu einem Lächeln.

Seine Hand wanderte über die Außenseite ihrer Brust, strich über ihre Rippenbögen und fand den Weg zwischen sie beide zu ihrem flachen Bauch. Wieder schob er seine Finger unter den Bund ihrer Hose. Endlich. Doch statt sie zur Erlösung zu führen, bewegte er seine Hand quälend langsam über dem Stoff ihres Slips, statt darunter. Doch die plötzliche Berührung genügte, um wie ein Blitz durch Valeries Eingeweide zu schießen. Sie legte den Kopf in den Nacken und stöhnte auf.

Heiße Küsse regneten auf ihren Hals hinab. Zart knabberte Adam an ihrem Schlüsselbein und tauchte seine Zunge in die Kuhle unter ihrem Hals ein, bevor seine Lippen weiterwanderten und sich ihrer Brüste annahmen.

»Adam ...«, keuchte sie und biss sich fest auf die Unterlippe. Ihr Verstand funktionierte nur noch rudimentär, sie konnte nicht mehr denken, nur noch fühlen. Ein feiner Schweißfilm lag auf ihrer Haut, die unter Adams Berührungen summte. Ihre Muskeln spannten sich an. Der Druck in ihrer Mitte wurde größer, drängender, bis sie es keine Sekunde länger aushielt. Sie kam mit einem erstickten Schrei und bäumte sich auf, als alles in ihr auf herrliche Weise zersprang.

22. KAPITEL

Adam spürte den Moment, in dem Valerie von ihren Gefühlen überwältigt wurde und hob den Kopf, um sie anzusehen, als sie den Höhepunkt erreichte. Er hätte schwören können, noch nie etwas Erregenderes gesehen zu haben. Gleichzeitig wurde ihm die Enge in seiner Hose nur zu deutlich bewusst.

Unter ihm fiel Valeries Kopf zurück und ihr Gesicht entspannte sich. Adam setzte einen kleinen Kuss auf ihre Lippen und knabberte zart an ihrem Mundwinkel. Langsam zog er seine Hand aus ihrer Hose hervor und legte sie auf ihrem unteren Bauch ab. Dabei kam er selbst nicht gegen das Lächeln an, das sich auf seinem Gesicht ausbreitete. Aber es waren nicht allein Stolz und Verlangen, die in ihm tobten, sondern auch etwas anderes. Etwas, das er weder zu benennen noch auszusprechen wagte.

Mit flatternden Lidern öffnete Valerie die Augen – und ihm stockte der Atem. Er hätte nie geglaubt, sie je wieder so unter sich liegen zu sehen. Erhitzt und leidenschaftlich, mit Augen, die so tiefgrau waren wie ein aufgewühlter Ozean während eines Sturms. Dann verzogen ihre Lippen sich zu einem Lächeln und sein Herz geriet ins Stolpern.

»Komm her«, wisperte sie und zog ihn zu sich heran.

Er ließ sich in den nächsten Kuss fallen und streichelte über ihren Körper, um ihr Verlangen neu zu entfachen. Viel musste er nicht dafür tun, denn schon bald klammerte sie sich wieder an ihn und ihr rechtes Bein schlang sich um seine Hüfte. Instinktiv stieß er gegen ihr Becken, dessen Hitze er selbst durch den dicken Stoff ihrer beider Jeans fühlen konnte.

Gott, er musste sie ganz spüren, sonst würde er gleich durchdrehen.

Als hätte Valerie seine Gedanken gelesen, nestelten forsche Finger bereits an seiner Hose herum und schoben sie ihm über die Hüften. Gleich darauf folgten seine Shorts und die Enge um ihn herum verschwand. Nicht aber das drängende Verlangen, dieser Frau ganz nah zu sein und sich in ihrer Hitze zu versenken, bis sie beide nicht mehr wussten, wo oben und unten war. Adams Hand zitterte, als er nach seiner Jeans griff und seine Brieftasche aus der hinteren Hosentasche hervorzog.

Verflucht, er fühlte sich wie ein Teenager bei seinem ersten Mal, dabei war das definitiv nicht sein erstes Mal mit Valerie. Allerdings würde er hier und jetzt verdammt noch mal dafür sorgen, dass sie dieses Erlebnis mit ihm nicht vergaß.

Eilig öffnete er das Plastikpäckchen und streifte sich das Kondom über. Dann legte er sich wieder auf Valerie und küsste sich von ihren Lippen bis zu ihrem Bauchnabel. Dort neckte er sie mit seiner Zunge, während seine Hände damit beschäftigt waren, ihr Jeans und Unterwäsche auszuziehen.

Dann lag sie endlich nackt unter ihm auf dem Boden und streckte die Hand nach ihm aus. Ein Bild, das ihn noch Wochen nach ihrem plötzlichen Beziehungsaus in seinen Träumen verfolgt hatte und das jetzt endlich Wirklichkeit wurde.

Adam schob ihre Knie auseinander und drängte sich dazwischen. Sein Herz raste bereits, dabei berührte er sie kaum. Sanft strich er ihr die verschwitzten Haarsträhnen aus der Stirn und sah auf sie hinab.

»Wenn du noch länger wartest, tu ich dir weh«, raunte Valerie mit dieser sexy heiseren Stimme und brachte ihn damit unweigerlich zum Grinsen.

Lächelnd beugte er sich zu ihr und küsste sie, während er langsam in sie eindrang.

Adam hielt den Atem an. Zentimeter um Zentimeter wurde er von ihrer glühenden Wärme umschlossen. Er musste sich auf die Zunge beißen, um einen derben Fluch zu unterdrücken. Gott, das fühlte sich fantastisch an. Einen Moment lang hielt er inne, um die letzten Reste seiner Selbstbeherrschung zusammenzukratzen, damit all das nicht viel zu rasch vorbei war. Dann begann er, sich in ihr zu bewegen.

Valeries Stöhnen hallte in seinen Ohren wider. Schon bald

wurde aus den Küssen ein atemloses Keuchen, Lippen an Lippen. Mit einem Arm stützte sich Adam ab, während seine freie Hand über Valeries Rundungen fuhr, immer wieder, mal fest und massierend, dann wieder sanft und streichelnd.

Adam vergrub sein Gesicht an Valeries Hals und atmete tief den vertrauten Duft ein. Seine Bewegungen wurden nur noch von seinem Instinkt gesteuert, von dem drängenden Verlangen, zusammen mit dieser Frau den Gipfel zu erreichen. Er biss in ihre Halsbeuge, um sein Stöhnen zu unterdrücken, während seine Stöße an Kraft und Schnelligkeit gewannen. Er konnte keinen klaren Gedanken mehr fassen, es gab nur noch sie und ihn und diese wunderbare, alles verzehrende Hitze.

»Adam ...« Valerie keuchte seinen Namen dicht an seinem Ohr. Ihre Beine umklammerten seine Hüften und ihre Fingernägel bohrten sich auf schmerzhaft-süße Weise in seinen Rücken.

Schneller. Immer schneller. Adam stöhnte auf, als er spürte, wie Valeries Muskeln sich noch fester um ihn schlossen – und er verlor jeden Funken Verstand. Hunger, Hitze und Verlangen brachen einer Flutwelle gleich über ihn herein und rissen ihn mit sich.

Unter ihm erschauerte Val mit einem erstickten Schrei. Reflexartig stieß er noch ein, zwei Mal zu, dann brach er auf ihr zusammen, das Gesicht tief in ihrem Haar vergraben.

Sekunden verstrichen, vielleicht waren es auch Minuten, doch das spielte keine Rolle. Adam hatte jedes Zeitgefühl verloren und hätte man ihn gefragt, dann hätte er in diesem Moment nicht mal seinen eigenen Namen nennen können. Dafür wusste er den Namen der Frau, die schwer atmend unter ihm lag. Ihre Fingerspitzen streichelten über seinen Rücken, während sein Herzschlag sich nur langsam wieder beruhigte.

Er richtete sich auf den Ellbogen auf und sah auf diese unglaubliche Frau hinunter. »Hey ...«, sagte er leise, die Stimme noch rau vom Liebesspiel.

»Hey ...«, erwiderte sie lächelnd, hob eine Hand und legte sie an seine Wange.

Adam drehte den Kopf und küsste ihre Handfläche. »Alles in Ordnung da unten? Ich hoffe, ich habe dich nicht zerquetscht.«

Ihr offenes, strahlendes Grinsen ging ihm durch und durch. »Ich kann ein paar Körperteile nicht mehr spüren, aber ich bin sicher, das legt sich wieder.«

»Spürst du das hier?« Adam bewegte sein Becken vor und zurück, was ihr einen erstickten Laut entlockte.

»Oh ja.« Überraschung zeichnete sich auf ihrem hübschen Gesicht ab und Adam konnte dem Drang nicht widerstehen, sich zu ihr zu beugen und ihre Lippen in einem Kuss einzufangen.

»Gib mir fünf Minuten, dann bin ich wieder zu allen Schandtaten bereit.« Mit diesen Worten löste er sich von ihr und stand auf. Er sah absichtlich nicht zurück, als er ins angrenzende Badezimmer ging, denn er wusste, wenn er zurücksah, würde er sich keinen Meter von ihr entfernen können.

Im Badezimmer entledigte er sich des Kondoms, wusch sich und trank ein paar Schlucke aus dem Wasserhahn. Bevor er zurückging, füllte er ein Glas mit Leitungswasser, das er Valerie reichte.

»Keine peinliche Stille?«, hakte er nach und musterte sie aufmerksam. Genau wie er hatte sich Valerie nichts übergezogen.

»Und kein Bereuen«, fügte sie hinzu, ohne seinem Blick auszuweichen. »Es sei denn, du bereust, was da eben zwischen uns passiert ist.«

Keine Sekunde. Statt einer Antwort drückte er einen Kuss auf ihre geschwollenen Lippen. Doch wenn er geglaubt hatte, dass sich Valerie wieder brav zurücklehnen und ihn machen lassen würde, so wurde er eines Besseren belehrt. Frech drückte sie ihn zurück und machte es sich rittlings auf seinem Schoß bequem. Das Wasser war vergessen.

»Wie war das noch mal mit den Schandtaten?«, hauchte sie an seinen Lippen und raubte ihm erneut den Verstand.

Irgendwann hatten sie es doch noch ins Bett geschafft – nach einem kleinen Zwischenstopp an der Wand. Der Morgen graute bereits und aus dem gekippten Fenster drang kühle Luft zu ihnen herein. Adam spürte jeden Muskel in seinem Körper und auch die Kratzer, die Valerie auf seinem Rücken hinterlassen hatte, aber verdammt, das war es wert gewesen.

Jetzt lag sie neben ihm in dem schmalen Bett, den Kopf auf seine Brust gebettet und an ihn geschmiegt, während die Decke ihren Körper nur bis knapp über die Brust bedeckte.

Vorsichtig zog er an dem Stoff, damit er mehr von dem sehen konnte, was die Decke vor seinen Augen verbarg.

»Mach weiter und du wirst gleich Schmerzen haben«, sagte Valerie, während sie die Augen öffnete.

Adam gluckste leise und drückte ihr einen Kuss auf die Lippen. »Einen Versuch war's wert.«

Valerie streckte sich wie eine zufriedene Katze, was zur Folge hatte, dass die Bettdecke von ihrer Brust und bis zu ihrem Bauchnabel hinunterrutschte. »Wenn du mich nackt sehen willst, hättest du es einfach nur sagen müssen«, flüsterte sie mit einer heiseren Stimme, die jeden Mann um den Verstand gebracht hätte.

Freches Ding. Dennoch musste er schmunzeln und ließ seinen Blick ganz offen über die Rundungen wandern, die er in den letzten Stunden mehrfach mit seinem Mund und seinen Händen erforscht hatte. Sollte sich das Verlangen nach dieser Frau nicht irgendwann legen? Für gewöhnlich genügte es ihm, ein- oder zweimal mit derselben Frau zu schlafen, um seine Neugier und das körperliche Drängen zu befriedigen. Doch von Val hatte er nie genug bekommen können, damals nicht und heute genauso wenig.

»Das solltest du öfter tun«, murmelte sie schläfrig.

»Was meinst du?«

Mit dem Zeigefinger strich sie über seine Unterlippe. »Lächeln. Es steht dir. Es ist sexy.«

Er konnte nicht anders und musste grinsen. »Sexy also?« Seine Augenbrauen wanderten in die Höhe.

»Du hast ja keine Ahnung ...«

Mit einem gespielten Knurren beugte er sich zu ihr und biss ihr in die Schulter. Dann rollte er sich mit ihr herum, bis sie auf ihm saß und die Decke sich nur noch am Bettende als Fußabtreter nützlich machen durfte.

»Mmh, ich mag diese Position.« Valerie schob ihre Hüften vor, was Adam ein tiefes Stöhnen entlockte. Geballte Hitze sammelte sich in seinem Unterleib.

»Was du nicht sagst«, erwiderte er heiser und packte ihre Taille. Er wollte noch etwas hinzufügen, als ein Vibrieren die harmonische Stille im Zimmer durchschnitt wie eine schlechte Werbeeinblendung – unerwartet und unerwünscht.

Valerie zog die Brauen zusammen. »Ist das nicht dein Handy?«

Adam fluchte innerlich, nickte aber. Das Geräusch holte ihn mit der Zaghaftigkeit eines Bulldozers zurück in die Realität. »Ich muss rangehen«, murmelte er und sah gerade noch Valeries Nicken, bevor sie sich neben ihn auf die Matratze fallen ließ. Sein schlechtes Gewissen meldete sich, doch er unterdrückte das Gefühl und stand auf.

Schnell zog er seine Jeans an und holte das vibrierende Handy aus der hinteren Tasche. Nach einem kurzen Blick auf das Display hob er ab. »Ja?«

»Endlich, Mann!«, erklang Dereks Stimme vom anderen Ende der Leitung. »Musstest du erst einen Marathon hinlegen, um ans Telefon zu kommen?«

Beinahe hätte er Ja gesagt, verbiss sich die harsche Erwiderung aber im letzten Moment. »Was ist los, Derek?«, fragte er stattdessen und fuhr sich mit der Hand durchs Haar. Draußen erhellten die ersten Sonnenstrahlen den Himmel. Für gewöhnlich war das die Zeit, zu der Derek ins Bett ging. Welchen Grund hatte er, ihn so früh am Morgen anzurufen?

»Ihr müsst sofort weg.«

Adam runzelte die Stirn. Eine dunkle Vorahnung machte sich in ihm breit. »Wieso?«

»Weil die Leute, die Valerie jagen, gerade auf dem Weg zu

euch sind. Erinnerst du dich an das Foto des Kerls aus der Tiefgarage, das du mir geschickt hast?« Derek ließ ihm keine Zeit zum Antworten, sondern sprach hastig weiter. »Ich konnte ihn identifizieren. Er arbeitet nicht allein. Vor einer Minute haben seine Kollegen an einer Ampel ein paar Straßen von eurem Motel entfernt angehalten. Die Gesichtserkennung war eindeutig. Ihr müsst da raus und zwar sofort!«

Mit einem Mal wurde Adam eiskalt. Scheiße, wie hatten diese Typen sie gefunden? Einmal mochte Zufall oder Glück sein, aber zweimal? Definitiv nicht.

»Danke.« Er legte auf und drehte sich zu Valerie um. »Wir müssen abhauen.« Adam hob sein Hemd auf und streifte es sich eilig über. »Pack deine Sachen. Wir müssen weg sein, bevor sie hier auftauchen.«

Obwohl die Fragen ihr ins Gesicht geschrieben standen, widersprach sie nicht. Systematisch begann sie alle Kleidungsstücke und Gegenstände in ihren Rucksack zu stopfen, während er die Waffen einsteckte.

»Okay. Hast du alles?«, fragte Adam wenig später und erhielt ein Nicken als Antwort. Nachdem sie sich vergewissert hatten, niemandem beim Verlassen des Motelzimmers in die Arme zu laufen, eilten sie die Treppe hinunter auf den Parkplatz.

»Steig ein«, befahl er und marschierte auf seinen Dodge zu.

»Wir brauchen einen anderen Wagen. Die haben uns viel zu schnell gefunden.«

Stirnrunzelnd sah Adam ihr nach, als sie einen Jeep ansteuerte. Mit einem schnellen Rundumblick stellte sie sicher, dass niemand ihr zusah, dann holte sie aus und schlug die Scheibe mit dem Ellbogen ein. Beeindruckend. Trotzdem konnten sie nicht einfach einen Wagen klauen. Er war FBI-Agent und kein Krimineller auf der Flucht, verdammt noch mal.

»Val ...«

»Steig ein.« Sie wischte die Glassplitter vom Ledersitz und machte sich daran, den Wagen kurzzuschließen.

Adam rang mit sich. Das unangenehme Kribbeln in seinem

Nacken war wieder da und erinnerte ihn unweigerlich an die Geschehnisse am Pier und in dem Parkhaus. Valerie hatte recht. Ihnen blieb keine andere Wahl, als den Wagen zu wechseln. Aber gefallen musste es ihm nicht.

Mit zusammengebissenen Zähnen marschierte er zu seinem Dodge, holte seine zweite Pistole, Ersatzmagazine und eine Tasche mit Ausrüstung aus dem Wagen. Dann lief er zu Valerie und verfrachtete alles auf der Rückbank des Jeeps.

»Brauchst du Hilfe?«, fragte er, während er auf der Beifahrerseite einstieg. Wenn sie noch immer hier waren, wenn diese Kerle auftauchten, war ein Leichenwagen das einzige Auto, das sie noch benötigten.

»Lernt man das etwa auch beim FBI?«, murmelte sie, während sie mit den Drähten der Zündung herumhantierte.

Verdammt, warum ... Da! Der Motor gab ein Geräusch von sich, zuerst nur ein störrisches Brummen, dann sprang er an. Mit geübten Bewegungen manövrierte Valerie den Jeep aus der Parklücke.

Adam drehte sich auf dem Sitz um und stieß einen verhaltenen Fluch aus. Hinter ihnen bogen zwei schwarze Vans auf dem Parkplatz ein und kamen mit quietschenden Reifen zum Stehen. Perfektes Timing. Verdammter Mist!

Aus dem Augenwinkel bemerkte er das Zittern, das durch Valeries Körper wanderte. Sie war blass geworden und umklammerte das Lenkrad so fest, als wollte sie es erwürgen.

»Ruhig ...«, murmelte er und legte seine Hand auf ihren Oberschenkel, während er das Geschehen vor dem Motel beobachtete. »Wenn wir Glück haben, bemerken sie uns nicht.«

Trotz ihrer Anspannung drehte Valerie das Lenkrad herum und lenkte den Jeep zur ausgeschilderten Ausfahrt, vorbei an den Männern, die nach ihnen suchten. Vom höchsten Punkt der Golden Gate Bridge zu springen, konnte nicht weniger nervenaufreibend sein.

Endlich erreichten sie die mehrspurige Straße, ohne gesehen zu werden.

Geschafft.

23. KAPITEL

»Wo sind wir?« Valerie löste den Sicherheitsgurt und betrachtete die Umgebung.

Sie befanden sich in einem Viertel San Franciscos, das von zahlreichen viktorianischen Häuserreihen geschmückt wurde, während sich im Hintergrund die Wolkenkratzer erhoben. Vor einem dieser Häuser hatte Adam sie anhalten lassen.

Sein Blick wanderte zu Valerie hinüber, die das Haus stirnrunzelnd musterte. Im Vergleich zu den anderen Gebäuden, die in den verschiedensten Farben erstrahlten, wirkte das blasse Hellblau dieser Fassade beinahe langweilig. Die Fenster waren weiß umrahmt und ein paar steinerne Treppenstufen führten zum Eingang hinauf. Das unauffällige Gebäude im Italianate Stil schmiegte sich in eine Reihe weiterer Bauten.

Es war sein Haus.

»Painted Ladies«, erwiderte er nur und beobachtete ihre Reaktion. Ihre Augen weiteten sich. Eine Erinnerung?

»War ich schon mal hier?«

»Sag du es mir.« Adam prüfte die Umgebung und stieg aus, nachdem er nichts Auffälliges entdecken konnte. Vom Rücksitz holte er Valeries Rucksack sowie seine Ausrüstung. Ohne zurückzusehen ging er auf die Stufen zu.

»Ich erinnere mich nicht.« Valerie war ihm dicht auf den Fersen.

An der Tür hielt er für einen Moment inne und sah ihr in die Augen. Stürmisch war nicht nur die Farbe, sondern auch der Blick, der ihm begegnete. Stürmisch und gequält.

»Alles in Ordnung?« Adam zog die Schlüssel aus seiner Hosentasche. Mit einem Klicken öffnete er die Haustür und ließ Valerie zuerst eintreten.

Er hatte nicht vorgehabt, sie hierher zu bringen, weil das an Unprofessionalität kaum zu überbieten war. Doch nach den letzten vierundzwanzig Stunden und dem erneuten Auftauchen ihrer Verfolger, war ihm keine andere Wahl geblieben. So sehr er sich dagegen gewehrt hatte – er wollte Valerie beschützen. Und das konnte er am besten von zu Hause aus, wo ihm alle Unterlagen zu diesem Fall und ein ausgeklügeltes Sicherheitssystem zur Verfügung standen.

»Ich weiß es nicht.« Mitten im Eingangsbereich blieb sie stehen und drehte sich zu ihm um. »Als ich vor Colby geflohen bin, habe ich dem Taxifahrer gesagt, er soll mich hierher bringen. Painted Ladies, Alamo Square. Bis jetzt wusste ich nicht, warum diese Gegend mein Ziel gewesen ist.«

Überrascht stellte Adam den Rucksack auf dem Holzboden ab. »Vielleicht wusste ein Teil von dir, dass du hier sicher sein würdest«, überlegte er. »Deine Erinnerungen sind nicht ausgelöscht, Val. Etwas scheint sie zu blockieren, ein traumatisches Erlebnis oder ein Schlag auf den Kopf vielleicht, aber irgendwo da drin ist noch alles vorhanden.«

Die Antworten auf all seine Fragen. Auf ihre Fragen. Am liebsten hätte er sie sofort verhört, hätte auf der Stelle mit der Arbeit daran begonnen, ihr Gedächtnis wiederherzustellen. Genau das sollte er tun – die Distanz wahren und dafür sorgen, dass er Antworten fand. Aber nach dem, was im Parkhaus und im Motel zwischen ihnen geschehen war, konnte von professioneller Distanz nicht mehr die Rede sein. Nicht, wenn trotz der Gefahren, die dort draußen auf sie beide lauerten, alles in ihm danach schrie, sie an sich zu ziehen und erneut so zu spüren wie vor einer Stunde.

Adam seufzte. Valerie wirkte verloren in seinem Haus, das nur spärlich eingerichtet und kaum bewohnt war. Ein krasser Kontrast zu der Frau, die sich vor wenigen Monaten sofort heimisch in seinen vier Wänden gefühlt hatte. Doch jetzt war sie blass und schlang die Arme um sich, als würde sie frieren.

»Hier sind wir fürs Erste sicher«, sagte er mit leiser, hoffentlich beruhigender Stimme. Das FBI wusste, wo er wohnte. Derek würde sie weiterhin im Auge behalten und im Zweifelsfall erneut warnen. »Falls die Kerle uns irgendwie verwanzt oder mein Handy angezapft haben, werden sie uns hier nicht aufspüren können. Ein Störsignal unterdrückt jede Art von Funkverkehr, außer normalen Anrufen.«

Valeries Schultern sackten herab, aber sie nickte. Die erneute Flucht schien sie mehr mitgenommen zu haben, als er für möglich gehalten hätte. Wieder etwas, das er ihr nicht zugetraut hätte. Nach ihrem Verschwinden hatte er sich ein eigenes Bild von Valerie zusammengebastelt. Er hatte versucht, die Frau zu erkennen, die sie in Wirklichkeit war und nicht die zu sehen, die sie ihm vorgespielt hatte. Doch seit sie wieder in sein Leben getreten war, bekam dieses Bild immer mehr Risse. Statt an die eiskalte Söldnerin zu denken, die eine Pistole auf ihn gerichtet und abgedrückt hatte, erinnerte er sich an gemeinsame Abende vor dem Fernseher, als sie chinesisches Essen bestellt und sich ein Spiel der Giants angesehen hatten. Er erinnerte sich an die vielen Male, als sie Baker Beach besucht oder gemeinsam in einem Restaurant zu Abend gegessen hatten. Er erinnerte sich, dass Valerie den morgendlichen Sport genauso brauchte wie er und dass sie ihr Essen mit den verrücktesten Soßenkombinationen würzte.

Fuck. Er war geliefert.

Wortlos führte Adam sie den Flur entlang, vorbei am offenen Wohnzimmer und dem angrenzenden Wintergarten bis in die Küche. Ein gedecktes Beige und helles Holz dominierten den großen Raum mit der Kochinsel und der Frühstücksecke. Adam holte ein Glas aus dem Hängeschrank, füllte es mit Wasser und hielt es Valerie hin. Ihre Hand zitterte, als sie es ergriff.

»Wer sind diese Männer?«, fragte sie nach ein paar großen Schlucken, ohne ihn anzusehen.

Adam seufzte und griff nach einem zweiten Glas. »Ich weiß es nicht, aber Derek hat einen von ihnen schon identifizieren können. Wir werden es herausfinden.«

»Wir?« Der Spott in ihrer Stimme war nicht zu überhören. »Ich habe diesen Mann in der Tiefagarage getötet, Adam. Einfach so. Zwei Schüsse in den Kopf und er war tot.« Valeries Blick war fest auf die gegenüberliegende Wand gerichtet und ihre Augen wanderten über die Fliesen, als würde sie diese zu zählen versuchen. »Vor zwei Nächten habe ich davon geträumt, aber ich glaube ... nein, ich weiß, dass es nicht nur ein Traum war. Es war eine Erinnerung.«

Etwas in Adams Magen rumorte, dennoch war seine Stimme fest, als er antwortete. »Ich glaube dir.«

Valerie drehte den Kopf zu ihm. Misstrauen zeichnete ihre Gesichtszüge, die Augenbrauen waren zusammengezogen. »Du glaubst mir?«, echote sie schnaubend. »Ich habe einen Mann getötet! Du solltest mich ins Gefängnis stecken, statt hier mit mir zu stehen und mir ein Glas Wasser in die Hand zu drücken. Du solltest mich festnehmen, weil ich die Mörderin bin, die du von Anfang an in mir gesehen hast!«

Mit jedem Wort wurde ihre Stimme lauter, aber Adam ließ sich nicht aus der Ruhe bringen. Selbst wenn er es nicht zugeben wollte – nicht einmal vor sich selbst –, so ahnte er doch, dass Valerie das jetzt brauchte. So viel Druck hielt kein Mensch aus, ohne daran kaputtzugehen. Doch indem sie ihrer Anspannung Luft machte, verhinderte sie, daran zu zerbrechen.

»Ich habe ihn getötet. Ich habe einfach abgedrückt und ihn getötet. Genau wie ich bei dir einfach abgedrückt habe ...« Ihre Brust hob und senkte sich hektisch, als würde sie gleich hyperventilieren – oder zu weinen anfangen. »Wer weiß, wie viele Menschen ich ermordet habe, ohne mit der Wimper zu zucken.«

»Schh ...« Behutsam legte Adam seine Hand unter ihr Kinn und hob es an, damit sie ihn ansah. »Du hattest keine andere Wahl.«

»Ich hätte weglaufen können.«

»Und wohin?«

»Ich ... ich weiß es nicht, aber ...«

»Kein Aber.«

Ihre Augen wurden glasig und sie blinzelte heftig, um gegen die aufkommenden Tränen anzukämpfen. Dabei täte es ihr vielleicht ganz gut, mal zu weinen und alles rauszulassen.

»Ich bin eine Mörderin«, flüsterte sie erstickt.

Valerie benutzte dieselben Worte, die er ihr vor nicht allzu langer Zeit an den Kopf geworfen hatte – knallhart und eiskalt. Bei dem Gedanken zog sich etwas in ihm zusammen. Er konnte ihr nicht widersprechen, weil das gegen alles gehen würde, woran er glaubte. Aber er konnte ihr den Trost geben, den sie jetzt brauchte.

»Es gibt einen Unterschied zwischen vorsätzlichem Mord und Notwehr, Val. Hast du den Mann absichtlich getötet? Hat es dir Spaß gemacht? Hast du Genugtuung dabei gefühlt?«

Sie zögerte, schüttelte aber den Kopf.

»Dich trifft keine Schuld«, sagte er leise und strich mit dem Daumen über ihre Wange. »Und was diese Kerle angeht ... Wer auch immer sie engagiert hat, will dich aus dem Weg räumen – völlig egal, wer oder was ihnen dabei in die Quere kommt. In diesem Fall trifft dich erst recht keine Schuld.«

Entweder das oder sie war die weltbeste Schauspielerin. Doch obwohl er davon überzeugt war, dass sie mitschuldig am Tod von Vance war, begann das Bild, das er von Valerie hatte, mehr und mehr zu bröckeln.

»Ich bin mir ziemlich sicher, dass du beim Militär oder einem Geheimdienst warst«, wechselte er das Thema.

»Woher willst du das wissen?«

»Es sind die Details.« Er spürte Valeries Blick auf sich, sah sie aber nicht an. »Wie du dich bewegst und mit Schusswaffen umgehst. Deine Art zu kämpfen und zu ...«

»Zu töten?«, unterbrach sie ihn.

Adam sah auf, starrte direkt in ihre dunkelgrauen Augen. Neben Erschöpfung und Verwirrung glaubte er darin die stahlharte Entschlossenheit zu lesen, die er von früher an ihr kannte – und die er bewundert hatte.

»Das auch«, erwiderte er schonungslos. »Mit diesen Fähigkeiten wird man nicht geboren, man erlernt sie in jahrelangem, hartem Training.«

Valerie nickte langsam. »Denkst du, ich habe mich auf die falsche Seite geschlagen und mein Land verraten?«

Adam seufzte tief. Er wusste, dass er dieser Frau nichts

schuldig war, aber er konnte sie nicht belügen. Nicht, nachdem sie sich so nah gekommen waren und auch dann nicht, wenn sie lieber eine Lüge von ihm gehört hätte, statt die Wahrheit.

»Ja«, erwiderte er schlicht.

Adams Haus mochte ihnen für die nächste Zeit Schutz bieten, aber es gab ein paar Dinge, die es ihnen nicht bot: Nahrung zum Beispiel. Auch wenn es ihm nicht gefiel, musste er Valerie kurze Zeit alleinlassen, um ein paar Einkäufe zu erledigen.

Als er die Haustür nach rund einer Stunde mit zwei vollen Papiertüten auf den Armen öffnete, erwarteten ihn Stille und der Geruch von poliertem Holz, der immer in der Luft lag. Er schloss die Tür mit dem Fuß und folgte dem Flur in Richtung Küche. Adam liebte dieses Haus mit den großen Fenstern, den Erkern und den antiken Möbeln. Er hatte es sofort gekauft, nachdem er es gesehen hatte. Für jemanden, der es nicht gewohnt war, ein eigenes Zuhause zu besitzen, war ein Haus wie dieses etwas ganz Besonderes – auch wenn er nicht genügend Zeit hatte, sich darum zu kümmern. Dem Wohnzimmer fehlte ein Couchtisch, während der Tisch im Esszimmer lediglich zwei einsame Stühle beherbergte und der Wintergarten mit nur drei Pflanzen viel zu karg wirkte. Eines Tages sollte dieses Haus ein richtiges Zuhause werden, irgendwann, wenn er damit fertig wurde. Falls er solange lebte.

Mit der Schulter stieß Adam die Pendeltür zur Küche auf – und wich einem Messer aus.

»Wow, sachte!« Adam ließ eine Tüte fallen, packte Valeries Handgelenk und hielt es von sich weg. »Wie oft willst du mich eigentlich noch mit einem Küchenmesser bedrohen?«

Ihre Augen wurden groß. »Du bist es!«, stieß sie hervor und ließ den Arm sinken.

»Ich habe doch gesagt, dass ich zurückkomme.« Adam stellte die verbliebene Tüte auf der Küchenzeile ab und betrachtete Valerie besorgt. »Alles in Ordnung? War irgendjemand hier oder ist dir etwas Ungewöhnliches aufgefallen?«

Sie schüttelte den Kopf und wandte sich ab, um die unbenutzte Waffe zurück in den Messerblock zu schieben. »Ich glaube, ich werde langsam paranoid.« Sie sagte das zu sich selbst, aber Adam hörte die Worte sehr wohl.

»Komm, hilf mir mal.« Er winkte sie heran und ging neben der zweiten Tüte in die Hocke. Auf dem Boden verteilt lagen diverse Konserven, Obst, Getränkeflaschen und mehr.

Valerie kniete sich neben ihn und half ihm dabei, das Chaos zu beseitigen. »Tut mir leid, ich bin ...«

»Ich weiß«, unterbrach Adam sie und sah erst auf, als sie gleichzeitig nach einer Wurstkonserve griffen und ihre Finger sich berührten. Ein Hitzestrahl schoss durch seinen Körper tief in seine Lenden. Schlagartig hatte er Bilder im Kopf, die dort nicht hingehörten. Valeries heiseres Stöhnen, ihre warmen Lippen auf seinen, ihre Hitze, die seine Finger umschloss ...

Mit einem Räuspern stand er auf und stellte die Konserve auf dem Tresen ab. »Fürs Erste werden wir nicht verhungern, aber wir sollten unauffällig bleiben. Pizzaservice und Lieferungen vom Asiaten sind leider nicht drin.« Kaum ausgesprochen, begann er, seine Hände und Gedanken damit zu beschäftigen, die andere Tüte auszupacken. Frisches Brot und Käse, Eier, Speck und Wurst, Kaffee, Obst und Gemüse. Die Sachen reichten für mindestens eine Woche, vermutlich sogar länger, wenn Valerie weiterhin so wenig aß wie in den vergangenen Tagen.

»Hat Derek in der Zwischenzeit etwas herausgefunden?«, fragte sie, während sie die Lebensmittel in den Kühlschrank einräumte.

»Er arbeitet daran. Die Kerle, die uns am Pier aufgelauert haben, sind ehemalige Mitarbeiter einer Sicherheitsfirma. Inzwischen arbeiten sie für jeden, der sie gut genug bezahlt. Bis Derek etwas über ihre Auftraggeber hat, müssen wir uns bedeckt halten.«

Valerie hielt mitten in der Bewegung inne. »Das heißt, wir tun gar nichts? Wir legen die Hände in den Schoß und warten einfach ab?«

»Wie oft willst du noch, dass jemand auf dich schießt?«, konterte Adam und holte das Brot aus dem Kühlschrank, das Valerie gerade darin verstaut hatte. Anschließend griff er nach dem in Alufolie verpackten Snack und hielt ihr diesen hin. Valerie wirkte irritiert, griff aber danach und entfernte die Verpackung. Sofort breitete sich der Geruch von Grillfleisch mit geschmolzenem Käse, Salsasoße und Guacamole in der Küche aus. Wie zur Bestätigung knurrte Valeries Magen.

»Du warst ganz verrückt nach den Burritos, die es hier zu kaufen gibt«, erklärte Adam und sah zur Seite. Aus irgendeinem Grund war es ihm unangenehm, mit dieser Geste preisgegeben zu haben, dass er sich an solche Details erinnerte.

»Danke.« Ihre warme Stimme lenkte seine Aufmerksamkeit zurück zu ihr. Valerie biss in den Burrito und schloss die Augen. Der entzückte Laut, der ihr entfuhr, ließ ihn schmunzeln, weckte aber zugleich ein schmerzhaftes Ziehen in seinem Bauch.

»Anscheinend lag ich damit richtig.«

Sie lächelte und das allein genügte, um ihn für einen Moment vergessen zu lassen, was er ihr noch Wichtiges sagen wollte.

Blinzelnd wandte er den Blick ab. »Ich habe mit dem SFPD gesprochen. Anscheinend hat Inspector Colby kurzfristig Urlaub beantragt und niemand weiß, wo er stecken könnte.«

»Du denkst, dass er untergetaucht ist?«

»Wenn er McNamaras Verbündeter war, dann wäre das nach dessen Tod der nächste logische Schritt. Derek checkt ihn durch, aber fürs Erste sitzen wir auf dem Trockenen.«

Auf einmal spürte er eine Hand auf seinem Arm und sah in Valeries Gesicht. Ihre Stirn war nachdenklich gerunzelt, die Lippen leicht geöffnet. »Colby kennt mich – oder vielmehr kennt er meinen Decknamen«, sinnierte sie. »Wenn er wieder auf der Bildfläche auftaucht, will ich mit ihm reden. Vielleicht kann ich etwas herausfinden.«

Adam kniff die Augen zusammen. Das warme Gefühl in seinem Bauch wurde von etwas Kaltem, Hartem abgelöst. Er brauchte einen Moment, um zu realisieren, dass es Angst war. Sorge um diese Frau, die er vor Kurzem noch hinter Gittern hatte sehen wollen.

»Damit er dich festnehmen oder besser noch deinem Ex-Boss ausliefern kann?«

Valerie zog ihre Hand zurück. »Das weißt du nicht.«

»Stimmt«, knurrte Adam. »Colby könnte dich auch gleich umlegen.«

»Womit du eine Sorge weniger hättest.«

Er zuckte innerlich zusammen. Dachte sie das wirklich von ihm? Nach allem, was zwischen ihnen geschehen war? Nachdem ihr warmer Körper sich an ihn geschmiegt und sie seine Küsse mit einer Leidenschaft erwidert hatte, die ihn bis in seine Träume verfolgen würde?

Adam biss die Zähne zusammen. »Wir müssen ihn erst mal finden, Val«, stellte er klar. »Derek meldet sich umgehend, sobald Colby wieder auftaucht. Aber dann geht es darum, seine Verbindungen zu dir und denjenigen zu finden, die hinter McNamaras Tod stecken. Das hier ist keine Racheaktion.«

Er war ja so ein Heuchler. Da predigte er Valerie davon, dass sie sich nicht von ihren Rachegefühlen Colby und ihrem ehemaligen Boss gegenüber leiten lassen sollte, aber er selbst tat nichts anderes. Hatte er sich nicht mit dem Ziel, Vances Tod zu sühnen, an diesen Fall gesetzt? Nicht, um ihn aufzuklären und die Schuldigen zu finden, sondern um sie zu bestrafen.

Valerie hielt seinem Blick stand, als würde sie exakt dasselbe denken wie er. Doch statt es ihm an den Kopf zu werfen, machte sie auf dem Absatz kehrt und verließ die Küche ohne ein weiteres Wort.

24. KAPITEL

Wer war sie? Wieso konnte sie sich an nichts aus ihrem früheren Leben erinnern, abgesehen von Dingen, die mit Blut und Schmerz und Tod zu tun hatten? Oder mit Adam?

Hatte sie diesen Mann wirklich getötet? So wie jenen in der Tiefgarage? Oder den Fremden aus ihrem Albtraum? Schlummerte diese Eiseskälte irgendwo tief in ihr, die dafür nötig war, eine solche Tat zu begehen? Und wenn ja, was sagte das über sie aus? Würden Adam, McNamara und die anderen letzten Endes Recht behalten? War sie tatsächlich die skrupellose Söldnerin und Mörderin, für die sie alle hielten?

Ein sachtes Klopfen an der Tür ließ sie den Kopf heben.

»Val, bist du da drin?« Adam zögerte. »Ich komme jetzt rein.«

Nach dieser kurzen Vorwarnung ging die Tür auf und er betrat den Raum. »Was ist vorhin passiert?«

»Nichts«, antwortete sie knapp und schaltete den Wasserhahn aus. »Ich habe mich geschnitten, das ist alles.« Beim Zubereiten eines Salates. Gut, dass ihr Leben zumindest ab und an einfachen Regeln folgte, die es nicht zu hinterfragen galt. Der Rest war ein einziges Chaos und sie mittendrin, ob es ihr nun gefiel oder nicht.

»Lügnerin«, tadelte Adam sie leise. Er überbrückte die Distanz zwischen ihnen.

Zuerst glaubte Valerie, er wolle nach ihrer Verletzung sehen, doch dann legte er seine Hand sanft an ihre Kehle. Jeder Muskel in ihrem Körper versteifte sich. Ihre Finger zuckten, als wollten sie ihn von sich stoßen, aber sie bewegte sich nicht. Still verharrte sie in dieser Position und sah Adam dabei unentwegt in die Augen.

Ein kaum wahrnehmbares Lächeln umspielte seine Mundwinkel. »Du vertraust mir«, stellte er fest. »Warum willst du mir dann nicht sagen, was passiert ist?« Er ließ sie los und strich dabei wie zufällig über ihren Hals und ihr Dekolleté.

Die Berührung hinterließ ein Summen auf ihrer Haut, ihre Kehle wurde trocken. Sie schluckte hart. »Es ist nicht schwer, dem einzigen Menschen zu vertrauen, der mich nicht umbringen will.«

Er machte sich nicht die Mühe, sein amüsiertes Lächeln zu verbergen. Stattdessen griff er nach ihrer Hand. »Na komm. Nachdem du schon meinen Küchenboden und meinen Salat versaut hast und nicht mit mir reden willst, lass mich wenigstens ein Pflaster auf deine Wunde kleben.«

Valerie löste sich aus ihrer Starre. Trotz seiner Worte zog er sie behutsam mit sich, beinahe so, als würde er damit rechnen, dass ihr Fluchtinstinkt jeden Moment wieder einsetzen könnte und sie davonrennen würde. Aber sie rannte nicht weg. Nicht mehr. Nicht vor ihm.

Wenige Stunden, ein Pflaster und einen selbstgemachten Burger später lag Valerie in Adams Bett. Zuerst allein, doch irgendwann, weit nach Mitternacht, hatte sich Adam zu ihr gelegt. Wortlos hatte er seinen Arm um sie geschlungen und sie an seine Brust gezogen, bis seine Wärme und sein Geruch sie eingehüllt hatten. Erst dann hatte sie sich genug entspannen können, um einzuschlafen – nachdem sie sich Stunden zuvor ruhelos in den Laken gewälzt hatte.

Es war nicht das erste Mal, dass sie hier war. Das wusste sie inzwischen, aber ihr Unterbewusstsein hielt ihre Erinnerungen daran fest verschlossen. Stattdessen quälte es sie mit neuen Träumen. Träumen von Adams Händen auf ihrer Haut, von dem Gefühl, qualvoll zu ertrinken und von einem Mann, den sie irgendwo in der Wüste erschossen hatte. Träume von Flucht und Schmerz, von Vergeltung und der verzweifelten Suche nach der Wahrheit.

Reden Sie mit mir, Jessica.

Valerie riss die Augen auf und schnappte nach Luft. Der Raum drehte sich. Sie musste blinzeln, damit der Schwindel nachließ. Langsam setzte sie sich auf und presste die Faust an ihre Brust, hinter der es heftig hämmerte. Kalter Schweiß lag auf ihrer Haut.

Reden Sie mit mir.

Verflucht. Sie kannte diese Stimme, konnte sie aber keinem Gesicht, keiner Person zuordnen. Das Einzige, was sie wusste, war, dass diese ein Teil ihres früheren Lebens gewesen war.

Frustriert fuhr sie sich mit den Händen über das Gesicht und sah neben sich. Das Bett war leer. Sie war allein. Allein mit den Bruchstücken ihrer Erinnerungen. Allein mit der Stimme in ihrem Kopf, die immer wieder denselben Satz wiederholte. Verflucht. So konnte es nicht weitergehen. Das Herumsitzen und Abwarten brachte sie noch um. Die Sache musste endlich ein Ende finden.

Entschlossen schob sie die Bettdecke beiseite und stand auf. Von draußen drang Mondschein in das Zimmer und projizierte einen hellen Streifen auf den dunklen Holzboden. Der Vorhang bewegte sich in einem kalten Luftzug, der sie frösteln ließ. Sie griff nach ihrer Jeans und einem schwarzen Langarmshirt. Wenige Minuten später war sie umgezogen und schlich die Treppe hinunter, sorgfältig darauf bedacht, keine knarzende Stufe zu erwischen.

Im Haus war es still. Nur das Ticken einer Uhr und die Autos, die gelegentlich vorbeifuhren, waren zu hören. Die Tür zu Adams Arbeitszimmer war verschlossen, doch unter der Ritze schimmerte ein schmaler Lichtschein hindurch. Arbeitete er etwa noch?

Reden Sie mit mir, Jessica. Sie müssen mir die Wahrheit sagen!

Valerie krallte sich ans Treppengeländer. Die Stimme summte in ihrem Kopf und weckte ein verschwommenes Bild vor ihrem inneren Auge. Es war dunkel. Feucht. Kalt. Sie schüttelte den Kopf, um die Gedanken zu vertreiben und tastete nach der Pistole, die sie unter ihrem Shirt am Gürtel befestigt hatte. Das Gefühl der Waffe unter ihren Fingerkuppen vermittelte ihr eine seltsame Sicherheit, als wäre sie es gewohnt, bewaffnet zu sein.

Lautlos erreichte sie das Erdgeschoss und blieb für einen Moment stehen, um zu lauschen. Stille. Sie hörte nichts außer ihrem eigenen Herzschlag und der drängender werdenden Stimme in ihrem Kopf.

Ein letztes Mal sah sie zurück, dann folgte sie dem Flur bis zur Haustür. Irgendwo knarzte eine Diele. Sie zuckte zusammen und ihre feuchte Hand glitt vom Türknauf ab. Unbewusst begann sie zu zählen. Eins. Zwei. Drei. Vier. Alles blieb still. Sie drehte den Knauf um, ohne die Tür zu öffnen.

Melden Sie sich bei mir, wenn Sie dazu bereit sind.

Ihr Herz raste und das Blut donnerte in ihren Ohren. Was zum Teufel tat sie hier eigentlich? Es war Selbstmord, das sichere Versteck zu verlassen, wenn man von Söldnern und Polizei gleichermaßen gejagt wurde.

Ein Klicken ließ sie innehalten. Irgendwo im Haus wurde eine Tür geöffnet, dann hörte sie Schritte. Adam. Mit einem Fluch auf den Lippen verließ er sein Arbeitszimmer und ging in die Küche. Die Stirn gerunzelt, seine Haltung unnatürlich steif. Er war so in Gedanken, dass er sie überhaupt nicht bemerkte.

Was war passiert? Hatte er etwas Neues herausgefunden? Etwas, das sie weiterbringen konnte?

Lautlos näherte Valerie sich dem Arbeitszimmer. Eigentlich sollte sie nicht herumschnüffeln. Unter anderen Umständen hätte sie es auch nicht getan, doch nach diesem Traum und Adams seltsamer Anspannung, konnte sie nicht anders. Hier ging es um ihr Leben. Ihre Vergangenheit. Um all das, was sie zu dem Menschen machte, der sie heute war. Wenn jemand ein Recht darauf hatte, alles darüber zu erfahren, dann sie.

Kaum dass Valerie das Arbeitszimmer betreten und die Tür hinter sich angelehnt hatte, blieb sie überrascht stehen. Im Vergleich zur spärlichen Möblierung im restlichen Haus strotzte dieses Zimmer geradezu vor Leben. Hohe Regale säumten die Wände auf beiden Seiten und waren vollbepackt mit Büchern, farbigen Ordnern und diversen Akten. Einzig für eine Pinnwand, die mindestens einen Meter breit war, machten die Regale Platz. Valeries Blick fiel auf einen Sessel mit Stehlampe, was wohl als Leseecke dienen sollte, doch der eigentliche Arbeitsort befand sich an einer anderen Stelle. Ein massiver Schreibtisch nahm fast die gesamte Wand gegenüber der Tür ein. Auch auf ihm türmten sich Akten und Mappen, leere Kaffeetassen und Notizzettel, aber es war das schwarze Notebook in der Mitte, das ihr Herz bei seinem bloßen Anblick schneller schlagen ließ.

In Sekundenschnelle saß sie in dem tiefen Ledersessel und klappte das Notebook auf. Insgeheim betete sie, auf keine Passwortabfrage zu stoßen, doch das Schicksal schien ihr nicht gnädig zu sein. Der Monitor leuchtete auf und zeigte einen schlichten, schwarzen Hintergrund. Davor blinkte das graue Eingabefeld für das Passwort.

Verdammt. Sie hatte keine Zeit, unzählige Kombinationen auszuprobieren, um vielleicht irgendwann auf die richtige zu stoßen. Sie wollte Antworten und zwar sofort.

Valerie ließ den Blick durch das Büro wandern. Natürlich könnte sie Adam erneut fragen, doch irgendetwas sagte ihr, dass er ihr ausweichen würde. Vielleicht die Tatsache, dass sie überall, wohin sie sah, etwas über diesen Fall entdeckte. Die Pinnwand war voll von Zeitungsausschnitten, verschwommenen Fotos von Überwachungskameras und handgeschriebenen Notizen. Die Akten auf dem Tisch behandelten diverse Söldnerkonzerne in den Staaten und wiesen mehrere bunte Markierungen auf, die sie keinem System zuordnen konnte. Es wirkte, als wäre Adam regelrecht besessen davon, die Schuldigen an Vances Tod zu finden.

Valerie sprang auf und begann, systematisch den Schreibtisch zu durchsuchen, Schubladen zu öffnen und sich durch die Akten zu wühlen. Nichts. Zumindest nichts, das sie weiterbrachte, weil es nichts mit ihr zu tun hatte. Sie hielt inne, als sie Schritte hörte – und atmete auf, als das Rauschen einer Dusche erklang.

Sie ging zur Pinnwand hinüber und entdeckte einen unscheinbaren Rollcontainer rechts darunter. Er war so von Papieren, Zeitungsartikeln und dergleichen verdeckt, dass er ihr beinahe nicht aufgefallen wäre. Doch unter dem Stapel ragte die Ecke einer weiteren Aktenmappe hervor. Vorsichtig zog sie die Akte heraus, die in bordeauxrot gehalten war und keine Beschriftung aufwies.

Noch bevor ihr Verstand begriffen hatte, was das bedeuten könnte, begann ihr Herz zu rasen. Gleichzeitig meldete sich die Stimme der Vernunft in ihr. Das, was zwischen Adam und ihr geschehen war, war etwas Bedeutsames. Wollte sie sein Vertrauen wirklich missbrauchen und in seinen Sachen herumschnüffeln? Das verstieß gegen jede Moral und Privatsphäre. Aber wenn er etwas verheimlichte, das mit ihr zu tun hatte, konnte sie nicht einfach wegsehen.

Sie biss sich auf die Unterlippe. Hier ging es um ihre Identität, um ihr Leben. Sollte sie wirklich ...?

Scheiß auf Moral und Privatsphäre. Sie öffnete die Akte im gleichen Moment, in dem das Rauschen der Dusche verklang.

25. KAPITEL

Adam konnte nicht schlafen. Er war bei Valerie geblieben, bis ihre Atmung gleichmäßig geworden war und sie sich in seinen Armen entspannt hatte. Doch dieselbe Ruhe hatte nicht von ihm Besitz ergreifen wollen. Das Vibrieren seines Handys war wie eine Erlösung gewesen, ein Grund und eine Entschuldigung zugleich, um sich vorsichtig von Valerie zu lösen und sich in seinem Arbeitszimmer zu verschanzen.

Adam schloss die Tür hinter sich. »Schieß los.«

Ein Teil von ihm lechzte danach, die neuen Informationen zu erfahren und mit den Ermittlungen fortzufahren. Doch ein anderer, erschreckend großer Teil in ihm wollte das Gespräch kurz halten und zu Valerie zurückkehren, damit sie noch ein paar Stunden länger die Welt um sich herum vergessen konnten.

»Es geht um Valerie«, sagte Derek am anderen Ende der Leitung ruhig. »Ich weiß jetzt, wer sie ist.«

Adam hielt inne. Jeder Muskel in seinem Körper schien aufs Höchste angespannt.

»Geh zu deinem Rechner«, verlangte Derek. »Ich habe dir ein paar Dateien geschickt.«

Adam folgte der Anweisung mit einem mulmigen Gefühl in der Magengrube. Die ganze Zeit über hatte er nach der Wahrheit gesucht, doch jetzt wusste er nicht, ob er tatsächlich dafür bereit war. Dennoch setzte er sich auf seinen Schreibtischstuhl und klappte sein Notebook auf. Nachdem er das Passwort eingegeben sowie das Netzwerk eingeschaltet hatte, entdeckte er den unscheinbaren gelben Briefumschlag am Rande seines Monitors, der im anzeigte, dass er eine neue Nachricht erhalten hatte. Zögerlich klickte er das Symbol an.

Die E-Mail war leer, dafür hatte Derek ihm mehrere Anhänge geschickt. Der erste war eine Bilddatei und zeigte Valerie. Im Großformat nahm ihr Foto den Bildschirm ein und ließ

Adam erstarren. Große, graugrüne Augen sahen ihm entgegen, die Haare waren ordentlich zurückgekämmt, ihre Konturen weicher, das Gesicht ernst und ein paar Jahre jünger. Es musste sich um ein Passfoto handeln.

»Was hast du herausgefunden?« Adam versuchte, seiner Stimme einen sicheren Klang zu geben und nicht daran zu denken, was in den vergangenen Stunden vorgefallen war.

»Ich musste mich in einige Datenbanken hacken und ziemlich tief graben, aber dann hatte ich einen Treffer«, erklärte Derek mit stolz geschwängerter Stimme.

»Du hast sie wirklich gefunden?«

»Allerdings.« Derek hämmerte auf sein Keyboard ein. »Darf ich vorstellen? Valerie Alicia Reed. Ehemalige Agentin bei niemand Geringerem als der Central Intelligence Agency.«

Adam blinzelte. Beinahe wäre ihm das Smartphone aus der Hand gerutscht. »Du verarschst mich ...«

»Nope. Deine Freundin ist eine ehemalige CIA-Agentin. Allerdings ist sie vor zweieinhalb Jahren nach einer Mission in Afghanistan ausgestiegen.«

Adam runzelte die Stirn, während er den nächsten Dateianhang öffnete und die Informationen überflog. Wie es aussah, war Valerie vor allem bei verdeckten Operationen im Einsatz gewesen, allerdings war auch vieles in ihrer Akte geschwärzt. Verdammt. »Was ist passiert?«

»Sie ist einer Terroristengruppe in die Hände gefallen.« Derek seufzte am anderen Ende der Leitung. »Ihre Leute haben sie zurückgelassen, um ihre Tarnung nicht zu gefährden. Typisches Vorgehen bei der CIA. Trotzdem hat Valerie die Mission zu Ende gebracht und den Anführer der Truppe ausgeschaltet.«

Adam wollte sich gar nicht vorstellen, was diese Frau damals durchgemacht haben musste. Dass sie den Auftrag dennoch zu Ende geführt und das Erlebnis mehr oder weniger unbeschadet überstanden hatte, sprach einmal mehr für ihren unbeugsamen Willen.

»Wie ist sie aus der Sache rausgekommen?«, hakte er nach.

»Eine Joint Task Force hat sie zusammen mit einer anderen

Agentin rausgeholt, die vor Ort stationiert war. Sydney Pierce. Arbeitet noch immer für die CIA.«

»Aktueller Aufenthaltsort?«

»Geheim.«

Natürlich. Seufzend lehnte sich Adam zurück und rieb sich mit der freien Hand über den Nacken. Er musste daran denken, wie oft er Valerie während ihrer kurzen Beziehung im Arm gehalten hatte, nachdem sie schlecht träumte. Auch in jener Nacht im Motel schrie sie im Schlaf, aber sie erzählte ihm nicht, wovon sie geträumt hatte. Damals tat er es als Albtraum ab, doch jetzt war er sich da nicht mehr so sicher. Vielleicht waren es Erinnerungen gewesen. Erinnerungen an etwas, das kein Mensch jemals erleiden sollte.

Kein Wunder, dass Valerie nach einem solchen Erlebnis nicht mehr Teil der CIA hatte sein wollen. Gefangenschaft und Folter konnten Schreckliches aus einem Menschen machen. In seinen Augen war das kein Grund, sein Land zu verraten, wohl aber, nichts mehr mit seinen ehemaligen Auftraggebern zu tun haben zu wollen.

»Aber jetzt pass auf«, holte Derek ihn aus seinen Gedanken. »Für diese Info musste ich verdammt tief graben, weil nichts davon in ihrer offiziellen Akte steht.«

»Was ist es?« Dass sie als Söldnerin arbeitete, wusste er bereits. Aber wo war Valerie noch hineingeraten? Drogen? Auftragsmord? Terrorismus?

»Offiziell ist sie nach dieser Sache ausgestiegen und hat sich quasi zur Ruhe gesetzt, aber in Wirklichkeit hat sie vor etwa zwei Jahren bei einer Spezialeinheit in Seattle angefangen, die den Namen HUNTERS trägt. Die Initialen stehen für *Hunting Unit for National Terrorism & Endangerment RiskS*.«

»Es ist mir scheißegal, wofür das steht«, knurrte Adam. »Ich will wissen, was sie da gemacht hat. Mit wem hat sie zusammengearbeitet? Was hat das mit ihrem Job in San Francisco zu tun?«

Derek schnalzte mit der Zunge. »Kumpel, die Einheit ist so geheim, dass alle Mitglieder unter einem Decknamen leben und es keinen Vermerk in ihren Akten gibt. Ich habe keine Ahnung, mit wem sie da was macht.«

Fuck. Das hatte ihm gerade noch gefehlt. »Wem untersteht die Einheit?«

»Niemand Geringerem als dem USSOCOM höchstpersönlich«, erwiderte Derek. »Dem United States Special Operations Command unterstehen die ganzen militärischen Spezialeinheiten, angefangen bei den Special Forces, Rangers und SEAL Teams über die Delta Force und Special Ops bis hin zu den HUNTERS. Die Truppe bekommt ihre Befehle von ganz oben.«

Adam runzelte die Stirn. Wenn Valerie wirklich Teil einer militärischen Spezialeinheit war, was hatte sie dann mit den Söldnern zu schaffen, die an jenem Abend die Ergreifung der Bastarde verhindert hatten, die den Menschen- und Waffenhändlerring geleitet hatten?

»Bekommst du mehr über diese HUNTERS heraus?« Adam kam auf die Beine und begann, in seinem Arbeitszimmer auf und ab zu laufen. »Ich will alles wissen. Was sind ihre Aufträge? Mit wem arbeiten sie zusammen? Welche Decknamen benutzen sie? Welche Mission hat Valerie nach San Francisco geführt?«

»Das dürfte schwierig werden, Mann. Falls du es nicht mitbekommen hast, aber das USSOCOM ist Teil des Department of Defense und da komme nicht mal ich rein. Die Firewalls gehören zu den besten der Welt.«

»Na wunderbar.« Fieberhaft überlegte Adam, wie sie dennoch Zugriff auf die Akten erhalten könnten. Der einzige Weg führte über seine Vorgesetzten und weit hinauf bis an die Spitze des FBIs, aber selbst dann war es fragwürdig, ob man ihnen Einsicht in die Akten erlauben würde. Selbst wenn sie so viel Glück hatten, würde der Antrag über mehrere Bundesebenen laufen und die Bearbeitung Tage, wenn nicht sogar Wochen dauern. So viel Zeit hatten sie nicht. Sobald die HUNTERS erfuhren, dass eine ihrer Agentinnen ohne Gedächtnis herumlief und verfolgt wurde, würden sie eingreifen und der Fall würde an sie übergehen.

Nein. Adam war nicht bereit, seine einzige Chance aufzugeben, die Mörder seines Partners zu finden.

»Gibt es einen Weg, an Vals Personalakte bei den HUNTERS heranzukommen?«

Derek schnaubte. »Schon versucht. Die Zentrale in Seattle hat die aggressivste Firewall, die mir je untergekommen ist. Die merken, dass ich anklopfe, noch bevor ich überhaupt die Hand gehoben habe.«

Eine weitere Sackgasse also. Fieberhaft grübelte Adam, wie sie an mehr Informationen über Valerie herankommen konnten. Wenn nicht über diese Spezialeinheit in Seattle, dann eben auf einem anderen Weg. »Wer hat die Joint Task Force zu Valeries Befreiung geleitet?«

»Sekunde.« Einige Klicks später stieß Derek einen leisen Pfiff aus. »Tyler Conway, ehemaliger Navy SEAL und – halt dich fest – mittlerweile ebenfalls in Seattle stationiert. Was für ein Zufall aber auch.«

Also hatte dieser Conway Valerie nicht nur aus der Gefangenschaft befreit, sondern hielt sich inzwischen in Seattle auf? Von einem Zufall konnte wirklich nicht die Rede sein. Vermutlich arbeitete Conway ebenfalls für diese HUNTERS.

»Können wir herausfinden, wo er sich zurzeit aufhält?«

»Wozu?«, fragte Derek prompt. »Damit wir ihm und den HUNTERS erzählen können, dass ihre Freundin gerade in San Francisco Amok läuft?«

Adam zuckte innerlich zusammen. »Sie läuft nicht Amok, sie hat ja nicht mal eine Ahnung, wer sie überhaupt ist.«

»Und das unterscheidet sich wie genau?«, hakte Derek nach. »Die Frau ist gefährlich. Deine Worte, nicht meine.«

Adam biss die Zähne zusammen und schluckte den Kommentar hinunter, der ihm auf der Zunge lag. Valerie war nicht die, für die Derek sie hielt. Nur mit größter Selbstbeherrschung gelang es Adam, ihm das nicht lautstark deutlich zu machen. Dabei hatte Derek allen Grund, Valerie für die Killerin zu halten, als die Adam sie ebenfalls gesehen hatte. Und jetzt? Wofür hielt er sie jetzt? Frustriert rieb er sich über den Nacken, ohne dieser Frage näher auf den Grund zu gehen.

»Wir müssen wissen, ob ein Auftrag Val nach Frisco geführt hat oder ob sie ihre Einheit verlassen hat.«

Und eine Söldnerin geworden war.

Kein unüblicher Karriereschritt, doch obwohl er bis vor Kurzem fest davon überzeugt gewesen war, dass Valerie genau dies getan hatte, regten sich jetzt lautstarke Zweifel. Wie konnte die Frau, die sich so warm und weich unter ihm angefühlt hatte, eine kaltblütige Auftragsmörderin sein? Denn nichts anderes waren die Leute, die Adam suchte.

»Finde einen Weg und mail mir die Daten«, bat er Derek. »Auch alles andere, was du über diese HUNTERS und Valerie herausfinden kannst. Ich will alles wissen: ihre Ausbildung, welche Kampftechniken sie beherrscht, wie sie vorgeht, welche Waffen und welche Munition sie benutzt.«

»Vielleicht auch noch, wie sie ihren Kaffee trinkt?«, warf Derek trocken ein.

»Das weiß ich schon«, schoss Adam zurück und schaltete seinen Drucker an. Er musste die Fakten vor sich sehen, sie mit allem vergleichen, was sich bereits an seiner Pinnwand und in den Akten angesammelt hatte. Nur so konnte er sich ein Bild machen.

»Soll ich die Daten auch an Wallace schicken?«

Er hielt inne. Laut den Vorschriften hatte er seinen Vorgesetzten über jeden Schritt der Ermittlungen zu informieren, was insbesondere für bedeutsame Entdeckungen galt. Dass Valerie nicht einfach nur eine Kriminelle, sondern ein möglicherweise ehemaliges Mitglied einer Spezialeinheit war, gehörte eindeutig in diese Kategorie. Aber sobald Wallace davon erfuhr, würde er sich mit seinen Vorgesetzten und diese sich mit dem zuständigen Leiter der HUNTERS in Verbindung setzen. Adam konnte es sich nicht leisten, ausgerechnet jetzt von diesem Fall abgezogen zu werden.

Verdammt. Er brauchte mehr Zeit. Die Wahrheit war ganz nah, er konnte sie förmlich riechen, aber dennoch nicht danach greifen und sie zutage fördern. Nur ein paar Tage. Mehr verlangte er nicht. Ein paar Tage, um diese Sache aufzuklären und die Zeit mit Valerie zu nutzen.

Adam ballte die Hände zu Fäusten und fluchte innerlich. Kam dieser Drang, die Sache allein durchzuziehen, wirklich daher, dass er so kurz vorm Durchbruch stand? Oder hatte Valerie ihm schon wieder die Sinne vernebelt? Seit diesem Kuss und allem, was danach geschehen war, hatte er kaum einen Gedanken an ihre Vergangenheit oder seinen Fall verschwendet – bis Derek ihn aus diesem Traum gerissen hatte.

»Blackbourne?«

Verflucht. Er musste das Richtige tun. Keine Ausflüchte mehr.

»Schick Wallace die Infos.«

26. KAPITEL

Ihr Name war Valerie Alicia Reed. Vater unbekannt. Sie war bei ihren Großeltern aufgewachsen, die nach ihrem Highschool-Abschluss verstorben waren, aber das hatte Adam ihr bereits erzählt.

Das College hatte sie sich aufgrund ihrer herausragenden sportlichen Leistungen mit einem Stipendium finanziert und war im Anschluss daran zur CIA gegangen. Nach der Ausbildungszeit war sie vor allem im Ausland undercover aktiv gewesen. Irak. Nordkorea. Russland. Afghanistan. Bei ihrer letzten Mission war sie einer Terroristengruppe in die Hände gefallen und ihr Team hatte sie zurückgelassen. Die Regierung hatte sich geweigert, das geforderte Lösegeld zu bezahlen, was einem Todesurteil gleichkam. Aber sie hatte Glück gehabt. Eine Joint Forces-Einheit hatte sie befreit und sicher zurück in die Staaten gebracht. Keine vierundzwanzig Stunden später hatte sie den Dienst quittiert und fast ein halbes Jahr in Krankenhaus und Reha verbracht.

Ihre Akte las sich wie ein schlechter Thriller. Dennoch sog Valerie jedes Wort in sich auf, las jeden Satz zweimal, um keine noch so unscheinbare Information zu übersehen. Sie wagte es erst zu blinzeln, als ihre Augen zu tränen begannen.

Adam wusste, wer sie war. Diese Erkenntnis traf sie beinahe härter, als ihr Leben in Stichpunkten vor sich aufgelistet zu sehen. Er hatte sie angelogen. Dieses verdammte Arbeitszimmer führte ihr nur zu deutlich vor Augen, was die ganze Zeit über sein Ziel gewesen war. Den Tod seines Partners zu rächen. Sie war nur eine weitere Stufe auf dem Weg dorthin gewesen.

Valerie wartete, bis sie Adam die Treppe herunterkommen hörte, aber selbst dann rührte sie sich nicht. Stattdessen zählte sie die Sekunden, bis er das Wohnzimmer betrat, wo er sie im einzigen Sessel sitzend vorfand. Die Wachsamkeit in seinen

Augen wurde durch Erleichterung ersetzt.

»Hier bist du«, sagte er mit einem Lächeln und kam auf sie zu. Seine Haare waren noch feucht und er roch nach frischem Duschgel. »Was machst du mitten in der Nacht hier unten?« Dann schien er ihren unbewegten Gesichtsausdruck zu bemerken und wurde schlagartig ernst. »Was ist los, Val?« Von einer Sekunde zur nächsten wieder ganz der professionelle FBI-Agent begann er, sich prüfend im Raum umzusehen. »Ist irgendetwas passiert?«

Auch wenn sie ihn nur zu gern weiter im Ungewissen gelassen und seine geheuchelte Besorgnis gesehen hätte – der Drang nach Antworten war größer. Also zog sie die bordeauxfarbene Akte neben sich hervor und warf sie Adam vor die Füße.

Wortlos bückte er sich danach, öffnete sie aber nicht. Wozu auch? Er wusste genauso gut wie sie, was darin stand. »Du warst in meinem Arbeitszimmer?«

»Interessant, dass dies das Erste ist, was dir dazu einfällt.« Mit einem Ruck stand Valerie auf. Ihr Atem ging stockend und ein kalter Schmerz bohrte sich in ihre Brust. »Du hast mich angelogen.«

»Das ist nicht wahr, Val.«

»Ach nein? Dann hast du also nur vergessen, mir zu erzählen, dass du viel mehr über mich und meine Vergangenheit weißt, als du zugeben wolltest?« Sie ballte die Hände zu Fäusten, um sich daran zu hindern, ihm eine Ohrfeige zu verpassen. »Und jetzt finde ich diese Mappe in deinem Arbeitszimmer, in dem du akribisch jedes Detail über mich notiert hast.«

Adam biss die Zähne so fest zusammen, dass seine Kiefermuskulatur hervortrat. »Ich habe versucht, mehr über dich herauszufinden. War es nicht auch das, was du wolltest? Zu wissen, wer du bist?«

Lügner. Als ob Hilfsbereitschaft sein einziger Beweggrund gewesen wäre. Wie in einem Tagebuch waren in dieser verdammten Akte Informationen über sie aufgelistet. Ihre Kampffähigkeiten, wie viele Angreifer sie in den vergangenen Tagen auf welche Weise ausgeschaltet hatte und welche Decknamen sie benutzte. Und das war nur der Anfang. Der Gedanke, dass Adam die ganze Zeit Buch über sie geführt hatte, ließ Übelkeit in ihr aufsteigen.

Er warf die Akte aufs Sofa. »Damit habe ich begonnen, nachdem du mich am Hafen angeschossen hast und verschwunden bist.«

»Und nie damit aufgehört«, beendete Valerie seinen Satz. Die Bitterkeit in ihrer Stimme ließ sie das Gesicht verziehen.

Adam seufzte tief. »Ich hatte keine Wahl, okay? Ich musste herausfinden, wer für den Tod von Vance verantwortlich ist und ...«

»Man hat immer eine Wahl!«, unterbrach sie ihn. »Ich habe dir vertraut!«

»Das ist nicht fair, Val.«

»Nicht fair?«, wiederholte sie kopfschüttelnd. »Du hast mich belogen, hintergangen und ausgenutzt, um an Infos über meine ehemaligen Auftraggeber heranzukommen. Und jetzt behauptest du, *ich* wäre nicht fair?«

»Ich habe einen Job zu erledigen, genau wie du in jener Nacht am Hafen.«

»Ich erinnere mich nicht an diese Nacht! Wann geht das endlich in deinen Kopf? Du kannst mich nicht für etwas verantwortlich machen, an das ich mich nicht mal erinnere!«

»Das ändert nichts an den Tatsachen, Valerie. Ich musste um jeden Preis herausfinden, wer du bist und was dein Auftrag war.«

Mit einem Mal wurde ihr eiskalt. Nein. Das konnte nicht wahr sein ... »Seit wann?« Ihre Stimme war nur noch ein raues Flüstern.

Etwas in seinen Augen erlosch und er wandte den Blick ab. »Seit ich dich im Diner getroffen habe. Ich musste meine Vorgesetzten darüber informieren. Ich wollte dich bloß ...«

»Also hast du die ganze Zeit über mit dem FBI zusammengearbeitet? Das hier – alles hier – ist nur ein weiterer Fall für dich gewesen?«

»Val …«, begann er.

»Gehörte es auch zu deinem Auftrag, mit mir zu schlafen?«

»Was?« Seine Augen weiteten sich. »Nein!«

»Was dann, hm? Erst den Job erledigen und Sex war der Bonus?«

»Verdammt, ich bin auf deiner Seite, Val!«

Sie wich zurück, blinzelte fassungslos. Seine Worte schmerzten mehr als die Geheimnisse zwischen ihnen.

»Du musst mir vertrauen.« Adam griff nach ihrer Hand, aber sie zog sie zurück, bevor er sie berühren konnte. »Ich kann dir helfen, heil aus dieser Sache rauszukommen.«

»Ach ja?« Ihre Worte trieften nur so vor Sarkasmus. »Bevor oder nachdem du dir sicher bist, auf welcher Seite ich stehe? Reicht ein bisschen Bettgymnastik aus, um dich zu überzeugen, oder braucht es etwas anderes?«

Adam fluchte. So aufgebracht hatte Valerie ihn seit jenem verhängnisvollen Abend im Diner nicht mehr gesehen, als er sie erkannt hatte und festnehmen wollte. Kurz darauf in der Gasse und im Motel hatte sie etwas in ihm zu sehen geglaubt, das sie dazu veranlasst hatte, ihm zu vertrauen und ihr Leben in seine Hände zu legen. Nur um herauszufinden, dass Adam sie von Anfang an für das FBI und seine eigenen Ziele ausgehorcht hatte. Er glaubte, dass sie seine Hilfe brauchte? Oh, nein. Sie war lieber allein, als sich von jemandem, dem sie vertraut hatte, ein Messer in den Rücken rammen zu lassen.

»Ich verschwinde von hier.« Ohne seine Reaktion abzuwarten, wandte sie sich ab.

»Warte!«

Sie reagierte nicht. Stattdessen umrundete sie das Sofa und steuerte die Haustür an – bis Adam ihr Handgelenk packte und sie festhielt.

»Es tut mir leid, aber ich kann dich nicht einfach abhauen lassen.« Tiefe Furchen hatten sich in seine Stirn gegraben. In seinen Augen kämpften die verschiedensten Emotionen miteinander. Eine leise Erinnerung regte sich in ihr, beinahe als hätte sie ihn schon einmal so gesehen – außer sich, wütend und mit sich selbst ringend. Für einen winzigen Moment meinte sie, den Geruch von Salzwasser, Öl und Fisch in der Nase zu haben, doch dann verflüchtigte sich der Duft genauso schnell wie das verschwommene Bild vor ihren Augen.

»Ich bin eine Gefangene?« Es fiel ihr schwer, die Worte auszusprechen. Gefangen. Adams Infos zufolge war sie schon einmal gefangen gewesen, was ihre blanke Panik vor der bloßen Vorstellung erklären würde.

»Du bist dort draußen nicht sicher«, warf er ein.

»Ach, aber bei dir bin ich sicher?« Sie schnaubte abfällig. »Lass mich los, Adam.«

»Damit du rausrennst und womöglich noch deinen Verfolgern in die Hände fällst? Keine Chance.«

Am liebsten hätte sie ihm entgegengeschrien, dass es ihm doch überhaupt nicht um sie und ihre Sicherheit ging. Vom ersten Moment an hatte er nur Informationen von ihr und durch sie gewollt. Nicht mehr und nicht weniger. Der Sex war nur ein netter Nebeneffekt ihrer erzwungenen Zweisamkeit gewesen. Wie ein scharfkantiger Dolch bohrte sich dieser Gedanke in ihr Innerstes, half ihr aber zugleich dabei, einen kühlen Kopf zu bewahren.

»Lass. Mich. Los.«

»Ich kann dich nicht gehen lassen.« Adams Griff um ihr Handgelenk wurde sanfter. Sein Daumen strich über ihre Haut, direkt über dem heftig pochenden Puls.

»Warum, verdammt noch mal? Warum ist meine Sicherheit so wichtig?«

Mit einem Ruck zog er sie an sich und war ihr plötzlich so nah, dass sie seinen warmen Atem in ihrem Gesicht fühlen konnte. »Darum«, raunte er und presste seinen Mund auf ihren.

Valerie war zu überrumpelt, um einen klaren Gedanken fassen zu können. Aber ihr Körper reagierte. Instinktiv sank sie gegen ihn und begann, den zornigen Kuss zu erwidern. Dabei sollte sie ihn von sich stoßen und ihm eine Ohrfeige dafür verpassen, dass er ihre Diskussion auf diese Weise zu beenden versuchte.

Seine Mund war heiß und unerbittlich. Valerie gab einen erstickten Laut von sich. Alles in ihr wehrte sich dagegen, diesen Kuss zu beenden, aber sie musste es tun. Sie hob die Hände und stieß ihn mit aller Kraft von sich. Dann drehte sie sich um und hetzte zur Eingangstür.

»Val!« Adams Stimme und das verräterische Klicken seiner Pistole ließen sie innehalten. »Zwing mich nicht, das zu tun.«

Sie erstarrte keinen Meter von der rettenden Haustür entfernt. Ihr Herz raste, ihr Handgelenk und ihre Lippen kribbelten. Doch die Panik, die sich in diesem Augenblick bei ihr einstellen sollte, blieb aus. Sie war nicht länger die verzweifelte Frau, die Adam im Diner gestellt hatte. Langsam hob sie die Hände und drehte sich zu ihm um. Er stand mit gezogener und auf sie gerichteter Pistole im Flur.

»Du wirst mich nicht erschießen.« Trotz der Bedrohung ließ sie die Arme sinken.

»Ach nein?«

»Nein.« Sie bewegte sich gerade auf verflucht dünnem Eis, aber sie musste es einfach riskieren. Wenn sogar Adam sie für seine persönliche Rache benutzt hatte, konnte sie niemandem mehr vertrauen. »Ich wünschte, ich könnte behaupten, ich bedeute dir zu viel und dass du mich deshalb nicht erschießt, aber die Wahrheit ist, dass du mich brauchst. Du und deine Leute – ihr braucht mich lebend.«

Da war sie. Die letzte Karte, die sie noch ausspielen konnte. Das letzte Ass im Ärmel.

Der Blick, mit dem Adam sie bedachte, traf sie bis ins Tiefste ihrer Seele. Es war derselbe Blick, mit dem er sie in jener Nacht am Hafen bedacht hatte, als sie den Abzug betätigt hatte. Und wie auch in jener Nacht ließ er jetzt die Pistole sinken. Doch statt wie damals selbst auf ihn zu zielen und abzudrücken, drehte sie sich auf dem Absatz um und stürmte aus dem Haus.

27. KAPITEL

Noch immer von dieser ruhigen Entschlossenheit gepackt, rannte Valerie die Stufen hinunter. Hinter sich hörte sie Adam fluchen, aber sie blieb nicht stehen, gönnte sich keinen Moment der Ruhe. Wenn sie anfing, darüber nachzudenken, was in den letzten Stunden geschehen war und was das für sie bedeutete, würde sie nicht mehr mit derselben Berechnung handeln können. Sie würde fühlen, verzweifeln, zusammenbrechen. Nichts davon konnte sie sich hier und jetzt leisten. Sie musste weiter.

Ihre Füße trugen sie die Straße hinunter, ihr keuchender Atem ihr einziger Begleiter. Es war nur eine Frage der Zeit, bis Adam und seine Leute die Verfolgung aufnehmen würden.

Adam ...

Valerie verbot sich jeden Gedanken an ihn und hetzte weiter, überquerte die Kreuzung, rannte an den am Straßenrand parkenden Autos vorbei und beinahe in eine junge Frau hinein, die mitten in der Nacht mit ihrem Hund vor die Tür ging. Egal. Weiter. Immer weiter.

Die wenigen Erinnerungen, die Valerie an ihr früheres Leben hatte, vermischten sich mit den jetzigen und ergaben ein schmerzhaft klares Bild.

Sie hatten recht gehabt. Jeder von ihnen.

Valerie war eine Soldatin, eine Agentin, eine Söldnerin.

Eine Mörderin.

Sie schüttelte den Kopf, als könnte diese Bewegung die bohrende Gewissheit vertreiben. Tat sie nicht.

Sie war eine Mörderin.

Als sie in die nächste Straße abbog, erklang das Röhren eines Motors hinter ihr. Valeries Fluchtinstinkt setzte ein und zwang sie dazu, noch schneller zu rennen, während der Wagen unaufhaltsam näher kam.

Ihr Atem ging keuchend. Das Herz drohte ihr aus der Brust

zu springen. Panik breitete sich in ihr aus, gewann die Oberhand und schaltete jeden klaren Gedanken in ihrem Kopf aus. Sie musste rennen. Musste fliehen. Niemand durfte sie kriegen.

In diesem Moment überholte sie ein schwarzer Van. Reifen quietschten. Schlitternd kam der Wagen vor ihr zum Stehen, halb auf der Straße, halb auf dem Bürgersteig, versperrte ihr den Weg.

Sie war eingekesselt. Irgendwo hinter ihr war Adam und vor ihr ... Ein Mann mit aschblondem Haar stieg aus. Valerie erkannte ihn, als ihre Blicke sich trafen. Es war derselbe wie jener im Wald, den sie mit einem Stein niedergeschlagen hatte. Einzig die frische Narbe an seiner Schläfe zeugte noch von diesem Kampf.

Ihr wurde kalt. Mit jedem Schritt, den er näher kam, wich sie vor ihm zurück. Kurz nach ihrer Flucht hatte sie noch mit ihren Schuldgefühlen gekämpft, weil sie ihn für tot gehalten hatte – jetzt wünschte sie sich nichts sehnlicher, als ihn damals im Wald umgebracht zu haben.

Im harten Licht der Straßenlampen glich sein Gesicht einer Maske. Steingraue Augen sahen sie an. Augen, die kein Gefühl kannten, keine Spur von Mitleid. Mit dem Rücken stieß sie gegen den Kofferraum eines parkenden Autos. Sie war gefangen. Wie ein streunendes Tier, das von Wilderern eingekreist worden war.

»Hallo Jessica. So sieht man sich wieder.« Seine Stimme schnitt wie ein Rasiermesser durch ihre Eingeweide. »Oder sollte ich dich eher Valerie nennen?«

Woher zum Teufel wusste er das? Und wie hatte er sie gefunden?

»Na, na, jetzt tu nicht so überrascht«, tadelte er sie und kam noch etwas näher. »Du hast doch nicht wirklich geglaubt, dass du uns so leicht loswirst, oder?«

Er hob die Hand, als wolle er sie an ihre Wange legen, packte dann aber ihre Kehle. Sie drehte den Kopf von ihm weg, doch er zwang sie mit einem kräftigen Ruck dazu, ihn wieder anzusehen.

Bilder tanzten vor ihren Augen.

Dieselbe Situation, ein anderer Ort.

Genugtuung flackerte in seinen Augen auf, als er ihre Verwirrung bemerkte.

»Na also«, murmelte er nah an ihrem Gesicht. Sie hätte schwören können, dass selbst sein Atem eiskalt war. »Du gehörst zu uns, Valerie. Komm, lass es mich dir beweisen.«

Reifenquietschen.

Schüsse.

Mit einem Mal kam Valerie wieder zu sich. Ihr Knie schoss in die Höhe. Mit einem Schlag ihres Ellbogens befreite sie sich aus dem Griff des Mannes und gleichzeitig von ihren Erinnerungen.

Ein dunkelblauer Sportwagen hielt neben ihr. Für den Bruchteil einer Sekunde glaubte sie, den Wagen schon einmal irgendwo gesehen zu haben. Die Beifahrertür schwang auf. »Steig ein!«

Sie zögerte keine Sekunde. Valerie sprang in den Wagen und zog die Tür hinter sich zu. Sofort röhrte der Motor auf. Der Fahrer legte den Rückwärtsgang ein und dirigierte sie in aberwitziger Geschwindigkeit vom Ort des Geschehens weg.

»Alles okay?« Der Fahrer war männlich, Ende zwanzig, vielleicht auch Anfang dreißig. Er hatte die Statur eines Läufers, kurzgeschnittenes blondes Haar und braune Augen. Das Grübchen in seiner Wange ließ ihn gleichermaßen jungenhaft wie lächerlich attraktiv wirken.

Aber wer war er? Und warum hatte er ihr geholfen?

Ein nicht zu deutendes Gefühl sammelte sich in ihrer Brust, drängend wie ein Begriff, der ihr auf der Zunge lag, ihr aber einfach nicht einfallen wollte.

»Warum hast du dich nicht zurückgemeldet?« An der Kreuzung drehte er den Wagen so schnell um, dass ihr schwindlig wurde und fädelte sich in den nächtlichen Verkehr ein. Erst dann warf er ihr einen fragenden Blick zu. »Val?«

»Wer zum Teufel bist du?«, stieß sie mit klopfendem Herzen hervor. Sie kannte ihn. Ganz bestimmt. Da war etwas Vertrautes an ihm, aber sie konnte es nicht einordnen. War er Freund oder Feind?

»Das ist ein Witz, oder?« Ein Stirnrunzeln, dann breitete sich Ungläubigkeit auf seinem gebräunten Gesicht aus. »Scheiße, du erinnerst dich nicht?«

Sie schüttelte den Kopf.

»An nichts mehr?«

»So gut wie«, gab sie unumwunden zu, überrascht von ihrer eigenen Ehrlichkeit.

Sein Kiefer spannte sich an. »Das erklärt einiges.« Mit einem gemurmelten Fluch sah er wieder auf die Straße. »Mein Name ist Logan. Ich bin Mitglied einer Organisation, die sich die HUNTERS nennt. Genau wie du übrigens.«

Valerie schnaubte und versuchte sich nichts von ihrem plötzlich rasenden Herzen anmerken zu lassen. »Warum sollte ich dir das glauben? Nichts für ungut, *Logan*, aber der Kerl vorhin hat auch behauptet, dass ich zu seinen Leuten gehöre und ich bin ziemlich sicher, dass er mich umlegen wollte.«

An einer roten Ampel kamen sie zum Stehen und Logan wandte sich ihr zu. Alles Lockere und Playboyhafte war aus seiner Haltung verschwunden. Er wirkte so ernst, dass Valerie unwillkürlich schlucken musste.

»Dein Name ist Valerie Reed. Du hast für die CIA gearbeitet, bevor du zu uns kamst. Frag mich nicht, warum, denn die Gründe dafür hast du uns nie genannt. Vor etwa zwei Jahren bist du mit Tyler aufgetaucht und hast dich uns angeschlossen.« Logan hob die Hand, um sie zu unterbrechen, noch bevor sie den Mund öffnen konnte. »Du bist 28 Jahre alt und wurdest vor sechs Monaten zusammen mit Zachary Dunn von Seattle nach San Francisco versetzt. Er ist dein Partner für diese Mission. Weißt du, wo er steckt?«

Das Bild eines Mannes mit blondem Haar und Surferlook tauchte vor ihrem inneren Auge auf. Sie wusste nicht, ob es eine echte Erinnerung war oder sie sich nur etwas aufgrund der Fotos zusammenspann, die sie gesehen hatte. Das änderte jedoch nichts an den Tatsachen.

»Er ist tot«, flüsterte sie und spürte einen Stich im Herzen.

Sie sah sich zusammen mit Zach an einem Küchentisch sitzen. Schweigend aßen sie Spaghetti, während sie um ihre Beherrschung kämpfte. Als sie abräumen wollte, legte er seine Hand auf ihren Arm und hielt sie davon ab. Er musste nichts sagen, denn sie erkannte in seinen Augen, dass er genau wusste, wie sie sich fühlte. Dass er das widerliche Gefühl von Schuld kannte, das sie so kurz nach der Nacht im Hafen mit sich herumschleppte. So kurz nachdem sie Adam angeschossen hatte.

Ein eisiger Schauder ließ sie erzittern. Zach hatte ihr gesagt, sie solle sich keine Sorgen machen. Dass sie ins Safe House gehen sollte, während er alle Spuren verwischen und nachkommen würde. Aber er war nie zurückgekehrt.

Logan stieß einen harschen Fluch aus und schlug gegen das Lenkrad. »Das hätte nicht passieren dürfen«, presste er hervor. »Bis vor einer Woche wusste ich nicht, worum es bei eurem Auftrag ging.«

»Was war vor einer Woche?« Sie war erstaunt, wie ruhig ihre Stimme klang, obwohl ihre Hände sich in ihrem Schoß ineinander verkrallt hatten.

Die Ampel sprang auf Grün. »Der Kontakt zu euch ist abgebrochen«, erwiderte Logan und fuhr weiter. »Wir sind hergekommen, um euch zu helfen.«

»Wenn das die Wahrheit ist«, begann Valerie und sah in den Seitenspiegel, »warum ist dir dann noch nicht aufgefallen, dass wir von einem schwarzen BMW verfolgt werden?«

Wie auf Kommando sah Logan in den Rückspiegel, aber statt aufs Gas zu gehen und sie in Sicherheit zu bringen, hob er die Hand und gab dem Fahrer hinter sich ein Zeichen.

»Schon okay. Das ist Aiden. Er gehört zu uns.« Nach einem kurzen Blick in ihr fragendes Gesicht, lachte er ironisch auf. »An Aiden erinnerst du dich auch nicht mehr? Mann, das wird sein Ego ganz schön ankratzen.«

An einer Kreuzung bog Logan ohne Vorwarnung oder Blinker nach rechts ab und beschleunigte den Sportwagen.

Aiden blieb an ihnen dran, dennoch behagte Valerie dieses Vorgehen nicht.

»Glaubst du, dass sie uns immer noch folgen?«

»Ich glaube es nicht, ich weiß es. Die Kerle scheinen verdammt scharf darauf zu sein, dich in die Finger zu kriegen.« Logan zwinkerte ihr zu. »Nur gut, dass ich zur Stelle war, um deinen hübschen Hintern zu retten.«

Sie schnaubte. »Du hast keine Ahnung von meinem Hintern, Ryder.« Die Erwiderung kam so schnell und selbstverständlich, dass sie selbst überrascht war. Ebenso über seinen Nachnamen, den er ihr bisher nicht genannt hatte. Dann tauchte ein unbehaglicher Gedanke in ihrem Kopf auf. »Oder etwa doch?«

Logan stieß ein kurzes Lachen aus. »Nur in meinen Träumen, wie du immer zu sagen pflegst.«

Ein Lächeln schlich sich auf ihre Lippen. Da war etwas Vertrautes zwischen ihnen. Etwas, das sie weder benennen noch als klare Erinnerung vor sich sehen konnte, aber es war definitiv da. Und es fühlte sich ... gut an. Ein bisschen wie nach Hause zu kommen, was auch immer zu Hause in ihrem Fall bedeutete. »Erzähl mir mehr«, bat sie.

»Du joggst bis zum Umfallen und bist ein absoluter Hundefan, kannst dir aber keinen anschaffen, solange du im Dienst bist. Du schaust gern diese ganzen Crime-Serien und liebst Pommes. Mit Süß-Sauer-Soße. Meiner Meinung nach eine total ekelhafte Kombination, aber ich muss es ja nicht essen.« Logan kratzte sich an der Schläfe.

In diesem Moment durchzuckte sie ein Bild. Dieselbe Geste hatte sie schon mal gesehen, aber nicht in einem Wagen sitzend. Sie hatte sich seit jeher geweigert, ein Auto zu besteigen, das Logan Ryder fuhr. Irritiert runzelte sie die Stirn. »Warum wollte ich nie bei dir mitfahren?«

Sein Kopf ruckte herum. Zuerst glaubte sie, er wäre wütend und überrascht, aber dann lachte er leise. »War ja klar, dass du dich ausgerechnet daran zuerst erinnern würdest.« Er bog in eine schmalere Straße ab. Sie hatte keine Ahnung, was Logans Ziel war. Vielleicht fuhr er auch nur kreuz und quer durch die

Straßen, um ihre Verfolger abzuhängen.

»Ich bin ein Streetracer«, sagte er schließlich.

Fragend hob sie die Augenbrauen, denn bei diesem Begriff regte sich absolut nichts in ihr.

»Kennst du *The Fast and the Furious*? *Need for Speed*? Ach Shit, du kennst es bestimmt, hast es aber vergessen. Jedenfalls fahre ich Autorennen. Für Geld. Das ist der Grund, warum du nie bei mir mitfahren wolltest.«

»Ist das legal?«

Logan kniff ein Auge zusammen, antwortete jedoch nicht. Aber das war auch nicht nötig, denn sein kaum unterdrücktes Grinsen verriet ihn. Unglaublich. Selbst dabei regte sich etwas in ihr, eine entfernte Erinnerung, die sie nicht so recht zu fassen bekam.

Sie wollte etwas darauf erwidern, als das Smartphone am Armaturenbrett aufleuchtete und die Anzeige von einer Straßenkarte zu einem Gesicht umschaltete. Der Anrufer war ein Mann mit schwarzem Haar, das sie von der Länge her an Zach erinnerte, aber im Gegensatz zu ihm besaß er tiefblaue Augen und harte Konturen.

»Wir kriegen Besuch«, sagte er statt einer Begrüßung. »Aus zwei Richtungen.«

Kaum ausgesprochen tauchte ein schwarzer Van auf der Spur neben ihnen auf und Valerie sah in das Gesicht von Teagan. Ihr Herz blieb für eine Sekunde stehen, aber ihr blieb keine Zeit zum Reagieren. Mit einem Mal nahm der Sportwagen an Geschwindigkeit auf und überholte den Van mit quietschenden Reifen.

»Wer sind die Kerle?«, stieß sie hervor.

»Söldner von RedSky. Du warst undercover dort.« Logan warf einen Blick zurück und runzelte die Stirn. »Wer sind die anderen?«

Schlagartig wurde ihr heiß und kalt zugleich. Nach der Begegnung mit Teagan und ihrer Flucht mit Logan hatte Valerie beinahe vergessen, vor wem sie davongelaufen war. Scheinbar waren Adam und seine Leute nicht untätig geblieben.

»FBI.«

»FBI?«, echoten Logan und Aiden wie aus einem Mund. »Scheiße, was haben die hier zu suchen?«

Valerie schüttelte den Kopf. Sie rasten mit viel zu hoher Geschwindigkeit durch San Franciscos nächtlichen Verkehr, aber der Van blieb an ihnen dran. Und es kamen zwei weitere Autos dazu.

»Lange Geschichte.«

»Okay«, unterbrach Logan sie. »Erzähl sie uns später bei einem Bier. Aid?«

Er nickte. »Ich sorge für ein Ablenkungsmanöver.«

Mit einem Mal wurde das Display schwarz. Hinter ihnen bog der BWM ab und fuhr gen Osten. Zwei Autos folgten ihm. Der Van blieb an ihnen dran.

Logan überholte einen anderen Wagen in halsbrecherischem Tempo und riss das Lenkrad herum, um einem entgegenkommenden Auto auszuweichen. Wütendes Hupen folgte. Instinktiv klammerte sich Valerie an den Türgriff. Mit einem Fluch auf den Lippen tippte Logan auf das Handy in der Halterung ein. Gleich darauf erschien das Gesicht einer jungen Frau auf dem Display – kurzgeschnittene braune Haare, weiche Konturen, ein strahlendes Lächeln.

»Val! Ich bin ja so ...«

»Wiedersehensfreude später, Unterstützung jetzt«, schnitt Logan ihr das Wort ab. »Wir werden verfolgt. Such mir einen Weg hier raus.«

Im ersten Moment wirkte sie überrascht, fing sich jedoch rasch wieder und schnappte sich ein Tablet. »Alles klar, das wird einen Moment dauern.«

»Lass mich nicht hängen, Ri.«

Riley. Beim Anblick der Fremden rührte sich etwas in Valeries Unterbewusstsein. Sie wusste mit absoluter Sicherheit, dass die Frau Riley hieß, auch wenn ihr der Nachname nicht einfallen wollte. Dafür tauchten andere Bilder in ihrem Kopf auf. Gelächter. Lange Gespräche. Der Geruch von Popcorn und Nagellack in der Luft. Als einzige Frauen in der Zentrale hatten sie, wann immer es ihnen möglich war, einen Mädelsabend veranstaltet und haufenweise DVDs angeschaut. Sie konnte Riley vor sich sehen, aber nicht das Zimmer, in dem sie zusammensaßen. Hektisch blinzelte sie die Gedanken weg. Sie musste sich auf das Hier und Jetzt konzentrieren. Wenn sie das überlebte, konnte sie immer noch in Erinnerungen schwelgen.

Über das Smartphone dirigierte Riley sie durch die Straßen, während Logan ihren Anweisungen blind zu vertrauen schien. Sie musste nur »Jetzt« sagen und er riss das Lenkrad in derselben Sekunde herum.

Ob Valerie diesen Menschen dasselbe Vertrauen entgegengebracht hatte, bevor ihr altes Leben aus ihrem Kopf ausgelöscht worden war? In den wenigen Erinnerungen, die Logans Auftauchen in ihr ausgelöst hatte, wirkten sie nicht wie distanzierte Kollegen – sondern wie Freunde. Wie eine Familie.

Plötzlich ging ein kräftiger Ruck durch das Auto. Valerie wurde nach vorn geschleudert. Der Sicherheitsgurt schnitt in ihre Haut und drückte ihr für einen Moment die Luft ab. Der Wagen geriet ins Schleudern und krachte mit der Frontseite gegen einen Strommast.

Rauch stieg unter der Motorhaube auf. Valerie sah nach links zu Logan. Zu ihrer Erleichterung war er bei Bewusstsein und rieb sich den Hinterkopf.

»Was zur Hölle ...?«, begann er und brach mitten im Satz ab. Schneller als sie antworten konnte, riss er das Handy aus der Halterung und entfernte die Speicherkarte. Er knickte sie, dann warf er sie zusammen mit dem Smartphone in den Fußraum und zerstörte beides, indem er kräftig darauf trat.

In diesem Moment wurden Valerie zwei Dinge klar: Er wollte Riley nicht in Gefahr bringen – und ihre Flucht war gescheitert.

Als sie den Kopf hob, blickte sie direkt in den Lauf einer Pistole.

28. KAPITEL

Verdammt. Er hätte Valerie nicht so einfach gehen lassen dürfen. Wütend auf sich selbst und die ganze verfluchte Situation eilte Adam die Stufen hinunter, während er sich das Handy ans Ohr hielt. Mit knappen Worten informierte er seine Kollegen über die aktuelle Lage und sah sich um. Keine Spur von Val zu sehen, aber sie konnte noch nicht weit gekommen sein. Er hatte den gestohlenen Jeep fast erreicht, als ein silberner Wagen neben ihm anhielt.

»Blackbourne!« Adam sah auf und begegnete dem wutverzerrten Gesicht seines Vorgesetzten, der aus dem Wagen stieg. Früher einmal mit dunklen Haaren, waren diese jetzt größtenteils ergraut, dennoch gab Special Agent Wallace mit den breiten Schultern und dem harten Zug um den Mund eine stattliche Figur ab. Ein Mund, der jetzt zu einer zornigen Linie zusammengepresst war. »Können Sie mir erklären, wie sie Ihnen entkommen konnte?«

Wallaces Frage war klar und deutlich, doch was er wirklich wissen wollte, war: Hatte sie Hilfe gehabt? Hatte er ihr vielleicht bei der Flucht geholfen? Sie gehen lassen?

Adam fluchte innerlich. Dass ihn jemand bei seinem Auftrag überwachte, sollte ihn nicht verwundern. Aber es durfte ihn sehr wohl verärgern. Er biss die Zähne zusammen. »Nein, Sir.« Die Lüge ging ihm leichter über die Lippen, als er gedacht hatte.

»Sie sollten die Zielperson überwachen und uns Informationen über ihre Auftraggeber beschaffen, damit wir die Bastarde fassen können«, fuhr Wallace ihn an und riss die Beifahrertür auf. »Stattdessen lassen sie sich von ihr einlullen und legen sich mit einer Spezialeinheit an, die uns sehr bald im Nacken sitzen wird, wenn sie herausfinden, was mit ihrer Agentin passiert ist. Verdammt, Blackbourne, ich dachte, diese Frau hat Ihnen in die Schulter geschossen und nicht ins Hirn!«

Ohne ein weiteres Wort stieg er ein. Adam verschwendete keine Zeit damit, über das Disziplinarverfahren nachzudenken, das ihm möglicherweise bevorstand. Er sprang hinter das Steuer des geklauten Jeeps und startete den Motor. Im letzten Moment riss Henrikson die Tür auf und ließ sich neben ihn auf den Beifahrersitz fallen.

Wortlos gab Adam Gas. Er bog nach rechts ab, während Wallace an der Kreuzung nach links fuhr. Zu Fuß konnte Valerie höchstens ein paar Straßen weit gekommen sein.

»Wallace hat darauf bestanden, dass ich euch im Auge behalte und ihm regelmäßig Bericht erstatte. Wir waren in der Nähe, seit du sie in dein Haus gebracht hast«, verteidigte Henrikson sich mit verkniffenem Gesicht und schnallte sich eilig an. »Wie konnte sie dir überhaupt entwischen?«

»Nicht jetzt.« Am besten nie. Denn wenn irgendjemand erfuhr, dass er Valerie hatte gehen lassen, würde ihn das seinen Job kosten.

Kaum ausgesprochen, schoss ein blauer Sportwagen an ihnen vorbei und kam mit quietschenden Reifen etwa zweihundert Meter entfernt zum Stehen. Zwischen den Gestalten auf der Straße erkannte er Valerie, auch wenn er in der Dunkelheit nur ihre Konturen ausmachen konnte. Doch die Art, wie sie sich bewegte, verriet sie. Ob hier draußen auf der Straße oder in einem Diner am Rande der Stadt – Adam hätte sie überall wiedererkannt.

Sie kämpfte sich ihren Weg frei und sprang in den Sportwagen. Verflucht.

»Henrikson, das Nummernschild!«

»Bin schon dabei.« Der jüngere Agent zog sein Handy hervor und schaltete den Lautsprecher ein. »Derek, wir haben hier einen blauen Mustang mit kalifornischem Kennzeichen. Alamo Square, San Francisco.« Er nannte ihm die Zahlen und Buchstaben des Nummernschilds.

»Die Kerle sind uns schon mal in die Quere gekommen«, knurrte Adam und nahm die Verfolgung auf. Beim Anblick des blauen Sportwagens musste er unweigerlich an die kurze

Begegnung in Sausalito zurückdenken. Bis eben hatte er geglaubt, die Typen wären ebenfalls hinter Valerie her – und jetzt halfen sie ihr?

»Der Wagen ist zugelassen auf einen gewissen Louis Stark aus Los Angeles«, holte Dereks Stimme ihn aus seinen Gedanken zurück.

Adam runzelte die Stirn und sah in den Rückspiegel. Hinter ihnen sprangen die schwarzgekleideten, bewaffneten Männer in ihre Autos. »Wer ist der Typ?«

»Ein Niemand. Dreißig Jahre, ledig, keine Vorstrafen, nicht mal ein Strafzettel.«

Verflucht. Das wurde ja immer besser. Adam holte sein Smartphone aus seiner Jackentasche und warf es Henrikson in den Schoß.

»Ist es das, was ich denke, das es ist?«, fragte dieser ungläubig und griff nach dem Gerät.

Adam schwieg. Vor ihm fädelte sich der Mustang in den nächtlichen Verkehr ein. Ein dunkler Van holte auf der anderen Spur auf.

»Scheiße, du hast sie verwanzt?«, rief Henrikson aus.

Adam zuckte innerlich zusammen. »Ich musste etwas tun, also habe ich einen Peilsender vor ein paar Tagen an ihrem Schuh angebracht – nur für den Fall der Fälle«, erwiderte er mit zusammengebissenen Zähnen. »Ich konnte sie nicht einfach abhauen lassen.«

Er war so ein verdammtes Arschloch – und ein Heuchler noch dazu. Valerie und seinen Vorgesetzten konnte er vielleicht vormachen, nur einen Job zu erledigen, aber nicht sich selbst. Diese hartnäckige, unglaublich starke Frau hatte es erneut geschafft, sich in sein Herz zu schleichen. Unbemerkt hatte sie seine Schutzwälle überwunden und sich ausgerechnet dort breitgemacht, wo er nie wieder etwas hatte empfinden wollen.

»Du meinst, du musstest sicher sein, auf welcher Seite sie steht«, mischte Derek sich per Lautsprecher ungefragt in das Gespräch ein.

Adam widersprach nicht, denn im Grunde hatte Derek recht.

Ja, er musste herausfinden, für wen Valerie arbeitete und auf welcher Seite sie stand. Aber nicht ihres oder seines Jobs wegen. Nicht aufgrund ihrer Vergangenheit. Er musste wissen, ob sie die Frau war, für die er sie hielt. Die Frau, die er in der vergangenen Woche neu kennengelernt hatte. Die Frau, die ihm noch immer unter die Haut ging und deren verletzter Blick ihn nicht losließ, nachdem sie entdeckt hatte, was er ihr alles verschwiegen hatte. Er musste herausfinden, ob alles nur eine einzige große Lüge gewesen war, auf die er bereits zweimal hereingefallen war, oder ... Ja, oder was? Weiter kam er nicht, da tauchte ein schwarzer BMW vor ihnen auf und brachte sie beinahe von Valeries Spur ab.

»Scheiße, wer ist das?«, fluchte Henrikson und krallte sich am Seitengriff fest, als Adam in eine Kurve schoss.

»Jemand, der anscheinend unbedingt mitspielen möchte«, knurrte Adam. Waren es ebenfalls Söldner, die ihr die Sicherheit lediglich vorgaukelten, um sie anschließend auszuliefern? Oder hatten ihre Kollegen von den HUNTERS sie tatsächlich so schnell gefunden?

Aus den Augenwinkeln bemerkte er, wie Henrikson beim Vibrieren seines Smartphones Derek aus der Leitung warf und erneut auf den Lautsprecherbutton drückte.

»Wo zum Teufel stecken Sie?«, brüllte Wallace.

»Highway 101, Richtung Norden. Die Zielperson hat sich mit einem Mann namens Louis Stark zusammengetan. Sie werden von mehreren Fahrzeugen verfolgt.«

Wallace fluchte. »Lassen Sie sie nicht aus den Augen, Blackbourne! Wir sind auf dem Weg.« Damit legte er auf.

»Kannst du ihr Signal noch orten?«, fragte er an Henrikson gewandt, ohne den Blick von der Straße zu nehmen. Der schwarze BMW war noch immer vor ihnen und verdeckte die Sicht auf den blauen Mustang, in dem Valerie saß.

»Ich versuche es, aber es ist schwach.«

»Derek, was ist mit dir?«, hakte Adam nach.

»Bin dabei«, kam die Antwort aus Henriksons Handy, sobald Derek wieder in der Leitung war.

Adam lenkte seine Konzentration zurück auf die Straße. Der verdammte BMW ließ sich nicht überholen. Auf den steilen Straßen San Franciscos wäre es glatter Selbstmord, es dennoch zu versuchen.

»Hoffentlich ist die Verstärkung gleich da«, murmelte Henrikson und schüttelte Adams Smartphone. »Oh Shit!«

»Was?« Adam warf ihm einen schnellen Seitenblick zu. »Was ist los?«

»Die Verbindung ist weg. Muss irgendein Störsignal sein.«

Kaum ausgesprochen, bog der BMW nach rechts ab, gleichzeitig meinte Adam, den blauen Mustang am Ende der Straße zu entdecken und trat aufs Gas. Jetzt, wo der verdammte BMW weg war, konnte er aufholen.

»Bekommst du das Signal wieder rein?« Ein Taxifahrer hupte wütend hinter ihnen, nachdem Adam ihn geschnitten hatte. »Derek?«

»Ich arbeite daran, hetz mich nicht.«

Statt abzubremsen, trat Adam weiter aufs Gas, solange er noch ein winziges Aufblitzen des Sportwagens in der Ferne erkennen konnte – dicht gefolgt von einem schwarzen Van. Der nächste Hügel nahm ihnen für ein paar Sekunden die Sicht. Adam biss die Zähne zusammen, als sie mit halsbrecherischem Tempo über die Hügelkuppe bretterten und sein Magen einen unangenehmen Salto machte.

»Zwecklos«, murmelte Henrikson neben ihm. »Ohne das Signal sind wir geliefert.«

Adam hörte kaum, was er sagte, stattdessen bremste er und starrte auf das Bild, das sich ihm bot. Neben einem verlassenen Supermarkt entdeckte er den blauen Sportwagen am Straßenrand. Aber es war der Rauch, der daraus in die kalte Nachtluft stieg, bei dessen Anblick ihm das Herz stehen blieb.

Wenige Minuten später brachte er den Jeep neben dem verbeulten Sportwagen zum Stehen, stieg aus und rannte auf den Unfallwagen zu. Er riss die Tür auf, doch das Innere des Wagens war leer. Von Fahrer und Beifahrerin war nichts zu sehen.

Das durfte doch nicht wahr sein! »Fuck!« Mit beiden Händen fuhr er sich durch das Haar und entfernte sich ein paar Schritte von der Unfallstelle. Sein Puls raste. Der Rauch brannte in seinen Augen und seiner Lunge. Aber es war die quälende Frage, ob es Valerie gut ging, die ihn nicht los ließ. Die Frage danach, ob sie noch am Leben war.

Aus der Ferne erklangen die ersten Sirenen. Polizei, Feuerwehr, Rettungskräfte, doch diese würden niemanden zum Retten vorfinden. Valerie und ihre männliche Begleitung hatten sich in Luft aufgelöst. Verdammt!

»Blackbourne«, rief Henrikson, der noch immer neben dem Auto kniete, das nur noch für den Schrottplatz taugte. »Ich denke, ich habe hier etwas.«

Adam gab den herannahenden Polizeistreifen ein Zeichen und hielt seine Dienstmarke in die Höhe, dann eilte er über die Straße zu Henrikson, der ihm die Reste eines Smartphones entgegenhielt.

»Das gehört nicht Val«, murmelte Adam und drehte das zersplitterte Ding in den Händen. Das Display war zerbrochen, die Speicherkarte geknickt, der Akku fehlte ganz und musste sich noch irgendwo im Wageninneren befinden. »Dasselbe Vorgehen wie in Sausalito«, murmelte er und drückte seinem Kollegen die Überbleibsel des Smartphones in die Hand.

»Wovon redest du?« Henrikson hatte den Akku inzwischen gefunden und versuchte, das Smartphone wieder einzuschalten. »Vielleicht kann Derek ein paar Daten retten, aber es sieht nicht gut aus.«

Adam nickte geistesabwesend. Alles andere hätte ihn auch gewundert. Diese HUNTERS wussten, was sie tun mussten, um nicht gefunden zu werden. Adam würde nicht anders handeln. Doch jetzt musste er Valerie finden und es war ihm völlig egal, was er dafür tun musste. Entschlossen griff er nach seinem Smartphone. Ein einziges Klingeln später ertönte Wallace' eisige Stimme. »Was?«

Adam informierte ihn kurz und knapp über die Geschehnisse, während er die nähere Umgebung im Auge behielt. Im

Osten ging bereits die Sonne auf und ein paar Schaulustige hatten sich hinter dem Absperrband der Polizei versammelt, doch keiner von ihnen wirkte auffällig.

»Wir haben den BMW an der Lombard Street verloren«, sagte Wallace zähneknirschend.

Die leise Hoffnung, die Adam gehegt hatte, dass Wallace den Fahrer des schwarzen BMWs hatte fassen können, starb im gleichen Moment. Er fluchte innerlich.

»Bleiben Sie vor Ort, Blackbourne!«, befahl Wallace grimmig. »Wir sind gleich da.«

Adam nickte, bevor er auflegte. Valerie war verschollen und er saß hier fest, bis sein Vorgesetzter zu ihnen stieß. Verdammte Scheiße! Alles in ihm drängte danach, loszustürmen und Valerie zu finden, doch dafür mussten sie das Signal von ihrem Peilsender wieder reinkriegen. Sein Daumen schwebte bereits über dem Anrufen-Button, um Derek nach dem neuesten Stand zu fragen, als er den schwarzen Wagen bemerkte, der sich der Unfallstelle mit wahnwitziger Geschwindigkeit näherte. Mit quietschenden Reifen kam er vor dem Absperrband zum Stehen und trieb die Menge auseinander. Sofort waren die anwesenden Polizisten in Alarmbereitschaft und hoben die Waffen.

»Nicht schießen!« Der Mann, der aus dem Wagen stieg, hob deutlich sichtbar die Hände. Er hatte etwa Adams Größe, aber hier endeten die Gemeinsamkeiten auch schon. Schwarzes Haar fiel ihm in die Stirn, unter der sich dunkle Brauen zusammenzogen. Ein markantes Gesicht, eine trainierte Statur und ein Tattoo, das unter dem Ärmel seines schwarzen T-Shirts verschwand, vollendeten das Bild. Als er näherkam, erkannte Adam ihn als einen der Männer wieder, die das Safe House in Sausalito gestürmt hatten. Er gehörte zu dem Kerl in dem blauen Sportwagen.

»Mein Name ist Aiden Morgan«, rief er. »Ich arbeite für eine militärische Spezialeinheit, die sich die HUNTERS nennt. Wir stehen auf derselben Seite.«

Adam musterte den Fremden einen Moment lang, dann

senkte er seine Pistole und wies die anderen Männer mit einem Kopfnicken an, seinem Beispiel zu folgen. »Special Agent Adam Blackbourne, FBI«, stellte er sich vor und winkte den Mann heran. »Was können Sie uns sagen?«

Morgan blieb neben ihm stehen und musterte das Wrack mit zusammengekniffenen Augen. »Mein Kollege und ich wurden hergeschickt, um die Mission zu Ende zu bringen, nachdem der Kontakt zu unseren Leuten verlorengegangen ist.«

»Mission?« Adam schob seine Glock zurück in das Holster und musterte Morgan misstrauisch. »Was ist passiert? Und kommen Sie mir nicht mit irgendeiner beschissenen Ausrede bezüglich der Geheimhaltung!«

Morgans Mundwinkel zuckten, aber er zeigte kein Lächeln. »Werde ich nicht. Mein Boss telefoniert gerade mit Ihrem. Die Sache wurde zu einer Joint Task Force erklärt.«

Adam starrte ihn an. »Mit welchem Ziel?«

»Die gefangengenommenen Agenten zu befreien und den Leiter von RedSky hochzunehmen.«

»RedSky?« Adam kannte nicht nur den Namen des Söldnerkonzerns, sondern die ganze verdammte Hierarchie und Kommandostruktur. Nachdem ihnen klar geworden war, dass Söldner bei der Schießerei am Hafen beteiligt gewesen waren, hatten seine Leute jedes infrage kommende Militärunternehmen überprüft. Darunter auch RedSky unter der Leitung von J. R. Teagan. Ohne Erfolg. Sie hatten nichts gefunden.

»Wir vermuten schon lange, dass es bei RedSky nicht mit rechten Dingen zugeht«, informierte Morgan ihn sachlich. »Vor einem halben Jahr haben wir zwei unserer Agenten undercover eingeschleust, um der Sache auf den Grund zu gehen und Beweise für Teagans Schuld oder Unschuld zu sammeln. Er ist der Kopf von RedSky.«

»Ich weiß«, knurrte Adam. »Ich hatte schon mit ihm zu tun.«

»Ich auch«, gestand Morgan zu seiner Überraschung und verschränkte die Arme vor der Brust. »Ursprünglich war Valerie nicht für diese Mission vorgesehen, sondern ich. Zachary Dunn ist mein Partner. Aber da ich eine Vergangenheit mit Teagan habe, wurde entschieden, dass Valerie den Job übernimmt.«

Adam musterte den Mann mit gerunzelter Stirn. »Was soll das heißen?«

»Teagans Bruder war Teil einer Spezialeinheit. Wir haben zusammen gedient, jetzt ist er tot. Aber das spielt keine Rolle«, fuhr Morgan fort. »Mit jeder Minute, die wir hier verschwenden, wird es gefährlicher für meine Leute. Wir müssen sie finden.«

»Wie haben Ihre Leute uns überhaupt aufgespürt?«, wandte Adam ein, ohne den Kerl aus den Augen zu lassen. Etwas an Morgans Art ging ihm gehörig gegen den Strich.

»Als der vereinbarte Anruf vor einer Woche ausblieb und wir weder Val noch Zach erreichen konnten, wussten wir, dass irgendetwas nicht stimmt«, fuhr Morgan mit gepresster Stimme fort. »Logan und ich wurden damit beauftragt, herauszufinden, was passiert ist.«

»Zumindest haben Sie das Safe House gefunden«, warf Adam ein und verschränkte die Arme vor der Brust.

»Die Position war uns von Anfang an bekannt. Das war unsere erste Anlaufstelle. Aber erst als der Alarm losging, sind wir noch mal hingefahren.«

»Moment mal, Valerie hat den Alarm ausgeschaltet«, widersprach Adam. Er hörte einen Wagen herannahen und ganz in der Nähe stehen bleiben. Türen wurden zugeschlagen und Stimmen laut. Das musste Wallace sein.

Morgan zog einen Mundwinkel in die Höhe. »Den Alarm an der Tür, ja, aber nicht den im Inneren des Gebäudes. Unsere Anlagen sind immer doppelt und dreifach gesichert. Und mit ihren verlorengegangenen Erinnerungen wusste Val das offensichtlich nicht mehr. Was sich als Glücksfall herausgestellt hat, denn nur so konnten wir sie aufspüren.«

Adam hielt den Blick des anderen Agenten fest. »Sie hätten wenigstens sagen können, wer Sie sind, bevor Sie auf uns geschossen haben.«

»Gleichfalls«, konterte dieser unbeeindruckt.

»Blackbourne!« Nicht Wallace, sondern Henrikson trat neben

ihn. In den Händen sein Smartphone, auf dem ein heller Punkt blinkte. Schwach, aber deutlich. »Das Signal ist wieder da, aber die Verbindung ist nicht besonders stabil. Keine Ahnung, wie lange noch, bevor sie endgültig zusammenbricht.«

»Dann los! Morgan, Sie fahren uns hinterher.« Adam wartete die Reaktion des anderen nicht ab, sondern drehte auf dem Absatz um und marschierte zu seinem Wagen.

Auf dem Weg informierte Wallace ihn über die Joint Task Force und dass Adam die Leitung überstellt wurde. Gott sei Dank! Mit diesem Morgan als Anführer würde er es keine fünf Minuten aushalten.

Seine Gedanken waren klar auf das Ziel vor ihm fokussiert. Valerie befreien und Teagan das Handwerk legen. Doch in seinem Inneren rangen die unterschiedlichsten Emotionen miteinander. Erleichterung darüber, dass Valerie scheinbar nicht die Seiten gewechselt und ihre Leute verraten hatte. Angst um diese sture, mutige Frau. Unermesslicher Zorn auf Teagan. Die ganze Zeit über waren die Schuldigen praktisch direkt vor ihren Augen gewesen, aber er hatte sie nicht erkannt. Doch das hatte nun ein Ende. Teagan würde für den Tod von Vance büßen. Und er würde dafür bezahlen, was er Valerie angetan hatte.

29. Kapitel

Valerie gab einen erstickten Laut von sich. Ihr Kopf fühlte sich an, als würde er jeden Moment zerbersten und ihre Arme schmerzten von der ungewohnten Position. Blinzelnd öffnete sie die Augen und versuchte, sich zu orientieren. Kalte, graue Wände umgaben sie, ohne Fenster, mit nur einer Tür zu ihrer Rechten.

Sie legte den Kopf in den Nacken und starrte in das Licht einer einzelnen Glühbirne, die von der Decke baumelte und den Raum in ein mattes, flackerndes Licht tauchte. Ihre Arme waren mit einem Seil über ihrem Kopf gefesselt, das an einem Stahlbalken hing. Ihre Fußspitzen berührten kaum den Boden. Probeweise zerrte sie an den Fesseln, verzog aber im gleichen Moment das Gesicht. Das raue Material rieb über ihre Handgelenke und schickte Schmerzstöße bis hinunter in ihre Schultern. Ihr Puls schnellte in die Höhe und kalter Schweiß trat ihr auf die Stirn. Sie war gefangen. Ausgeliefert.

Aber nicht allein.

Neben ihr erklang ein tiefes Stöhnen.

»Logan!«, rief sie leise. Keine Reaktion. Seine Augen waren geschlossen, aber seine Brust hob und senkte sich gleichmäßig. »Verdammt noch mal, Logan!«, zischte sie. »Wir können hier nicht ewig rumhängen, also wach gefälligst auf!«

Seine Wimpern flatterten, er bewegte die Lippen und gab ein leises Schmatzen von sich. »Oh yeah, Baby ...«, nuschelte er. »Fester ... Mmh, genau so ... du freches Luder ...«

Oh mein Gott. Valerie verzog das Gesicht und versuchte, die Bilder aus ihrem Kopf zu verbannen. Das gehörte definitiv zu den Dingen, die sie niemals hatte hören wollen. Sie schüttelte sich, dann versuchte sie es noch einmal. »Logan!«

Sein Kopf ruckte in die Höhe. »Scheiße, was ist passiert?« Er kniff die Augen zusammen, als wäre die einzelne Glühbirne zu viel Helligkeit für ihn. Genau wie sie zog er an den Fesseln, die ihn gefangen hielten.

»Abgesehen davon, dass du sogar in einer Situation wie dieser Sexträume hast?« Valerie schnaubte. »Sie haben uns gefasst. RedSky.«

Logan starrte sie von der Seite an. »Du erinnerst dich wieder?«

Die Bilder in ihrem Kopf waren ein einziges Chaos. Gesichter ohne Namen, Daten und Zahlen ohne jeden Sinn, Erlebnisse mit Menschen, die sie zu kennen glaubte. Menschen, die ihr etwas bedeuteten.

»Nur an vereinzelte Bruchstücke. Alles hätte gestern oder vor Jahren passieren können.« Ihr Murmeln war so leise, dass sie es selbst kaum verstand, doch Logan nickte grimmig.

»Wir müssen hier raus«, sagte er, als wäre das nicht offensichtlich genug, während er ein weiteres Mal an seinen Fesseln zerrte. »Ich hab nicht vor, dasselbe Schicksal zu erleiden wie Zach.«

Bei dem Gedanken an Zach zog sich Valeries Magen zusammen. Ihre Erinnerungen an ihn waren verschwommen, aber sie wusste, dass sie ihm vertraut hatte. Er war ein guter Mann gewesen. Das musste er gewesen sein, sonst würde sein Tod nicht diese seltsame Leere in ihr hinterlassen.

»Ich bin offen für Ideen«, erwiderte sie.

Kaum hatte sie die Worte ausgesprochen, näherten sich schwere Schritte. Die Stahltür wurde aufgeschlossen und ein großgewachsener Mann mit breiten Schultern und aschblondem Haar betrat den Raum.

Jeder Muskel in ihrem Körper spannte sich an, als der Blick aus diesen gefühllosen Augen auf sie fiel.

»Teagan«, würgte sie hervor, als würde es sich allein bei seinem Namen um pures Gift handeln.

Der Angesprochene musterte sie einen Moment lang und nickte dann, als wäre er zufrieden mit dem, was er sah. »Ich muss zugeben, dass du all meine Erwartungen übertroffen hast, Valerie.«

Wovon zum Teufel redete er da? Sie spürte Logans

fragenden Blick auf sich, konnte ihre Augen aber nicht von Teagans harten Gesichtszügen abwenden. Die Narbe an seiner Schläfe war ein Rückbleibsel von ihrem Kampf im Wald, eine fleischgewordene Erinnerung. Sie hätte ihn in jener Nacht töten sollen.

»Du hast doch nicht wirklich geglaubt, dass du vor uns fliehen kannst, oder?« Teagan lachte kurz und hart.

Eine Gänsehaut kroch wie hunderte Spinnenbeine über Valeries Körper. Ihre inneren Alarmglocken schrillten so laut, dass ihr Kopf davon dröhnte.

»Wir haben dich gehen lassen, Valerie«, fuhr Teagan so gelassen fort, als würden sie sich bei einem guten Glas Whisky am Kamin unterhalten. »Du hast dich als Doppelagentin bei uns eingeschleust und wir haben dich als ebensolche zurückgeschickt.« Mit dem Zeigefinger tippte er sich an die Schläfe. »Wusstest du, dass es Medikamente gibt, die in der richtigen Dosierung eine Blockade im Gehirn auslösen?«

»Was soll der Bullshit?« Logan starrte zwischen ihnen hin und her. »Val?«

Das Misstrauen und die Ungläubigkeit in seiner Stimme waren wie Schnitte auf ihrer Haut. Valerie zuckte zusammen. »Das ist nicht wahr ...«, flüsterte sie.

»Oh doch.« Teagan stellte sich dicht vor sie und zum ersten Mal meinte sie, so etwas wie eine Emotion in seinen stahlharten Augen erkennen zu können. Es war Genugtuung, die darin schimmerte. Die Art von Genugtuung, die man empfand, wenn man als Sieger aus einer Sache hervorging. »Eine einzige Spritze hat ausgereicht, um deine Erinnerungen auszulöschen und dich zu einer willigen Doppelagentin zu machen, die uns zu ihren Leuten führt. Oder vielmehr ihre Leute zu uns.«

»Nein!«

Das durfte nicht wahr sein. Sie durfte nicht all die Menschen in Gefahr gebracht haben, die ihr etwas bedeuteten. Ihre Kollegen und Freunde bei den HUNTERS. *Adam.* Oh Gott, sogar ihn hatte sie dieser Gefahr ausgesetzt ...

»Die ganze Zeit warst du auf der Flucht, dabei wussten wir

immer genau, wo du dich aufhältst. Was meinst du, warum meine Leute dich so oft aufgespürt haben? Am Pier oder in diesem schäbigen Motel, in dem du dich mit deinem Lover eingenistet hattest?«

»Wie ...?«, stieß sie hervor. Wie hatten seine Leute sie ständig im Auge behalten, sie immer wiederfinden können?

»Die Narbe an deinem Knie.«

Valerie runzelte die Stirn. Wovon redete er da?

»Nach der Aktion am Hafen bin ich misstrauisch geworden. Da war auf einmal etwas in deinen Augen, das nicht zu der kalten Söldnerin gepasst hat, die du uns vorgespielt hast.« Teagan griff nach einer ihrer Haarsträhnen und wickelte sie sich um den Finger. »Als du dich kurze Zeit später bei einem Einsatz am Knie verletzt hast, war es ein Leichtes, dir während der Behandlung einen Peilsender einpflanzen zu lassen. Du solltest wirklich vorsichtiger sein, Valerie.« Das Lächeln auf seinen Lippen erreichte seine Augen nicht. »Ich wusste von Anfang an, dass wir so ein hübsches und schlagkräftiges Ding wie dich gut gebrauchen können.«

»Fahr zur Hölle!« Am liebsten hätte sie ihm erneut bewiesen, wie schlagkräftig sie tatsächlich sein konnte, aber ihr waren die Hände gebunden – im wahrsten Sinne des Wortes.

»Oh, glaub mir, dort wirst du landen, sobald wir deine HUNTERS-Freunde ausgeschaltet und deinem Lover einen weiteren Denkzettel verpasst haben«, sagte Teagan und trat zurück »Ihr habt euch mit dem Falschen angelengt, Süße. Aber dank dir ist es jetzt ein Leichtes, an denjenigen ranzukommen, der schon lange mein Ziel war. Also vielen Dank, dass du mich zu ihm geführt hast, Valerie.«

Eine heftige Übelkeit breitete sich in ihr aus, als ihr das volle Ausmaß ihrer Handlungen bewusst wurde. Auf der Flucht vor Teagan und seinen Männern hatte sie die Söldnertruppe direkt zu Adam und dem FBI geführt. Aber damit nicht genug. Sie hatte ihre Mission gefährdet und ihr eigenes Team in Lebensgefahr gebracht, indem sie nach Antworten gesucht hatte. Es war praktisch unmöglich, die Mitglieder der HUNTERS aufzuspüren, selbst wenn man wusste, wonach man suchen musste. Decknamen, eine scheinbar neue Karriere, ein neues Leben. Ein Teil der HUNTERS zu sein, glich einem Zeugenschutzprogramm. Und jetzt hatte dieser Schutz ihretwegen einen Riss bekommen.

»Wen?«, wollte Logan mit unverhohlenem Zorn in der Stimme wissen. »An wen wolltest du rankommen?«

Teagan betrachtete ihn, als wäre ihm erst jetzt aufgefallen, dass Logan gefesselt neben ihnen an einem Seil baumelte. »Aiden Morgan.« Er spuckte die Worte förmlich aus. »Zugegeben, ich war etwas betrübt, dass ich nicht ihn zusammen mit dir aufgreifen konnte, Valerie, aber er wird kommen. Ihr HUNTERS lasst eure Leute nie zurück, nicht wahr?«

Seine Worte hallten wie ein Echo in ihrem Kopf wider. Aiden ... Blinzelnd versuchte sie das Bild zu greifen, das vor ihrem inneren Auge auftauchte.

Geh zum Safe House und informiere die anderen. Ich komme nach. Du musst Aiden warnen, hörst du?

Zachs Stimme geisterte durch ihren Kopf. Und plötzlich ergab sich ein schrecklich klares Bild. »Du wusstest, wer wir waren«, stieß sie hervor und zog an ihren Fesseln, die jedoch nur tiefer in ihre Haut schnitten. »Du hast es gewusst.«

»Nach der Schießerei am Hafen, ja«, bestätigte Teagan ohne mit der Wimper zu zucken. »Es herauszufinden war nicht besonders leicht, aber an deine Leute heranzukommen?« Er schüttelte den Kopf. »Unmöglich. Es sei denn, man hat ein Ass in Form einer Doppelagentin im Ärmel. Ich wusste, dass sie früher oder später hier auftauchen würden, um nach dir und deinem Partner zu suchen. Es war nur eine Frage der Zeit, bis du sie gefunden hättest oder sie dich. Alles, was ich tun musste, war zu warten und dich in die richtige Richtung zu lenken.«

Die Angriffe seiner Männer, die Schießereien. Sie hatte sich nie gefragt, warum sie den Kerlen entkommen waren, obwohl diese sie immer wieder aufgespürt hatten. Wie hatte sie nur so dumm, so naiv sein können?

»Aiden ist unschuldig«, beharrte sie, ohne alle Fakten zu

kennen. Aber sie kannte Aiden, selbst wenn ihre Erinnerungen an ihn dunkel waren.

Mit einem Schritt war Teagan bei ihr und packte sie grob am Kinn. »Du hast keine Ahnung, du weißt nichts!«, knurrte er und grub seine Finger so fest in ihre Haut, dass sie sicher war, Spuren davonzutragen. »Er hat meinen Bruder auf dem Gewissen und dafür werden er und jeder, der mit ihm zusammenarbeitet, bezahlen. Und ihr beide macht den Anfang.«

Ruckartig ließ Teagan sie los und ging in Richtung Tür, neben der ein muskelbepackter Riese mit dunklen, zusammengebundenen Haaren stand.

»Warte!«, stieß Valerie hervor. In ihrem Kopf reihten sich Bilder aneinander, ohne einen Sinn zu ergeben, aber etwas musste sie dennoch wissen. »Was ist mit Zach passiert?«

Teagan drehte sich zu ihr herum. Ein desinteressierter Ausdruck lag auf seinem Gesicht, fast so, als würde sie mit dieser Frage nur seine kostbare Zeit verschwenden. »Er war ein Spion, also haben wir ihn ausgeschaltet. Du hast dabei zugesehen, ohne einen einzigen Finger zu rühren.«

Nein. *Nein, nein, nein!* Wieder und wieder schrie eine Stimme in ihrem Inneren dieses Wort, aber sie brachte es nicht über ihre Lippen. Sie hätte niemals einfach nur zugesehen, wenn jemand vor ihren Augen getötet wurde, schon gar nicht, wenn es sich dabei um ihren Partner handelte. Doch bevor sie etwas einwenden konnte, erreichte Teagan die Tür und gab dem Hünen einen eindeutigen Befehl. »Hol so viel aus ihnen raus, wie du kannst. Namen, Orte, Zugangscodes. Danach erledigst du sie.«

Der Mann nickte und zog ein Klappmesser aus seiner Tasche hervor. Hinter ihm schloss sich die Tür.

Valerie zog an ihren Fesseln. Vergebens. Der muskelbepackte Kerl schien sich Logan als sein erstes Opfer ausgesucht zu haben und steuerte diesen mit einem süffisanten Grinsen an.

Valeries Herz raste. Sie musste einen Weg finden, sich und Logan zu befreien, bevor dieser Mistkerl sie in Scheibchen schnitt. Einem inneren Impuls folgend, nahm sie das Seil in die

Hände und begann, ihren Körper vor und zurück zu schwingen. Ihre Bemühungen brachten ihr zwei irritierte Blicke ein, aber sie hörte nicht damit auf.

»Val ...?« Logans Stimme klang besorgt. »Was hast du vor?« Er zerrte an seinen Fesseln und richtete seine Aufmerksamkeit wieder auf den Söldner. »Können wir nicht in Ruhe bei einem Bier darüber reden? Ich bin sehr viel gesprächiger, wenn du mir einen ausgibst.«

Die Messerklinge streifte seinen Oberarm und hinterließ eine rote Blutspur knapp unterhalb des T-Shirt-Ärmels.

»Autsch, verdammt!«, knurrte Logan. »Okay, ich kann auch die erste Runde ausgeben, wie wäre das?«

Valerie hörte die Antwort nicht mehr, denn in diesem Moment nutzte sie den Schwung, um sich hochzuhieven und ihre Beine um das Seil zu schlingen. Aus den Augenwinkeln registrierte sie, wie Logan ausholte und dem Söldner einen Tritt in die Eingeweide verpasste.

Ihre Muskeln brannten von der plötzlichen Anstrengung, aber sie hielt sich fest. Zentimeter um Zentimeter kletterte sie nach oben, bis sie den Balken erreichte, um den die Seile gespannt waren und sich daran hochzog. Ohne ihr eigenes Körpergewicht, das an den Fesseln zerrte, konnte sie diese leichter lösen. Unter ihr kämpfte Logan noch immer mit dem Söldner.

»Was auch immer du vorhast, mach schn...« Ein kräftiger Faustschlag beendete Logans Satz. Sein Kopf flog herum und er spuckte Blut auf den Boden.

Valerie biss die Zähne zusammen und entwand erst die eine, dann die andere Hand aus den Fesseln. Die Schürfwunden an ihren Handgelenken bluteten, aber sie spürte es kaum, denn sie war zu sehr damit beschäftigt, freizukommen. Sie hielt sich an dem Balken fest, suchte fieberhaft den richtigen Winkel, dann ließ sie sich daran hinuntergleiten. Dabei nutzte sie den gewonnenen Schwung aus und kickte den Söldner zu Boden. Erst dann ließ sie los und landete schwer atmend, aber sicher auf ihren Füßen.

Sofort fand sie, wonach sie suchte. Das Klappmesser lag wenige Meter neben Logan auf dem Boden. Valerie hechtete zu der Waffe und hob sie auf, dann eilte sie zu Logan und streckte sich, um an seine Fesseln zu kommen. Umsonst. Er war mindestens zehn Zentimeter größer als sie.

»Hinter dir!«

Logans plötzliche Warnung ließ sie herumwirbeln. Sie reagierte instinktiv. Ihre rechte Hand schoss nach vorn und die Klinge schnitt durch Fleisch und Muskeln. Die Augen des Söldners weiteten sich fassungslos, aber er brach nicht zusammen. Erst als sie das Messer zurückzog und ihm einen Stoß gab, sackte er auf die Knie.

Ein weiterer Mensch, der durch ihre Hand sterben würde. Der Gedanke bereitete ihr Übelkeit, aber sie hatte keine Zeit, sich jetzt damit zu befassen. Mit einer Hand hielt sie sich an Logan fest, mit der anderen sprang sie neben ihm in die Höhe, bis sie ihm den Messergriff in die Hand drücken konnte. Wenige Sekunden sowie ein paar Flüche später hatte Logan sich befreit und rieb sich die schmerzenden Handgelenke.

»Lass uns diesen Flachwichsern ordentlich in den Hintern treten«, knurrte er.

30. KAPITEL

»Bereit?«

Adam reichte den Feldstecher an Aiden Morgan weiter, der neben ihm im Gebüsch kauerte. Sie befanden sich weit außerhalb von San Francisco vor einer ehemaligen Konservenfabrik. Das Gelände wirkte verlassen, doch das Signal von Valeries Peilsender kam eindeutig aus einem der Gebäude.

»Kann losgehen«, antwortete Morgan mit gedämpfter Stimme. Obwohl er den Anschein machte, es gewohnt zu sein, den Ton anzugeben, hatte er sich problemlos unter Adams Kommando gefügt. Zusätzlich hatte er ihn mit allen nötigen Informationen zu Valeries und Zachary Dunns Mission bei RedSky versorgt.

Adam hob den Arm und gab der Einsatztruppe, die sich hinter ihnen positioniert hatte, das Startzeichen. In Zweierteams rannten sie über das Gelände und sicherten es, während Derek sie über Funk in die richtige Richtung navigierte.

Sie fanden keine Wachen vor, dafür Überwachungskameras, an denen Derek sie vorbeimanövrierte. Schnell und lautlos schlichen sie sich bis zum Hauptgebäude, vor dem drei Autos parkten, eines davon ein schwarzer Van. Alle verlassen. In einem steckte sogar noch der Schlüssel. Adam ging weiter, dicht gefolgt von Morgan, der ihm Rückendeckung gab. Durch einen Seiteneingang brachte Derek sie ins Innere, in dem die Luft kühl und abgestanden war. Ihre Schuhe hinterließen Abdrücke auf dem staubigen Boden. Sie folgten dem Gang, vorbei an mehreren Abzweigungen, bis zu einer breiten Stahltür, doch die Freigabe blieb aus.

Adam griff an seinen Ohrknopf. »Was ist los, Derek?«

»Das Signal ist weg. Sekunde«, informierte dieser sie über Funk. »Da! Ich hab's wieder, aber ...«

»Was aber?«, hakte Adam ungeduldig nach. »Was ist los?«

»Valerie bewegt sich. Nur zwei, nein, drei Räume weiter. Jetzt ist sie in einem Gang parallel zu ...«

Schüsse.

Adams Herzschlag setzte einen Moment lang aus. Er machte auf dem Absatz kehrt und rannte in die entgegengesetzte Richtung. Hinter sich hörte er ein Fluchen, dann schnelle Schritte.

»Führ mich hin, Derek!«

Während dieser ihm die Anweisungen durchgab, kreiste nur ein einziger Gedanke in Adams Kopf: Sie lebte. Valerie war am Leben. Doch für Erleichterung war keine Zeit, nicht, solange sie noch in höchster Gefahr schwebten.

Mit gezogenen Waffen blieben sie an der Abzweigung stehen, die in besagten Gang führte. Adam lugte als Erstes um die Ecke und versuchte, sich einen Überblick zu verschaffen. Ein Mann hatte Schutz hinter einem Mauervorsprung gesucht. Zwei andere feuerten vom Ende des Gangs auf ihn und kamen dabei unaufhaltsam näher.

»Fuck, das ist Logan«, raunte Morgan auf einmal hinter ihm. »Er gehört zu uns.«

Ein weiteres Mal spähte Adam um die Ecke, dann nickte er Morgan zu und verließ seine Deckung. Zwei Kugeln trafen den Angreifer auf der linken, zwei weitere den auf der rechten Seite. Beide Männer sackten leblos zu Boden.

»Hey, Leute.« Logan sah ihnen erleichtert entgegen und hielt seine Pistole in die Höhe. »Ihr habt nicht zufällig Ersatzmunition mitgebracht?«

Wortlos warf Morgan ihm ein Magazin zu und prüfte die andere Seite des Gangs, während sich Adam an Logan wandte. »Wo ist Valerie?«

Grimmig presste Logan die Lippen zusammen. »Sie ist hinter Teagan her. Der Drecksack versucht zu fliehen.«

Verflucht! Das hatte ihm gerade noch gefehlt.

»Das sollte eine Rettungsmission sein«, grollte Adam.

»Tja, wir alle kennen Val«, kommentierte Logan trocken und rieb sich etwas Blut von der Wange. Der Kerl sah aus, als wäre er in eine Faust hineingerannt – mehrmals und mit höchster

Geschwindigkeit. Sein linkes Auge war komplett zugeschwollen und bereits bläulich verfärbt. Auch an seinem Arm zeigten sich Blutspuren. »Übrigens danke«, sagte er an Morgan gerichtet.

»Nichts zu ...«

»Nicht für deine Hilfe, du Arsch, sondern wegen Teagans Rachefeldzug. Der Kerl hat einen Bruderkomplex und will dich tot sehen.«

»Wissen wir«, unterbrach Adam ihn. »Weiter!« Er folgte dem Gang. Bis auf ihre Schritte war nichts zu hören, was seinen Puls noch weiter hochschnellen ließ. Waren sie zu spät? Derek zufolge bewegte sich Valerie nicht länger, was Adam nur noch mehr in Alarmbereitschaft versetzte. Er würde diesen Teagan umbringen, wenn er ihr etwas antat.

Sie bogen in einen weiteren Gang, Adam an der Spitze, Logan dicht hinter ihm, während Morgan die Nachhut bildete.

Adam wollte Derek gerade nach weiteren Richtungsangaben fragen, als ein Mann um die Ecke bog. In der ersten Sekunde starrte er sie an, dann griff er in Windeseile nach seinem umgehängten Gewehr. Ein einziger Schuss stoppte ihn, bevor er den Abzug betätigen konnte. Adam drehte sich um und sah in Morgans steinerne Miene, als dieser die Pistole senkte.

»Danke.«

»Kein Problem.«

Sie wollten gerade weitergehen, als erneut Schüsse zu hören waren. Adam rannte den Gang hinunter, immer den Geräuschen hinterher. Jemand erwiderte das Feuer, doch dann kamen weitere Schüsse hinzu. Verdammt, es schien ganz so, als steckte Valerie in Schwierigkeiten.

»Sie ist in der Halle direkt vor euch!«, rief Derek über Funk.

Adam erreichte die Stahltür als Erstes und stieß sie auf. »FBI!« Mit gezogener und entsicherter Waffe betrat er den langgezogenen Raum – und ging sofort hinter ein paar Kisten in Deckung, als auf ihn geschossen wurde.

Verdammt! Mit einem schnellen Blick prüfte er die nähere Umgebung, während er lauschte, aus welcher Richtung die Schüsse kamen. Sie befanden sich im Erdgeschoss einer ehemaligen Lagerhalle. Die riesigen Fenster waren vergittert und das Glas größtenteils zerbrochen. Kein geeigneter Fluchtweg. Möglicherweise befand sich irgendwo ein anderer Zugang in die Halle, doch den mussten sie erst einmal finden.

Neben ihm hechtete Logan hinter die schützenden Holzkisten. »Scheiße, drückt mir eine Barrett light fifty in die Hand und ich schalte diese Bastarde in Nullkommanichts aus.« Doch stattdessen hantierte er mit einer Pistole, die noch dazu nicht seine eigene zu sein schien.

»Jetzt bin ich dran, also gib mir Deckung Kumpel«, bat Adam, wartete sein knappes Nicken ab und stand dann auf. Er feuerte in die Richtung, aus der die ersten Schüsse gekommen waren, doch der Mistkerl hatte sich hinter einem Betonpfeiler verschanzt. Von der Tür her kamen weitere Schüsse, die nur von Morgan stammen konnten.

Adam nutzte den Moment, um sich umzusehen. Nur wenige Meter entfernt lieferten sich drei weitere Personen ein Feuergefecht. Hinter einem Betonpfeiler lehnte Valerie. Ihre Haut war blass, feuchte Haarsträhnen klebten an ihrer Stirn und sie wirkte völlig fertig – aber sie war am Leben. Ihre Blicke trafen sich für einen Moment, bevor er wieder in Deckung gehen musste.

»Ihr übernehmt den Kerl, ich schlage mich zu Valerie durch«, sagte er knapp und wartete diesmal Logans Reaktion nicht ab. Geduckt eilte er durch die Halle. Gleich hatte er Valerie erreicht. Nur noch ein paar Meter und ...

Ein Schuss explodierte in seinen Ohren und zwang ihn dazu, Deckung zu suchen. Mit zusammengebissenen Zähnen presste er sich gegen den Pfeiler, der Valerie am nächsten war und blickte sie entschlossen an, bis sie verstanden hatte. Dann hoben sie beide den Arm und schossen auf die Angreifer. Zusammen. Mit einem erstickten Aufschrei ging der erste Kerl zu Boden. Der zweite erwiderte das Feuer und rannte aus seiner Deckung.

»Stehen bleiben!«, brüllte Adam. Aus den Augenwinkeln sah er, wie Valerie ihm nachhetzte und fluchte ungehalten.

Schritte wurden laut, aber er hörte sie kaum. Er jagte dem

Flüchtigen hinterher und damit auch Valerie, die nur wenige Meter vor ihm lief.

Der Mann erreichte die zweite Tür, die aus der Halle führte und riss sie auf. Doch statt dahinter zu verschwinden, wirbelte er herum und hob seine Waffe. Adam reagierte blitzschnell. Er erreichte Valerie in derselben Sekunde, in der sich ein Schuss aus der Pistole löste und stieß sie zur Seite. Etwas Heißes bohrte sich in seinen Oberschenkel und zwang ihn in die Knie. Um ihn herum donnerten weitere Schüsse, dann war es mit einem Mal totenstill.

Adam versuchte aufzustehen, aber er konnte nicht atmen, konnte sich nicht bewegen. Die Hitze in seinem Bein lähmte ihn. Zwang ihn dazu, auf dem staubigen Boden liegenzubleiben. Mit zittrigen Händen tastete er nach der Ursache seiner plötzlichen Lähmung und starrte verwundert auf das Blut an seinen Fingern.

Auf einmal kniete Valerie neben ihm und legte die Hände an sein Gesicht. »Nein, nein, nein«, stieß sie hervor. »Komm schon, Adam! Das kannst du mir nicht antun!«

Er brauchte einen Moment, um zu realisieren, dass die Hitze in seinem Bein von einer Kugel stammte und die warme Flüssigkeit, die seine Hose tränkte, sein eigenes Blut war. Shit!

»Das ist ...« Er verzog das Gesicht, als eine neue Welle von Schmerz sich in ihm ausbreitete. »Jetzt schon die ... die zweite Kugel, die ich mir ... für dich einfange.«

Valerie lächelte, aber sie sah nicht glücklich dabei aus. Tränen tropften aus ihren Augen auf sein Gesicht.

»Du musst durchhalten, hörst du?« Ihre Hände drückten auf seine Schusswunde. »Bitte, Adam. Halt durch!«

Adam stöhnte auf und blinzelte, als sich sein Gesichtsfeld einschränkte. Valerie wirkte verschwommen, schien sich von ihm zu entfernen.

Dann war er allein.

Ein gleichmäßiges Piepen holte Adam aus der Dunkelheit zurück. Seine Muskeln fühlten sich an, als wäre Blei statt Blut in seinen Adern. Er konnte sich nicht bewegen, lag völlig still da. Das Piepen beschleunigte sich ein paar Takte. Er lag auf einer harten Matratze, obwohl er nicht begriff, wie er hierhergekommen war. Das Letzte, woran er sich erinnern konnte, war die Schießerei in der verlassenen Konservenfabrik. Er hatte etwas Heißes in seinem Bein gespürt und dann ...

Mühsam öffnete er die Augen, doch das Einzige, was er wahrnahm, waren verschwommene Konturen und Weiß um sich herum. Jede Menge Weiß. In diesem Moment drang ihm ein scharfer Geruch in die Nase und er verzog das Gesicht. Desinfektionsmittel. Gummihandschuhe. Kranke Menschen. Er war in einem gottverdammten Krankenhaus gelandet.

»Adam ...?«

Als er die vertraute Stimme hörte, drehte er den Kopf zur Seite und erkannte Valerie. Sie hatte das Haar zurückgebunden und war beinahe so blass wie die Wand hinter ihr.

»Hey ...«, brachte er heiser heraus. »Wie geht's dir?« Er musterte ihren Körper auf der Suche nach Verletzungen. Doch bis auf die verbundenen Handgelenke wirkte sie gesund. Bei dieser Erkenntnis verschwand ein Druck von seiner Brust, den er bis zu diesem Zeitpunkt nicht einmal bemerkt hatte.

Sie lächelte angespannt. »Sollte ich das nicht dich fragen?«

»Ich gewöhne mich langsam an Schusswunden ...«, gab er trocken zurück.

Seine Kehle fühlte sich wie Schmirgelpapier an und sein Kopf dröhnte von den Medikamenten, die sie durch die Kanüle in seiner Ellenbeuge in seinen Körper pumpten. Dennoch konnte er den Blick nicht von Valerie abwenden. Wie lange saß sie bereits an seinem Krankenbett? Hatte sie überhaupt geschlafen? Und wie spät war es eigentlich? Als er die schwarzen Spuren unter ihren geröteten Augen wahrnahm, runzelte er die Stirn. Hatte sie geweint? Etwa seinetwegen ...? Allein beim Gedanken an diese Möglichkeit zog sich etwas in seiner Magengegend zusammen.

»Es tut mir leid«, murmelte er. Überraschung zeichnete ihr schönes Gesicht. Als sie zum Sprechen ansetzte, fuhr er fort. »Du hattest recht. Ich war auf Rache aus. Ich war blind vor Rache, weil ich nicht mit der Schuld leben konnte, Vance im Stich gelassen zu haben. Wenn wir uns am Hafen nicht getrennt hätten ... Wenn ich ihm den Rücken gedeckt hätte ...« Er ballte die Hände zu Fäusten. »Ich hätte dich nicht benutzen dürfen. Ich hätte dir von Anfang an die Wahrheit sagen müssen.«

Er hatte noch nicht zu Ende gesprochen, da schüttelte sie bereits den Kopf und griff nach seiner Faust. Behutsam löste sie seine verkrampften Finger und nahm seine Hand zwischen ihre.

»Du konntest nicht wissen, auf welcher Seite ich stand. Wie auch? Ich wusste es ja selbst nicht. Du hast deinen Job gemacht und ...«

»Bullshit«, unterbrach er sie rau. »Es war ...«

»Schh ...« Ihr Zeigefinger auf seinen Lippen beendete seinen Satz. »Es ist okay«, flüsterte sie und drückte seine Hand. »Ich bin nur froh, dass es dir gut geht.«

»Was ist mit Teagan?«

»Wir haben ihn gefasst. Es ist alles in Ordnung.« Sie beugte sich über ihn und er konnte ihren warmen Geruch einatmen. Ihre Lippen streiften seine Stirn so zart, dass er nicht sicher war, ob er sie wirklich gespürt hatte. »Schlaf jetzt. Du musst dich ausruhen.«

Adam wollte widersprechen, wollte weitere Fragen stellen. Aber vor allem wollte er nicht die Augen schließen, ohne sicher zu wissen, dass Valerie da sein würde, wenn er sie wieder aufschlug. Doch die Erschöpfung war stärker. Er spürte keine Schmerzen, nur eine unbändige Müdigkeit. Wie ein Strudel zog sie ihn mit sich in die Dunkelheit, ohne dass er die alles entscheidende Frage stellen konnte.

31. KAPITEL

»Die Mission sollte nicht länger als sechs Monate dauern. Ziel war es, die Auftraggeber von RedSky ausfindig zu machen, damit wir diese ebenso wie den Söldnerkonzern hochnehmen können.« Aiden Morgan stand am Kopfende eines langen Tisches, der sich in einem der zahlreichen Besprechungsräume im Hauptgebäude der FBI-Zentrale in San Francisco befand. Als stellvertretender Leiter der HUNTERS hatte er das Wort ergriffen und klärte die Anwesenden über die letzte Mission auf. Vor den bodenlangen Fenstern ging gerade die Sonne unter und tauchte den Konferenzraum in ein rotgoldenes Licht.

Seit dem Vorfall auf dem Fabrikgelände außerhalb der Stadt waren über achtundvierzig Stunden vergangen, doch Valerie kam es wie ein halbes Leben vor. Die Minuten und Stunden, in denen sie in der Notaufnahme um Adams Leben gebangt hatte, hatten sich ewig hingezogen. Jetzt saß sie hier, auf der linken Seite des Tisches, neben Logan Ryder und einem freien Stuhl, der Aiden gehörte. Ihr gegenüber Special Agent Wallace, Agent Henrikson – und Special Agent Adam Blackbourne.

Er war noch immer blass und tiefe Schatten lagen unter seinen Augen, aber er war am Leben. Die Kugel war ein glatter Durchschuss gewesen, knapp an der Oberschenkelarterie vorbei. Sobald er wieder bei Bewusstsein gewesen war, hatte er sich entgegen des ausdrücklichen Rats der Ärzte selbst aus dem Krankenhaus entlassen. Jetzt saß er hier, unrasiert und mit verwuscheltem Haar, die Krücken an die Tischkante gelehnt und hörte Aidens Vortrag aufmerksam zu. Als dieser Valerie zunickte, richtete sich auch Adams Blick auf sie und brachte sie für einen Moment ins Stocken.

»Teagan hat Zachary Dunn im Innendienst eingesetzt und mich als Kontaktperson im Außendienst. Captain Zane McNamara war ein korrupter Cop – und unser Informant«, sagte sie mit ruhiger Stimme. »Ich habe die Infos als Jessica

Neville von McNamara an Teagan weitergeleitet, dem Kopf und Gründer von RedSky. So auch bezüglich eines Austauschs am Pier vor rund drei Monaten, bei dem sich zwei der größten Waffen- und Menschenhändler mit ihren Geschäftspartnern getroffen haben. McNamara hatte uns über den Einsatz des FBI informiert, woraufhin Teagan Verstärkung in Form eines Killerkommandos schickte.«

Valerie hielt inne und suchte Adams Blick. Die Erinnerungen an jene Nacht waren nur teilweise vorhanden, aber sie waren da. Stück für Stück fügte sich das Puzzle zusammen und ergab ein Bild, das zwar erschreckend, aber nicht so grausam war, wie sie befürchtet hatte. Sie war keine Mörderin. Sie war eine Agentin, die ihrem Land diente. An ihren Händen klebte noch immer Blut, aber es war das Blut von Kriminellen und Verbrechern, von Terroristen, Söldnern und Warlords. Das einzige Blut, von dem sie sich wünschte, dass es nicht an ihr haften würde, war das von Adam.

»Teagan hat ihn getötet«, sagte Valerie leise. »Agent Vance kam ihm in die Quere, also hat er ihn getötet. Als er mich mit dir dort gesehen hat ... Ich musste abdrücken, um meine Tarnung nicht zu gefährden.« Und um ihm das Leben zu retten, aber das sprach Valerie nicht aus. Musste sie auch nicht, denn sie sah die Erkenntnis in Adams Augen. Hätte sie in jener Nacht nicht auf ihn geschossen, hätte Teagan das für sie übernommen – und dann würde Adam heute nicht hier sitzen.

»Das Häuschen in Sausalito war unser Safe House«, schaltete Logan sich ein und drehte einen Stift zwischen seinen Fingern. »Als wir den Kontakt zu Val und Zach verloren haben, wurden Aiden und ich hergeschickt, um nach dem Rechten zu sehen. Unsere Zentrale wurde sofort informiert, als Valerie den Zugangscode eingegeben hat.«

Nachdenklich betrachtete sie Logan von der Seite. Vor wenigen Tagen hatte sie ihn kaum erkannt, doch jetzt kehrten ihre Erinnerungen nach und nach zurück. Sie hatte ihn vom ersten Moment an gemocht. Logan war wie der nervige Bruder, den sie nie gehabt, sich aber oft gewünscht hatte.

»Sorry für das Herumgeballere«, sagte er mit einem kleinen Grinsen. »Wir dachten, wir hätten jemanden von RedSky vor uns, der sich Val geschnappt hat.«

»Nicht ganz«, erwiderte Adam trocken, doch auch in seinen Mundwinkeln zuckte es. Kurz und sachlich erzählte er von seiner Verbindung zu ihr und den Geschehnissen der vergangenen Tage.

Mit klopfendem Herzen lauschte sie seinen Worten und kam nicht umhin, zu bemerken, dass er einige wichtige Details ausließ. Details, die nichts mit diesem Fall, wohl aber mit ihnen beiden zu tun hatten. Als ihre Blicke sich über den Tisch hinweg trafen, wusste sie, dass er ebenfalls daran dachte.

»Wie steckt Colby in der Sache mit drin?«, hakte Adam nach.

Aiden wollte etwas darauf erwidern, als die Tür aufging und niemand Geringeres als Inspector Colby den Besprechungsraum betrat. Valerie erstarrte, unfähig, sich gegen die Bilder zu wehren, die auf sie einprasselten wie ein kalter Regenschauer.

»Alles okay?«, fragte Logan leise neben ihr.

Sie nickte schwach und behielt Colby im Auge, als dieser sich zu ihnen an den Tisch setzte.

»Inspector?« Aiden übergab ihm das Wort und ließ sich auf seinen Stuhl fallen.

»Danke.« Colby räusperte sich. »Ich habe undercover gegen Zane McNamara ermittelt, weil er im Verdacht der Korruption stand. Agent Reed hielt ich, wie alle anderen, für seine Kontaktperson unter dem Decknamen Jessica Neville. Ich habe lange versucht, sie zum Reden zu bringen – leider vergeblich. Nachdem ich auf dem Revier das Telefonat zwischen McNamara und Teagan mitangehört hatte, wusste ich, dass Jessica Neville wieder in San Francisco war, auch wenn ich natürlich nicht damit gerechnet hätte, dass sie mir direkt vor dem Revier in die Arme läuft.« Er wandte sich Valerie zu und hob entschuldigend die Hände. »Tut mir übrigens leid, wie das gelaufen ist. Ich war verzweifelt – und Sie eine flüchtige Verdächtige.«

Mit einem müden Lächeln dachte Valerie an ihre erste

Begegnung mit dem Inspector zurück. Bis vor kurzem war sie der festen Überzeugung gewesen, er würde mit ihren Verfolgern oder mit McNamara zusammenarbeiten. Wie sehr man sich doch täuschen konnte.

»Schon gut«, erwiderte sie ehrlich. »Wir haben beide Fehler gemacht.« Wie etwa ihrer, Colby nicht in ihre Mission einzuweihen. Hätte sie gewusst, welche Kreise das ziehen würde, hätte sie anders gehandelt. Ihr Blick fiel auf Adam. Auch was ihn betraf, hätte sie anders gehandelt, wenn sie die ganze Wahrheit gekannt hätte. Ganz besonders bei ihm.

Colby nickte. »Ich habe McNamara beschattet, als Sie beide im *Anya's Secret* waren«, sprach er weiter und nickte Adam zu, der überrascht wirkte. »Nach dem ... Zwischenfall in McNamaras Haus bin ich vor Ort geblieben.«

Valerie lehnte sich in ihrem Stuhl nach vorn. Die Kaffeetasse stand unangetastet neben ihr, ganz im Gegensatz zu der von Adam, in die er bereits zwei Mal nachgeschenkt hatte. Manche Dinge änderten sich nie. »Was ist passiert?«

Colby wiegte den Kopf hin und her. »Wussten Sie, dass McNamara und Teagan alte Kumpel bei der Army waren?«

Adam nickte. »Derek hat ein bisschen gegraben und die Verbindung herstellen können. Offenbar hat Teagan McNamara bei einem Einsatz das Leben gerettet – und sich seither mit Informationen dafür bezahlen lassen.«

»Richtig.« Colby nickte und sah in die Runde. »Er hat McNamara erpresst und schließlich in den Selbstmord getrieben. In jener Nacht war Teagan dort. Ich habe ihn gesehen. Aber der Schuss ist erst nach seinem Verschwinden gefallen.«

Valerie sah zur Seite. McNamara mochte ein korruptes Arschloch gewesen sein, aber mit ihrer Einschätzung von ihm hatte sie richtig gelegen. Er war verzweifelt gewesen – und verzweifelte Menschen waren zu allem fähig.

Die Besprechung zog sich noch zwei weitere Stunden hin. Zum Schluss ging es nur noch um die Details zur Schließung von RedSky oder zum Prozess gegen Teagan, der in ein paar Tagen beginnen würde. Special Agent Wallace bedankte sich für die Kooperation, es wurden Hände geschüttelt, dann konnten sie gehen. Adam war einer der Ersten, der aufstand, seine Krücken packte und aus dem Raum humpelte. Valerie zögerte einen Herzschlag lang, dann folgte sie ihm.

Im Gang war es kühler als im Konferenzraum, doch das war nicht der einzige Grund, warum sich eine Gänsehaut auf ihren Armen ausbreitete. Adam stand mit dem Rücken zu ihr am Geländer und sah auf das in Marmor eingelassene Emblem des FBI im unteren Stockwerk hinunter. Sie blieb neben ihm stehen und folgte seinem Blick. Um diese Uhrzeit waren nur noch wenige Leute hier, gerade verließen zwei Kollegen das Gebäude, nachdem sie ausgecheckt hatten.

»Du denkst an Vance ...?«, fragte Valerie leise und umklammerte das Geländer mit beiden Händen.

Adam sah sie nicht an. »Er war mein Freund. Wir waren schon in unserer Ausbildung ein Team, lange bevor wir offiziell Partner wurden. Es ist seltsam, dass er nicht mehr da ist ... es nie mehr sein wird.«

Ein Kloß bildete sich in ihrem Hals. »Es tut mir so leid ...«, flüsterte sie.

Adam nickte langsam. »Mir auch.« Mit einem Seufzen fuhr er sich durch das Haar, was nur zur Folge hatte, dass es noch verwuschelter aussah als zuvor. »Ich kann noch nicht glauben, dass die Schuldigen endlich gefasst sind.«

»Teagan wird für den Rest seines Lebens hinter Gittern sitzen.«

»Ich weiß.« Er drehte sich zu ihr um und zögerte kurz. »Ich bin froh, dass du es nicht warst.«

Eine lang vermisste Wärme begann, sich in ihrer Brust auszubreiten. »Ich auch«, flüsterte sie, ohne den Blick von ihm zu nehmen. »Obwohl ich mir wünsche, ich hätte von Anfang an gewusst, wer du bist ...« Sie hatte so viel mit diesem Mann durchgestanden und jetzt sollte es so zu Ende gehen? Ein gutes Ende, keine Frage, denn der Gerechtigkeit war genüge getan. Aber was war mit dem, was übrig blieb?

»Ja.« Adam seufzte und warf ihr ein kurzes Lächeln zu. »Ich

auch.«

»Wie geht's der Schusswunde?«, fragte sie, nicht nur, weil es sie tatsächlich interessierte, sondern auch, um das Gespräch nicht enden zu lassen. Sie wollte nicht gehen, war noch nicht bereit dazu, Adam zurückzulassen.

»Sie wird heilen.« Er verlagerte sein Gewicht und presste gleich darauf die Lippen aufeinander, griff aber nicht nach den Krücken, die am Geländer lehnten. »Es wird ein paar Monate dauern, bis ich in den aktiven Dienst zurückkehren darf – schon wieder.«

»Wenn dir langweilig wird ... Seattle ist nur ein Zweistunden-Flug von hier entfernt.« Die Überraschung auf seinem Gesicht ließ sie schmunzeln. »Ich kann dir zumindest die Stadt zeigen und dich auf einen Drink einladen, nachdem du mir das Leben gerettet hast.«

Sein Mund verzog sich zu einem Lächeln, von dem sie nicht geglaubt hatte, es je wiederzusehen – oder dass es ihr gelten könnte. »Jederzeit.« Er hielt ihren Blick fest, bis hinter ihnen die Tür geöffnet wurde und die Anderen in den Gang hinaustraten.

»Also ...«, begann Valerie und verfluchte ihre plötzlich trockene Kehle. Noch mehr verfluchte sie jedoch ihren Verstand, weil ihr keine passenden Worte einfallen wollten. Nichts konnte das beschreiben, was gerade in ihr vorging.

»Also ...«, wiederholte auch Adam und machte Anstalten, sich von ihr zu verabschieden.

»Nein, nicht so ...« Ihre Stimme klang panischer, als sie sein sollte, aber das war ihr egal. Sie schob die Hand in ihre Hosentasche und hielt Adam eine zierliche Silberkette hin, an der ein Anhänger in Form eines Kleeblatts baumelte. »Ich ...«

»Sie gehört dir«, unterbrach er sie und schloss ihre Finger um das Schmuckstück.

»Danke«, flüsterte sie. Vermutlich würde er nie wissen, wie viel ihr dieses Geschenk oder die kurze gemeinsame Zeit bedeuteten, doch irgendetwas in seinen Augen verriet ihr, dass er es ahnte. Dass es ihm vielleicht sogar ähnlich ging.

»Wenn ich von Anfang an gewusst hätte, wer du bist ...«

»Ich weiß«, sagte er rau, ohne ihre Hand loszulassen. »Ich auch.«

Valeries Herz hämmerte. Sie machte einen Schritt auf ihn zu, als eine vertraute Stimme ihren Namen rief. Logan. Sie drehte sich zu ihm um und hob die Hand. »Ich bin gleich da.« Dann wandte sie sich wieder Adam zu und schob die Kette zurück in ihre Tasche. So viel Ungesagtes brannte ihr auf der Seele, doch hier und jetzt waren weder die Zeit noch der richtige Ort, um irgendetwas davon auszusprechen. Vielleicht würde es das nie für sie beide geben.

»Ich muss los ...« Ihre Stimme klang erstickt, aber sie zwang sich dazu, diesen Abschied durchzuziehen. Sie musste es tun, bevor ein weiterer Blick, ein weiteres Wort von ihm ihr das Herz brechen würden. »Pass auf dich auf, ja? Und halt dich von weiteren Schießereien fern.« Eilig drehte sie sich um.

»Val, warte.« Raue Finger schlossen sich um ihr Handgelenk. Mit einem Mal stand sie Adam wieder gegenüber und erkannte das Funkeln in seinen braunen Augen, das sie so vermisst hatte.

Seine Hand legte sich an ihre Wange und ließ ihren Puls in die Höhe schnellen. Valerie wusste, dass sie beobachtet wurden, nicht nur von ihren eigenen und Adams Arbeitskollegen, sondern auch von Inspector Colby. Doch in diesem Moment erkannte sie, dass es ihr egal war. Adam Blackbourne hatte ihr Leben bereits zweimal aus den Angeln gehoben – auf ein drittes Mal kam es nicht an.

Sie vergrub die Hand in seinem Haar und lächelte ihm entgegen, als er sich zu ihr hinunterbeugte. Sein warmer Atem streifte ihre Lippen und löste ein Kribbeln in ihrer Magengrube aus. Dann presste er seinen Mund auf ihren und erinnerte sie an all die Gründe, warum jeder von ihnen getan hatte, was er hatte tun müssen. Warum sie beide so viel füreinander riskiert hatten und auch weiterhin riskieren würden. Denn das hier war kein Kuss zum Abschied. Es war erst der Anfang.

DANKSAGUNG

Ein Buch schreibt sich nicht von allein, darum möchte ich die Gelegenheit nutzen, mich bei einigen ganz besonderen Menschen zu bedanken, ohne die »HUNTERS – Special Unit: Vergessen« nicht möglich gewesen wäre.

Mein größter Dank geht an meine Verlegerin und Lektorin Eva, die das Potenzial in dieser Geschichte gesehen hat, als sie noch eine hoffnungslose Baustelle war. Ohne deinen Glauben an dieses Projekt hätte ich es mit Sicherheit längst hingeworfen und aufgegeben. Danke für deine Begeisterung und Ermutigung! An dieser Stelle auch ein riesiges Dankeschön an Jacky für dieses traumhaft schöne Cover.

Ich möchte auch meiner Agentin Julia danken, die mich ermutigt hat, in diesem Genre zu schreiben, obwohl es völlig neu für mich war und ich einfach nur mit einer fixen Idee bei ihr ankam.

Meinen treuen Betaleserinnen gebührt ebenfalls ein riesiger Dank: Rike und Melanie, ihr habt euch die Nächte um die Ohren geschlagen, um aus meinem Manuskript das Bestmögliche herauszuholen. Eure Begeisterung hat mich unheimlich motiviert und eure Kommentare haben mich regelmäßig zum Lachen gebracht. Darf ich euch behalten? Darf ich?

Ebenfalls bedanken möchte ich mich bei Tina und Yvonne, die den Anfang meiner Geschichte betagelesen, ihn mit ihren Kommentaren verbessert oder mir ein Lächeln aufs Gesicht gezaubert haben.

Ein großer Dank geht auch an die Möwen aus meiner Schreibgruppe: Laura, die sich mit dieser Geschichte beschäftigt hat, obwohl es nicht ihr Genre ist. Rebecca, deren Idee, die Geschichte von Valerie und Adam in der HUNTERS-Welt spielen zu lassen, erst zu diesem Auftakt geführt hat. Monika, die mit mir über CIA, FBI und Geheimmissionen gegrübelt und sich meine wirren Theorien angehört hat. Nadine, die die HUNTERS kaum erwarten kann und immer für ein Sternchen gut ist – du weißt, was ich meine. Thorben, der mir das perfekte

Lied für Valerie und Adam gezeigt und mich noch nicht umgebracht hat, weil ich seine Musikliste so gern durcheinanderwirble. Tina, die mir beim Plotten geholfen hat, Anja, Babs, Dania und alle anderen.

Danke auch an Maja, die meine Liebe für actionlastige Plots mit Liebesgeschichte teilt und immer streng war, damit ich auch ja brav schreibe und überarbeite.

Ein ganz besonderes Dankeschön geht an Janina, die meine Leseprobe verschlungen und mich immer wieder gefragt hat, wann es das Buch zu kaufen gibt – bis ich ihr endlich ein Datum nennen konnte.

Zuletzt möchte ich auch noch meiner Familie danken, die sich riesig über den Vertrag für dieses Buch gefreut hat, als ich es selbst noch gar nicht fassen konnte. Danke für eure Unterstützung und euren Glauben an mich und das, was ich da zusammenschreibe.

Aber vor allem danke an die Menschen da draußen, die dieses Buch lesen und in die Welt der HUNTERS eintauchen. Ich hoffe, euch hat es gefallen und ihr freut euch ebenso wie ich auf den nächsten Teil.

Zersplittertes Herz
Teil 1 der *New Hope* Serie von Lexi Ryan

ISBN-Paperback: 978-3-902972-03-3
ISBN-EPUB: 978-3-902972-14-9

Was du liebst, lass frei ...

Nach einem Jahr auf der Suche nach sich selbst kehrt Maggie in ihre Heimatstadt zurück, um an der Hochzeit ihrer Schwester teilzunehmen. Diese heiratet den Mann, den Maggie einst geliebt und dennoch verlassen hat.

Im Fokus ihrer perfekten Familie setzt Maggie alles daran, ihre wahren Gefühle zu verbergen. Da tritt Asher Logen in ihr Leben. Ein Mann, vor dem sie die Risse in ihrem Herzen nicht verbergen kann. Doch Gefühle zuzulassen, würde bedeuten, sich ihren hässlichsten Geheimnissen zu stellen und zu lernen, Fehler anderer zu verzeihen ...

Gestohlenes Herz
Teil 1,5 der *New Hope* Serie von Lexi Ryan

ISBN-EPUB: 978-3-902972-23-1

Liebe fordert nicht, sie gibt ...

Niemals hätte Cally Fisher zu träumen gewagt, die Aufmerksamkeit des attraktiven Highschool-Schwarms William Bailey auf sich zu ziehen. Will ist alles, was sie nicht ist: beliebt, sexy, selbstbewusst und fest entschlossen, Cally zu retten – nachdem er ihr Herz gestohlen hat.

Verlorenes Herz
Teil 2 der *New Hope* Serie von Lexi Ryan

ISBN-Paperback: 978-3-902972-20-0
ISBN-EPUB: 978-3-902972-21-7

Wenn es Liebe ist, kehrt sie zu dir zurück ...

Nach sieben Jahren voller Schicksalsschläge kehrt Cally Fisher in ihre Heimatstadt New Hope zurück, um ihren Schwestern ein besseres Leben zu ermöglichen. Wem sie nicht begegnen wollte, ist ihre Jugendliebe William Bailey. Der Mann, der sie an damals erinnert. An die Dinge, die sie zerstört, und die Zukunft, die sie zurückgelassen hat. Alles wäre so viel einfacher, würde Will sie für ihre Entscheidungen hassen, doch das tut er nicht. Diesmal will er um Cally und ihre Liebe kämpfen. Koste es, was es wolle ...